外国语言文化
传播研究丛书

译如其分
张友松小说翻译的诗学研究

肖志兵 著

Translating Appropriately: A Poetic Study of Zhang Yousong's Novel Translation

清華大学出版社
北　京

内容简介

被埋没的张友松是一位杰出的翻译家，他平生的翻译数量和质量均当得起这一称号。作为翻译家，张友松的诗学观主要体现在小说翻译当中。本书从诗学角度来分析张友松诗学观的形成过程、主要内容和基本特点，并对他早、中、晚三个时期的诗学观进行细致的解读和剖析。张友松诗学观的逐渐成形、内化，体现了一位接受了无产阶级文艺思想的老翻译家的译路历程。

图书在版编目（CIP）数据

译如其分：张友松小说翻译的诗学研究 / 肖志兵著.
北京：清华大学出版社，2024. 7. --（外国语言文化
传播研究丛书）. -- ISBN 978-7-302-66578-6

Ⅰ. I046

中国国家版本馆 CIP 数据核字第 2024P2K328 号

责任编辑： 白周兵
封面设计： 子　一
责任校对： 王荣静
责任印制： 丛怀宇

出版发行： 清华大学出版社
网　　址： https://www.tup.com.cn，https://www.wqxuetang.com
地　　址： 北京清华大学学研大厦 A 座　　**邮　　编：** 100084
社 总 机： 010–83470000　　**邮　　购：** 010–62786544
投稿与读者服务： 010–62776969，c-service@tup.tsinghua.edu.cn
质量反馈： 010–62772015，zhiliang@tup.tsinghua.edu.cn
印 装 者： 三河市铭诚印务有限公司
经　　销： 全国新华书店
开　　本： 155mm × 230mm　　**印　　张：** 18　　**字　　数：** 319 千字
版　　次： 2024 年 7 月第 1 版　　**印　　次：** 2024 年 7 月第 1 次印刷
定　　价： 168.00 元

产品编号：104018-01

〇广西壮族自治区一流建设学科支持计划成果
〇广西民族大学外国语言文学一级学科博士点支持计划成果

“外国语言文化传播研究丛书”编委会

丛书总序

广西地处西南，依山傍海，独特的自然地理环境形成其独特的文化景观。从古至今，广西的文化传统一直延续发展，并在历史的潮流中吸取异质文化的元素，显示出多元和开放的特点，形成了独具特色的建筑、聚落、戏剧、宗教、习俗等物质与非物质文化遗产，诞生了一大批优秀华侨以及国内外著名的文化巨匠，也留下了形态多样、保存完整、内容丰富、数量巨大的文化资源。因此，对它们进行保存、整理、挖掘、提炼，加深对广西文化内涵的研究，从而更好地延续传统、迈向未来，无疑是一项具有理论价值及现实意义的工作。

广西曾是海上“丝绸之路”的起点之一，对外交流与贸易频繁且深广。近代以来，广西又是华侨之乡，大批的桂籍人士远渡重洋、打拼创业。他们传播了广西文化，推动了中外语言文化交往。深入研究地方文献，还原这段历史，一定能够增进广西与海外广大华侨的情感联系和心理共鸣。在中国近现代转型时期，对中国文化产生过重大影响的桂籍名人辈出，其中像马君武、王力、秦似、梁宗岱、王宗炎等都是广西地方文化资源的重要组成部分，但他们的思想资源长期未被区内外的研究者重视。如果我们对这些大师的翻译、创作、言论等所蕴含的文化价值进行全面、深入的挖掘与研究，以指导现实发展，这无疑是一个很好的突破点。

目前，国务院批复了北部湾城市群发展规划，这对于该地区包括文化和教育等在内的各项事业的发展是一大利好。处在全球化和资讯迅猛发展的时代，“越是地方或民族的，就越是世界的”。21世纪，中国各省、自治区、直辖市都在向内深挖文化资源，向外传播文化精华和发扬当地族群性格，建立认同，寻求发展。在不进则退的严峻形势面前，我们要以党的十八大提出的“文化强国建设”为指导，努力发掘、保存、整理、研究和阐释地方语言、文化和传播资源，然后推向世界。

语言、文化和传播紧密联系，是一个环环相扣的统一体，其中语言是载体，文化是客体，传播是渠道，因此只有通过传播，才能使东西语言和文化的交流成为可能。有鉴于此，如果我们通过对广西境内及广西籍人士开展的欧美语言、文化、翻译活动的挖掘和深入研究，从中可以发现早期广西先贤如何弘扬民族文化，引进西方文化思想，进而为推进中国的现代化转型做出巨大贡献的心路历程。同时，以外国语言、文化、翻译传播研究为契机，将广西地方文化与中国文化乃至世界文明联系在一起，进而将广西推向世界。

广西民族大学拥有广西高校中唯一的外国语言文学博士点，也是全国民族院校中唯一的外国语言文学博士点。学科队伍结构合理，研究方向齐全，目标定位科学合理，建设规划目标明确，切实可行，在学科建设过程中紧紧围绕学校“民族性、区域性、国际性”三性合一的办学定位，在科学研究、人才培养、服务社会等方面都能很好地结合民族性和东盟地区的特殊性，服务广西社会经济发展和对外交流，同时服务国家战略。不断强化区域与国别研究、语言学、外国文学与文化、翻译与传播几个核心学科方向，并不断拓展新的学科领域，成功培育了比较文学 / 译介学、外国文学与文论、东南亚民间文学与民俗文化研究等特色学科方向，极大推动了学科的内涵式发展，在外语教学界产生了较大的影响。该学科已由原来的外国语学院发展成为外国语学院和东南亚语言文化学院两个学院，外国语学院侧重欧美国家的语言、文学、文化研究，东南亚语言文化学院则侧重东南亚语言、文学、文化研究。

正是基于这样的考量，我们决定编选“外国语言文化传播研究丛书”，旨在结集本团队成员近年来有关外国语言文化传播研究相关成果，同时也吸纳海内外相关领域研究的优秀成果。入选作品均具有宽阔的学术视野，有较强的原创性和鲜明的特色，研究方法具有可操作性，深层次揭示了外国语言文化与传播的本质。本丛书为一套开放性丛书，除收入广西民族大学外国语言文学学科成员的成果外，也收入国内外同仁的优秀研究成果，所收著作须经丛书编委会评审通过。我们期待本丛书的编选和出版能够为打造学术精品、推动我国外国语言文化传播研究的发展起到积极和实际的作用。

“外国语言文化传播研究丛书”编委会

序

“一方水土养一方人。”这些年来，我一直关心区域文化问题。由于自己工作单位的更换，我先后走过了湖南、香港、福建、广西等地。每到一个新的去处，我都会了解当地的风土人情，随即一头扎进当地的文化，然后试图从某个角度对这些区域文化展开思考和研究，进而推出了一系列名人年谱和其他相关研究成果。但我毕竟是湖南人，湖南是生我养我的地方，那里的故事我最为熟悉，湖南人的气节情操我也最为熟悉，故而我在研究上也投入了最多的精力。

在中国近现代史上，从湖南走出去的仁人志士众多，他们在中国革命和谋求现代化的过程中贡献良多，涌现出的翻译家数量可观，但相对于那些思想家、军事家、教育家等而言，数量则不是太多，其贡献也多被遮蔽，这些都值得进行知识考古并大书特书。这十余年来，我刻意尝试以翻译为切入点，着眼于现代性的建构，考察湖南的先贤们为学、为道的生命轨迹，进而为湖南乃至中国现代化做出的贡献。自2008年起，我先后出版了《视界的融合：朱湘译诗研究》(清华大学出版社，2008/2017年)、《近现代湘籍文化名人·翻译家卷》(湖南师范大学出版社，2012年)、《近代湖南翻译史论》(湖南人民出版社，2014年)、《现代湖南翻译史论》(商务印书馆，2022年)等著作。第一部是在我的博士论文基础上拓展而成的；第二部是我应时为湖南省新闻出版局副局长张光华之邀为“湖湘文库”专门撰写的；后两部则是在前者的基础上进行的深化和拓展，其中《现代湖南翻译史论》又系国家社科基金项目成果。在这些著作中，我重点考察了湖南译家在省内从事翻译活动的状况，也考察了湘籍译家在全国范围内做出的成就，还粗略地讨论了非湘籍译家居湘期间为湖南翻译事业发展做出的贡献。这些年，尽管我在湖南翻译史上刻意经营，并从宏观和微观层面展开专题论述，并推出了一系列著述，但仍意犹未尽。我觉得还有太多的问题值得探讨，还有太多的人物值得深入挖掘，以将这一论域的问题继续深挖拓展。这是一个宏大的工程，仅凭我个人的力量是很难做到的。我希望学界同道尤其是自己的团队和学生能够继续这一事业。

志兵跟随我多年，先是在长沙的中南大学跟我读硕士，后又跟我去了福州工作，前几年又随我来南宁攻读博士学位。他做研究、撰年谱、编刊物，这么多年，总算学到了我的一招半式。在学问上，我常跟他讲王国维先生的“学无古今，无中西，无有用与无用之分”，希望他能在上下古今的坐标系里，结合现代学科的通约性特征，运用新的视角对过去的历史进行知识考古和现代诠释，进而考察众家为学、为术、为道的过程中为中国现代化建设做出的贡献。在他博士论文选题初期，我建议他发挥自己的特长，选择一个“被人遗忘”的湖南籍翻译家来研究，因为他也是一位地道的湖南人，而且是湘军创建人曾国藩的小老乡。在为学的同时，他常透露出湖南人那种“霸得蛮”的气质，要他来做一位湖南学人兼翻译家的研究最有资质。

当然，要纪念一个曾经一度“被遗忘”的翻译家，最好的方式是阅读他的译作。在品读之外，如果还为他做研究、编年谱，为他正名，那就功莫大焉。志兵做的就是这么一件事。知人论世，感悟前贤，将一个“被埋没”的翻译家生平摸清楚并非易事。在我早年的阅读记忆中，马克·吐温的小说是避不开的话题。依稀记得20世纪80年代江西人民出版社出版过“马克·吐温选集”。读多了，除了记住两顽童哈克贝利·费恩和汤姆·索亚之外，张友松的名字也时常出现在译者行列。后来才知道，张友松是湖南省株洲市醴陵县西乡三石塘人，是我国专事翻译马克·吐温的名家。其实，张友松早年甚有文名，即便到了晚年，业内人士对他还是知晓的，这在翻译史、翻译文学史等著作里有所体现。张友松的历史地位与其译介马克·吐温紧密相连，这是他不会被忽视、能够被提及的首要原因。志兵该书之意义在于使一位被遗忘的翻译家重新被学界认识，还原一个著译丰富、个性鲜明的翻译家形象。

张友松一生坎坷，所行所历多有磨难。青年张友松有一股子湖南人特有的蛮劲。他以莫大的勇气，敢向胡适、徐志摩、梁实秋等人“开战”，讨论翻译问题。这种青年人的朝气中，难以安抚的是那一颗热血奔涌的心。1949年后，张友松成为最早的那一批职业翻译家，稿酬丰厚，可以在北京租四合院专职做翻译。他的后半生唯倚翻译糊口，多译马克·吐温著作。张友松的各种自述，当然是对自身气质的分辨与确认，同时也与他的使命、抱负与胸怀相联系。他在各种身份之间的游移，意味着现实关怀的各种策略与方式，也意味着对自身“知”与“情”性分的不同取向。“诗性”扩张与“理性”扩张不仅有着内在的一致性，也是各种时代语境召唤出来的内生能量。从本质上讲，张友松的诗学策略是一种使自身生命获得一种具体性与统一性，以及一种参与社会、人生、历史进程的真实性的有意或无意的选择。取径或许前后有差异，旨趣或许偶有所别，但是那种从译文深处生发的主体意志和主体性，那种从生命亲证中生发出来的认同与归一，实在是令人钦敬仰止。以张友松的虔诚和他所能达到的精神高度，学术表达和诗学剖析可能是如今最好的追忆方式。张友松的诗学思想与诗学表达之间有着一种因时、因事而变的内在张力。以诗学之名，志兵该书所揭橥的张友松内在的诗学追求有着深厚的诗学关怀和生命体验，不失为再现一位译家精神世界的极佳尝试。

这些年，在现当代文学和翻译史研究过程中，我发现鲁迅先生周围曾一度活跃着好几位湖南人，其中就有徐梵澄、张友松等。鲁迅对这些后辈尤为关怀、爱护，而且他们也多卷入了与时人的论战或冲突中。在梳理湖南翻译史时，张友松再度进入我的研究视野。只是没想到，他有那么多东西够我们深挖。一个同时代共浮沉的翻译家，他的翻译思想和翻译实践不会溢出那个时代太远。太超前或太落后，都不太可能成为时人追逐的对象，反而是跟随主流诗学和意识形态，才能享有文名。张友松最重要的贡献还是在于他的译作。时隔多年，曾经“被埋没”的张友松翻译的马克·吐温系列作品依然能够不停地得以出版、流传、阅读和研究，这种巨大的反差其实是对他最好的肯定和纪念。文学恒久远，译作永流传。由是观之，张友松并没有“被遗忘”。

此次，志兵出版专著，算是圆了我一个心愿，也算是向学界交了一份学术答卷。具体写得如何，且待各位读者进一步阅读。

我经常跟自己的学生说，博士毕业只是拿到进入学问的敲门砖，博士头衔只能代表过去，望其能尽快“清零”，并找到新的课题。这几年来，我也欣慰地看到了我带出的几位博士做到了这点。望志兵能再接再厉，再撰新篇。是为序。

张　旭

2024 年元月 22 日于邕城赴长沙路上

目 录

绪 论

张友松（1903—1995）是我国著名翻译家、作家、出版家、编辑、英语教育专家；北京大学肄业；早年以翻译俄国文学著称，晚年以专译马克·吐温著作名世；出版译作约49部，编著约12部，专著1部，译文约40篇，未出版译作约4部，合计约600多万字；先后创办春潮[①]书局、晨光书局，主编《春潮》月刊，批评徐志摩的译作，引发《春潮》与《新月》两大阵地之间关于翻译并涉及文艺思想的论战；为鲁迅帮办北新书局所欠版税之事，在《鲁迅日记》中出现127次；1939年，首倡成立全国翻译学会，并任中国翻译学会第一届理事；中华人民共和国成立后，思想上追求进步，提出翻译要为革命服务，为人民服务，是我国最早的一批自由职业译者；1957年，被打成“右派”后，尽管右眼失明，仍潜心翻译工作；1983年，主编的“马克·吐温选集”由江西人民出版社出版。张友松早年提倡直译，后笃信直译与意译应结合起来才能译出上品；提倡翻译要忠于原著，力求兼顾忠实和畅达，要将译者的心灵融化在原作者的意境中，要使读译本的人能够获得阅读原著一样的艺术享受。

第一节　研究缘起与意义

张友松的翻译实践长达60多年，与我国20世纪文学、文化的发展变化息息相关。他的翻译人生可以被当成他那一代翻译家的样本。分析、阐释张友松诗学观、翻译观的历时变化，有助于我们解读一个翻译家的心路历程、价值取向、诗学选择以及翻译策略等。

一、研究缘起

五四以降，外国文学在中国的译介愈加兴盛，对中国文学和文化观念的发展产生了巨大影响。1919—1949年，外国文学的译介空前繁荣，是我国20世纪外国文学翻译史上的重要篇章。[②]如借助多元系统理论的观点

①张友松创办春潮书局和《春潮》月刊，名字取自其译作《春潮》。

②王建开，《五四以来我国英美文学作品译介史1919—1949》，上海：上海外语教育出版社，2003：1。

来分析，翻译文学进入处在转型期的中国文学多元系统后，多次占据或部分占据了中心位置。翻译文学的发展走势及其在中国多元文学系统中的地位，同时代文学与文化的价值取向和内在需求密切相关。①

1928 年是一个翻译年，时人估计文学翻译作品数量超出创作数量两倍以上。②该年，外国文学作品译介破百，达 147 部。③在这一年，张友松出版了 4 部译作。据王建开的不完全统计，1927—1934 年，外国文学作品共出版 1 322 部；张友松翻译出版小说 17 部，占比约 1.29%。就此而言，作为翻译家，张友松无疑能在我国外国文学翻译史上占据一定的地位。但张友松本人对当时的翻译“盛况”评价很低：“中国的翻译界至今还很幼稚，有志者大可急起直追，以求于中国文化有所贡献。”④

就张友松本人而言，1928 年同样是一个极其重要的年份。他开办春潮书局，创办《春潮》月刊，正是要为五四思想界领袖人物分化之后，处于苦闷中的青年发声。《春潮》对标《新月》，号召青年起来反抗玩弄各种各色的堂皇伟大名辞的大人物。是年末，张友松在《春潮》上刊登文章，炮轰徐志摩所译《曼殊斐尔小说集》中的大量错误。一时间，该文引起读书界一片惊奇，惹得胡适亲自下场论辩。《春潮》与《新月》之间的翻译论战同时也涉及文艺思潮的争斗。五四之后，鲁迅与胡适之间的分野可以被看作这场翻译论争背后的格局对比。仔细检视论战中的你来我往，张友松他们所讨论的误译、转译、曲译、直译、意译等翻译问题，着实应该得以仔细审视和重新评价。

中华人民共和国成立后，张友松以极高的热情投入翻译界活动，参与翻译批评，建议整治翻译出版乱象和制定翻译规划等。在文艺思想方面，他转向了无产阶级文学和文论，其翻译思想、诗学观均发生了巨大变化。17 年间，他出版文学译作 12 部，其中马克·吐温的作品占 10 部。

在不同的时代，翻译文学扮演了不同的角色。借助翻译，张友松积极参与主体诗学建设，同时通过赞助出版、开办机构、创立期刊、英语教学、翻译教学、翻译评论等，巩固他翻译名家的地位和声誉，传播他的翻译思想，推行他的诗学观。种种原因，张友松在后半生变成了文艺界的“弃儿”，

---

①张旭，《视界的融合 朱湘译诗新探（修订版）》，北京：清华大学出版社，2017：4。

②憬琛，《十七年度中国文坛之回顾》，载《申报》（本埠增刊），1929-1-6。

③王建开，《五四以来我国英美文学作品译介史 1919—1949》，上海：上海外语教育出版社，2003：64。

④张友松，《翻译研究》，载《青年界》，1937（3）：114。

虽然作品畅销，却声名不显，终“被埋没”。

翻译史研究的对象应该是作为人的译者以及他们的社会行为，研究领域应包括记录、挖掘翻译活动基本史实，以及解释翻译行为在特定历史时期和特定地点出现的原因及其与社会变迁的关系。[①]就此而言，挖掘“被埋没”的翻译大家是翻译史研究的题中之意。当前，我们对于张友松的记忆已成“濒危记忆”[②]，但张友松作为中国翻译史上极少数的职业翻译家之一，以其翻译作品之数量与质量，应该在中国翻译史上占有一席之地[③]，值得我们再次去研究和探寻。

二、研究意义

目前，学界对翻译家张友松的研究还存在很大不足。一是研究深度不够。涉及张友松的史料基本上处于未发掘的状态，尤其是张友松早年的翻译实绩和翻译思想鲜有被研究者纳入研究视野。二是研究广度不够。相关研究较少涉及张友松的诗学观、文艺思想、翻译教育、英语教育等层面。本书从诗学视角入手，对张友松进行个案研究，在理论和现实层面有一定的意义和价值。

1. 理论意义

1）从方法论方面而言，本书收集历史文献与阐释文献的方法将为翻译家研究提供一套可操作、可学习的路径。此外，本书的研究模式还可以推动翻译研究中的诗学研究。

2）从翻译史研究方面而言，本书将从研究方法和进路、研究材料和视角等方面，为翻译史研究界提供一个怎样挖掘“被遗忘”的翻译家的典型个案，充实翻译家研究，为改写、重写翻译史提供新材料。

3）从翻译理论研究方面而言，本书重点关涉文学作品的翻译校订研究（二次或者多次改译、校订译本），结合原文考证和译文版本考证，或可推进翻译研究当中的重译现象研究。

2. 现实意义

1）本书首先要为张友松扬名，发掘他的翻译思想资源，解除这位声

① Anthony Pym. *Method in Translation History*. New York: St. Jerome Publishing, 1998: ix.

② 黄娟、任文,《遗忘与记忆:“被遗忘”的翻译家张友松研究——基于社会与文化记忆理论》,载《社会科学研究》，2020（3）：200。

③ 李平、何三宁,《以译为业 译著等身——翻译家张友松研究》，载《江苏外语教学研究》，2015（4）：71。

名不显的翻译家的隐身状态，消解世人贴在他身上的标签，勾勒出一个充盈的、丰富的翻译家形象。

2）本书将彰显张友松的历史贡献。张友松在从事英语和翻译教学过程中，编辑和出版英汉对照读物的理念及选材的经典性、文学性、趣味性、可读性，对我们今天从事相关教学和出版工作具有启示意义。

3）本书还能推动相关张友松研究。本书发掘的张友松翻译活动资料将为今后的张友松研究提供充足的线索和史料，为后续《张友松年谱》《张友松传》《张友松文集》等的出版提供参考。

第二节　研究目的与问题

一、研究目的

本书尝试通过史料钩沉、文献整理、版本考订、译本比较等方式，从一手材料出发，展现翻译家张友松的翻译历程，总结其诗学观和翻译观，考察其诗学观在不同时期的译作中的体现，分析其译作中的诗学传译效度，判别其诗学识别能力，阐述其再现原文诗学特色的尝试；主要涉及如下三个方面的内容：

1）本书首先要为“被遗忘”的翻译家张友松正名，厘清其翻译实绩，彰显其翻译成就和翻译思想，使译者显身。本书试图还原一个著译丰富、个性鲜明的翻译家形象。

2）通过知识考古和文本细读，本书意在发掘张友松的诗学观和翻译思想，探讨诗学观和文艺思想之间的关系、个人诗学观和主体诗学之间的互动、诗学观又如何影响翻译实践等。

3）通过翻译家个案研究，张友松的独特性和价值将得以彰显，为重写翻译史、译学史、翻译文学史等提供新的材料和视角。

二、研究问题

本书为翻译史个案研究，以翻译家张友松为研究对象，拟解决的核心问题是张友松的诗学观及其在译文中的体现。本书以考察译本外影响诗学的因素和对比分析译本内诗学特色为重点，借助当代西方翻译理论、形式主义诗学理论、功能语言学理论，对张友松的翻译活动进行描述性研究，考察他的翻译思想、文艺思想与其翻译活动的互动关系，以及其诗学观在译本中的体现，同时也将译作置于主体诗学中加以评价；主要涉及如下三大问题：

1）张友松有何诗学观？本书通过梳理张友松的诗学论述，总结张友松诗学观的主要内容和特点。该问题旨在将张友松及其译作置于特定的历史文化语境，在接受文化圈内，来考察张友松的诗学观、翻译思想和文艺思想，涉及对翻译定义、选材、态度、功用、赞助行为、文艺思想、主流诗学、策略、方法等问题的探讨。

2）张友松的诗学识别能力究竟如何？结合张友松诗学观的早、中、晚分期，该问题主要考察各个时期张友松的诗学识别能力，主要涉及张友松的文体意识和诗学意识。

3）张友松的诗学观如何在译本当中得以体现？作为本书的核心部分，我们选取张友松早、中、晚三个时期的四部代表性译作，分三章对该问题加以论述。从张友松早期翻译的英汉对照读物、中期两次校对出版《愤怒的葡萄》（1959/1982）、晚期翻译的马克·吐温小说中，可以发现他在不同时期的翻译实践中展现的诗学意识、遵循的翻译规范和传达的诗学追求。

第三节 研究理论与方法

一、诗学的界定

本研究引用了两种不同的诗学概念，从内外两个层面来解释张友松的小说翻译实践。一种是源自俄国形式主义的诗学观①；另一种是翻译研究领域文化学派的诗学观②。

一般说来，“诗学”（poetics）系论述文学基本原理的学说。在亚里士多

①依据文珊的界定，以俄国形式主义为代表的西方现代诗学“以文艺形式为核心，追求形式结构美”，即“强调形式结构因素就是文艺本质”。参见文珊，《五四时期西诗汉译流派之诗学批评研究——以英诗汉译为个案》，广州：暨南大学出版社，2019：23。

②郭建中比较过翻译研究的语言学派和文化学派，提出：“未来的翻译研究，将会是语言学派和翻译研究派相互接近、相互补充、相互兼容的局面。”参见郭建中，《当代美国翻译理论》，武汉：湖北教育出版社，2000：172。本书采用第一种诗学观做译本内部分析时汲取了语言学派的一些方法，做文本外分析时则采用了第二种诗学观的相关论述。需要补充的是，耿强通过梳理“翻译诗学”的学术史，总结了五种具有原型意义的理论模式，指出翻译诗学是“一个极具张力的概念”，勒菲弗尔的诗学与意识形态之间是“双重变奏”的关系。参见耿强，《翻译诗学：一个学科关键词考察》，载《解放军外国语学院学报》，2021（3）：135。

德（Aristotle）的定义里，诗学系统地探讨了各种文类构成、功能及其性质。[①] 一旦将诗学概念用于翻译研究，这一古老概念就被赋予了新意义。罗曼·雅各布森（Roman Jakobson）认为，诗学要处理的问题就是什么使语言成为艺术作品，即诗学研究的语言问题，诗学是语言学不可分割的一部分。[②]

诗学研究在西方有悠久的历史。亚里士多德的诗学思想对西方的文艺理论影响最大，但是他的《诗学》[③]（*Poetics*）一书在西方古代晚期影响并没有那么大，直到文艺复兴时期，才开始广泛地影响着文学理论家和批评家。[④] 茨维坦·托多罗夫（Tzvetan Todorov）认为："亚里士多德的《诗学》已有 2 500 年之久，是首部完整讲述'文学理论'的著作，是该领域最重要的经典著作之一。"[⑤] 在与托多罗夫的对谈中，罗兰·巴特（Roland

---

① Aristotle. *Aristotle's Poetics*. George Whalley (Trans.). Montreal, Kingston & London: McGill-Queen's University Press, 1997: 45.

② Roman Jakobson. Linguistics and Poetics. In Krystyna Pomorska & Stephen Rudy (Eds.), *Language in Literature*. Cambridge: The Belknap Press of Harvard University Press, 1987: 63.

③ 台湾学者王士仪从希腊文译出《创作学》（或称《论创作法》，即《诗学》）一书。根据亚里士多德将知识分为三大类——论理类（practical）、理论类（theoretical）和制作类（productive）（王士仪译文），并依《诗学》开篇第一句"*Περί ποιητικής αύτής...*"中的前三个希腊词 [其中，*ποιητικής* 一词源于动词"*ποιείν*"（创作）]，为界定研究范畴，将书名译作《创作学》。他认为，该书"就是制作类，而非单一的知识'诗学'"。参见亚理斯多德，《亚理斯多德〈创作学〉注疏》，王士仪译注，台北：联经出版公司，2003：12。王士仪依据动词 *ποιείν*，将与之相关的一系列创作与批评词汇 *ποίησις*、*ποίημα*、*ποιητής* 译为"创作（名词）、创作品、创作者"，从而厘定 *ποιητικής* 即为"创作的方法"。他认为，英文译名 poetics 仍然保留了 making 的意思，若将其译为 art of poetry，还是保有"方法"（art）的意思，但是若将其中译为"诗学"二字，则失去了它创作的原意，因而坚持将 *ποιητικής* 译成"创作学"或"创作法"。参见亚理斯多德，《亚理斯多德〈创作学〉注疏》，王士仪译注，台北：联经出版公司，2003：16。《诗学》中译本将其译成各自表述不同的术语，未能划一，导致了讨论沟通缺少共同的词汇基础。因此，王士仪尝试建构新的专用术语体系，制作了新的词汇对照表。在该表中，*ποιητής* 由"诗人"改译成"创作者"，*μίμησις* 由"模仿、模拟"改译成"创新、创新出"，*κάθαρσις* 由"宣泄、净化、陶冶"改译成"赎罪、补偿"，等等。参见亚理斯多德，《亚理斯多德〈创作学〉注疏》，王士仪译注，台北：联经出版公司，2003：xxxiv~xxxvii。但是，刘小枫反对将"诗学"译为"创作学"，认为这是"以后世之词义绳古之词义"，不如译成"论诗术"。参见刘小枫，《"诗学"与"国学"——亚里士多德〈诗学〉的译名争议》，载《中山大学学报（社会科学版）》，2009（5）：123~124。总体来说，王士仪的"以经解经"的翻译方式，"让后设的'戏剧学'思想窃据了亚里士多德'诗学'原本的经验范畴"。参见齐宏伟、杜心源、杨巧，《中外文学交流史 中国—希腊、希伯来卷》，济南：山东教育出版社，2015：101。

④ Malcolm Heath. Introduction. In Aristotle, *Poetics*. Malcolm Heath (Trans.). London: Penguin Books, 1996: vii–viii.

⑤ Tzvetan Todorov. *Introduction to Poetics*. Richard Howard (Trans.). Minneapolis: University of Minnesota Press, 1981: xxiii.

Barthes）指出：“从最深层的意义上讲，我们深知亚里士多德的《诗学》也是一种所有‘模仿’作品的形式化研究。”[①] 总体来说，亚里士多德的《诗学》是“西方文艺思想的万流之源”[②]“是一部跨越时代和国界的文献，一部现在没有、将来也不会失去风采的经典”[③]。

亚里士多德《诗学》的重要意义毋庸多言。[④] 对于《诗学》的解读，有两种很不同的诗歌和批评理论：一种是心理学理论；另一种是形式主义理论。心理学理论关注戏剧对观众影响，形式主义理论则聚焦于戏剧各组成部分彼此联系的方式。[⑤] 形式主义理论认为，戏剧的好坏“取决于其本身的组织结构”，批评家应该考察这种组织结构，而不应该考察戏剧对观众的影响[⑥]；“悲剧的心理效果可以是对形式结构的反应”[⑦]。

现代学科意义上的诗学兴起于俄国形式主义诗学。俄国形式主义诗学是 20 世纪“文学理论变化的开端”[⑧]，是“一次批评的革命”[⑨]。

1917 年，俄国形式主义的“领袖人物”[⑩]、年轻的维克托·什克洛夫斯基（Viktor Shklovsky）在论文《艺术即方法》（“Iskusstvo Kak Priem”，即“Art as Device”）中阐释了形式主义的核心概念“反常化”（ostranenie，即 defamiliarization）。特里·伊格尔顿（Terry Eagleton）将这篇文章当作 21 世纪文学理论变革的开端，认为该文是开拓性的，自此以后，文学、阅读、批评的含义都发生了深刻的变化。[⑪] 什克洛夫斯基的《艺术即方法》一文

---

① Roland Barthes & Tzvetan Todorov. Discussion: Barthes-Todorov. In Richard Macksey & Eugenio Donato (Eds.), *The Structuralist Controversy: The Languages of Criticism and the Sciences of Man*. Baltimore & London: The Johns Hopkins University Press, 1972: 151.

② 饶芃子，《古代美学世界的明珠——〈文心雕龙研究荟萃〉序》，见《文学批评与比较文学》，广州：花城出版社，1991：306。

③ 陈中梅，《引言》，见《诗学》，陈中梅译，北京：商务印书馆，2016：16。

④ 亚里士多德《诗学》对俄国形式主义者先锋人物维克多·什克洛夫斯基有重要影响，主要体现在两个方面：一是对情节的重视；二是对语言的重视。参见杨燕，《什克洛夫斯基诗学研究》，北京：社会科学文献出版社，2016：42~43。

⑤ Dabney Townsend. *Aesthetics: Classic Reading from the Western Tradition*. 2nd Ed. Belmont: Wadsworth Publishing, 2001: 23.

⑥ Ibid: 23–24.

⑦ Ibid: 24.

⑧ Terry Eagleton. *Literary Theory: An Introduction*. 2nd Ed. Oxford: Blackwell Publishing, 1996: ix.

⑨ Fredric Jameson. Metacommentary. *PMLA*, 1971, *86*(1): 11.

⑩ 语出张冰专著小标题《俄国形式主义的领袖人物——什克洛夫斯基》。在书中，张冰称什克洛夫斯基为“俄国形式主义运动的发动机，是它的领袖，也是它的思想发生器”。参见张冰，《俄罗斯形式主义诗学》，北京：中国社会科学出版社，2019：50。

⑪ Terry Eagleton. *Literary Theory: An Introduction*. 2nd Ed. Oxford: Blackwell Publishing, 1996: ix.

厘定了俄国形式主义早期诗学理论的基本走向。[①]但是，目前可以确认什克洛夫斯基最先论述形式主义的论文是他于1914年发表的《词语的复活》（“Voskreshenie Slova”，即“Resurrecting the Word”），该文为“反常化”理论的提出奠定了基础。[②]

俄国形式主义的另一领袖人物是雅各布森。他将语言学和诗学结合起来，引领俄国形式主义走出了一条语言学诗学之路。在《语言学与诗学》（“Linguistics and Poetics”，1960）一文当中，雅各布森认为诗学是语言学不可或缺的一部分，同时诗学也是一个处于语言自足的体系。他提出语言有六大构成要素——说话者、语境、信息、接触方式、语码、受话者[③]，以及相应的六大功能——抒情功能、指称功能、诗学功能、交际功能、元语言功能和意动功能[④]。雅各布森认为，诗学功能“将选择等价原则从选择轴投射到组合轴上”，是“聚焦于信息自身”[⑤]的功能，即自身的音响、词汇、句法的审美意义[⑥]。诗学功能在语言艺术中占主导地位[⑦]，“文学性”（literariness）才是文学研究的对象[⑧]，可以通过分析语言功能加以探讨。

托多罗夫的诗学则“关心构成文学事实的那种抽象性质”，即那些足以概括所有文学本质的抽象的结构——文学性。[⑨]一部小说诗学研究的内容就是文本的语义内容、词语特征和句法特征。[⑩]文学性源自作者将文学作品中的语言“反常化”或者“前景化”。什克洛夫斯基认为，陌生化就是要“抵抗日常感知模式所造就的惯性……‘创造性地毁坏’那些日常的、

①杨燕，《什克洛夫斯基诗学研究》，北京：社会科学文献出版社，2016：13。

②Alexandra Berlina. *Viktor Shklovsky: A Reader*. Alexandra Berlina (Ed. & Trans.). New York: Bloomsbury Academic, 2016: 54.

③Roman Jakobson. Closing Statement: Linguistics and Poetics. In Thomas A. Sebeok (Ed.), *Style in Language*. Cambridge: The MIT Press, 1960: 353.

④Ibid: 357.

⑤Ibid: 358.

⑥王东风，《从诗学的角度看被动语态变译的功能亏损——〈简·爱〉中的一个案例分析》，载《外国语》，2007（4）：50。

⑦Roman Jakobson. Closing Statement: Linguistics and Poetics. In Thomas A. Sebeok (Ed.), *Style in Language*. Cambridge: The MIT Press, 1960: 350.

⑧鲍里斯·埃亨鲍姆在文章《“形式方法”理论》（“The Theory of the ‘Formal Method’”）中引用了雅各布森关于文学性定义的一段话，流传甚广，英译为：“The object of the science of literature is not literature, but literariness—that is, that which makes a given work a work of literature.”参见Boris Eichenbaum. The Theory of the “Formal Method”. In Lee T. Lemon & Reis J. Marion (Eds. & Trans.), *Russian Formalist Criticism: Four Essays*. Lincoln: University of Nebraska Press, 1965: 107.

⑨张智庭，《法国符号学论集》，天津：南开大学出版社，2018：221~222。

⑩同上：222。

普通的东西，以此在我们心中灌输一种新的、童稚的、充满生机的图像”[①]。韩礼德认为，前景化的语言中体现了作者意图，是“有动因的突出”，而且与全文的意义都有关联。[②]

在我国诗学翻译研究界，主要倡导者之一王东风将研究视角聚焦于文学性的翻译。[③]他认为：“诗学就是运用语言学的理论所进行的文学研究。”[④]通过反思“通顺”，王东风提出“诗学翻译的原则应该是尽可能地以常规对常规，以变异对变异，以体现原文常规与变异的张力”[⑤]。王东风认为，文学翻译的难处在于识别原文中的诗学标记，倘若译者欠缺诗学能力，或者未将体现原文的诗学价值放在首位，那么译者的改写造成诗学亏损是必然的；最难实现忠实的往往是“原文对常规的变异和扭曲”，在前景和背景之间，“前景要求的是诗意的、反常的体现，而背景要求的才是一般意义上的通顺的体现”；在翻译中，忠实（若不包含反常的忠实）和通顺（遏制反常语）这两个标准往往成了制造平庸的、“四平八稳”的译文的主要原因。[⑥]通过反思文学翻译，王东风再次强调：

> 一言以蔽之，文学翻译要翻译的就是文学性。至于文学性是什么，不同的学科和学者有不同的说法，诸如前景化的、陌生化的、反常化的、反自动化的、变异的、修辞格的，等等。抓住这个基本点，其实很多诗学的特征并非那么难译。[⑦]

在王东风看来，诗学翻译的目标其实是各类反常的语言表达，“无论其是语音的、语形的、语法的、语义的、语用的、文体的，等等，只要是反常的，必是文学翻译中要格外留意的”[⑧]。也就是说，“诗学翻译的原则

① 泰伦斯·霍克斯，《结构主义与符号学》，瞿晶译，北京：知识产权出版社，2018：56。

② Michael. A. K. Halliday. *Exploration in the Functions of Language*. London: Edward Arnold, 1973: 112.

③ 国内学者费小平在《翻译的政治——翻译研究与文化研究》的末章中呼吁重建翻译诗学。对翻译诗学概念进行了中西学术上的梳理。最后，他确定了翻译诗学的研究对象、研究方法、预期产值和理论意义。参见费小平，《翻译的政治——翻译研究与文化研究》，北京：中国社会科学出版社，2005：324~327。费小平从文化研究的视角下来确定翻译诗学的内涵、方法和跨学科特点，并不是一种聚焦于“文学性”这一核心议题的翻译诗学观。

④ 王东风，《被操纵的西诗 被误导的新诗——从诗学和文化角度反思五四初期西诗汉译对新诗运动的影响》，载《中国翻译》，2016（1）：25。

⑤ 王东风，《反思“通顺”——从诗学的角度再论“通顺”》，载《中国翻译》，2005（6）：14。

⑥ 同上。

⑦ 王东风，《形式的复活：从诗学的角度反思文学翻译》，载《中国翻译》，2010（1）：11。

⑧ 同上。

就应该是以常规对常规，以反常对反常，追求文学性的艺术体现”①。更为明确的界定就是“翻译诗学是指研究文学翻译的学问；诗学翻译指的是旨在实现原文诗学功能的翻译”②。王东风的诗学理论来源主要是以俄国形式主义为代表的客观诗学、功能语言学、文体学等，因此我们在分析原文和译文诗学特色时，可以借用功能语言学、文体学方面的理论来进行阐述。

在翻译理论界，亨利·梅肖尼克（Henri Meschonnic）是第一位将翻译和诗学并轨，明确提出“翻译诗学”（poétique de la traduction）概念的学者。我国研究者将他于1973年首倡的翻译诗学理论概括为“借助诗学理论，对作为一种特殊写作形式的翻译的研究”③，研究主要涉及翻译本质、翻译对象、评价翻译标准、翻译价值、翻译主体、翻译历史性等话题。梅肖尼克宁可将诗学视为文学理论，也不赞同雅各布森的那种将文学作品简略到“信息”的语言学诗学观。④威利斯·巴恩斯通（Willis Barnstone）是另一位较早提出“翻译诗学”（the poetics of translation）概念的翻译理论家。他将“诗学”一词界定为四个层面：（1）艺术的形式，比如诗体论、可译性、忠实、翻译方法、对等和差异、措辞、句法；（2）指翻译的分类或变体；（3）指理论和方法；（4）指各理论流派的诗学观。⑤

与巴恩斯通在语言学框架内论述翻译不同，操控学派代表人物安德烈·勒菲弗尔（André Lefevere）重新定义了“诗学”一词。勒菲弗尔晚期的诗学理论主要体现在《翻译、改写以及对文学名声的制控》（*Translation, Rewriting and the Manipulation of Literary Fame*）和《翻译、历史与文化论集》（*Translation/History/Culture: A Source Book*）这两本著作中。勒菲弗尔认为，诗学由两部分组成：一是指一套文学手法、文类、主题、人物、情景及象征；二是指在整个社会系统中，文学的角色是什么样的，或者说应该是什么样的。前者构成文学的功能组成部分，后者则对社会系统相关主题的选择有影响作用。⑥诗学的功能组成部分明显与来自诗学外部的意识形态的影响密切相关。⑦

---

①王东风，《翻译诗学与诗学翻译》，载《中国翻译》，2023（2）：9。

②同上：8。

③曹丹红，《诗学视角下的翻译研究》，南京：南京大学出版社，2015：22。

④许钧、袁筱一，《当代法国翻译理论》，武汉：湖北教育出版社，2001：137。

⑤Willis Barnstone. *The Poetics of Translation: History, Theory, Practice*. New Haven & London: Yale University Press, 1993: 6.

⑥André Lefevere. *Translation, Rewriting and the Manipulation of Literary Fame*. London & New York: Routledge, 1992: 26.

⑦Ibid: 27.

勒菲弗尔的诗学观与俄国形式主义之间有着内在的联系。[①]他认为，俄国形式主义"强调自我指涉的文学性，关注文学的演化以及控制那一演化的规律"[②]。他借用形式主义的观点[③]，提出"文学不应该被视为铁板一块的概念，而是一个多元系统，围绕一个中心和主导核心组织起来，包括其他多种要素，比如翻译文学、性文学、无足轻重的文学。一时曾占主导地位的文学也许后来会变成边缘文学，反之亦然。"[④]他的诗学观表明翻译不仅仅是语言层次的转换，而是译者对原作进行的文化层面的改写。这种诗学观突破了传统语言学划定的翻译研究局限，大大拓宽了翻译研究的视野。[⑤]

勒菲弗尔认为，翻译不是在真空中进行的，会受到特定时期的特定文化的制约。[⑥]翻译研究需要与权力、赞助、意识形态、诗学结合起来，重点考察各种维护或颠覆某一诗学或意识形态的现象。[⑦]因此，本书虽以诗学为主要研究视角，但同时也会旁及影响诗学的这几个要素。也就是说，翻译家对文学翻译的看法（或称翻译思想）受到意识形态的影响，而诗学

① 勒菲弗尔对俄国形式主义的借用直接体现于他将文学、文化、翻译、赞助、诗学等看成一个系统。他认为，是俄国形式主义者将"系统"这一概念引入现代文学理论之中。参见 André Lefevere. *Translation, Rewriting and the Manipulation of Literary Fame*. London & New York: Routledge, 1992: 11。勒菲弗尔在追问俄国形式主义文化系统论中的"文化的逻辑"（the logic of culture）受制于谁的时候，提出控制文学系统的内因是"专业人士"（the professionals），外因是"赞助人"（patronage）。参见 André Lefevere. *Translation, Rewriting and the Manipulation of Literary Fame*. London & New York: Routledge, 1992: 14–15。

② André Lefevere. Towards a Science of Literature (the Legacy of Russian Formalism). *Dispositio*, 1978, *3*(7–8): 71.

③ 勒菲弗尔这一观点同时也参照了伊塔玛·埃文 – 佐哈尔（Itamar Even-Zohar）的多元系统理论。耿强认为，勒菲弗尔在这篇写于 1978 年的文章"Towards a Science of Literature (the Legacy of Russian Formalism)"中明确接受了埃文 – 佐哈尔的观点。参见耿强，《重返经典：安德烈·勒菲弗尔翻译理论批评》，载《中国比较文学》，2017（1）：57。

④ André Lefevere. Towards a Science of Literature (the Legacy of Russian Formalism). *Dispositio*, 1978, *3*(7–8): 80.

⑤ 吴涛在《翻译诗学溯源》文末指出，"翻译诗学"研究是翻译研究中一个比较前沿、比较年轻的领域。他提出，研究者需要保持警醒："'翻译诗学'还要警惕对翻译研究'外围因素'，即文化、意识形态、赞助者等的过分强调和关注，'翻译诗学'研究应在保住翻译研究的本体，即以文本为中心的语言层面的以转化为核心的基础上，兼顾影响文本生成的外围因素，以避免国内翻译专家、教授所担忧的'文化转向'后翻译学研究学科地位的丧失。"参见吴涛，《翻译诗学溯源》，载《昆明理工大学学报（社会科学版）》，2011（6）：108。由此观之，翻译诗学研究要做到内外结合，既要关注文本内部"文学性"的传译，又要结合影响诗学的外部因素来分析。

⑥ André Lefevere. *Translation/History/Culture: A Source Book*. London: Routledge, 1992: 1.

⑦ André Lefevere. *Translation, Rewriting and the Manipulation of Literary Fame*. London & New York: Routledge, 1992: 10.

对翻译的影响则包含文艺思想及翻译思想对于翻译活动的影响；研究文艺思想对于翻译的影响必然会涉及意识形态问题。[①] 勒菲弗尔认为："写作风格常被看成诗学风格，这是因为它在相对较少的词语、诗行或段落中展现了相当密集的言外之力……从技术的层面上看，诗学措辞可以得到完美翻译。"[②]

尽管勒菲弗尔宣称自己的"翻译诗学"就是吉迪恩·图里（Gideon Toury）不厌其烦所讲的"翻译规范"（translational norms），但张南峰认为，勒菲弗尔界定的"诗学"概念太含糊，有时指"翻译诗学"，有时指"文学诗学"，容易造成混乱。勒菲弗尔所说的"诗学"并不等同于图里所说的"规范"。[③]

二、其他理论视角

探讨翻译规范理论的代表人物有图里、西奥·赫曼斯（Theo Hermans）和安德鲁·切斯特曼（Andrew Chesterman）。图里首次从翻译研究的角度系统地研究了翻译规范，并发展出以翻译规范为核心概念的描述性翻译研究。他从社会学研究领域借用了"规范"一词，指译者在翻译时面对的种种来自译入语社会及文化的制约，这些制约直接影响到译者的翻译决策。[④] 图里区分了三大翻译规范：初始规范、预备规范和操作规范。其中，让译者在翻译之前进行价值取舍的初始规范最重要。[⑤]

赫曼斯扩充了图里的规范概念，系统地分析了规范的规定性，认为规范涉及整个翻译过程。翻译规范涵盖了"常规"（convention）和"法令"（decree）之间的全部领域，构成一个"连续统"（continuum）。翻译规范和规则都属于社会事实，不仅仅涉及个人、团体和社群，同时也涉及群体内实际的或象征性的权力关系。[⑥] 赫曼斯将规范理论当作专门的分析工具，运用到翻译史研究当中，聚焦译者于特定情形下的翻译选择，大大地拓展

---

① 白立平，《翻译家梁实秋》，北京：商务印书馆，2016：9~10。

② André Lefevere. *Translating Literature: Practice and Theory in a Comparative Literature Context*. Beijing: Foreign Language Teaching and Research Press, 2006: 49.

③ 张南峰，《中西译学批评》，北京：清华大学出版社，2004：149~150。

④ Gideon Toury. The Nature and Role of Norms in Literary Translation. In Gideon Toury (Ed.), *In Search of a Theory of Translation*. Tel Aviv: Porter Institute, 1980: 51.

⑤ Ibid: 54.

⑥ Theo Hermans. Norms and the Determination of Translation: A Theoretical Framework. In Roman Álvarez & M. Carmen-África Vidal (Eds.), *Translation, Power, Subversion*. Clevedon: Multilingual Matters, 1996: 25–51.

了规范理论的适用范围。[①]

在图里的理论基础之上，切斯特曼借用社会生理学中的“理念因子”（meme）一词，来指代翻译理论和观念。他将规范划分为社会规范、道德规范和技术规范，技术规范之下又分产品规范（又称期待规范）和生产规范（又称过程规范）等。[②]切斯特曼在对比分析“规范”与勒菲弗尔所提“制约”（constraints）时，认为二者之间存在高度的一致性，指出诗学制约显然是一种期待规范，在文学翻译领域将其称为语篇模式期待规范，在非文学翻译领域将其称为文本类型期待规范。[③]

张友松作为一个复杂的个体，他的诗学观的形成及其在译本中的体现也很复杂。本书的选材范围具有时间上的跨度，在援引上述理论来研究的同时，也需要涉及与这些理论密切相关的功能语言学理论、多元系统理论、描写翻译学理论。韩礼德的功能主义侧重语言或结构，概括力和解释力都很强，其功能视角与诗学理念相结合，可以派生出功能文体学和诗学理论；将其用于文学语篇的诗学分析，可以为直译、翻译批评、翻译质量评估等提供理论支持。[④]埃文－佐哈尔开创性地提出文学是一个“多元系统”（polysystem），翻译文学作为其中的一个系统，会与其他系统相互作用、相互影响。[⑤]多元系统理论大体上遵循一条重描写、面向译文、侧重功能、系统性的新途径。[⑥]张友松早年从事翻译所处的时代，适值我国翻译文学兴盛，由边缘逐渐走向中心的阶段，因而译文在充分性和可接受性之间不停地游走，其翻译策略的选择因此也会发生变化。图里以多元系统理论为基础，发展出了一套面向目标系统的理论和方法框架，集中研究翻译文学如何受到目标语文化特别是文学传统的影响，其中规范理论便是描述性翻译研究的核心，也是具体译文分析的落脚点之一。[⑦]

---

① Theo Hermans. Translation and Normativity. In Christian Schaffner (Ed.), *Translation and Norms*. Clevedon: Multilingual Matters, 1999: 52.

② Andrew Chesterman. *Memes of Translation: The Spread of Ideas in Translation Theory*. Rev. Ed. Amsterdam: John Benjamins, 2016: 53.

③ Ibid: 76.

④ 王东风，《功能语言学与后解构主义时代的翻译研究》，载《中国翻译》，2007（3）：8。

⑤ Itamar Even-Zohar. The Position of Translated Literature Within the Literary Polysystem. *Poetics Today*, 1990, *11*(1): 46.

⑥ Theo Hermans. *The Manipulation of Literature: Studies in Literary Translation*. New York: ST. Martin's Press, 1985: 10–11.

⑦ Gideon Toury. *Descriptive Translation Studies and Beyond*. Amsterdam & Philadelphia: John Benjamins, 1995: 61.

总的来讲，结合诗学内部的语言学分析范式和诗学外部的影响要素分析，本书采取了两种诗学研究路径。一种是专注于文本内部的诗学特征分析，涉及译者张友松诗学识别能力、诗学再造的尝试、翻译策略和方法。因诗学翻译的核心要素就是文学性的传译，在“以常规对常规，以变异对变异”的诗学翻译原则[1]的指导下，本书将考察张友松的各种诗学再现手段。另一种涉及影响译者诗学观形成的外部要素分析，本书主要借用勒菲弗尔改写理论中论及的权力、赞助、意识形态、诗学，将四者结合起来考察张友松诗学观形成过程中所受到的不同层面的影响。同时，本书将通过实例分析，来论证张友松诗学观与译文诗学特征之间的内在联系，试图阐明他的诗学观及其在翻译中的体现。

三、研究方法

翻译研究需结合宏观的文化研究（如同望远镜）和微观的语言研究（如同显微镜）。[2]这种双重研究模式有助于认清翻译的本质，文本语言转换层面的分析有助于将翻译分析落到实处。同时，翻译诗学的研究可以“从理论上充分肯定译者的再创造价值和确认翻译家在文学史上的地位”[3]。如翻译诗学研究的大家王东风常鼓励后辈，诗学研究大有可为。究其实，翻译诗学研究能解决文学翻译中文学性的传译问题。

翻译家张友松研究属于个案研究的类型。在诗学视阈下，张友松小说翻译的诗学研究有两个层面的问题：一是张友松本人的诗学观（尤其是翻译诗学观）；二是张友松译作中呈现的诗学特色（尤其是校订改译文本中的诗学特色）。因此，在分析这两个核心问题的时候，本书采用了两种不同的方法：一种是文化研究的诗学形成要素分析模式（文本外部研究）；另一种是诗学研究的语言学分析模式（文本内部研究）。在具体的操作中，本书一直尝试融合这内外两个维度（历史 - 文化维度与诗学维度）。

从历史 - 文化维度出发，本书尽量将张友松的诗学观置于特定的历史文化语境下来考察。首先，本书侧重采用一手材料，尽可能多地收集相关史料，比如译作、译序、广告、回忆录、书信、手稿、票据。本着重构历

① 王东风，《反思“通顺”——从诗学的角度再论“通顺”》，载《中国翻译》，2005（6）：13。

② Maria Tymoczko. Connecting the Two Infinite Orders: Research Methods in Translation Studies. In Theo Hermans (Ed.), *Crosscultural Transgressions: Research Models in Translation Studies II: Historical and Ideological Issues*. Manchester: St. Jerome, 2002: 9.

③ 费小平，《翻译的政治——翻译研究与文化研究》，北京：中国社会科学出版社，2005：326。

史文化语境的想法，本书特别强调所用史料的出处，以史料最早登载的版本为起点，考证版本和源流，以求准确，避免讹误。其次，在广收一手材料的基础上，本着知人论世的原则，本书编撰了《张友松年谱简编》，以求全面了解这位翻译家的生平事迹和翻译成就。有了年谱简编打底，本书对于张友松诗学观、翻译观等的论述更加清晰明了。最后，在重构张友松诗学观形成的历史文化语境过程中，尤其是涉及意识形态与诗学的相关论述时，本书借助了勒菲弗尔的理论来进行阐释。在此框架下，张友松的诗学观及其影响要素均能得到很好的解释。总的来说，充足的史料是翻译史研究的基础，史料运用方面的"洁癖"有助于我们深入挖掘原始的一手资料，不轻信前人的相关论述。如此一来，本书从点滴做起，言必有据，做细，做扎实，为今后的张友松研究乃至重写翻译史提供了坚实的基础。

从诗学维度出发，本书立足于语言学（尤其是功能语言学）展开译本的诗学分析。首先，语言学诗学分析的模式已经非常成熟，尤其是功能语言学的三大元功能分析，将其用于文本分析时，能准确地解析原文、译文的诗学特征。在本书中，元功能分析、功能文体学、语相分析等均是对比研究原文和译文的有效方法。其次，王东风的相关诗学研究为文学语言的诗学分析提供了坚实的理论基础。本书在运用王东风提倡的翻译文本诗学分析模式及其原则（"以常规对常规，以变异对变异"）的过程中，对张友松的诗学意识、诗学识别能力以及译文中的诗学再现手段进行了解析。最后，诗学研究能够很好地解决翻译研究中研究本体失落的问题。运用诗学分析手段，本书最终的落脚点仍在译本分析上，对张友松文学翻译再创作论的解析有足够的文本支撑。总的来说，翻译文本的诗学分析有成熟的理论可资借鉴，翻译诗学研究大有可为。张友松小说翻译研究是一个小小的尝试，通过内外结合，将文本本身的诗学特征和文本外影响诗学的要素分析结合起来，为译家、译本研究提供了样本。

第四节　文献综述

时至今日，张友松研究在深度和广度两方面均有很大欠缺。涉及个人生平、翻译思想、翻译成就、译作、历史定位的相关研究虽然数量上不少，但是未能完整地揭示张友松一生的翻译实践和翻译贡献。因资料梳理不足、研究层次不高、译作研究重复等，当前的张友松研究仍处于开拓期，新材料的发掘、新视野的采用有助于将张友松研究向纵深发展。

一、张友松生平研究

张友松生平研究大致有两种类型：一种是张友松的自述和他人的回忆性文字；另一种是考证张友松与他人关系的文章。这两种研究均能为张友松生平研究提供丰富的一手史料。

1. 回忆录

张友松自述内容多、资料性强，有助于历时性地理解、描述张友松的心路历程。《亡姊挹兰略传》（1928）是张友松最早发表的回忆录。该文虽专为悼念姐姐而作，但其中很多内容为他与张挹兰共同经历的事情，因而对于研究他早年的经历、思想观念的形成非常有帮助。中华人民共和国成立之前，张友松撰写的回忆性作品还有《我的小说译作的经验与理解》（1934）、《我最初的职业生活》（1936）、《我的回顾与前瞻》（1949）等。尤其是在写于1949年元旦的《我的回顾与前瞻》一文中，他认为，自己的前半生代表了一个典型的纯良知识分子的行径，身上有着知识分子共同的弱点：软弱、因循、富于妥协性和苟安心理、缺乏战斗精神；今后需要克服这些弱点，重新做人，成为推动时代的力量。随后，他写了一些向主流意识形态靠拢的文章，如《翻译工作者今后的任务》（1949）。该文号召翻译家确立一个有意义的共同目标，养成一种团结合作、为革命服务、为人民服务的优良作风，肩负革命伟业中的一部分任务。张友松的此番表态顺应了中华人民共和国成立后翻译工作者“组织化”“计划化”的热潮，翻译工作者要从思想上重新认识翻译工作，翻译要接受党的领导，要为人民服务。其余文章还有《关于拙译“和大宣言”》（1951）、《对刘盛亚的创作〈再生记〉的初步批评》（1951）等。20世纪80年代后，张友松陆续发表了一些回忆性作品，如《鲁迅和春潮书局及其他》（1980）、《我的翻译生涯》（1983）、《张友松自传》（1983）、《斗室春秋》（1989）、《文学翻译漫谈》（1989）、《我选译马克·吐温小说名著的历程》（1991）等。

他人对于张友松的回忆，当首推张友松大女儿张立莲的长文《怀念我的父亲张友松》（1996）。该文回顾了张友松的生平事迹，从另外一个侧面补充、丰富、印证了张友松的相关史料。遗憾之处在于张立莲并不懂翻译，且长期不在张友松身边，不了解张友松的翻译生涯，所以只能留下一些只言片语。其他相关回忆性作品还有江天的《张友松的译作》（1934）、许广平的《鲁迅与青年们》（1951）、江风的《老当益壮——访老文学翻译家张友松》（1982）、胡玉萍的《文学翻译是艺术形象的再创造——访文学翻译家张友松》（1983）、徐城北的《奇人张友松》（1998）、曾伯炎的《翻译家张友松穷死成都》(1998)、符家钦的《信是人间重晚晴——记张友松老师》(2003)、徐伏钢的《张友松——藏在鲁迅日记里的翻译大家》(2008)、黑马的《被埋没的翻译大家张友松》(2015)。曾伯炎(1998)和徐伏钢(2008)的文章一出,在文艺界引起了一阵唏嘘和热议,以至给张友松贴上了“可惜”“悲情”“被埋没”“晚景凄惨”等标签。张友松在《鲁迅日记》中出现了114天,留下127条记录。但记者徐伏钢未细核《鲁迅日记》细目,仅据《鲁迅日记》索引中的日期,在文中错写成出现114次,至今仍广为沿用。

2. 张友松与他人的关系考

这方面的研究主要涉及张友松经历的重大事件,如“南云楼”风波、创办春潮书局等。此类研究固然会涉及张友松的生平事迹,但张友松并不是研究的中心,也不常论及他的翻译家身份,只是鲁迅、林语堂、北新书局等话题的延伸。

在《张友松与林语堂》(2010)一文中,李平考证了张友松与林语堂的交往细节,解析了张林二人处理争议的方式和态度,点明了张友松不好相处的性格特征。在《张友松与鲁迅》(2016)一文中,张泽贤尝试构建张友松的翻译家形象。这是其搜寻、研究民国旧版本的一篇小考据。此外,以鲁迅为中心的文章中论及张友松的还有张学义、李寅虎的《鲁迅与党家斌》(1993),段国超的《党家斌与鲁迅》(2008),朱正的《鲁迅交往中的右派分子(二)》(2010)等。

至于鲁迅与北新书局的版税之争,张友松等春潮同仁在其中扮演了重要角色,因而常常被论及(蒙树宏,1985;梁伟峰,2007;陈树萍,2008;王锡荣,2014;顾音海,2017;谢利明,2017;等等),但往往是一笔带过,并非重点。

“南云楼”风波是鲁迅与林语堂关系研究的重点和热点话题,也是版税之争的后果之一。因张友松卷入其中,常被论及,资料来源一般都是当事人的回忆性文字,如鲁迅日记、林语堂日记、林语堂的《忆鲁迅》(1995)、郁达夫的《回忆鲁迅》(1940)、王映霞的《林语堂和鲁迅的一次争吵》(1991)等。

二、张友松译作研究

译作研究是张友松研究的热点和重点。最早的研究当属时人、报刊等对张友松译作的评介。本研究通过编撰《张友松年谱简编》,搜罗了一些评价张友松译作的零碎信息，概言之：张友松的译文忠实流畅。

例如，其与石民合译的《曼侬》："译文忠实流畅，为译述界所罕见。"[①]《新俄学生日记》："此书经林先生和张先生译了出来，译文之忠实流畅，谅为读书界所共知。排印时又经译者亲自细心校对，加以印刷精美，实为最满意之版本。"[②]译作《如此如此》："对于译文我们可以不用说什么话，只要读过张友松先生的译作的人，总会相信得过来的。"[③]曾伯炎[④]评张友松译作："我少年时读的第一本翻译著作便是他译的施笃姆的《茵梦湖》，青年时读的马克·吐温小说，也出自他的译笔，译得清爽流畅，传神有味，很受文惠。"[⑤]

1930年左右，北新书局曾出"英文小丛书"，英汉对照排版，收书多达20余种。该丛书"不但趣味浓厚，而译笔也流利、正确，可说是最好的英文补充读物"[⑥]。当然，张友松最初的译文也有受到诟病的时候，如高长虹在《"道"与"说"的用法》一文中，批评张友松在翻译时将"道"与"说"这两个动词用错了，"看张友松译的小说，总觉很别扭，不痛快。张君勇于介绍，在文字上再用些功夫才好"[⑦]。

纳入学术规范视野的张友松译作研究当属相关期刊论文和学位论文。这些论文主要集中研究张友松翻译的两部长销小说——《哈克贝利·费恩历险记》和《汤姆·索亚历险记》，其中以前者为最。其余涉及的译作有马克·吐温的短篇小说及《王子与贫儿》《如此如此》《茵梦湖》等。这些研究者大多是硕士学位论文的撰写者，期刊论文与其学位论文密切相关。

---

①参见1929年4月30日《春潮》第1卷第8期的专页广告。

②同上。

③世界少年文学丛刊编者，《付印题记》，见《如此如此》，张友松译，上海：上海开明书店，1930：2。

④曾伯炎于《重庆商报》上刊文《山城与翻译家的前缘》，介绍了巴金、汝龙、张友松、梁实秋、余光中五位翻译家与重庆的联系，其中讲到张友松的部分为："在译界，张友松比汝龙资格老。他是很年轻就被鲁迅介绍到北新书局，又为书局不兑现鲁迅的稿酬与书局闹翻。张公在翻译界大展身手时，萧乾还在他手下作徒。抗战时，张友松也辗转于重庆，为巴金的文化生活出版社译名著，我读的马克·吐温的《汤姆莎耶历险》与德国作家施笃姆的小说《茵梦湖》，都是他的手译。还是土纸印的英汉对照本，别人是从诗去悟诗，我的诗感竟然由这写诗意小说施笃姆启发，能不感谢张友松的译笔吗。他译的《百万英镑》与《竞选州长》等马克·吐温名著，给出版界挣了多少钱呀！可张公92岁是穷死于成都。"参见曾伯炎，《山城与翻译家的前缘》，载《重庆商报》，2011-8-14。

⑤曾伯炎，《翻译家张友松穷死成都》，载《鲁迅研究月刊》，1998（6）：57。

⑥周乐山，《怎样读英文和读什么书》，见《给青年的信》，上海：北新书局，1933：174。

⑦高长虹，《"道"与"说"的用法》，载《长虹周刊》，1928（2）：13。

此外，这些研究几乎都是以马克·吐温的作品为中心，以译本比较的方式呈现，大致可分为三类。

1. 以文学翻译为核心的研究

这类主要涉及儿童文学翻译（邓炎炎，2007；李琦，2008；李新朝等，2008；谭梦，2015；但永隽，2017；徐小艺，2017；郑慧慧，2017）、文学文体学（张乔艳，2011；张莎莎，2014；张建华，2015）、文化因素（陆子晋，2010）等。

2. 专注于语言风格翻译的研究

这类主要涉及言语幽默翻译（张宁飞，2014；刘秀，2017）、译文风格再现（杨霞，2011；张雅琴，2013；徐德荣、王翠转，2017）、方言翻译（宋莉华，2013）等。

3. 借助翻译理论进行的文本研究

这类主要涉及功能对等（李楠，2008；刘堃，2008；伍清玲，2011；马敏，2014；宋佳，2017；苏红，2017；王琲，2018）、动态对等（王洁，2005；方苗，2009）、目的论（付丽云，2010；宋岩甲，2011；秦银银，2014；王晶，2014；王腾腾，2014；李莉，2016）、顺应论（王丽娟，2013；王存娟，2018）、操纵理论（李新朝等，2007；张惟一，2018）、接受理论（李新朝、张璘，2008；段玉婵，2013）、读者反应理论（蔡孟琪，2008；吴怡萍、蔡孟琪，2011）、变异论（孙铭璐，2011）、描写翻译学（黄荃，2011）、信达切（周才秀，2012）、关联理论（华媛媛、何云燕，2012）、后殖民主义（李金树，2012）、等值论（阮贞，2014）、文本类型理论（黄瑞、杨雯雯，2016）等。

如上所述，将某一翻译理论套用于张友松译作研究是最常见的研究模式。虽然看起来研究成果丰硕，研究视角多样，但这也会导致几个明显的后果：研究选材高度重复、研究视角失之随意、研究问题不够准确、研究结论难有新意等。扎堆比较研究《哈克贝利·费恩历险记》和《汤姆·索亚历险记》的译本，并不能完全揭示张友松翻译的特点，更谈不上历时地描述张友松从事翻译的全过程及其翻译思想的形成，因此研究深度和效度仍有待提升。

然而，这些研究也不乏亮点，如李新朝发表（张璘指导）的一系列《哈克贝利·费恩历险记》研究。李新朝撰写的硕士学位论文《重译中的误译——〈哈克贝利·费恩历险记〉中译本的对比研究》（2008）借鉴西方阐释学和接受美学来进行误译研究，论述了阐释学、接受美学与翻译的密切关系及其对误译研究的意义。

此外，因张友松以专译马克·吐温作品著称，国外的张友松研究主要关注他的这一翻译特色，但研究成果较少，大多出现在华裔学者的著作当中。

2008年，美国哈珀学院（Harper College）的李希崂（Li Xilao）在《马克·吐温年鉴》（*The Mark Twain Annual*）上发表论文《马克·吐温中国历险记：一个多世纪以来的翻译与赏析》（“The Adventures of Mark Twain in China: Translation and Appreciation of More than a Century”）。他在文中回顾了马克·吐温在中国的译介情况，将其定义为“中国人民的挚友”。[①] 在论及中华人民共和国成立之后的马克·吐温翻译时，他重点介绍了“老翻译家”张友松的翻译实绩。[②]

2015年，黎雪莲（Selina Lai-Henderson）的新书《马克·吐温在中国》（*Mark Twain in China*）由美国斯坦福大学出版社出版。论及马克·吐温作品在中国的译介时，黎雪莲介绍张友松是专译马克·吐温的翻译家，张友松与张振先合译的《哈克贝利·费恩历险记》是“最受欢迎的版本”，在中国内地（大陆）和港台地区重印版数最多。[③] 而且，这个版本可能是“文革”前后所有译本中最能抓住哈克贝利·费恩（及其他角色）神髓的译作。[④]2020年，黎雪莲在约翰·伯德（John Bird）主编的《语境中的马克·吐温》（*Mark Twain in Context*）一书中，撰写了第31章，主要介绍了马克·吐温在中国的译介与接受。黎雪莲认为，张友松和张振先翻译的《哈克贝利·费恩历险记》因“准确性”而大受欢迎，如这个译本非常恰当地区分了哈克贝利和他父亲跟美国黑人讲话的风格。[⑤]

在马克·吐温翻译研究之外的其他领域，张友松偶尔也会被一些著作提及。例如，旅居美国的龚世芬（Shifen Gong）在著作《妙笔：中国视野中的凯瑟琳·曼斯菲尔德》（*A Fine Pen: The Chinese View of Katherine*

---

① Li Xilao. The Adventures of Mark Twain in China: Translation and Appreciation of More than a Century. *The Mark Twain Annual*, 2008, *6*(1): 65.

② Ibid: 71.

③ Selina Lai-Henderson. *Mark Twain in China*. California: Stanford University Press, 2015: 109.

④ Ibid.

⑤ Selina Lai-Henderson. Translation and International Reception. In John Bird (Ed.), *Mark Twain in Context*. Cambridge: Cambridge University Press, 2020: 323.

Mansfield，2001）中，论及了张友松发动的抨击徐志摩译文的翻译论战。[①] 再如，美国印第安纳大学历史系副教授王飞仙（Fei-Hsien Wang）在著作《盗版者与出版者：现代中国的版权社会史》（*Pirates and Publishers: A Social History of Copyright in Modern China*，2019）中，提及了张友松对人民文学出版社的批判，以及张友松被打成"右派"后的境遇。[②]

三、张友松历史地位研究

早在1936年钱天起编著的《学生国文学类书》中的"中国现代文学作家事略"中，张友松被介绍为"译者，曾主编《春潮月刊》。译有屠格涅夫《春潮》《薄命女》，契珂夫《决斗》及《婚后》。"[③]1979年，《中国文学家辞典（现代 第2分册）》出版，录有张友松主要事迹。[④]

虽然我们称张友松是"被埋没的"翻译大家，但其实他早年甚有文名，即便是到了晚年，业内人士对他还是知晓的，这在翻译史、翻译文学史等著作里面还是有所体现的。张友松的历史地位与译介马克·吐温紧密相连，这是他不会被忽视、能够被提及的首要原因。遗憾的是，晚出的国内大型图书三卷本《中国翻译家研究》（2017）详细论述了中国历史上做出重要贡献的近百位翻译家，但张友松研究却被遗漏。

陈玉刚主编的《中国翻译文学史稿》（1989）有专节介绍张友松的翻译成就和翻译思想。该书称张友松是"有丰富翻译经验的老翻译家""马克·吐温作品的权威性翻译家""我国著名的美国文学翻译家"[⑤]"张友松译马克·吐温作品，译笔流畅，忠于原作风格。人物的外貌、语言、动

① Gong Shifen. *A Fine Pen: The Chinese View of Katherine Mansfield*. Dunedin: University of Otago Press, 2001: 25.

② Wang Fei-Hsien. *Pirates and Publishers: A Social History of Copyright in Modern China*. Princeton & Oxford: Princeton University Press, 2019: 286–288.

③ 钱天起，《学生国文学类书》，上海：文学书房，1936：60。

④ 录有张友松译作16种："近五十多年来，张友松译著颇多。解放前主要有：契诃夫的《三年》和《契诃夫短篇小说集》、屠格涅夫的《春潮》和《薄命女》、斯托谟的《茵梦湖》、英汉对照的《欧美小说选》和普列弗的《曼侬》等，前六种均由上海北新书局在1926年至1931年间出版，后一种由上海春潮书局出版。解放后主要翻译了马克·吐温的八部小说：《马克·吐温中短篇小说选》《汤姆·索亚历险记》《哈克贝利·费恩历险记》《王子与贫儿》《密西西比河上》《镀金时代》《傻瓜威尔逊》《赤道环游记》，均由人民文学出版社印行。还有上海新文艺出版社出版的屠格涅夫短篇小说集《世外桃源》。"参见《中国文学家辞典》编委会，《中国文学家辞典（现代 第2分册）》，香港：文化资料供应社，1980：442。

⑤ 陈玉刚，《中国翻译文学史稿》，北京：中国对外翻译出版公司，1989：372~373。

作和表情，在他的译文中都能得到恰如其分的表现”[①]。这个定位基本上被后来的张友松翻译研究者广泛引用。但限于篇幅和体例，该书未能展开，张友松早年的翻译并非论述重点，乃至介绍有误。例如，该书在综述波兰作家亨利克·显克微支（Henryk Sienkiewicz）的译作时，把张友松译的《地中海滨》（1928）归到了王鲁彦名下，实际上王鲁彦译的是《显克微支短篇小说集》（1928）。[②]

孙致礼编著的《1949—1966：我国英美文学翻译概论》（1996）在“小说翻译家”这一章第二节专写“马克·吐温的最大译家张友松”，认为张友松专译马克·吐温，“为在我国普及这位美国大文豪作家做出了最大的贡献”[③]。孟昭毅、李载道主编的《中国翻译文学史》设有专节“马克·吐温小说的翻译者张友松”，总结了张友松《文学翻译漫谈》一文的六大见解，并提出：“张友松不仅关注翻译过程本身，还强调了翻译的主体——译者的地位、作用及其应具有的素质，并放眼翻译全局，注意到社会、赞助人在翻译活动中起的作用。”[④]这个评价极大地拓宽了张友松翻译思想的内涵。

王友贵在专著《20世纪下半叶中国翻译文学史：1949—1977》的第17章“美洲文学汉译”第一节“美国文学在中国”中论及张友松。王友贵将张友松置于马克·吐温的文学译场之中，提出“张友松是吐温中译者里边最重要的一位”[⑤]。王友贵在书中简要地介绍了张友松的人生经历和翻译生涯，对张友松专译马克·吐温著作做了评价：“张友松的幸运，在于他从民国的茫无中心地翻译，到1954年后找到了翻译重点，在人民文学出版社的安排下主攻马克·吐温。这是他一生从译最有价值、成就最高的一段时间。”[⑥]

此外，未有专节论述但论及张友松的著作主要有：王建开的《五四以来我国英美文学作品译介史1919—1949》（2003），马祖毅等编著的《中国翻译通史 现当代部分 第2卷》（2006），查明建、谢天振合著的《中国20世纪外国文学翻译史》（2007）等。

---

①陈玉刚，《中国翻译文学史稿》，北京：中国对外翻译出版公司，1989：401。

②同上：100。

③孙致礼，《1949—1966：我国英美文学翻译概论》，南京：译林出版社，1996：123~124。

④孟昭毅、李载道，《中国翻译文学史》，北京：北京大学出版社，2005：369~370。

⑤王友贵，《20世纪下半叶中国翻译文学史：1949—1977》，北京：人民出版社，2015：998。

⑥同上：1001。

四、综合性研究

该类研究的最新成果是黄娟、任文的《遗忘与记忆："被遗忘"的翻译家张友松研究——基于社会与文化记忆理论》(2020)。该文以张友松"被遗忘"的相关叙事作为切入口，借助社会与文化记忆理论，结合各种史料与张家人访谈，仔细探讨了张友松"被遗忘"的悖论及其成因，其结论是张友松并未被遗忘。该文是目前最新、最有分量的研究成果之一，对于推动张友松研究有极大的助益。但是，该文将另一位翻译家冯岳麟[①]以笔名"苍松"发表的译作归到张友松名下("苍松"并非张友松的笔名[②])，从而导致译作统计(小说49部)出现错误。

另一个比较重要的研究综述当为李平、何三宁的《以译为业 译著等身——翻译家张友松研究》(2015)。该文首次较为系统地整理了张友松的翻译生涯，将其分为三个阶段：起步期(1925—1931，以翻译为谋生手段)、中年成熟期(1954—1967，以译书为职业)、晚年整理期(1978—1994，以译书为事业)。作者认为，张友松从早年的"游击战"到中年的"阵地战"再到晚年的翻译整理，每个阶段因其不同的翻译目的而产生不同的结果。该文最大的价值在于展现了张友松翻译生涯的概貌，有意识地整理了张友松的翻译思想。尽管该文有开拓之功，但因为资料收集不全，分期和译文目录均有较大遗漏。[③]总的来说，该文是张友松翻译研究的一

① 冯岳麟(1914—)笔名岳麟、苍松，浙江宁波人，毕业于华俄夜校；1950年，参加工作，历任时代出版社翻译、上海编译所翻译、上海译文出版社翻译；1979年，加入中国作家协会；译有《布尔什维克党——苏联的组织者 1917—1922》(1951)、《苏联工业管理的组织》(1951)、《否定的形象和作家的不调和精神》(1953)、《论短篇小说的写作》(1953)、《典型与个性》(1954)、《宣誓》(1954)、《奥德河上的春天》(1954)、《司机》(1955)、《探索者》(1857)、《桦树林子》(1958)、《渔民之子》(1958)、《这位是巴鲁耶夫》(1964)、《罪与罚》(1979)、《春潮》(1980)、《少年》(1985)、《初恋集》(1987)、《阿尔塔莫诺夫家的事业》(1988)等。

② 张友松与苍松共同署名合译的小说集为《初恋》(原作者是屠格涅夫，上海译文出版社，1996)，内收苍松译的《阿夏》《初恋》《春潮》和张友松译的《亚科夫·巴辛科夫》《末末》。1987年7月，苍松所译小说集《初恋集》(内收《阿夏》《初恋》《春潮》)由上海译文出版社出版发行。该书版权页的俄文书名和原作者名称下题有："本书根据苏联国家文学出版社一九六二年莫斯科版本译出"。事实上，张友松并不懂俄文。对照张友松版《春潮》(1935)首句("夜里两点钟的时候,他回到他的书房里来了。")和苍松版《春潮》(1987)首句("深夜一点多钟，他回到了自己的书斋。")就可以发现明显的不同。

③ 1954年以前，该文至少遗漏了10部张友松的译著。1954年以后，张友松并非只译马克·吐温，该文遗漏了4部译作(不含张友松那些未出版的译著)。此外，该文遗漏了张友松在《青年界》、北新书局、春潮书局、晨光书局、陪都书店等出版物上教授英文和翻译的事实。

大突破，奠定了张友松翻译研究的基础，此后的研究基本上都会引用该文的一些观点和发现。

此外，廖杨佳发表了《张友松翻译活动研究》（2016）和《对翻译家张友松的研究》（2019）。这两篇文章从总体上描述了张友松的翻译活动。《张友松翻译活动研究》一文对张友松的翻译作品进行了汇总，并结合其所处的社会文化背景，分时期对其生前的翻译活动做出描述和阐释。该文一共统计了张友松的著作 39 部（没有涉及单篇译文），这个数字显然不够精准。因没能给出张友松译作的具体名称，该文的数据分析和据此得出的各阶段特点并不十分令人信服。《对翻译家张友松的研究》一文最大的贡献是收集、整理了张友松的相关研究和论述，编写了他的生平年表。这是目前唯一公开发表的张友松年表，但非常简陋，考证不够细致，援引资料太少，且有不少事实性错误。另有王璐的《翻译家张友松研究综述》（2017）。该文仅从中国知网上搜集了 11 篇相关文献，约略地描述了张友松研究的现状。该文因资料收集遗漏过多，得出的结论显然没有说服力。

张友松翻译思想研究的成果有何维克的《张友松的翻译观》（2019）。该文总结了张友松的翻译观，一共五条：译者应有严谨的翻译态度；译者应充分发挥主体性；文学翻译是运用形象思维的再创作；直译与意译相结合；译者应有对翻译事业执着的精神。这篇文章很短，论述也比较简单。参考文献只收了三篇张友松总结翻译思想的文章，漏收了很多具有代表性的文章，如《我的小说译作的经验与理解》（1934）、《我选译马克·吐温小说名著的历程》（1991）、《马克·吐温插图修订版十二卷本选集序言》（1986）等，遑论那些隐藏在民国报刊中的文章和译作里的序、跋等史料。

系统地研究张友松民国时期翻译思想的研究首推张旭、车树昇撰写的《张友松与翻译批评》（2022）。该文系《现代湖南翻译史论》中“民国时期湘籍译家译论思想大观”的第六节。该文聚焦张友松批评徐志摩、胡适等新月派成员的论战，以及《文艺的翻译》等关于文学翻译的专论。文章认为，张友松的翻译批评煽情成分很强，但是批评切中要害，有见地，可惜随感性太强，缺乏系统性。总的来讲，民国时期张友松发表的译论，“虽然不乏个人感情色彩，但其中涉及翻译态度、翻译方法以及直译、意译等问题，这些都是当时中国文艺界和翻译界普遍关心的问题，而且他的论述也颇为到位，值得翻译理论研究者重视”[①]。

---

① 张旭、车树昇，《现代湖南翻译史论》，北京：商务印书馆，2022：560。

总而言之，张友松是一位“被遗忘的”翻译家。过往研究遗漏的内容很多，如张友松的文艺思想、张友松早期的翻译观、张友松创办的《春潮》与《新月》之间的翻译论战、张友松编撰的英语教材和英汉读物、张友松参与的《再生记》批判、张友松在17年间的翻译贡献、张友松与主流意识形态之间的互动、张友松的诗学观在译文中的体现、张友松的诗学意识和诗学识别能力等，这些问题都没有被触及或被很好地解释，这正是本书尝试解决的问题。

第一章

张友松的诗学观

勒菲弗尔认为，有内外两大因素控制了文学创作和翻译。内因是“专业人士”，外因是“赞助人”。专业人士关心的是诗学，赞助人往往对意识形态更感兴趣。[①]总的来说，控制文学创作和翻译的是意识形态和诗学，二者共同深刻地影响了作者和译者的话语选择，包括译者的翻译策略。[②]诗学对于翻译实践而言至关重要，其形式、意义、产生、消亡和再生是翻译理论研究的重要话题（翻译诗学与意识形态以及可以细分的10个层面[③]）。同时，勒菲弗尔认为，诗学的功能组成部分明显与来自诗学外部意识形态的影响密切相关。[④]因此，考察译者诗学观的形成，必定会涉及主体诗学潮流、社会意识形态、赞助团体和个人等要素。

张友松一生主要从事文学翻译，兼有文学创作，但发表、出版的原创作品较少。张友松最初凭借翻译进入文学界[⑤]，发表文学创作晚了

---

① André Lefevere. *Translation, Rewriting and the Manipulation of Literary Fame*. London & New York: Routledge, 1992: 14–15.

② Ibid: 48.

③ 杨柳的《翻译诗学与意识形态》所关注的重点是诗学在翻译过程中所面临的困境、译者的策略、主要操纵因素，以及它们对于文学、社会、文化传播和构建的意义。该书分10个层面对二者的关系进行了论述：意识形态与隐形的翻译诗学、意识形态的多样性与诗学的改写、审美意识形态与翻译的诗学“间离”、个体意识形态与现当代诗学的传译、文化意识形态与译者的诗学策略、政治意识形态与翻译诗学的构建、意识形态“前结构”与诗学的误读、经济意识形态与商标的翻译诗学、媒介意识形态与翻译诗学的嬗变、后现代意识形态与对话的翻译诗学。参见杨柳,《翻译诗学与意识形态》,北京:科学出版社,2010：XI~XV。

④ André Lefevere, *Translation, Rewriting and the Manipulation of Literary Fame*. London & New York: Routledge, 1992: 27.

⑤ 1925年8月10日，张友松的译文《安徒生评传》（原作者为丹麦的博益生）发表于《小说月报》第16卷第8号。《小说月报》当时要出“安徒生专号”，向周作人约稿。周作人没有时间翻译，恰逢张友松失业，请周作人帮忙找工作，于是周作人就选了这篇短文交由张友松翻译，并为之改稿。参见张友松，《我的小说的译作的经验与理解》，见

很久。[①]在发表译作和创作之前，张友松有一个长期的自我训练过程[②]，他对于发表自己的文学创作成果较为谨慎，因为他“总觉得翻译要得到相当的满意，比创作较为容易”[③]。

纵览张友松的诗学论述，按照观念变迁和发表时间来看，他的诗学观大致可以分为早、中、晚三个阶段。在不同的阶段，张友松诗学观的侧重点和取向各有特色。张友松的早期诗学观断代分明，以1949年元旦所写的总结性文章《我的回顾与前瞻》为承前启后的节点。张友松的中期诗学观转变明显，紧跟社会主流诗学观。张友松的晚期诗学观则以他政治上“平反”后的1978年为起点，同他的中期诗学观有内在的紧密联系。

表1-1　张友松诗学观不同时期的代表性著述

时期	代表性著述	诗学观要点	出处
早期(1926—1948[④])	《译者序言》	推崇契诃夫作品中的“琐碎”“灰色”，即描写生活本身	《三年》，北新书局，1926
	《春潮书局创办旨趣》	提倡回归文学本体，创作和翻译须是真实人间性的表现	《春潮》第1卷第1期，1928

（接前页）《我与文学》，上海：生活书店，1934：289。这是张友松发表的第一篇译作，是他从事文学翻译的起点。张友松在读北京大学期间，出了好几种译著，在当时的翻译界开始有了点名气。参见张友松，《文学翻译漫谈》，见《当代文学翻译百家谈》，北京：北京大学出版社，1989：431。张友松走上写作和翻译的道路主要是因为谋生需要。参见张友松，《我的小说的译作的经验与理解》，见《我与文学》，上海：生活书店，1934：287。

① 1928年2月1日，张友松的回忆性文章《亡姊挹兰略传》刊登于《新女性》第3卷第2号。此后，直到1931年3月10日，张友松创作的散文《除夕》才发表于《青年界》第1卷第1号。

② 1925年6月1日，张友松的议论文《我所希望于女学生者》发表于《妇女杂志》第11卷第6号。该文系该杂志“女学生号”专题征文。张友松将女学生分为“社交派”“闺阁派”“觉悟派”三种类型并加以论述，提倡自然的健康美。此次试笔，得稿费四元，虽然心里极为高兴，但是并没有多少文笔自信。此前，虽在翻译之余从事创作练习，逐渐养成了相当好的写作能力，但一直经过三年多的时间才敢发表文章。参见张友松，《我的小说的译作的经验与理解》，见《我与文学》，上海：生活书店，1934：288。

③ 同上：289~290。

④ 该阶段以张友松写于1949年1月1日的《我的回顾与前瞻》一文为限。在1949年元旦之后，张友松的思想观念和人生态度发生了根本性的变化。1949年2月1日，该文发表于《人物杂志》第4年第2期“自我介绍与自我批判”栏目。是文中，张友松回顾、检讨了自己的前半生，并确定了今后应该遵循的道路。

（续表）

时期	代表性著述	诗学观要点	出处
	《发刊辞》	不玩弄名辞，追求“真实的人间味”，倡导写实主义文学观	《春潮》第1卷第1期，1928
	《我们往何处去》	反抗权威，文艺不曲意服务于政治，选择价值中立	《春潮》第1卷第1期，1928
	《我的浪费——关于徐诗哲对于曼殊斐尔的小说之修改》	举例批评徐志摩37处翻译错误，认为错得“荒谬绝伦”，语义不通	《春潮》第1卷第2期，1928
	《我的小说的译作的经验与理解》	论及小说创作观、作家的养成、文学的价值，反对“天才论”	《我与文学》，上海生活书店，1930
	《文艺的翻译》	论及翻译与创作的关系、翻译标准、翻译的最高目的和最高理想、翻译理论和方法、精译步骤、直译与意译、翻译功用等	《青年界》第6卷第2号，1934
	《关于写作问题随便想到的几点》	论及写作中笔调的模仿、取材的借助、刻苦的修炼	《青年界》第11卷第1号，1937
	《翻译研究》	论及翻译的步骤与方法、直译与意译的关系，提倡直译	《青年界》第11卷第1号，1937
中期（1949—1977）	《我的回顾与前瞻》	总结前半生翻译是在为出版商服务；译著对读者的思想没有起领导作用是最大的失败；翻译要符合时代要求，要有思想价值和进步意义	《人物杂志》第4年第2期，1949
	《翻译工作者今后的任务》	号召翻译家确立一个有意义的共同目标，肩负革命伟业中的一部分任务；翻译必须符合革命的需要，必须为人民服务	《大公报》（重庆版），1949年12月25日

（续表）

时期	代表性著述	诗学观要点	出处
	《关于拙译“和大宣言”》	译文追求忠实和畅达；翻译批评有助于翻译事业的进步	《翻译通报》第2卷第6期，1951
	《对刘盛亚的创作〈再生记〉的初步批评》	批判刘盛亚站在根本错误的立场，主观态度敷衍，没有政治敏锐感，思想改造和文艺修养都不够，生活经验与文学创作之间已经脱节	《新华日报》，1951年7月20日
	《我昂起头、挺起胸来，投入战斗！——对人民文学出版社及其上级领导的批评》	批评人民文学出版社的“三害”现象；希望文学翻译工作者团结互助，提高水平，贡献出更大的力量；也希望能彻底进行思想改造，做一个毛泽东时代的文化战士	《文艺报》第9号，1957
	《前言》	推崇批判现实主义文学；从阶级批判的视角来看待文学的思想性和艺术性，抨击美国资产阶级道德的虚伪和丑陋	《败坏了赫德莱堡的人》，人民文学出版社，1958
晚期（1978—1995）	《我的翻译生涯》	认为翻译选材都要从党和人民的利益和需要出发，把自己的工作当作政治任务来完成，对待工作要认真负责；坚称文学翻译是再创作的观点，译文要“恰如其分”	《文化史料丛刊第7辑》，1983
	《马克·吐温插图修订版十二卷本选集序言》	推崇批判现实主义文学；从10个方面总体介绍和评价马克·吐温及其作品	《百万英镑的钞票》，百花洲文艺出版社，1986

（续表）

时期	代表性著述	诗学观要点	出处
	《文学翻译漫谈》	首次提出“文学翻译应是一种再创作”，文学翻译本质上是一种运用形象思维的再创作；译者的任务就是用恰如其分的语言，再现原文中的人物形象；提出翻译领域十大亟须解决的问题	《当代文学翻译百家谈》，北京大学出版社，1989
	《我对文学翻译的探索和经验体会》	总结15条翻译经验、诀窍和观点；再次重申文学翻译是再创作的观点	《世界文学》第2期，1990
	《我选译马克·吐温小说名著的历程》	译作要使读者获得阅读原著那样的艺术享受；从事文学翻译要有远大理想	《中国比较文学》第2期，1991

从上表可以看出，张友松比较习惯于总结自己的诗学观点，在不同时期都有综合性的论述，如早期的《春潮书局创办旨趣》《发刊辞》《我的小说的译作的经验与理解》《文艺的翻译》《翻译研究》、中期的《翻译工作者今后的任务》《对刘盛亚的创作〈再生记〉的初步批评》《前言》(《败坏了赫德莱堡的人》）和晚期的《文学翻译漫谈》《我对文学翻译的探索和经验体会》《我选译马克·吐温小说名著的历程》等。从这些代表性著述当中，我们可以找出张友松不同时期诗学观的嬗变理路。

第一节　张友松的早期诗学观

在早期（1926—1948），张友松关注翻译选材、译文的流利（可读性）、语言的欧化（洋味儿）、翻译的最高目的、翻译的最高理想、翻译的原则（忠实论）、直译与意译、翻译与创作的关系、翻译（创作）的功用、翻译（创作）的评判标准、语言意义的产生、作品的艺术价值、创作模仿等。具体到如何践行他的诗学观，他特别强调翻译（创作）技巧的学习。

“张友松尝以翻译闻于时”[①]，从翻译（创作）新手逐渐成为名家，他

① 张友松，《张友松介绍好译本》，载《每周评论》，1934（129）:13。该阶段以张友松的《翻译工作者今后的任务》一文为限。

的诗学观也在逐渐改进和完善。在初始阶段，张友松的诗学观有如下要点：首先，翻译文本的选择集中体现了他的诗学倾向，他热衷于译介俄国文学[①]，尤其是契诃夫的作品；其次，张友松创办春潮书局和《春潮》月刊期间（1928—1929），提倡写实文学；最后，张友松在《青年界》上刊登的英语学习、翻译研究专栏及其他论述期间（1934—1937），发表了《文艺的翻译》[②]，集中展现了他的诗学观。

一、翻译文本选择的诗学取向

20世纪初期，因我国译者在外国语言方面的训练不够充分，非英语国家的作品多经由英语转译而来。[③]张友松的早期译作以俄国文学作品为主，但都属于英文转译本。[④]他比较钟爱契诃夫的作品，翻译出版了一些契诃夫的小说。[⑤]他还翻译出版了俄国作家屠格涅夫[⑥]、奥尼奥夫[⑦]、安得列夫[⑧]、

①此处的“俄国文学”借用了吴俊忠的界定，是十月革命前的俄罗斯古典文学、苏联文学，以及当代俄罗斯文学的总称。参见吴俊忠，《俄罗斯文学对中国文化的深层影响》，载《深圳大学学报（人文社会科学版）》，2006（6）：14。

②张友松除从事翻译实践之外，还以该专文形式讨论翻译问题，是湘籍翻译家发扬湖湘文化中“理践结合”的一种传统表现。参见张旭，《湘籍近现代文化名人 翻译家卷》，长沙：湖南师范大学出版社，2011：38。《文艺的翻译》一文“涉及文学的方方面面，充满了真知灼见，特别值得当今的文艺翻译工作者借鉴”。参见张旭、车树昇，《现代湖南翻译史论》，北京：商务印书馆，2022：560。

③张旭，《中国英诗汉译史论——1937年以前部分》，长沙：湖南人民出版社，2011：89。

④张友松所译非英语出版的原著作品均系转译于英译本。借英语或其他语言转译是当时翻译界的潮流，张友松也概莫能外。在日后与“新月派”论战时，转译是争论话题之一，张友松还撰写了《论直接翻译与转译》一文来为自己辩护。

⑤张友松翻译出版的契诃夫作品有1部中篇小说、16篇短篇小说。他最早发表的契诃夫译作是短篇小说《猎人》，于1926年3月17日刊登在《晨报副刊》上。译文陆续发表于报刊的还有《一件事情》（《晨报副刊》，1926）、《笛声》和《爱》（《小说月报》，1926）、《农夫》（《东方杂志》，1927）。此外，他出版的契诃夫译作还有中篇小说《三年》（英译本136页，中译本227页，北新书局，1926）、《契诃夫短篇小说集》（卷上）（内收《两出悲剧》《阿丽亚登尼》《哥萨克兵》《蚱蜢》，北新书局，1927）、《决斗》（上卷收《猎人》《凡卡》《一个没有结局的故事》《一件事情》《活动产》，北新书局，1929）、《欧美小说选》（内收《爱》《询问》，北新书局，1930）、《歌女》（内收《歌女》《药剂师的妻》，北新书局，1931）、《盗马贼》（北新书局，1931）、《爱》（内收《爱》《凡卡》，晨光书局，1943）、《活动产》（晨光书局，1945）。

⑥张友松翻译出版的屠格涅夫作品有《薄命女》（北新书局，1927）、《春潮》（北新书局，1928）、《世外桃源》（内收《客栈》《不幸的姑娘》《世外桃源》《雅科夫·巴辛可夫》《末末》《叶尔古诺夫上尉的故事》，上海文艺出版社，1959）。

⑦张友松翻译出版的奥尼奥夫作品有《新俄学生日记》（与林语堂合译，春潮书局，1929）。

⑧张友松翻译出版的安得列夫作品有《饿王》（《春潮》，1929）。

高尔基[①]、陀思妥耶夫斯[②]的作品。

翻译文本和翻译方式及译文获得的反应，只有放在背景中才有意义。[③]张友松译介俄国文学并非无因，这是他受时代思潮冲击后深受感召的一种自我选择。辛亥革命和十月革命“都是新时代的伟大产儿，都是帝国主义高度压迫下同一革命阵线的战士”[④]。十月革命的成功大大地激励了中国人民。当世界的眼光都聚焦于苏联的时候，中国革命界[⑤]和知识界开始学习苏联，寻找救国救民的真理。在这样的大背景下，马克思主义开始在中国流行起来，革命形势日益高涨。为了宣传苏联的伟大成就，先进的知识分子和青年人纷纷开始译介俄国文学作品。据不完全统计，1917—1936 年，俄苏文学在国别文学翻译书目中占到首位，共计 425 种。[⑥]

勒菲弗尔认为，译者是新文学形式的引入者。文学形式上的创新有时更多地是源自译者，而非本族文化自身的作者。[⑦]就中国而言，早在五四运动时期，文坛就出现了俄国文学译介“极一时之盛”的局面[⑧]，“近些年间的全部的中国文坛，无疑地是被压在俄国文学的影响之下了”[⑨]。对俄国

①张友松翻译出版的高尔基作品有《二十六个男子和一个少女》(收入《欧美小说选》，北新书局，1930)。1933 年 10 月，该译文被收入黄源编译的《高尔基代表作》一书中，该书由前锋书店出版。1943 年 11 月，该译文被更名为《二十六男和一女》，以中英对照排版，由晨光书局出版。

②张友松翻译出版的陀思妥耶夫斯作品有《诚实的贼》(北新书局，1931)。

③Theo Hermans. *Translation in Systems Descriptive and System-oriented Approaches Explained*. Manchester: St. Jerome Publishing, 1999: 88.

④张西曼,《中苏两大十月革命成功的真谛》，载《中国与苏联》，1939 (1~2): 6。

⑤孙中山也提倡“以俄为师”，主张“联俄联共”，提出“民生主义，就是时下底社会主义”。他还认为:“把‘社会主义’的原文译成‘民生主义’在意义上似乎较为妥当。”参见孙中山,《三民主义之具体办法》，见《孙中山全集（正编），三集》，上海：三民公司，1928：42。1924 年 8 月，孙中山在广州演讲时提出“共产主义是民生的理想，民生主义是共产的实行；所以两种主义没有什么分别，要分别的还是在方法”的观点上。参见孙中山,《民生主义》，见《孙中山选集》，北京：人民出版社，1981：830。张西曼对此的阐发是：“这两个经济落后的国家就因为要促进将来共产主义社会的实现，所以必须要经过相当长期的民生主义或社会主义建设的阶段。中国革命之所以同以‘共产主义’为最高理想，也就是认清了经济发展，最后的成就的任务。”参见张西曼,《中苏两大十月革命成功的真谛》，载《中国与苏联》，1939 (1~2): 6。

⑥王友贵,《翻译家鲁迅》，天津：南开大学出版社，2016：142。

⑦André Lefevere. *Translation/History/Culture: A Source Book*. London: Routledge, 1992: 8.

⑧“何以故呢？最主要的原因，就是：俄国布尔札维克的赤色革命在政治上，经济上，社会上生出极大的变动，掀天动地使全世界的思想都受他的影响。”参见瞿秋白,《俄罗斯名家短篇小说集序一》，见《俄罗斯名家短篇小说集》，北京：新中国杂志社，1920：1。

⑨韩侍桁,《译者小引》，见《俄国文学史》，韩侍桁译，上海：北新书局，1930：1。

文学的爱好，在一般的进步知识分子中间，成为“一种风气”；对俄国文学的研究，在革命青年知识分子和青年文艺工作者中间，成为“一种运动”，其目的是“通过文学来认识伟大的俄罗斯民族”①。

1932年12月，鲁迅在中苏复交②之后，发表了《祝中俄文字之交》一文。鲁迅指出，十月革命后，“那时就看见了俄国文学。那时就知道了俄国文学是我们的导师和朋友”③。鲁迅认为，不管国民政府禁毁与否，“我们的读者大众却绝不因此而进退”④，俄国文学的“伟力”不是当局的曲说所能掩盖的，“这伟力，终于使先前膜拜曼殊斐儿的学者⑤也重译了都介涅夫的《父与子》，排斥‘媒婆’的作家⑥也重译着托尔斯泰的《战争与和平》了”⑦。

①茅盾，《果戈理在中国——果戈理逝世百年纪念》，载《文艺报》，1952（4）：4。

②1932年12月12日，在国际联盟于日内瓦召开的国际裁军会议期间，南京国民政府外交代表颜惠庆与苏联外交代表李维诺夫互换照会，在中苏断交近五年之后，正式宣布两国无条件复交。

③鲁迅，《祝中俄文字之交》，载《文学月报》，1932（5~6）：2。

④同上：3。

⑤指“新月社”陈西滢。他曾于1928年6月10日在《新月》第1卷第4号《曼殊斐儿》一文中，称英国女作家曼殊斐儿是“一位超绝一世的微妙清新的作家”。参见陈西滢，《曼殊斐儿》，载《新月》，1928（4）：1。后来，他根据英译本转译了屠格涅夫的《父与子》，于1930年10月由上海商务印书馆出版。该书“译者的话”中谈到转译。陈西滢首先花了很长的篇幅介绍转译所据版本的信息和转译处理办法，他根据三种英文译本、一种法文译本转译，主要是依据康斯坦斯·加奈特（Constance Garnett）的英译本。他最后非常谦逊地说道：“译者不敢说他完全得了作者的原意，更不敢说得了原文的风格气息，一个转译的人是万不能说这样的话。可是译者在未著手以前，是自认明了全书的意趣的，著手以后，他是想把他所懂得的转送给读者。至于究竟达到这个目的没有，他就不知道了。”参见陈西滢，《译者的话》，见《父与子》，陈西滢译，上海：商务印书馆，1930：3。陈西滢的妻子凌叔华在他的译文付印之前，仔细校读过两遍。陈西滢最后对比自己的译文和耿济之从俄语直译的译文，发现耿济之的译文“不好懂”，“虽然二本不是完全没有暗合之处，可是这却不过是例外，大旨可说这两种译文很不一样的”。参见陈西滢，《译者的话》，见《父与子》，陈西滢译，上海：商务印书馆，1930：3~4。

⑥指“创造社”郭沫若。关于创作是处女、翻译是媒婆的话，见《民铎杂志》第2卷第5号（1921年2月15日）“通信”中的郭沫若致李石岑函：“我觉得国内人士只注重媒婆，而不注重处子；只注重翻译，而不注重产生。”郭沫若批评“我国内对于翻译事业未免也太看重了”，他的结论是“处女应当尊重，媒婆应当稍加遏抑”。参见郭沫若，《通信》，载《民铎杂志》，1921（5）：1~4。1931年8月至1933年3月，郭沫若依据加奈特的英译本，参照德译本和日译本转译的《战争与和平》（1~3册，译出第1~2卷）陆续由上海文艺书局出版。郭沫若转译《战争与和平》的理由非常现实：“那时我寄居在日本，生活十分窘促，上海的一家书店托人向我交涉，要我翻译这部书，我主要的为要解决生活，也就答应了。但认真说来，我实在不是本书的适当的译者，因为我不懂俄文，并不能从原文中把这部伟大的著作介绍过来。”参见郭沫若，《序》，见《战争与和平（第1卷）》，郭沫若、高地译，重庆：五十年代出版社，1941：1。

⑦鲁迅，《祝中俄文字之交》，载《文学月报》，1932（5~6）：2。

鲁迅认为，俄国文学在世界文坛获得了“胜利”，“这里的所谓‘胜利’，是说，以它的技术和内容的杰出，而得到广大的读者，并且给与了读者许多有益的东西”[①]。

“在敌对诗学观念的斗争中，翻译起到了至关重要的作用。”[②]五四运动时期，经翻译引进的俄国文学促成了中国文学观念和内容上的更新，这是俄国文学对中国文学最直接影响的体现。在俄国文学对中国文化的深层影响中，文学思潮方面比较突出和集中的影响有：“为人生”的文学观念、“文学是人学”的观念、“社会主义现实主义”创作方法、苏联文学理论体系。[③]这些文学思潮的影响“在很大程度上设定了中国现当代文学的发展轨迹和文化内涵，使中国文学的创作方法、美学特征、思想内涵等与俄苏文学有着很大的相似性”[④]。

20 世纪 20 年代，张友松对俄国文学的译介正处于中国文学与俄国文学交往的第二阶段。[⑤]晚清时期，俄国“虚无党小说”的译介是俄国文学在中国盛行的起点。辛亥革命前后十余年，俄国文学中的名家名作陆续被转译过来，[⑥]有十几位作家的超 80 种作品，其中托尔斯泰的作品含近 30 种。[⑦]

张友松最初以译介俄国文学而被文学界所熟知。1936 年 2 月 15 日，

---

① 鲁迅，《祝中俄文字之交》，载《文学月报》，1932（5~6）：1。

② André Lefevere. *Translating Literature: Practice and Theory in a Comparative Literature Context.* Beijing: Foreign Language Teaching and Research Press, 2006: 128.

③ 吴俊忠，《俄罗斯文学对中国文化的深层影响》，载《深圳大学学报（人文社会科学版）》，2006（6）：14。

④ 同上。

⑤ 有研究者认为，中国文学与俄国文学在 20 世纪的交往大致可以分为六个阶段：第一阶段是 20 世纪初至五四运动前夕；第二阶段是五四运动至大革命时期；第三阶段是中国左翼文学成长发展的时期，大致是从“文学革命”论证至中华人民共和国成立；第四阶段是从中华人民共和国成立至 20 世纪 60 年代初期；第五阶段是“文革”时期；第六阶段是中国的新时期。参见陈国恩等，《俄苏文学在中国的传播与接受》，北京：中国社会科学出版社，2009：4~26。

⑥ 苏畅认为，在这一时期，具有较高文学价值和社会价值的俄国文学作品能够得以译介，原因至少有两点：“其一，所有的著作基本上都是从英、日、德、法等其他语言转译成中文的，转译本身的二次选择与过滤，决定了篇目的选择是优中选优，一开始就具有很高的水准，不像英译、日译大海捞针、良莠不齐。其二，近代以来梁启超等所倡导的‘新民说’，赋予了小说改良社会的重要责任。俄国文学强烈的社会意识和道德色彩以及曲折的故事情节，符合此时中国社会的期待。”参见苏畅，《俄苏翻译文学与中国现代文学的生成》，北京：社会科学文献出版社，2013：12。

⑦ 戈宝权，《谈中俄文字之交》，载《中国社会科学》，1987（5）：177。

阿英编选的《中国新文学大系 第十集 史料 索引》由上海良友图书印刷公司出版，“作家小传”录张友松传略：“译者。曾主编杂志《春潮》。译有屠格涅夫《春潮》、《薄命女》，契诃夫《决斗》及《婚后》等。”[①] 在阿英的这个简单介绍中，除了《婚后》一书译自美国作家德莱塞的短篇小说集外，其他三本译著都是俄国文学作品。

表 1-2 张友松早期译介俄国文学作品概览

序号	篇目	原作者	出版时间	出版社 / 期刊社	备注
1	《猎人》	契诃夫	1926 年 3 月 17 日	《晨报副刊》	署“友松”
2	《一件事情》	契诃甫	1926 年 4 月 24 日	《晨报副刊》	署“友松”
3	《一件事情》（续）	契诃甫	1926 年 4 月 26 日	《晨报副刊》	署“友松”
4	《笛声》	柴霍甫	1926 年 10 月 10 日	《小说月报》第 17 卷第 10 号	
5	《爱》	柴霍甫	1926 年 10 月 10 日	《小说月报》第 17 卷第 10 号	
6	《三年》	契诃夫	1926 年 12 月初版，1927 年 3 月再版	北新书局	“近代世界名家小说”，再版被收入“欧美名家小说丛刊”
7	《薄命女》	都介涅夫	1927 年 4 月初版，6 月再版	北新书局	“欧美名家小说丛刊”
8	《契诃夫短篇小说集》（卷上）	契诃夫	1927 年 4 月初版，6 月再版	北新书局	内收《两出悲剧》《阿丽亚登尼》《哥萨克兵》《蚱蜢》，“欧美名家小说丛刊”
9	《农夫》	契诃夫	1927 年 6 月 10 日	《东方杂志》第 24 卷第 11 号	
10	《农夫》（续）	契诃夫	1927 年 6 月 25 日	《东方杂志》第 24 卷第 12 号	

① 阿英，《中国新文学大系 第十集 史料 索引》，上海：良友图书印刷公司，1936：219。

（续表）

序号	篇目	原作者	出版时间	出版社 / 期刊社	备注
11	《春潮》	屠介涅夫	1928年6月初版，11月再版，1930年1月第3版，1933年5月第4版	北新书局	“欧美名家小说丛刊”
12	《决斗》	契诃夫	1929年4月初版，7月再版	北新书局	与朱溪合译，内收张友松翻译的《猎人》《凡卡》《一个没有结局的故事》《一件事情》《活动产》和朱溪翻译的《决斗》
13	《新俄学生日记》	奥尼奥夫	1929年6月25日	春潮书局	林语堂译第一、第二学期，张友松译第三学期（约占一半篇幅），“现代读者丛书”
14	《饿王》	安得列夫	1929年7月15日	《春潮》第1卷第7期	
15	《爱》	契诃夫	1930年8月初版，1931年6月再版	北新书局	《欧美小说选》，“自修英文丛刊”
16	《询问》	契诃夫	1930年8月初版，1931年6月再版	北新书局	《欧美小说选》，“自修英文丛刊”
17	《圣诞树与婚礼》	陀思妥耶夫斯基	1930年8月初版，1931年6月再版	北新书局	《欧美小说选》，“自修英文丛刊”
18	《二十六个男子和一个少女》	高尔基	1930年8月初版，1931年6月再版	北新书局	《欧美小说选》，“自修英文丛刊”
19	《诚实的贼》	朵斯退益夫斯基	1931年2月初版，6月再版	北新书局	“英文小丛书”

（续表）

序号	篇目	原作者	出版时间	出版社 / 期刊社	备注
20	《歌女》	契诃夫	1931 年 3 月	北新书局	内收《歌女》《药剂师的妻》，“英文小丛书”
21	《盗马贼》	契诃夫	1931 年 10 月	北新书局	“英文小丛书”
22	《二十六男和一女》	高尔基	1943 年 11 月	晨光书局	“晨光英汉对照丛书（甲级）”
23	《爱》	契诃夫	1943 年 11 月初版，1944 年 1 月再版	晨光书局	内收《爱》《凡卡》，“晨光英汉对照丛书（甲级）”
24	《活动产》	契诃夫	1943 年 11 月	晨光书局	“晨光英汉对照丛书（甲级）”

由表 1–2 可知，张友松的早期俄国文学译著有 9 部（不含重复出版的 3 个单行本），译文 7 篇（不含重复出版的 2 篇），还有长篇小说 2 部，中短篇小说 22 篇。译介篇目最多的当属契诃夫（17 部 / 篇）。就单本译著而言，《春潮》获得的推介较多。1928 年 6 月，该书由上海北新书局出版，被收入“欧美名家小说丛刊”；1933 年 5 月已出至 4 版。1927 年至 1936 年是我国译介屠格涅夫的一个高潮，其中 1928 年出书最多，有 8 种译作面世。[①] 1929 年 1 月 6 日，憬琛在《十七年度中国文坛之回顾》一文中指出，1928 年是中国新文学界方兴未艾的一年。书店林立，作家辈出，著作家、出版家与读书界都呈现出一种活跃突进的生气。他估计该年文学翻译作品的数量已超出创作数量的两倍以上；张友松翻译的《春潮》亦在该文推介书目之列。[②] 该年 12 月 12 日，张若谷的《我爱读的文学译品》发表于《申报》（本埠增刊），推荐了 22 部值得一读且值得反复温读的作品。张友松所译《春潮》同样在列，属于“最适宜于当作一般青年的必读书，因为差不多都是浪漫派文学的正宗作品，每篇作品都充溢着激情，文章大半都是秀丽、清新可诵”[③]。

①戈宝权，《中外文学因缘——戈宝权比较文学论文集》，上海：华东师范大学出版社，2013：44。
②憬琛，《十七年度中国文坛之回顾》，载《申报》（本埠增刊），1919–1–6。
③张若谷，《我爱读的文学译品》，载《申报》（本埠增刊），1929–12–12。

就译文集而言，《欧美小说选》(1930)备受推崇。北新书局为打造“自修英文丛刊”[1]，不遗余力地推介。[2]该书内收《爱》《询问》《圣诞树与婚礼》《秋》《沙漠中的艳事》《他们俩》《惹祸的心》《野心客》《二十六个男子和一个少女》，并于1931年6月再版。该书中的短篇小说日后大都有中英对照单行本面世。翻译时，张友松在有些地方稍稍牺牲了词句的流利，去迁就意义的恰合。

张友松的前期译作主要交由北新书局出版。[3]1928年，张友松与同学创办春潮书局，出版了三部文学译作。[4]1943年以后，张友松自己创办的晨光书局出版发行了“晨光英汉对照丛书”。[5]除前文论及的俄国文学，张友松还译有一些其他国家的著作。除英美文学之外，张友松还从英文转译了丹麦、波兰、法国、瑞典、德国、西班牙的文学作品。

---

①“自修英文丛刊”是一套小型丛书，其目标读者是英语学习者，意在使读者增进英文的文字能力。译注者有张友松、梁遇春、石民、袁嘉华、顾仲彝等。

②1930年9月29日，《申报》刊登北新书局“自修英文丛刊”促销广告，宣称张友松译注、英汉对照的《欧美小说选》最注重各篇中成语和短句的准确应用，在读解和作文上都有极大的帮助，且所选作品趣味浓厚，可使人从头读到尾，毫不生厌，没有艰涩乏味之感，更没有词句不合文法之处。从文学的观点来看，所选作品也都是一流作家的杰作。该书共选有英、美、俄、法、德、瑞等国的作品九篇，方便学者自修。参见佚名，《英文自修丛刊》，载《申报》，1930-9-29。北新书局在1930年11月3日第5期《益世报》上刊有该丛书广告，称之为“为自修英文的秘籍”“为研究文学的捷径”“为学习翻译的导师”，丛书特色有：“一、精选作品，以代表近代文学精神为标的；二、专家译注，译注务求精确详尽，一目了然；三、英汉对照，使读者诸君有互相参证之便；四、解释详明，注重熟语成句，打破文字困难；五、价廉物美，装订精美，每册只售一元二角。”参见佚名，《北平北新书局非常大廉价》，载《益世报》，1930-11-3。

③张友松在北新书局出版的非文学译著有：《新闻事业与社会组织》(原作者为安杰尔)，被收入“社会科学丛书”，于1927年5月初版、1927年6月再版；《妇女的将来与将来的妇女》(原作者为路多维西)，被收入“明日丛书”，于1928年9月初版、1929年4月再版。

④1927年3月26日，北新书局旗下的《北新》第1卷第31期刊登书讯，张友松新译有《英国的前途》(原作者为杜洛次基)，后未见出版。1929年4月3日，张友松主持的春潮书局出版《英帝国主义的前途》(原作者为托罗斯基)，署名“张太白”，系张友松另改书名、原作者中译名、译者名并出版的《英国的前途》。

⑤该丛书为晨光书局主打出版的英汉对照丛书，分甲级和乙级。书前有张友松所撰《致读者》一文。该丛书既可作为英语学习者的辅助读物，也可用于培养新的翻译工作者，在选材、译注、编辑、校对、印刷等方面付出了很多的心血。该丛书甲级主要有：《旅伴》(原作者为高尔基，译者为张镜潭)、《泼姑娘》(原作者为海泽，译者为高殿森)，以及张友松译注的《野心客》《二十六男和一女》《爱》《活动产》《荒漠艳遇》《当代名著捃华》《近代散文选粹》。乙级在排印时，由张友松译注的有：《林肯传》(原作者为包尔温)和《富兰克林传》(原作者为包尔温)。正式出版时，《林肯传》改由何公超译注，《富兰克林传》改由张镜潭译注。

表 1-3　张友松早期译介外国文学（不含俄国文学）作品概览

序号	篇目	原作者	出版时间	出版社 / 期刊社	备注
1	《安徒生评传》	博益生	1925 年 8 月 10 日	《小说月报》第 16 卷第 8 号	译于 1925 年 7 月 2 日
2	《安徒生童话的来源和系统（他自己的记载）》	安徒生	1925 年 9 月 10 日	《小说月报》第 16 卷第 9 号	
3	《婚后》	得力赛	1927 年 5 月	北新书局	内收《婚后》《老罗干和他的特丽莎》《失恋后的择偶》，“欧美名家小说丛刊”
4	《犀牛的皮是怎样长成的》	吉卜林	1928 年 1 月 1 日	《新女性》第 3 卷第 1 号	后被收入《如此如此》（开明书店，1930）
5	《教堂杂务员口中的英雄》	格斯克尔夫人	1928 年 3 月 10 日	《东方杂志》第 25 卷第 5 号	
6	《地中海滨》	显克微支	1928 年 11 月 15 日	春潮书局	
7	《曼侬》	卜赫佛牧师	1929 年 4 月 30 日	春潮书局	与石民合译，“现代读者丛书”
8	《独自行走的猫》	吉卜林	1929 年 7 月 1 日	《新女性》第 4 卷第 7 号	后被收入《如此如此》（开明书店，1930）
9	《秋》	斯特林堡	1930 年 8 月初版，1931 年 6 月再版	北新书局	《欧美小说选》，“自修英文丛刊”
10	《沙漠中的艳事》	巴尔扎克	1930 年 8 月初版，1931 年 6 月再版	北新书局	《欧美小说选》，“自修英文丛刊”

（续表）

序号	篇目	原作者	出版时间	出版社 / 期刊社	备注
11	《他们俩》	詹姆斯·巴里	1930 年 8 月初版，1931 年 6 月再版	北新书局	《欧美小说选》，“自修英文丛刊”
12	《惹祸的心》	爱伦·坡	1930 年 8 月初版，1931 年 6 月再版	北新书局	《欧美小说选》，“自修英文丛刊”
13	《野心客》	霍桑	1930 年 8 月初版，1931 年 6 月再版	北新书局	《欧美小说选》，“自修英文丛刊”
14	《茵梦湖》[①]	施笃姆	1930 年 9 月初版，12 月再版，1933 年 11 月第 6 版，1942 年 9 月蓉版	北新书局	“世界文学名著丛书”
15	《如此如此》	吉卜林	1930 年 11 月	开明书店	内收童话故事 10 篇[②]，丰子恺插画，“世界少年文学丛刊”
16	《最后的残叶》	欧·亨利	1931 年 7 月	北新书局	内收《经纪先生的恋爱》《最后的残叶》，“英文小丛书”
17	《希奇的事》	高尔斯华绥	1931 年 10 月	北新书局	内收《希奇的事》《两种神色》（石民译），“英文小丛书”

①张友松所译《茵梦湖》版本较多。1981 年 7 月，《茵梦湖》（新校本，由英译本转译而成）由商务印书馆出版，被收入“英语世界文学注释丛书”。该书为英汉对照排版，有译注，书前有译序一篇。1982 年 2 月，《茵梦湖》被收入白嗣宏主编的《茵梦湖》（“外国抒情小说选集丛书”），由安徽人民出版社出版。1999 年 9 月，《茵梦湖》由湖南文艺出版社出版。

②即《鲸鱼的喉咙是怎样长成的》《骆驼的驼背是怎样长成的》《犀牛的皮是怎样长成的》《豹子皮上的斑纹是怎么来的》《象儿子》《犰狳是什么东西变成的》《最初的一封信是怎么写的》《拿海作游戏的螃蟹》《独自行走的猫》《蝴蝶顿脚的故事》。

（续表）

序号	篇目	原作者	出版时间	出版社 / 期刊社	备注
18	《婚曲》	格洛夫	1933 年 2 月 28 日	《文艺茶话》第 1 卷第 7 期	署名“松子”
19	《魔力》	尤斯塔斯	1934 年 12 月 1 日	《世界文学》第 1 卷第 2 期	文前有译者识语，译于 1934 年 10 月 9 日
20	《未知的境界》	巴罗哈	1935 年 4 月 20 日	《世界文学》第 1 卷第 5 期	
21	《晚祷》	巴罗哈	1935 年 6 月 15 日	《世界文学》第 1 卷第 5 期	文后有编者识语，译于 1935 年 5 月 10 日
22	《非洲周毕河游记》	李文斯顿	1937 年 1 月	《青年界》第 11 卷第 1 号	节选，《翻译研究》译例
23	《非洲周毕河游记》（续）	李文斯顿	1937 年 3 月	《青年界》第 11 卷第 3 号	节选，《翻译研究》译例
24	《一把伞的故事》	莫泊桑	1937 年 5 月	《青年界》第 11 卷第 5 号	《翻译研究》译例
25	《野心客》	霍桑、亚伦·坡	1943 年 11 月	晨光书局	内收《野心客》（霍桑）、《惹祸的心》（亚伦·坡），“晨光英汉对照丛书（甲级）”
26	《英雄故事》	肯斯黎	1948 年 9 月	大东书局	与陈启明合译，内收《伯修士》《德修士》

表 1–3 共录有 9 个国家的 21 位作家。除《安徒生评传》和《安徒生童话的来源和系统（他自己的记载）》外，译作中有长篇小说 3 部、童话故事集 1 部（《如此如此》）、其他中短篇小说 20 篇（不含重复出版的译

作）。张友松翻译的这些作品，影响较大的有《地中海滨》《曼侬》《欧美小说选》《茵梦湖》等。

1931年秋，因开办春潮书局失败，张友松移居青岛，入青岛中学任英语教师，开启此后十年左右的中学教书生涯，他的翻译事业暂时陷入沉寂。[①]1934年8月1日，《社会日报》“作家素描”栏目刊登江天的《张友松的译作》一文，非常生动地描述了张友松在青岛教书时谈论自己译作的情形。

> 张友松这名字，虽然在现在是比较沉寂点了，然他从前在翻译界中的声名是已经有很多的人知道了。在中国的文坛上，的确他是应有一个相当的地位的。可是我们这位翻译大师，他却是一个绝顶的幸运儿……有一次学生请他介绍一些好的翻译书，他毫不迟疑的就拿粉笔在黑板上写起来，但是写出来的书名，都是他的译作，学生们看了都很可笑，但他还是毫不介意的向着学生说，那一本是有意义，那一本是有好技巧，那一本应该读二次，那一本应该加工研究。当下学生听了，都暗暗在好笑起来，不由得不说一声好。[②]

张友松的译作产量最高的时间段为1926年至1931年。1931年以后，张友松只有零星的几篇小文译出。[③]1938年至1949年，张友松客居重庆，适值时局动乱，谋生不易，其文学翻译事业基本上陷入停滞，自办的晨光书局出版的译作大都是旧译。

二、提倡写实主义文学

1928年，张友松在北新书局任职不到一年就萌发了自办书局的念头，一心想办一个“正派”的书局，出些“好书”，既不贻害读者，又不剥削

①1931年8月20日，《现代文学评论》第2卷第1、第2期合刊刊登了“现代中国文坛杂讯”：“张友松氏自春潮书店倒闭后，即赴北平。现闻张氏不再译书，拟致力于教育，闻暑期后赴青岛某校教务云。”参见佚名，《张友松在北平》，载《现代文学评论》，1931（1~2）：6~7。

②江天，《张友松的译作》，载《社会日报》，1934-8-1。

③除了文学著作的翻译之外，张友松还从事其他文体的翻译。除前文提到的北新书局、春潮书局出版的非文学译著之外，张友松还译有《正在重庆公映的苏联名片〈钢铁是怎样炼成的〉》（原作者为罗柯托夫），发表于1943年9月28日的《新华日报》，署名“松子”；《论〈不朽的人民〉》（原作者为克尼包维支），发表于1945年2月21日的《新华日报》，署名“松子”；《关于苏联的战时文艺》（原作者为罗斯托夫），发表于1945年5月17日的《新华日报》，署名“松子”。

别人，也不受人剥削。[①]1928年10月15日，张友松与中学同班同学夏康农、林熙盛共同创办的春潮[②]书局正式开业，由他任经理，后有中学同学党家斌到店里帮忙。[③]此外，春潮书局还创办了《春潮》[④]月刊，发行《科学月刊》。[⑤]因夏康农和林熙盛志不在此，春潮书局开办不久，二人就另谋职业，书局和杂志全靠张友松苦苦经营。[⑥]

1928年，春潮书店创办时，上海书店林立，但是出版业风气特差，“有些书店对于社会不但没有贡献，却反而酿成了社会的污点”[⑦]。春潮书局的创办者们是作为一种青年文学新势力登上历史舞台的，代表青年力量，反抗传统，有一股初生牛犊不怕虎的生气。

《春潮》的诗学观[⑧]首先体现在春潮书局的《春潮书局创办旨趣》《春

---

①张友松，《鲁迅和春潮书局及其他》，见《鲁迅研究资料 第七辑》，天津：天津人民出版社，1980：92。

②“春潮”二字最先出自张友松所译屠格涅夫的《春潮》（1928），春潮书局和《春潮》月刊是以得名。《春潮书局创办旨趣》文末的点题之语即为：“最后，敢借‘春潮’之义，表达我们这一点迫切奔涌的希望的心。”参见佚名，《春潮书局创办旨趣》，载《春潮》，1928（1）：103。

③春潮书局先设立在施高塔路四达里104号，后搬迁至北四川路的宝兴路，还与“乐群”“南强”“昆仑”合设四书局门市部于四马路。

④1928年11月15日，《春潮》月刊创刊，张友松、夏康农任编辑；1929年9月停刊，共出九期。其主要撰稿人有：鲁迅、林语堂、江绍原、陶希圣、石民、钱公侠、觉之、侍桁、钱君匋、夏索以等。

⑤1929年1月创刊，共出15期；最初由“科学月刊社”、时任上海劳动大学农学院教授的方乘（字抚华，湖南新化人）担任主编，春潮书局开始出版发行。

⑥“夏、林离开后，他（党家斌）还留在书店里；但他对我的帮助很小。从那以后，我就要兼顾书店的编辑和营业，夜以继日地忙个不停。我找来稿营业工作的人换了几个，都是些外行，其中还接连有几个舞弊的人，更使我大伤脑筋。因此我日益穷于应付，始终不能专心干编译工作。”参见张友松，《鲁迅和春潮书局及其他》，见《鲁迅研究资料 第七辑》，天津：天津人民出版社，1980：96~97。

⑦谢春满对当时的书店批判得很厉害，言语之间毫不客气：“如果，我有代表民间的资格的话，那末，我们再不希望——不但不希望而且不要看——那狗屁乱喷像嚼蛆子样的而似乎还不识相的书店出世；再不要看那专心图私而不为全社会瞻前顾后在那里吞云吐雾昏迷人眼——‘骗子’化或妓女式的书铺产生；我们还要谢谢——不但谢谢且要打倒那因为无聊而消遣等于坐在屎缸上吸香烟的书局。更不要看那随着时代的波浪飘摇不定往来无主而不能领导社会——不但不能领导他，根本上就没有时代性的那类的书铺子，摊满着马路。”参见谢春满，《新时胎的产生——春潮》，载《民国日报》，1928-10-14。

⑧此处是指春潮书局、《春潮》月刊（含“编辑室的话”）及创刊号上张友松所写的《我们何处去》所体现的诗学观。《我们何处去》与《发刊辞》《春潮书局创办旨趣》有内在的联系，文风、用词，甚至有些字句都是重复使用的。由此，我们可以推断，《发刊辞》和《春潮书局创办旨趣》是张友松的手笔。

潮书局征稿启事》《发刊辞》《春潮书局宣言》等文章中。春潮书局创办伊始，为打响名气，于各大报刊上登载启事。《春潮书局创办旨趣》刊登于《北新》《民国日报》[①]《贡献》《中央日报副刊》及《春潮》月刊创刊号上。

在《春潮书局创办旨趣》当中，张友松等论述了时代潮流的演变、学术思想文艺与教育跟政治的关系、出版者责任、出版业的悲哀、出版业新标准和《春潮》的出版目标等，阐明了春潮书局的旨趣、希望与态度。

> 我们悬着“叫出时代与环境造成的心底声音”的标准，愿为一切忠于时代，忠于事实，忠于自己的作家效传播之劳；到[倒]不必限于名家。同时依据这标准，忠于我们自己的信心，贡献出健康的知识养分，同真挚的情感慰安于广大的，纯洁的，健全的，进步的读者之前。我们，几个舍弃了多少荣耀的清高的职业不去寻求，冒着以金钱为本位的商人的恶名的青年，怀抱了这一点信念，想为烦闷枯寂的时代播散些活泼生意的种子，便这么不顾力量有多么大，作一番勇敢的尝试。……我们只抱着希求进步的心，尽力破除旧有出版业者的弱点，完成分配健康的知识养分，传语真实的情感慰安的责任，藉以减少我们生活上的苦闷与愚蒙，如是而已。[②]

春潮的“创办旨趣”体现了张友松等年轻的创办者“破旧立新的愿望”。[③]该篇可谓是直指出版界黑幕的“檄文”，并在最后列出了春潮书局编印著作的五大方向：系统思想的建设、介绍与批评，文艺的创作与翻译，中小学读物的编纂，各种学术的专门研究，定期刊物的发行。随后，春潮书局发布征稿启事：“本书局现拟征求文艺、思想、学术各项著作多种，

---

① 1928年9月19日，《春潮书局创办旨趣》刊登于《民国日报》，后获读者回应。10月14日，《民国日报》刊登了《新时胎的产生——春潮》。谢春满系阅读了春潮书局的创办旨趣之后，自代民间读者希望春潮书局能够信守承诺，不与其他书局同流合污，能够革命得彻底，以整个的眼光和持久的力量，灌注全部枯萎的禾田。“我们对于‘春潮’，虽不敢抱着意外想求；但是，如果那春潮泛滥起来的话，那我们要想望他能注意到全社会全人类，要能流到民间去灌溉那久旱的田禾，抚育那嫩苗的长成，就是要做到一般人口唱的‘革命的澈底’。在这文化动摇的世代再加风浪垒起的波澜里，他的注视力至少要该观察到这一点。”参见谢春满，《新时胎的产生——春潮》，载《民国日报》，1928-10-14。

② 佚名，《春潮书局创办旨趣》，载《北新》，1928（21）：99~100。

③ 应国靖，《播撒活泼生意种子的〈春潮〉》，见《现代文学期刊漫话》，广州：花城出版社，1986：114。

凡能忠于时代、忠于自己的作家与译者，愿以著述见惠，皆所欢迎。”[①]1928年11月15日，春潮书局开业一个月后，《春潮》月刊正式出版。《春潮》月刊的定位是文艺刊物，“《春潮》月刊是以忠实的态度力求对于国内新文化有所贡献的刊物”[②]。《投稿简则》第一条称：“凡关于文艺，学艺，思想之来稿，无论自撰翻译，皆所欢迎；但以文艺为主。”[③]

《春潮》的文艺观，在下文里有比较清楚的体现：

> 文艺的创作与翻译——这一项里我们要求的条件极其明显简单：就是真实人间性的表现，无论那一种方式的生活里。表现的技巧容有高低的不同，真实感情的流露这一点总是起码必须完备的条件。在文艺的领域里我们不希望见到卫道的教条，也不愿意倾听宣传的口号。本来我们的生活已经够苦闷的了，一天到晚应付各种各色的恼人的情事；好容易拿起笔来从事于文艺的制作，那里还管得到能否配享圣庙，或者是否混得进革命先锋的队伍？这是某种生活下限定了的某种呼声，是撇除了利害荣辱的梦境的再现。不是不求上进的颓废，却也无所谓责任的完成。
>
> 依着这个标准来衡量，我们立刻见到目下文坛上的寂寞了。可是真实的文艺的创作虽然不是宣传大纲同卫道的经典所能威迫利诱得出来……
>
> 这类真实的创作，表现在别种民族文字里，对于我们仍就是选取不尽的富藏：我们仍将随着国中的明达公同力尽介绍翻译之劳。[④]

在《春潮》创刊号上，张友松等人所撰写的《发刊辞》进一步阐释了《春潮》的诗学观：

> 这是一个什么时代呢？我们叫它作玩弄堂皇伟大的名辞的时代。
>
> 我们这个期刊的产生，便为了看见有人不曾玩弄各种各色的堂皇

①佚名，《上海春潮书局征稿启事》，载《大公报》（天津版），1928-10-30。该启事于10月31日、11月1日接续刊登。随后在《春潮》月刊上刊登的《春潮书局征稿启事》酌有改动：“本书局已于十七年十月十五日正式开幕，现拟征集各种稿件。国内外从事著述者，倘表同情于本书局旨趣，愿与合作，无不竭诚欢迎。”参见《春潮书局征稿启事》，载《春潮》，1928（1）。

②佚名，《春潮书局发行两大月刊》，载《春潮》，1928（3）。

③佚名，《投稿简则》，载《春潮》，1928（1）。

④佚名，《春潮书局创办旨趣》，载《春潮》，1928（1）：100~101。

伟大的名辞，思想上零零碎碎地常时招来不堪受的压迫，想着有话要说时，好借它说说大家的苦闷，此外并没有什么了不得的来历。

……

我们还要辞谢各种各式的英雄的呼号，因为我们发觉了英雄的背后每每是矫揉与夸张。

是指引我们走上现实艰难之路，自己仍就忠实地陪伴着策励着我们的，才是最可靠的导师。

我们要求的，是真实的人间味。

……

我们眼前判分了不同的战野：一方是只许自己存在，自己繁荣，旁的都是天生的陪衬；一方持着荆棘束成的长帚，想扫清一片大家可以同住的地方。

……

我们也并不是崇拜写的文字的宗教。我们尊重真实的文字，只为了它是真实的生活的表现，真实的心灵的渗漉。一想到我们这玩弄堂皇名辞的时代，更加陪衬出这国度里缺少文字上的努力的空虚呵！①

在《发刊辞》中，张友松等人提到《春潮》的产生，是为了让当时的苦闷青年能有一个表达自己思想、发表个人见解的出口。面对苦闷的人生，在那个玩弄堂皇伟大名辞的时代，张友松等号召真挚的、勇敢的灵魂们直立起来，用真实的文字来表现真实的生活和真实的心灵。张友松等只想代表青年，并没有什么加入时兴文学派别的想法。《春潮》所追求的文艺是表现真实生活的文字，追求“真实的人间味”②。《春潮》以“忠实的态度”③自命，倡导的文学理念是写实主义文学观。《春潮》一直在强调“真实”“真实的文字”“真实的生活”“真实的心灵”④。

在《春潮》之前，文坛对于写实文学已经有过很多讨论。《春潮》所提的“人间味”在创造社诸君那里已有提及。例如，穆木天提出写实要从

①佚名,《发刊辞》，载《春潮》，1928（1）: 1~8。
②同上: 5。
③佚名,《春潮书局发行两大月刊》，载《春潮》，1928（3）。
④佚名,《发刊辞》，载《春潮》，1928（1）: 7。

外面的写实转入内面的写实，认为："写实是一种人的要求。人不住的要认识自己。从要认识自己的内意识里发生出的东西就是写实的要求。写实文学就是这种内意识的结晶。写实味毕竟是一种人间味。"[①]成仿吾提出写实的文学"是'人的'文学：这是赤裸裸的人生"[②]。穆木天所说的人间味与成仿吾所说的写实要写出人的内部生命比较接近。郑伯奇在《中国新文学大系 第五集 小说三集》导言中总结新文学第一个十年的特色时提出："从来一般人认为中国的新文学运动的两种最大的倾向是'人生派'和'艺术派'，这差不多已经成了一种常识。但若加以更细的分析，所谓'人生派'实接近帝俄时代的写实派，而所谓'艺术派'实包含着浪漫主义以至表现派未来派的各种倾向。"[③]写实一直都是新文学的一大传统。新文学的头20年里，写实概念存在两种形态：一是作为文学创作精神，一是作为写实文学的表现手法。两者同时并存，只是各时期各有侧重。[④]在《新青年》[⑤]时期，写实主要是一种文学创作精神；到了文学研究会和无产阶级文艺时期，则主要表现为文学创作方法。[⑥]写实文学有很多种形态：写实主义、新写实主义（普罗文学）、现实主义、社会主义现实主义、革命现实主义等，最后熔铸成我国新文学的一种现实主义传统。[⑦]总的来讲，写实手法"是五四新文学的一种进行文学创新的手法，是五四那代人试图用来记录时代，解释社会和自然的、解释人生的一种方式"[⑧]。

《春潮》的真实观继承了五四新文学的传统。《春潮》倡导回归文学本体性，不玩弄名辞，不矫揉造作，不宣扬主义，表达真实的生活与自我。《春潮》倡导表现真实，它所反对的是当时虚假、虚伪、矫揉造作的文艺。同时，《春潮》的主事者洋溢着一种理想主义的气质，认为"一般出版者以

---

①木天，《写实文学论》，载《创造月刊》，1926（4）：6。

②成仿吾，《写实主义与庸俗主义》，载《创造周报》，1923（5）：2。

③郑伯奇，《导言》，见《中国新文学大系 第五集 小说三集》，上海：良友图书印刷公司，1935：3。

④李怡，《词语的历史与思想的嬗变——追问中国现代文学的批评概念》，成都：巴蜀书社，2013：270~271。

⑤1915年，陈独秀在"通信"栏中明确提出"吾国文艺，犹在古典主义理想主义时代，今后当趋向写实主义，文章以纪事为重，绘画以写生为重，庶足挽今日浮华颓败之恶风。"参见记者，《通信》，载《青年杂志》，1915（4）：2。

⑥李怡，《词语的历史与思想的嬗变——追问中国现代文学的批评概念》，成都：巴蜀书社，2013：271。

⑦同上：273。

⑧同上：283。

金钱为前提，而我们则以事业为重”[①]。在春潮书局的出版实践中，他们的诗学得到了进一步的展现。

在勒菲弗尔的翻译理论中，赞助也是影响翻译活动的三要素之一。赞助是指那些“足以促成或者妨碍文学的阅读、书写或者重写的力量（包括个人和团体）”[②]。赞助包含三个因素，即意识形态因素、经济因素及地位因素。[③]赞助人通常会对译者翻译中的意识形态和诗学产生影响。张友松正是勒菲弗尔所说的“专业人士”，且身份多样（总经理、编辑、批评家、译者）。张友松在主持春潮书局和《春潮》月刊时，扮演了赞助人的角色。他的意识形态和诗学取向非常明显地体现在翻译选材和出版当中。从春潮书局已经出版和计划出版的不同种类的书籍[④]中，我们可知其出版特色：

---

① 在春潮书局创办后半年，张友松等发布宣言，回顾半年来春潮书局的成绩，重申其理念，展望其未来。“所以要想打倒出版界黑暗的腐败的旧势力，并建立光明的健全的新基础，便非造成著作者、读者和出版者三方面的联合战线不可。我们春潮书局是几个不肯抛弃自己的信念而走各种违反意志的康庄大道的青年合力创办起来的。”参见佚名，《春潮书局宣言》，载《申报》（本埠增刊），1929-4-18。

② André Lefevere. *Translation, Rewriting and the Manipulation of Literary Fame*. London & New York: Routledge, 1992: 15.

③ Ibid: 16.

④ 自1928年10月15日开业至1931年4月21日停业清算，春潮书局前后持续约两年半的时间。出版的著作主要有“创作类的书”，如《从军日记》（谢冰莹，1928）、《到大连去及其他》（孙席珍，1928）、《怅惘及其他》（钱公侠，1928）、《玫瑰》（陈醉云，1928）、《雨后及其它》（沈从文，1928）、《二月》（柔石，1929，鲁迅作序）、《惜分飞》（王余杞，1929）、《小小十年》（叶永蓁，1929）、《低诉》（陆晶清，1930）等；“世界文学名著”有《地中海滨》（张友松译，1928）、《希腊神话故事》（清晨译，1928）、《新俄大学生日记》（江绍源译，世界名著丛书，1929）、《易卜生评传及其情书》（林语堂译，现代读者丛书，1929）、《近代论坛》（梁遇春译，现代读者丛书，1929）、《新俄学生日记》（林语堂、张友松合译，现代读者丛书，1929）、《曼侬》（石民、张友松合译，现代读者丛书，1929）、《西哈诺》（于芳译，1929）、《茶花女》（夏康农译，内署“近代文艺丛书 鲁迅编”，1929）、《菲丽斯表妹》（徐灼礼译，1929）、《梦幻与青春》（程鹤西译，1929）、《小彼得》（许霞译，1929）、《露露的胜利》（徐霞村译，1929）、《斗牛》（徐霞村译，1929）、《日本现代小说选》（侍桁译，1929）等。“社会科学类”图书有《战后世界政治之关键》（周谷城译，1928）、《英帝国主义的前途》（张太白译，1929）、《苏联的经济组织》（魏学智译，1929）、《德意志革命史》（李华译，1929）。此外，有计划但最终未见出版的书还有不少。综合春潮书局的各类封底和杂志广告（如“上海春潮书局简要图书目录”、《春潮》第1卷第4期、《春潮》第1卷第5期等），“印刷中的书”有《世界革命妇女列传》（杨骚译）、《萨芙》（王实味译）、《哈代评传》（梁遇春译）、《恋爱与婚姻》（梁遇春译）、《未来的喜剧》（章华译）、《一个新时代的青年》（何公超译）、《新俄乡村写照》（陈海石译）、《资本论浅说》（钱一之译）、《莫利斯传》（郭大力译）、《俄国文学史》（文斌译）等。“决定出版的书”有《新俄的新学校》（张友松、周谷城合译）、《新经济学要领》（陈影清译）、《房东太太》（何公超译）、《林莽》（林疑今译）等。

（1）创作群体以青年作家为主；（2）译作数量大大多于创作数量；（3）文学书籍偏爱写实主义题材；（4）社科类图书以政治经济为主，苏联革命和马克思主义著述[①]居多；（5）丛书规模较小，出书数量较少。[②]

《春潮》的文学立场[③]很明确，不曲意服务于政治，选择价值中立：既不认同资产阶级自由派粉饰太平的做派，也不认同无产阶级革命文学派的激进立场，而是把眼光投到了那些苦闷的青年人身上，寻求一个表达自我的渠道，“想要有话要说时，好借它说说大家的苦闷”[④]。《春潮》意欲成为文艺界、出版界的一股清流，实则以一种“反抗权威”的姿态登上文艺舞台。《春潮》试图继承五四运动精神里面积极的一面，在五四运动导师分化[⑤]的时代，重新举起文艺青年的大旗，追随鲁迅[⑥]等进步导师，打破知识的垄断，驳斥玩弄名辞的知识精英，清扫出版界的妖氛。由此可见，《春潮》以新时代革新者的面目出现，对标资产阶级自由主义者创办的《新月》也就变得顺理成章。此外，《春潮》显然无意卷入 1928 年大热的“革命文学论争”。

---

①《春潮》月刊第 1 卷第 1 期推出了《马克思主义之人种由来说》（署“恩格斯遗著 哥莱佛序言 陆一远译”）出版预告。文末特地强调了学术出版的中立立场：“我们国中学术界既知道尊重达尔文在学术上革命的贡献，同样也一定尊重这阐发达尔文主义的学说了。本书局印行这一本著作，便根于尊重学术促进文化的责任心；这自然联不上马克思经济学在中国实行的可能性及其功罪的问题了。”

②鲁迅主编的“近代文艺丛书”出书一种（《茶花女》），林语堂主编的“现代读者丛书”出书四种（《易卜生评传及其情书》《近代论坛》《新俄学生日记》《曼侬》）。

③张友松在《我们何处去》中对当时的时代进行了描绘：“现在，究竟是什么时代呢？在大先生们看起来，是‘礼义廉耻，国之四维’的时代，是急须恢复旧道德以挽狂澜于既倒的时代。衰微了的国术从而提高了身价，渐渐被人们忘却了的孔二先生从而重获了他的威权。诸如此类，尽够我们领教而有余。同时，我们的无产阶级革命文学家们说，这是一个如何的大时代，新时代，而其大，其新，又只是因为有了他们——从前种种譬如昨日死，以后种种譬如今日生的他们！此外，形形色色的人对于这个时代都有他们形形色色的说法。”参见张友松，《我们何处去》，载《春潮》，1928（1）：24。

④佚名，《发刊辞》，载《春潮》，1928（1）：1。

⑤张友松在《我们何处去》中说道：“昨天还在指点你走某一条路的人，今天便能正因你走了这条路而加你以大逆不道的罪名。在政治舞台上是这样，在文艺界，思想界里也是这样。……从前一般青年所仰望为导师的思想界领袖人物，现在都变得不知成了什么样子。他们的行为与言论之谬妄真叫人不知如何说法才好。他们一方面为头脑清醒的青年所唾骂，一方面在那般没有灵魂的喽啰的欢呼声中和那些事实上的权威者的虎视之下占着一个畸零的地位，时常都可以看出他们那种战战兢兢的丑态来。他们自己也就忘了形，居然与青年为敌了。”参见张友松，《我们何处去》，载《春潮》，1928（1）：26~28。

⑥因《发刊辞》上的宣言和张友松的《我们何处去》，《春潮》的编辑们被《新月》的梁实秋称为“努力的青年”，鲁迅则被称为“思想界文艺界知名的先进作者”。参见梁实秋，《论批评的态度》，载《新月》，1929（5）：2。

“春潮”二字是一个隐喻，张友松的命名固然是源自他所翻译的屠格涅夫的《春潮》，但是他在主旨、《发刊辞》《我们何处去》的末尾反复提及青春热血这一意象，“敢借‘春潮’之义，表达我们这一点迫切奔涌的希望的心”[①]，“春潮”代表了一种奔涌向前、冲刷时代的新力量。《春潮》创刊这一年，张友松25岁，他无比怀念五四运动时期“欢欣鼓舞的感觉”，“那种热狂的盲从是何等的令人神往啊！”[②]年轻的张友松本身就有一颗奔涌的心。

三、小说翻译与创作

1934年7月，张友松发表了两篇比较重要的文章：一篇是《文艺的翻译》，发表于《青年界》第6卷第2号；另一篇是《我的小说的译作的经验与理解》，被收入郑振铎、傅东华编的《我与文学》一书，由上海生活书店出版。

《文艺的翻译》是张友松对文学翻译思想（主要是小说翻译）的一次总结，较为集中地体现了他的诗学观，涉及翻译与创作的关系、翻译的标准、翻译的最高目的、翻译的最高理想、翻译理论和方法、精译所必经的步骤、直译与意译、翻译技巧、译者的毛病、翻译的功用等。张友松认为，翻译的唯一标准就是“忠实”。

首先，张友松比较了翻译和创作的关系，翻译在价值和难易程度方面均不亚于创作。在创作不健全的情况下，翻译反而有助于培植国内的创作界。

> 文艺的翻译，我以为是很应该重视的，尤其是在目前的中国。但是现在的中国社会固然不能培植文艺的创作，而对文艺的翻译尤其不能给我们以丝毫的鼓励。然而也就惟其是这样，有志于翻译者更不可不格外努力。而且我们如果有多数的人肯认真努力于翻译，我总相信是较易有所贡献于我们这贫弱的文艺界的。就价值而论，翻译不亚于创作；就难易而论，翻译也不亚于创作，甚至有人还认为翻译比创作更难。总之，有志于翻译的人耐点苦，与社会给我们的阻力挣扎挣扎是值得的。[③]

张友松对当时中国文坛的判断是“贫弱”，认为唯有翻译可以改造中

①佚名，《春潮书局创办旨趣》，载《春潮》，1928（1）：103。
②张友松，《我们何处去》，载《春潮》，1928（1）：27。
③张友松，《文艺的翻译》，载《青年界》，1934（2）：108。

国的文艺界。阅读译作、从事翻译对创作有实际意义，“翻译对于创作是有很大影响的。常读译品的人一旦从事创作，他的作品里多少要带点那些译品的色彩。常作翻译的人受的影响尤其大。就中国目前的情形而论，作家们是应该多受点翻译的影响的。”[①]在他看来，中国文坛亟须既能够从事创作，又能够从事翻译的作家来改造文艺界。但从事翻译，要对本国文字和某一种外国文字养成相当的能力，确实有相当的把握才行。此外，要有相当的文学兴味与心得，这个比语言能力更重要。至于翻译的技巧和创作的技巧，张友松认为都是颇有讲求的必要。

其次，张友松论述了他的语言观。张友松在对比翻译和创作的关系之后，对中国文字的表现力和翻译的必要性给予了阐释。张友松对我国文字的表现力有非常深刻的观察：

> 我以为标准的译法应该以“忠实”为绝对不易的原则，一方面要尽可能地顾到读者的了解力，不要译出一些读起来太费劲的东西，以致违反翻译的目的；同时也要斟酌必要，在译文中用进一些本国文理原先没有的新词和新句法，要这样，翻译才能尽改革本国文字的任务，翻译者才不致于老干着削足适履的勾当。……有许多用西洋文字表达出来的意思，我们如果想用现成的中文句法和字眼译出来，有的时候便译不恰当，有的时候根本就译不成。还有些随时代而产生的新名词或其他新字，或是旧字的新义，先见于外国文，而为我们的本国文里所没有，本国人向来所不知道的，我们当然也不能找现成的本国字眼来译。总之，我们如果要严格地忠于原文，造新词和新句法是必要的。至于我们所造的新词和新句法是否恰当，是否能通行，我们只好让时间去给我们判定。[②]

新字、新词、新句法带来的是新知识，“较能引起读者一种新奇的注意，因此也就予以更深的印象”[③]。张友松认同“翻译负着有改革本国文字的使命……这种见解是大大地提高了翻译的标准和价值”[④]。在这种语言观的审视下，他认为，之前那种译作读起来要像读本国人作品一样的译文观需要摒弃，好的译作要有“洋味儿”：

①张友松，《文艺的翻译》，载《青年界》，1934（2）：102。
②同上：104。
③同上。
④同上：105。

现在我们却不能不承认，好的译品是必须带点“洋味儿”的。不但如此，我们还要使不通外国文的本国人作起文章来，也多少带点“洋味儿”，那才算是完全达到了翻译的目的。因为必须那样，我们的本国文字才能于不知不觉中渐渐吸收一些外国文字的好处，越来越变为一种优美的，富于表现力的文字。至于从前那种硬把洋货变为国货的翻译法，我们是不能再承认它的价值了。

译文里用新造的词句，我以为不宜太多：凡是我们现成的本国文里找得出恰当的说法的，使用现成的东西来译；非新造词句不能表达原文的意思时，我们才用得着新造。这样，译品才能得到多数的读者，译品中的新词新句才能渐渐融化到本国文字里去。否则一般读者都不免要感到译品太难读，翻译也就无从达到改革本国文字的目的了。[①]

张友松的语言观非常看重语言的表现力，翻译之必要就体现在引入新词和新句法上。于译作而言，译文就是要有“洋味儿”。新字、新词的引进其实是改造中国语言的切实手段，是具有实操意义的方法。张友松在论及习语的翻译时，再次强调了这一观点：

我以为凡是外国文里的成语能译成本国文里十分恰当的成语时，自然是译作成语为好，否则千万不要胡凑。……又如 From the cradle to the grave 与其译作“由出世到死时”还不如照字面译作“从摇篮到坟墓”。这种说法，初看颇带洋气，久了就很自然地搀入我们的文字里了。成语好比园里的花草，我们尽可以把洋种移植到自己的花园里来，使园景增色。[②]

张友松的这种经翻译引进“带洋气”的新词、新句的观念，与鲁迅提倡的“洋气”翻译观[③]类似。两人都有相同的文化目的，但是鲁迅比张友松走得更远，思考得更深，最终提倡硬译。

① 张友松，《文艺的翻译》，载《青年界》，1934（2）：103~104。

② 同上：102。

③ 鲁迅在《“题未定”草》中论及翻译《死灵魂》时，指出：“在动笔之前，就先得解决一个问题：竭力使它归化，还是尽量保存洋气呢？……如果还是翻译，那么，首先的目的，就在博览外国的作品，不但移情，也要益智，至少是知道何地何时，有这等事，和旅行外国，是很相像的：它必须有异国情调，就是所谓洋气。其实世界上也不会有完全归化的译文，倘有，就是貌合神离，从严辨别起来，它算不得翻译。凡是翻译，必须兼顾着两面……我是不主张削鼻剜眼的，所以有些地方，仍然宁可译得不顺口。”参见鲁迅，《“题未定”草》，载《文学》，1933（1）：10。

再次，张友松特别注意译文的语气问题。张友松提到，译作胜过原作只是“极稀罕的少数天才的奇迹”[①]，不应该拿来当作翻译的最高目标。他很沮丧地说：“至于能把原作者的风格和其他特点都在译品里充分表现出来的译家，在我们的翻译界里恐怕是根本还找不到。”[②]张友松对于译文语气的强调，源自他提出的翻译忠实观，除了文字上的忠实之外，语气也包含在内：

> 译者虽没有把原文的意思译错，却译不出原文的语气。这样的译品，即令全部没有错误，也只能代表原作的躯壳，不会有生气，不会有力，至多也只能算是一半的成功。要去掉这种毛病，译者必须把自己当作一个作者，时刻聚精会神地把自己浸润在原作的氛围中，一字一句，都要像创作一样，多加斟酌，译口语的时候尤其要揣摩各个人物的口吻，使其恰当。[③]

面对译文风格特点的传译，张友松主张将译者放在作者的位置上，用从事创作一样的精神来从事翻译，要求译者浸润在原作的氛围中，译口语时，要“恰当”。这与他晚年将翻译艺术化，提出文学翻译创作论的思想类似，“恰如其分”正是他晚年翻译观的核心思想。

此外，张友松还讲到一个非常有远见的观点，翻译要与时俱进。翻译的准则和任务会随着时代而有所变化和改进。

> 翻译的法则是随着时代变化的，我们应该要随时求进步才好。若干年前被大家认为金科玉律的翻译准则，到现在也许成为陈腐的无价值的话了；若干年前的标准译品，到现在也许成为过时的不足取法的东西了。譬如五四时代的新文化运动领导者所提出的翻译准则是“以流畅的国语译成本国人所能懂的纯粹的本国文字”。现在我们却不能不承认翻译的任务并不止此。[④]

在《文艺的翻译》一文中，张友松将翻译与创作并重，甚至“一个译者比一个作者还多负着一种责任”[⑤]，译者除了要对得住读者、自己、文艺外，还要对得住原作者。在他看来，翻译文学的功用就是为文坛输入新字、

①张友松，《文艺的翻译》，载《青年界》，1934（2）：107。
②同上。
③同上：103。
④同上：105。
⑤同上：107~108。

新词、新句法、新风格、新技法等，翻译文学的目的就是改造文坛，即通过翻译来改革汉字，促进创作。

《我的小说的译作的经验与理解》一文被收入郑振铎、傅东华编的《我与文学》一书。该书系《文学》杂志创办一周年时征文编集而成。《文学》杂志以“我与文学”为题，向中国新文学作家征集文稿，收入59位作家的文章（各篇的题目均为编者所加），按编辑部收到文章的时间先后排列。张友松的这篇文章很长，虽然论及翻译，但主体还是关于小说创作。张友松首先讲述了自己与文学的渊源，论及他从事翻译的最初状况；随后，又仔细阐述了他的小说创作观。他告诫有志于从事小说创作的青年，初学写作时，一定要克制，发表欲望太强和多量生产都是不可行的。他还分析了以文艺写作为业的苦处，认为作家其实并不好当。此外，他重点阐释了一个作家的养成涉及写作动机和准备、坚定的信仰、写作的步骤和技巧。

在该文中，张友松还讲述了自己与文学的渊源，从事小说翻译是因为“小说较为容易而且易于卖稿”①，以便维持生计。相比于翻译小说而言，张友松不敢轻易发表创作，“我总觉得翻译要得到相当的满意，比创作较为容易。……小说的创作，我认为难得多了”②。这篇经验介绍主要还是讲小说创作方面。

在张友松看来，小说的创作首先要端正态度，创作要讲究克制，“多量生产和发表欲过强是同样有害的”③。“发表欲太强和多量生产是对于一切著作者都不利的。”④张友松一再强调要控制发表的热望，他认为：“文字的发表犹之戏剧表演的登台，你一面要使你的初次上场的结果能给予你勇气和自信，一方面要使它给予你的勇气和自信与你的能力相当。一般文学青年很少有顾虑到这一点的。”⑤这样性急的结果要么就是从此灰心丧气，要么就是养成过分的自信，这两种情况足以毁坏刚开始从事创作的人的前途。

在谈及作家的养成时，张友松总结了三点：（1）写作动机和坚定的信仰；（2）写作的步骤；（3）写作的技巧。张友松认为：“有许多作家都是为

①张友松，《我的小说的译作的经验与理解》，见《我与文学》，上海：生活书店，1934：289。
②同上：289~290。
③同上：291。
④同上：295。
⑤同上：291。

写作而写作，这种动机当然是不正当的。正当的动机应该是表现，而表现的目的是在于使我们的读者对我们所表现的一切起反应的作用，决不只是供他们的玩赏。本着这样的动机去写作，写作才算是有意义的事情。”[①]张友松所讲的“表现”，其实质是一种写实主义观。在这种诗学观的审视下，张友松对有价值的文学作品进行了界定：

> 有价值的作品必须是我们对于人生和社会的认识加上我们的信念，用相当的技巧写作出来的。为了要对人生和社会得到充分的透澈的认识，为了要坚定我们的信念，我们不可不尽量地作研究，观察，分析，和深思的功夫，不可不对自己的思想和生活时常加以检讨。[②]

简言之，在张友松看来，作家必须具备相当的社会科学常识，不表现丝毫的时代性和社会意义的作品不是时代所需要的，“所谓为艺术而艺术的说法，我以为我们不能不根本否认其存在的价值”[③]。文学的社会意义虽不必过分强调，却也不能不强调，写作不能“为写作而写作”，必须追求写作本身的社会意义。

在论及作家所应具备的信仰时，张友松阐释了文学与宣传的关系：

> 其次我们要注意信仰的坚定。有人说文学就是宣传。这句话如果就字面上来解释，那未免把文学的社会意义看得太重了。不过现代的文学之应该负着一份宣传的使命是无可置疑的。譬如你在你的作品里暴露现社会的罪恶与矛盾，或是指示社会的动向，或是表达你对未来社会的理想，你都是负着这种使命的。一个作家要想负起这种使命，最要紧的是要具有坚定的信仰，否则你就像一只没有罗盘的船在大海里航行，无论走得多么快也是枉然。你的作品所含的社会意义必须以你的信仰为神髓，那才能有价值，有力量。所以一个作家非努力养成一种坚定的信仰不可。[④]

张友松所说的使命感、社会意义，是其写实主义文学观的体现。这种观念与其早年在《春潮》时期所展现的诗学观是一致的。他所秉承的“坚定的信仰”仍然是文学要表现生活。他对经常改换门庭、变更信仰的投机

①张友松，《我的小说的译作的经验与理解》，见《我与文学》，上海：生活书店，1934：296。

②同上。

③同上：297。

④同上。

文人深恶痛绝，“终日都在考虑着自己应该往那边转的作家们，那简直是连一个顽梗的保皇党都不如了”①。

在写作的步骤方面，张友松提出不事先设定写作的意义，然后是明确动机并搜集、积累素材，并记录在杂记本上。当素材积累够了，即可着手整理写作大纲。正式动笔写作时，要尽可能聚精会神地写好一个相当的片段。作品写好之后，要搁置一段时间再进行修改。②

最后，张友松着重论述了写作技巧的养成。他认为：“技巧之于作品，就好像服装之于人。”③技巧是判断一个作家成熟与否的标准。养成写作技巧有三步：（1）研究和比较他人的作品；（2）自己练习；（3）他人的批评。④初事写作的人常常犯的错误有很多，比如作文不地道、不自然；爱用比喻；太重情节，不重表现的功夫；性急；不善运用写作材料；人物话语与身份、口吻不符；不懂具体描写的重要；作品太清楚、不含蓄；等等。⑤

正如勒菲弗尔所说，文化并非铁板一块，文化内部的张力普遍存在于不同群体或个体之间；这些群体或个人都坚信自己的方式是促进文化革新的最好方式；从这个意义上讲，翻译就是一种影响文化进程的尝试。⑥张友松无疑深受五四新文化运动的影响。五四新文化运动过后，文学革命导师群体分化，张友松选择紧跟鲁迅等人的脚步⑦，站在苦闷的青年人的立场。他以翻译赞助人兼译者的身份，关注文学与人生的紧密联系，推崇写实主义，反对纯艺术论，提倡文学的使命感和社会意义，强调作家要有坚定的信念，创作要有现实关怀。在翻译领域，张友松的翻译选材青睐现实主义作品，尤其是俄国文学；他的翻译目的是改造国语及国内文艺；他的翻译策略主要专注于译文的可读性，秉持译文要流利、顺畅的翻译观；在翻译方法方面，他更多地采取直译而非意译。

---

① 张友松，《我的小说的译作的经验与理解》，见《我与文学》，上海：生活书店，1934：298。
② 同上：290~300。
③ 同上：302。
④ 同上。
⑤ 同上：303~307。
⑥ André Lefevere. *Translation/History/Culture: A Source Book*. London: Routledge, 1992: 8.
⑦ 鲁迅试图通过翻译去构建中国的现代性，“鲁迅的翻译就是一种文化改造的手段，其目的就是通过翻译的外国文学来变革中国的文字，从而达到改造中国文化、改造落后的国民性的目的”。参见罗选民，《翻译与中国现代性》，北京：清华大学出版社，2017：40。张友松深受鲁迅的影响，从这个意义上讲，他所从事的翻译也有推动社会变革的基因。

第二节　张友松的中期诗学观

在中期（1949—1977），张友松的诗学观发生了重大转变。这种变化经由时代巨变传导而来。1956年，我国基本建立了社会主义制度。以马列主义、毛泽东思想为基础的社会主义意识形态成为整个社会的主流意识形态。在这一时期，社会主义现实主义逐渐成为我国的主流诗学，毛泽东认为，文艺批评“总是以政治标准放在第一位，以艺术标准放在第二位的”[①]。与此相匹配的是政治意识形态通过文学生产活动的机构化、体制化，来操纵整个文学大系统的运作。[②]

在中华人民共和国成立之前，张友松的诗学观就已自觉地向无产阶级文艺观靠拢，体现了积极参与国家文艺建设的个人意愿[③]和思想动态。但在中华人民共和国成立初期，张友松参与的批判《再生记》实践表明，他存在明显的阶级局限性，还不能用马列主义、毛泽东思想来思考文艺问题，政治水平、理论水平仍有待提高。中华人民共和国成立初期至“文革”结束，张友松个人经历的曲折变化与那个时代的知识分子命运息息相关、浮沉与共。

一、张友松文艺观的转变

1949年元旦，张友松已经看到了中国的新气象：“今天是一九四九年的元旦，终日晴朗的天气，似乎是象征着今年的光明；而今年的光明也就是今后永久光明的开始。瞻望前途，实不禁喜澈心底。”[④]他在这么具有时

①毛泽东，《在延安文艺座谈会上的讲话》，北京：新华书店，1949：21~22。

②张建青，《〈爱的教育〉（*Cuore*）中国百年（1905—2015）汉译简史》，上海：上海交通大学出版社，2007：101。

③张友松早年本有机会投身于党的革命事业，但屡未成行。他曾参与五四运动、工读互助、五卅运动等，见证了大姐张挹兰参与革命并壮烈牺牲的过程，也曾结识李大钊、鲁迅、邓颖超、高语罕、邹韬奋、潘梓年等人。1927年4月28日，张挹兰同李大钊等20人就义后，张友松开始向往共产主义事业，但因家庭负担太重，再加上缺乏为革命牺牲的勇气，没有化悲痛为力量，投入火热的斗争中。抗战胜利后，张友松去红岩村和邓颖超联系，表示要带家眷同去延安。邓颖超表示一时有困难，延安生活艰苦，叫张友松等待机会。1947年3月，国共合作再次决裂，中共驻重庆办事处转移到张家口，金涛通知张友松，可以让他全家乘飞机同去，但一两天内即须启程。张友松因事先毫无准备，有些事情来不及结束，没有迅速做出反应，没有实现投奔解放区的夙愿。张友松认为，此事他犹豫不决，充分表现了一个小资产阶级知识分子临到紧急关头时的软弱性和动摇性，辜负了党对他的重视和信任，后悔莫及。参见张友松，《我的翻译生涯》，见《文化史料丛刊 第7辑》，北京：文史资料出版社，1983：77~80。

④张友松，《我的回顾与前瞻》，载《人物杂志》，1949（2）：43。

代意义的一天，撰写了《我的回顾与前瞻》一文，总结过去，展望未来。该文发表于《人物杂志》第4年第2期的“自我介绍与自我批判”栏目中。在这样的一篇“宣言”中，张友松对自己的前半生持否定态度，希望能重新做人。

> 总括我以往的全部生涯，一切苦斗和工作的过程可以算是代表一个典型的纯良知识份子的行径，其中包含着一般知识份子的许多弱点的表现：这大概可以算是一个公正的批判。……分析过去的种种失败，我认为最主要的原因就是我未能克服知识份子所最难克服的几个弱点——软弱，因循，富于妥协性和苟安心理，缺乏战斗精神。还有一大病根，就是去不掉知识份子的优越感，以致根本不能认识自己的工作应与大众的生活和大众的需要发生联系。今后要想不做时代洪流的残渣，便非首先克服这些弱点，重新做人不可。①

张友松直言自己的阶级（知识分子属于小资产阶级）弱点，渴望重新做人，成为推动时代的力量。他的这种自我反思和批判不可谓不深刻。若以新的思想尺度来衡量以往的翻译成绩，张友松认为，自己的译著没有计划、不够系统，缺乏引领读者思潮的力量。

> 我所译著的东西虽则大体上都顾到了自己的兴趣，而且并不曾违反执笔时自己在思想方面的理解，但多半都是首先顾虑到出版商人的需要。这样，怎会做出有计划和有系统的译著工作呢？再其次就是由于自己读书不多，对一切都只是一知半解，所以一直不曾弄出过甚么具有特殊价值的东西来。尤其是我的译著对读者并没有在思想方面起甚么领导作用，这是最大的失败。
>
> 我认为在这新旧交替的大时代，每个头脑清楚，思想正确的作家和译者都应该对读者尽点领导思想的责任。能做到这一步，才算是符合时代的要求；否则即令译著成绩很多，也是不足取的。拿这样的标准来估量我以往的译著工作，我的贡献实在是太不足道了。②

总之，张友松认为，自己过去的译著缺少成为推动时代的力量，也就没有思想价值和进步意义。张友松与过去告别、拥抱新时代的决心是坚定的：“为了矫正过去的错误，挽救过去的损失，惟有切实利用过去失败的

①张友松，《我的回顾与前瞻》，载《人物杂志》，1949（2）：47。
②同上。

教训，赶紧把握现在，确定今后的方针，脚踏实地地前进。只要后半生能对社会多有点贡献，那也就死而无憾了。”[①]

1949年11月29日清晨，张友松和朋友们欣喜若狂地迎接重庆解放。[②]11月30日，重庆解放。张友松参与筹备重庆文联和西南文联工作，担任《大众文学》编委，以党外民主人士身份当选为重庆市人民代表会议代表。[③]12月15日，张友松参加重庆市军管会、中共重庆市委会和重庆市人民政府联合召开的文化教育座谈会。[④]他在会上发言，详细道出了文化界败类的丑态，希望大家不要空喊口号，要从实际检讨自己，并指出那些投机于解放前后的彷徨者必随蒋介石进入坟墓。[⑤]

1949年12月25日，张友松的《翻译工作者今后的任务》发表于《大公报》(重庆版)。他号召翻译家确立一个有意义的共同目标，养成一种团结合作，为革命服务、为人民服务的优良作风，肩负革命伟业中的一部分任务。张友松的此番表态契合中华人民共和国成立后翻译工作者组织化、计划化的热潮，翻译工作者要从思想上重新认识翻译工作，翻译要接受党的领导，要为人民服务。

> 解放后，新的时代开始了，一切文化工作者以前所受的种种限制和折磨今后是没有了。……只要我们能确立一个有意义的共同目标，只要我们能养成一种团结合作，为革命服务、人民服务的优良作风，大家好好地干，我们就一定能有所贡献；同时我们不但不致像已往在反动统治之下似地再受任何限制与摧残，而且还会得到指导，鼓励和扶助的。
>
> ……

①张友松，《我的回顾与前瞻》，载《人物杂志》，1949（2）：44。

②张友松，《我的翻译生涯》，见《文化史料丛刊 第7辑》，北京：文史资料出版社，1983：81。

③同上。

④会议由军管会文教接管委员会主任任白戈（后任重庆市文联主席）主持，到会领导有刘伯承司令员、军管会张际春主任、军管会副主任陈锡联市长、曹荻秋副市长、宣传部张部长等九人，到会代表一百多人。会场正中挂着毛主席和朱总司令的大幅画像，两边挂着国旗，六个大柱上贴着标语：“学习毛泽东思想”“树立革命人生观”“养成实事求是艰苦朴素的作风”“支援前线将人民解放战争进行到底”“向工农学习为工农服务”“拥护中国人民领袖毛主席”等。参见佚名，《文化教育座谈会》，载《大公晚报》，1949-12-17。

⑤同上。

> 现在，翻译工作者所肩负的沟通文化的任务是必须重新估价了。简单地说，我们的工作必须符合革命的需要，必须是为人民服务，才是有意义的，才是值得做的。其他一切，即令不是根本毫无价值，至少是现在不应该忙着去做的。[①]

如果《我的回顾与前瞻》一文算作张友松告别过去的宣言，那么《翻译工作者今后的任务》的发表则意味着他已经接受了新的文艺观，呼吁翻译界的同志们团结起来，参与革命伟业，并对未来的翻译工作提出了自己的建设性意见。

> 首先我认为我们应该尽力输入下列这几种东西：
>
> ① 有关革命的理论（文艺理论在内）…… ② 叙述各国革命运动的著作（包括文艺运动，自然是都要立场正确的）…… ③ 足以反映当前各国革命的态式及其潜在力量的文艺作品；④ 足以代表各国文艺遗产的名著（这一项我认为目前还不急需）；⑤ 有助于中国生产事业的发展的一切资料。我们只要能把这些东西贡献给读者，用以代替过去流行的那些侦探小说，色情小说，冒险小说，以及甚么“处世哲学”“成功秘诀”之类的书，把读者的脾胃澈底变换过来，给他们消除毒素，注入新血液，使他们健康起来，强壮起来，成为广大的革命队伍，那岂不是功德无量？
>
> 输出方面的工作，我以为急须努力的有下列几项：① 向国际间控诉反动派历来的罪行，以事实痛斥他们的反动宣传；② 介绍中国的革命史实和革命人物；③ 让全世界理解中国革命运动的现状和趋向；④ 翻译中国文艺名著，尤其是现代的包括解放战争中许多宝贵的报告文学；⑤ 给各国读者供给一部完整的、立场正确的中国通史。这几方面的材料都是可以搜集得到的。只要我们切实努力译述，这种工作对于增加全世界的革命动力应该是大有作用的。
>
> 翻译界的同志们！从前我们受反动统治的束缚，难得找到有意义的工作岗位，发挥我们的力量，现在我们应该振作起来，团结起来，努力肩负革命伟业中的一部分任务了。我热诚地希望朋友们踊跃发表意见，讨论如何组织起来，如何推动工作，如何共同学习、共同努力

① 张友松，《翻译工作者今后的任务》，载《大公报》（重庆版），1949-12-25。

这些问题。我们要想有所贡献，是非运用集体力量不可的！①

在翻译要为人民服务、为革命服务的指导思想②下，张友松将所列出的翻译计划分为两大类："输入"（即译入）和"输出"（即译出）。译入的关键词是"革命"，凡是革命和建设亟须的材料，就要多译。无"革命之用"、不涉及革命主题的各国文艺名著就不在优先之内，毋庸紧急从事。在译出方面，张友松的翻译目的是向全世界宣传中国的新民主主义革命，为世界各国人民正确认识中国历史和革命提供依据和材料。张友松文艺观的改变在这篇"宣言"（《翻译工作者今后的任务》）中体现得淋漓尽致，具有自发性、先觉性、前瞻性的特点，展现了一个紧跟时代、响应革命的翻译家的历史使命和时代责任。

1950年7月，《翻译通报》创刊。新闻出版总署的沈志远在《发刊词》中提到《翻译通报》的中心任务"是要使全国的翻译工作能够逐渐走上有组织有计划的道路"③。同时，他还提出《翻译通报》的四项宗旨："加强翻译工作者间的联系，交流翻译经验，展开翻译界的批评与自我批评，提高翻译水平。"④作为翻译家，尽管远在重庆，张友松本人依然积极响应《翻译通报》的号召，发出改善翻译界状况、提倡适应新形势的呼吁。⑤在具体

①张友松，《翻译工作者今后的任务》，载《大公报》（重庆版），1949-12-25。

②文艺要为革命服务，张友松的这种口号式的呼吁及其翻译计划属于一种"战时意识形态"。参见王友贵，《20世纪下半叶中国翻译文学史：1949—1977》，北京：人民出版社，2015：68。

③沈志远，《发刊词》，载《翻译通报》，1950（1）:3。建国初期的翻译计划化、体制化改造，有利有弊。但从长远来看，外国文学被纳入高度体制化、计划化的弊大于利。参见王友贵，《20世纪下半叶中国翻译文学史：1949—1977》，北京：人民出版社，2015：17。

④沈志远，《发刊词》，载《翻译通报》，1950（1）：3。

⑤1950年8月1日，张友松的通信节选发表于《翻译通报》第1卷第2期的"翻译工作笔谈会"栏目中，就"翻译工作的意见和工作中的难题"，张友松认为："今后翻译工作者应该改变过去种种不良习气，大家都要不断地追求进步，善意地批评别人的译品，诚恳地帮助别人解决苦难，虚心地接受别人意见，对工作要认真负责。我希望在翻译局的领导之下，全国翻译工作者能在短期内全面地组织起来，共同担负起今后的重大任务。"参见集体执笔，《翻译工作笔谈会》，载《翻译通报》，1950（2）：37。1951年3月15日，张友松的《关于叶译"法斯脱给苏联作家的信"》发表于《翻译通报》第2卷第3期。该文回应了《翻译通报》第1卷第5期叶至美译文校对者、《翻译通报》编辑董秋斯的提议，以商讨的方式更具体地讨论翻译方法。张友松认为，《翻译通报》增设汉外对照专栏的想法与自己不谋而合，对于提高翻译水平和培养新翻译工作者很有帮助。该文对叶至美的译文和袁昌英提出的意见加以商讨，一共列举了四条翻译建议。张友松认为，凡是遇到较为复杂的句子，译起来都要大胆而细心地将全句各部分重新安排，力求译文顺畅，而对原意又不可有所增减；各部分相互之间的关系和它们在全句中所占分量的轻重比例，也应当尽可能地顾到。参见张友松，《关于叶译"法斯脱给苏联作家的信"》，载《翻译通报》，1951（3）：29。

的翻译实例中，张友松认为，自己没有翻译好《二届和大宣言》[1]的原因除了"语文和文学修养太差"之外，即是"政治水平也不够"[2]。张友松迫切希望中国翻译界能够改换面貌，他的这种愿望和心态是积极的、乐观的、开放的，也特别符合当时主流诗学和主流意识形态的要求。

二、批判《再生记》

1951年，重庆文艺界发生了一件大事，使得张友松更加明确自己的文艺观和诗学主张。1951年1月17日至3月6日，重庆《新民报》晚刊连载刘盛亚[3]的小说《再生记》。这是一篇替反革命分子辩护的小说，未登载完即遭重庆市文艺界批判。[4]6月17日，时任重庆市文联常务委员的张友松[5]在文联会议室参加"《再生记》讨论会"，批评重庆《新民报》晚刊编发的小说《再生记》。[6]张友松在会上发言：

①《二届和大宣言（英汉对照）》系1950年第二届世界保卫和平大会告全世界人民的宣言。该宣言有新华社的译本，因该译本有错误，张友松为力求兼顾忠实和畅达，重译了该文。文后有附注8条，对翻译过程加以说明，并恳请译家推敲、批评。后引起热议，反响强烈，收到编辑部转交的13篇商讨文章。6月15日，《关于拙译"和大宣言"》发表于《翻译通报》第2卷第6期。该文回应了13位翻译家的来信，对18处译文进行了修订。这13位翻译家是高殿森、土曼、关其侗、高植、刘思训、袁昌英、祝贺、赵孟养、刘重德、薄冰、田廉、于树生、罗自强。张友松认为，自己追求忠实和畅达的初衷并没有达到，主要是因为自己的语文和文学修养太差，政治水平也不够。在文末，张友松提出译者应负责把译文仔细校对后再行投稿；翻译批评有助于翻译事业的进步；希望翻译界同志们尽量发挥团结互助的精神，在文化工作岗位上贡献出更大的集体力量。参见张友松，《关于拙译"和大宣言"》，载《翻译通报》，1951（6）：35~38。

②同上：39。

③刘盛亚（1915—1960），重庆人，笔名S·Y、轼俞、纾胤、寺将、士怀、成敏亚；1935年，留学德国法兰克福大学；曾任教于省立四川戏剧学校、国立四川大学、乐山国立武汉大学；曾任中华全国文艺界抗敌协会理事、成都文协理事、群众出版社总编辑、《西南日报》周末文艺主编。

④《再生记》连载46节，占4/5的篇幅。1951年8月12日，《新民报》编辑部刊登《对晚刊发表〈再生记〉的检讨》，认定《再生记》"是一部立场错误，含有毒素的小说。……是一篇有害的、在色情的外衣掩饰下面，为反革命分子的血腥罪行作开脱的小说"。参见《新民报》编辑部，《对晚刊发表〈再生记〉的检讨》，见《反对〈再生记〉》，重庆：重庆市文学艺术界联合会，1951：36。

⑤1951年5月4日至8日，重庆市第一届文学艺术工作者代表大会在重庆市礼堂召开，决定成立重庆市文学艺术界联合会。张友松当选常务委员，刘盛亚当选候补委员。参见重庆市作家协会，《重庆市志 文学志》，重庆：西南师范大学出版社，2013：33。

⑥到会人数23人，有巴牧（诗人、编辑）、伍陵（时任重庆市文联委员）、李康生（音乐家，时任中华全国音乐工作者协会重庆分会执行委员）、曾克（散文家，时任重庆市文联常务委员）、张友松（翻译家，时任重庆市文联常务委员）、杨更生（即杨甦，记者、编辑）、柯岗（诗人，时任西南军政委员会文教部文化处副处长）、林彦（作家）、杨本泉（记者、

> 作者在主观上的意图，也许是想写点有益于革命的东西，但结果却恰恰相反。为什么会是如此呢？主要是由于作者的文学修养差，政治水平差，以及创作态度太不严肃。事实上，作者完全是迎合了落后读者的低劣趣味。朱兰朱蕙被特务头子赏识，居然为大家所羡慕，这种情形是根本不可能有的。[①]

6月22日，依据讨论会意见，张友松率先撰写了《对刘盛亚的创作〈再生记〉的初步批评》一文，并于7月20日发表在重庆《新华日报》。张友松表示："我相信作者绝不是自觉地站在反人民的立场把它拿来发表。可是事实上这篇东西却在读者当中散布了毒素。"[②]张友松认为，作者站在根本错误的立场，犯了一些严重的错误：（1）歪曲现实、歪曲革命，模糊了读者的认识；（2）人物和事象都写得毫不真实；（3）作者不自觉地充当了特务的代言人；（4）违反政策；（5）作者以色情的手法描写了特务们的腐烂生活，无形中掩盖了他们的罪恶，对读者起了一定程度的麻醉作用。

张友松还从创作的过程和动机上剖析了批判《再生记》的意义：

> 作者为什么会写出这样的作品来呢？作者的写作动机是什么呢？很显然，作者在这方面是不负责任、不端正的，他只根据道听途说的材料，随便编造出这么一个"情节离奇"的故事，极粗糙地写出来，并且轻率地发表，算是"完成"了"配合反特"的任务。这就是这一

（续前页）编辑）、蒋阆仙（记者、编辑）、鄢方刚（评论家）、蕾嘉（诗人，艾芜的夫人）、黄玉颀（时任重庆市文联主席沙汀的夫人）、殷白（评论家，时任西南《新华日报》编委、文艺部主编，西南区军政委员会新闻出版局出版处处长）、艾芜（作家，时任重庆市文联副主席）、邱璜峰（即邱韵铎，作家、翻译家，时任重庆市文联常务委员）、野谷（即成善棠，诗人）、张天授（诗人、记者）、邹绛（诗人、翻译家）、胡征（即胡秋坪，作家，时任西南军区及解放军总政治部文化部创作员、编辑组长）、王觉（作家，时任重庆市委宣传部文艺处处长）、陈思贤、陆与邻，记录员是林彦、野谷，未记录此次会议主席是谁。这些几乎都是有行政名声或者有文学地位的人物。就文学地位而言，多数与会者在20世纪40年代已经有了文学成就。参见龚明德，《刘盛亚〈再生记〉讨论会上艾芜的发言》，见《旧日文事》，上海：上海辞书出版社，2015：153。尽管重庆市文联组织了声势浩大的《再生记》批判活动，但刘盛亚本人正在参加第一届赴朝慰问团，不能回应批评。一直到1951年12月18日，刘盛亚在《重庆日报》上发表《检讨我在〈再生记〉中所犯的错误》，此事暂告了结。此后，刘盛亚仍然留在重庆市文联工作。1956年5月13日，刘盛亚当选为中国作家协会重庆分会第一届会员大会主席团成员，随后当选为中国作家协会重庆分会第一届理事。

① 林彦、野谷，《〈再生记〉讨论会纪要》，见《反对〈再生记〉》，重庆：重庆市文学艺术界联合会，1951：5。

② 张友松，《对刘盛亚的创作〈再生记〉的初步批评》，见《反对〈再生记〉》，重庆：重庆市文学艺术界联合会，1951：13。

篇粗制滥造的实际上含有毒素的作品的来源。这是一种对人民极不负责任的，必须切实纠正的恶劣作风。再加以作者的生活经验太贫乏，对文艺修养和政治学习都没有下过功夫，他当然就不可能写出真正的革命文学作品，一个作家如果不认真在这几方面多多努力，改造自己、提高自己，那就不但不配作“人类灵魂的工程师”，而且相反的必然只能扮演“人类灵魂的腐蚀者”的角色！[①]

张友松从个人视角去揣测和批判刘盛亚的小说创作过程，认为刘盛亚的主观态度有问题，敷衍了事，没有政治敏锐感，思想改造和文艺修养都不够，生活经验与文学创作之间已经脱节。张友松的这篇文章是在重庆《新华日报》上公开批判《再生记》的第一篇，但是张友松本身并没有从马列主义和毛泽东实践论的视角去评论，而是以一种旧社会“过来人”接受思想改造以适应新时代的口吻来进行评论的，自然是隔靴搔痒，没有讲透。其含混之处（“绝不是自觉”“不自觉”“无形中”）被真正的马克思主义者邱璜峰[②]揭示出来了。

在张友松的文章发表约一个月之后，8 月 26 日，《新华文艺》登载了邱璜峰的《动机与效果——从〈再生记〉的检讨中提出一点意见》一文。邱璜峰开篇引用毛泽东的话“社会实践是检验主观愿望的标准，效果是检验动机的标准”[③]，为整篇文章定调。他采用了毛泽东的实践论观点来评价、批判重庆文艺界对于《再生记》的批判。在评论批评界自身的矛盾时，邱璜峰说道：“但是个别同志在检讨和批评中，却还把创作的动机和效果孤立起来，以致陷于思想的混乱状态。最显明的例子是：《新民报》编辑部……”[④]张友松的批评立场、批评方式、批评表述也成了邱璜峰抨击的典型材料和观点。

---

① 张友松，《对刘盛亚的创作〈再生记〉的初步批评》，见《反对〈再生记〉》，重庆：重庆市文学艺术界联合会，1951：16~17。

② 邱璜峰（1907—1972），又名邱韵铎，左翼作家、翻译家；1928 年，加入中国共产党；1930 年，参加中国左翼作家联盟；早年，在创造社出版部工作，是“创造社小伙计”之一；“孤岛”时期，奉命打入日伪内部从事新闻文化工作；1949 年 12 月至 1951 年，先后任西南《新华日报》资料组组长、文艺组副组长，并兼任重庆大学中文系教授；1952 年至 1953 年 5 月，任西南人民出版社编辑室主任；1953 年 5 月至 1959 年 1 月，任重庆市人民出版社（后重庆人民出版社）副社长兼总编辑；1959 年 1 月以后，在出版社资料室工作；曾任第三届重庆市人民代表、四川省政协委员、文联常委、作协常委等。参见《重庆出版志》编纂委员会，《重庆市志·出版志 1840—1987》，重庆：重庆出版社，2007：613。

③ 邱璜峰，《动机与效果——从〈再生记〉的检讨中提出一点意见》，见《反对〈再生记〉》，重庆：重庆市文学艺术界联合会，1951：75。

④ 同上：76。

张友松同志在《再生记》讨论会上的发言中也有同样的看法，他说：“作者主观上的意图，也许是想写点有益于革命的东西，但结果却恰恰相反。”友松同志在他的另一篇对《再生记》的检讨文章中又说：“我们相信替特务说话，决不是作者本意，但他至少是不自觉地成了特务的俘虏。”

……

我们认为这样一种辩解式的批评工作，只能表示着我们还不曾真切地体会到毛主席的文艺思想，我们还不曾掌握辩证唯物主义的动机和效果的统一论，我们还不善于运用自我批评的武器把《再生记》作者的“主观上的意图”（即主观愿望，亦即创作动机）和《再生记》在人民大众中所产生的“结果”（指“效果”，亦即社会实践、客观实践）作科学的检验。

……

能不能说作者是“不自觉地（立场的暧昧）作了特务分子的代言人”呢？因此，我们认为在《再生记》的作者刘盛亚先生未作出自我检讨的今天，文艺工作同志“好心”地堆砌了“不自觉”、“决不是”以及“也许”这一类的臆测之辞，这在严肃负责任的批评工作中是不相称的，而且是不必要的。……只有在这种严肃的负责的事件过程中，我们才能够一步一步地掌握到马克思列宁主义毛泽东思想所明确指示着的正确的立场、观点和方法。①

邱璜峰对张友松的批评不可谓不深刻。邱璜峰指出了张友松的批评是“辩解式”的，是一种“臆测之辞”，没有真正掌握辩证唯物主义，没有领会和运用毛泽东的实践论思想，犯了主观主义和经验主义的错误。张友松没有直接运用马列主义、毛泽东思想来进行分析和批判《再生记》②，显然，

① 邱璜峰，《动机与效果——从〈再生记〉的检讨中提出一点意见》，见《反对〈再生记〉》，重庆：重庆市文学艺术界联合会，1951：76~77。

② 批判《再生记》在社会上引起了一股热潮。读者秦重的意见就很有代表性：“自然，这些素材对于只坐在机关叫喊没有生活（？），不履行毛主席在延安文艺座谈会上讲话所指示的深入工农兵的作者也是无法取得的。……通过对《再生记》作者的立场观点及其创作思想方法的批判，我们可以澄清和提高文艺工作者的思想，学习与建立以马克思、列宁主义、毛泽东思想的立场观点。”参见秦重，《读〈《再生记》讨论会纪要〉所想到的问题》，见《反对〈再生记〉》，重庆：重庆市文学艺术界联合会，1951：45。当时，受批判的文艺作品还有1951年2月上映的电影《武训传》。有批评者（如邱璜峰）会把这两者放到一起来谈。

这是他的阶级局限性。他本人虽然一心想改造思想，争做社会新人，但是他的思维方式、批评话语、文艺观念还是没有彻底扭转过来，政治水平和理论水平仍有待提高。[①]

进入新时代，张友松希望通过批评和自我批评，在整个文艺界加速新因素的成长和旧因素的死亡，紧跟时代潮流。对《再生记》的批判极好地解释了时代变革后作家的矛盾处境，展现了意识形态对文学创作的影响。谢泳认为，《再生记》是中华人民共和国成立后第一部受到公开批判的小说[②]，这个事件从时间上来说要早于批判萧也牧及其《我们夫妇之间》，因而更具有史料价值，更能够展现文艺工作者思想上的转变。[③]

尽管通过批判《再生记》，张友松对文艺与政治的关系有了更加深刻的认识，但是到了该年 9 月，张友松离开了重庆文联，移居北京，在之后的很长时间都没有从事文学创作与翻译。[④]张友松离开了居住 13 年之久的重庆（1938 年秋入重庆），实际上是放弃了他在重庆文艺界已有的身份和

① 事实上，在解放后的头两年，张友松所在的重庆市文联做了很多工作，时任中共西南局宣传部副部长的廖井丹曾总结道："我们学习了《在延安文艺座谈会上的讲话》，进行了思想改造的政治学习……初步展开了文艺批评。" 参见廖井丹，《站在人民斗争的前列——在重庆鲁迅先生诞生七十周年暨逝世十五周年纪念会上的讲话》，载《西南文艺》，1951（2）：13。但是，廖井丹认为，重庆市文联对刘盛亚小说的批判仍然存在很多问题，"我们在文艺批评方面为什么会产生这些毛病呢？主要的原因，就是我们有些文艺工作者，还存在着严重的、庸俗的自由主义的思想"。参见廖井丹，《站在人民斗争的前列——在重庆鲁迅先生诞生七十周年暨逝世十五周年纪念会上的讲话》，载《西南文艺》，1951（2）：14。1951 年 10 月 25 日出版的《新华月报》"文艺动态"专栏国内消息部分刊发了《西南文艺界检讨发表〈再生记〉小说》一文，严厉批评了西南文艺界："重庆文艺界思想极端麻痹的错误和他们的经验教训应该引起全国各地文艺工作者的警惕和注意。" 参见《新华月报》编辑部，《西南文艺界检讨发表〈再生记〉小说》，载《新华月报》，1951（6）：1444。

② 此语不准确。对 1950 年 8 月 11 日和 12 日登载于重庆《新华日报》的短篇小说《界限》（卢耀武著）的批判，首开全省，甚至全国批判"私生活"小说的纪录。参见四川省地方志编纂委员会，《四川省志·文化艺术志》，成都：四川人民出版社，2000：39。

③ 谢泳，《刘盛亚〈再生记〉事件》，见《现代文学的细节》，太原：北岳文艺出版社，2015：142~143。

④ 1951 年 9 月，他应邀参加宋庆龄创办的英文刊物《中国建设》（*China Reconstructs*）编辑部工作，兼任通讯、组稿、审稿、翻译和编辑等事务，忙得不亦乐乎。他虽积极投入这些繁杂的工作，但还想在业余时间从事文学翻译，苦于未能如愿。参见张友松，《张友松自传》，见《当代文学翻译百家谈》，北京：北京大学出版社，1989：441。直到 1953 年 12 月，张友松才由文化部出版局副局长金灿然推荐给人民文学出版社，从事文学专业翻译，负责与他接洽的是人民文学出版社副总编辑郑效洵。参见朱正，《鲁迅交往中的右派分子（二）》，载《鲁迅研究月刊》，2010（2）：58。

地位[①]，在之后的很长一段时间内（一直到1957年），他在文艺界几乎没有发出声响。

1953年12月，张友松与人民文学出版社签订《马克·吐温短篇小说集》约稿合同，成为职业译者。[②]1955年，他加入中国作家协会，兼任人民文学出版社和中国大百科全书出版社的社外工作。[③]1957年，他参与整风运动[④]，在《文艺报》上发文抨击人民文学出版社。[⑤]他表示渴望"能彻底进

① 张友松原本有很多次机会进入教育界或者出版界，但是他拒绝了组织的安排。早在1950年春，张友松随渝蓉参观团，访问东北、华北、华东等地，看到了一派欣欣向荣的新气象，见到了各地首长和知名人士，增长了见识。秋初，回到重庆后，他想在工作之余从事翻译和写作，因此拒绝了几所大学的任教邀请。参见张友松，《我的翻译生涯》，见《文化史料丛刊 第7辑》，北京：文史资料出版社，1983：81。此外，他还拒绝了出任一家出版社社长的安排。参见黑马，《被埋没的翻译大家张友松》，见《悦读MOOK第42卷》，南昌：二十一世纪出版社，2015：41。

② 张友松与汝龙等一起，成为中华人民共和国成立后的第一批专业翻译家，与人民文学出版社约定长期译书，每月预支稿酬300元，出书后结算。因待遇比较优厚，他在北京市中心的兵马司租一所别墅式宅院，安心译书。参见符家钦，《信是人间重晚晴——记张友松老师》，见《流年絮语》，香港：世界华人出版社，2003：101。王友贵在研究20世纪50年代初期的译者在经济上的成功时，曾指出有极少数译者（如高植、汝龙）是例外。参见王友贵，《20世纪下半叶中国翻译文学史：1949—1977》，北京：人民出版社，2015：54。

③ 张友松，《张友松自传》，见《当代文学翻译百家谈》，北京：北京大学出版社，1989：441。

④ 1957年5月16日至18日，他应邀参加文化部召开的文艺作家座谈会，在会上揭露了"三害"（即宗派主义、主观主义和官僚主义）在人民文学出版社为害的一些情况：（1）反映稿费问题；（2）作家关系上（主要是稿件处理上）的宗派主义、主观主义和官僚主义；（3）关于文学翻译工作者的地位问题；（4）关于出版社的体制问题；（5）对领导官僚主义的意见。很多文学翻译工作者都认为，当时的社会不重视翻译工作者，领导机关不管翻译工作者。张友松在提到文学翻译工作者的地位问题时，无不痛心地说："翻译工作者，几年来成为文艺界的孤儿……派出所把职业翻译工作者当作无业游民，当作可疑的人。"他曾向周扬同志提过这些问题，但没有得到解决。参见袁亮，《中华人民共和国出版史料（1957—1958年）》，北京：中国书籍出版社，2004：163~168。

⑤ 1957年6月2日，《我昂起头、挺起胸来，投入战斗！——对人民文学出版社及其上级领导的批评》发表于《文艺报》第9号。这是为响应"双百"方针，以党外人士参与整风运动，批评人民文学出版社的"三害"现象而作的文章，一共有四点：（1）"老爷作风、特权思想"；（2）"全凭好恶、毫无是非"；（3）"终日瞎忙、劳而有罪"；（4）"表里不一、口是心非"。在文中，张友松以一个党外人士的立场，提出三大呼吁：（1）党外人士响应号召，帮助共产党整风——我们要拿出决心和勇气来，在这一伟大运动中经受考验；（2）被批评者要以冷静的头脑接受批评，分析问题，纠正错误，改进工作，千万不要替自己掩饰缺点和错误，也不要只在表面敷衍一下，骨子里却原封不动；（3）上级领导要重视"人文"的问题，多方了解真实情况，彻底解决矛盾，今后还要加强对"人文"的领导。这种呼吁体现了一个普通"毒草"作者的胆识与稚气，更看出这一场各类型、整体性的运动特征。在文中，作为一个专业文学翻译工作者的张友松，提到了自己近些年的两个愿望：（1）希望文学翻译工作者团结互助，提高水平，贡献出更大的力量；（2）希望领导给予支持和帮助，使他能彻底进行思想改造，做一个毛泽东时代的文化战士。但是，他的愿望都落空了。参见张友松，《我昂起头、挺起胸来，投入战斗！——对人民文学出版社及其上级领导的批评》，载《文艺报》，1957（9）：14~15。因该文系

行思想改造，做一个毛泽东时代的文化战士”[①]。但是，他的愿望都落空了，成了“文艺界的孤儿”[②]。很快，他被打成“右派”（1977年末平反），虽可以继续从事翻译工作，但是大大降低了稿酬和政治待遇，译作只能署笔名（“常健”）。

被打成“右派”后，张友松出版的译作的前言或后记只署译者或编者，并不署真名（译作署笔名）。从中，我们可以看到他在接受思想改造后，使用了新的话语形式——无产阶级文艺观中的阶级分析话语。这种主流意识形态要求译者，“无论什么性质的作品，必运用阶级分析的、社会反映论的方法对作品进行分析”[③]。

例如，在《败坏了赫德莱堡的人》（原作者为马克·吐温，常健译，1958）的《前言》中，张友松首先认定马克·吐温的作家“属性”——“美国十九世纪后期至二十世纪初期的一位杰出的批判现实主义作家”[④]。然后，他又提及马克·吐温在社会主义国家中的受欢迎程度，“不但在美国受到广大读者的欢迎，还在世界各国，特别是在社会主义国家，受到很大的重视”[⑤]。他对马克·吐温批判资产阶级给予了充分的肯定。

> 马克·吐温虽然始终没有摆脱资产阶级的立场和思想意识，也没有接受马克思主义的世界观，但他根据亲身的经历，看透了美国“文明”的腐朽性和资产阶级道德的虚伪性，也痛彻地认识了帝国主义的残暴和罪恶。[⑥]……所以马克·吐温被进步人类公认为民主自由的战士，予以推崇，同时被资产阶级反动统治者所痛恨，被一些御用文人所曲解和诽谤，并遭到各种的排斥，这都是不足为奇的。[⑦]

至于马克·吐温的《败坏了赫德莱堡的人》本身的思想性和艺术性，

（续前页）时任《文艺报》副总编辑的萧乾组稿，日后萧乾被批判时，张友松在该杂志发表的文章总是被提及。6月16日，《封嘴记》发表于《文艺报》第11号。该文系“鸣放”后，对人民文学出版社接受批评、解决相关问题的记述，语有讥讽。

① 张友松，《我昂起头、挺起胸来，投入战斗！——对人民文学出版社及其上级领导的批评》，载《文艺报》，1957（9）：14。

② 同上。

③ 王向远，《王向远著作集 第8卷 翻译文学研究》，银川：宁夏人民出版社，2007：128。

④ 常健，《前言》，见《败坏了赫德莱堡的人》，常健译，北京：人民文学出版社，1958：1。

⑤ 同上。

⑥ 在1979年出版的译文集《竞选州长》中，张友松基本上重复了这一观点，但是稍有改动：“他虽然没有摆脱掉资产阶级的立场观点，但根据亲身的经历，看透了美国政治的腐败以及资产阶级道德虚伪性，痛彻地认识到帝国主义的残暴和罪恶。”参见张友松，《前言》，见《马克·吐温，竞选州长》，张友松译，北京：人民文学出版社，1979：2。

⑦ 常健，《前言》，见《败坏了赫德莱堡的人》，常健译，北京：人民文学出版社，1958：1~2。

张友松认为都已达到十分成熟的地步，是马克·吐温“短篇小说中最优秀的社会讽刺作品之一”，该小说“无情地揭穿了美国资产阶级道德的虚伪和丑陋”[⑧]。张友松对马克·吐温及其作品的介绍和评价，具有典型的时代性和阶级性，将文学的思想性和艺术性放入阶级批判的二元对立框架中，实质上是将思想性置于艺术性之上。

在这一时期，尽管张友松能够在翻译界先知先觉地感受到时代变换的力量，顺应时代潮流，与过去的自己划清界限，高声呼吁翻译界人士团结合作，投入到为革命服务、为人民服务的大潮中。但是，其思想改造并不彻底，并不能深刻地、本能地运用马列主义和毛泽东思想来进行思考和文艺批评。被打成“右派”分子之后，他逐渐熟悉和掌握了阶级分析话语，为日后的话语表述模式奠定了基础。他的诗学观、文艺观和翻译观随着他对无产阶级革命思想的理解而发生了改变。此外，马克·吐温作品中批判资产阶级的特点，是张友松在特殊时期依然能够从事翻译的主要原因。

第三节　张友松的晚期诗学观

在晚期（1978—1995），经历过中期的思想震荡和“改造”，通过翻译马克·吐温等人的著作[⑨]，张友松的诗学观有了新的变化。在特定历史时期，翻译是判定诗学影响的最好方式，因为诗学体现了译者将其内化到“不证自明的”程度。[⑩] 可以说，张友松晚期那种遵循主流诗学的观念是其中期诗学观完善而又成熟的体现。他在这一阶段翻译的马克·吐温作品特别少（长篇小说只有《巾帼英雄贞德传》，1989），但是论述马克·吐温的文章较

⑧ 常健，《前言》，见《败坏了赫德莱堡的人》，常健译，北京：人民文学出版社，1958：2。

⑨ 中华人民共和国成立后，除了马克·吐温的著作外，张友松还翻译出版了《美国黑人问题与南部农业经济》（原作者为詹姆斯·艾伦，1954）、《加兰短篇小说选》（原作者为哈姆林·加兰，与李文俊合译，1959）、《世外桃源》（原作者为屠格涅夫，1959；改名为《屠格涅夫中短篇小说选》再版，1983）、《扬布拉德一家》（原作者为约翰·基伦斯，1980）、《荒岛探宝记》（原作者为史蒂文森，1981）、《阿拉斯加的挑战》（原作者为克拉克，与耀华合译，1982）、《马克·吐温传奇》（原作者为洁丽·艾伦，与陈玮合译，1983）、《星期六晚上和星期日早晨》（原作者为艾伦·西利托，1991）。此外，未出版或未完稿的约有四部：《美国的悲剧》（原作者为德莱塞，仅译四五万字，1956）、《董贝父子》（原作者为狄更斯，试译第 1 至第 5 章，1960）、《一脉相承》（后期翻译）、《艰苦生涯》（原作者为马克·吐温，合译，约 30 万字）。此外，他还参与校对译著《愤怒的葡萄》（原作者为斯坦贝克，胡仲持译，1959，1982 年再次校对出版）和《肯纳尔沃思堡》（原作者为司各特，王培德译，1982）。

⑩ André Lefevere. *Translating Literature: Practice and Theory in a Comparative Literature Context*. Beijing: Foreign Language Teaching and Research Press, 2006: 128.

多（尤其是在主编了“马克·吐温选集”之后），诗学观也展现得比较集中。此外，他还在各种回忆录中，不时地论及自己的整个诗学观。

一、张友松的文学翻译观

张友松晚年有意地总结了自己的翻译经验，并较多地论及他对文学翻译的理解。他在晚期关于诗学的论述主要体现在他对文学翻译的见解之中，涉及文学翻译的本质、功用、语言特点等。

早年，张友松认为，文学翻译可以用来改造中国文坛——“贫弱的文艺界”[①]。从这个角度来看，他认为，翻译的价值“不亚于创作”[②]。中华人民共和国成立后，他对文学翻译的功用有了另一种理解，他认为，翻译工作“必须符合革命的需要，必须是为人民服务”[③]。他将翻译文学的社会属性和阶级属性统一起来，文学翻译必须为响应时需而作，以至提出“足以代表各国文艺遗产的名著（这一项我认为目前还不急需）”。[④]此时，他的翻译目的带有明显的功利性和阶级性。在接受了思想改造之后，他对文学翻译的功用有了新的认识，但总体上并没有脱离当时的社会对文学翻译的认知。

如果说1958年出版的《败坏了赫德莱堡的人》的《前言》代表了张友松接受思想改造的结果的话，那么此后张友松的论点基本上就是以这种论述方式来呈现的。

> 文学翻译事业有了党的领导，当然是远非过去由书商操纵的时期所能比拟的。翻译工作者选择题材都要从党和人民的利益和需要出发，把自己的工作当做政治任务来完成，对待自己的工作也要认真负责。我国现在的稿酬标准虽然是相当低的，但是作家和译者对工作多半却是相当严肃，稿件的质量大体上是令人满意的，这就是因为我们有了党的正确领导，知识分子有了较高的政治觉悟和革命的热情。我就是在这种新的形势下逐步养成了尽心尽力为人民服务的工作作风的。[⑤]

---

①张友松，《文艺的翻译》，载《青年界》，1934（2）：108。

②同上。

③张友松，《翻译工作者今后的任务》，载《大公报》（重庆版），1949-12-25。

④同上。

⑤张友松，《我的翻译生涯》，见《文化史料丛刊 第7辑》，北京：文史资料出版社，1983：90。张友松在其他总结性文字里也持这种观念：“解放以来，我国的文学翻译事业在党的领导下，有了很大的发展。……党和文艺界的团体设有领导机构，文学翻译工作的分工和协作也就逐渐有了眉目。十年浩劫使整个革命事业遭到了严重的破坏，文学翻译事业虽然未能幸免，但在‘四人帮’覆灭后，有了党中央的正确领导，在世的老年和中年文学翻译工作者多半都恢复了工作，青年一代也出现了不少新秀，做出了可喜的成绩。这一切都是令人庆幸的。”参见张友松，《文学翻译漫谈》，见《当代文学翻译百家谈》，北京：北京大学出版社，1989：434。

张友松将文学翻译工作提到了政治的高度，总结起来就是翻译家要有“政治觉悟”和“革命热情”，文学翻译要为人民服务，为社会主义事业作出贡献。他对翻译的选材无疑是以政治性、革命性为标准。在《屠格涅夫中短篇小说选》（1983）的《后记》中，他重复了自己在1959年的观点，认为屠格涅夫的六个中短篇小说“反映了时代的真实，具有一定的人民性。正因为屠格涅夫的这种深刻的现实主义艺术，使我们永远热爱他的作品，对这位爱护人民的作家也永远怀着真挚的感情”[①]。

在马克·吐温的著作中，张友松在晚年只新译出版了《巾帼英雄贞德传》（1989）。在该书《译后记》中，他的阶级文学观念仍然没有改变。他认为：“贞德的事业是代表人民的利益，符合历史发展规律的。”[②]

> 他刻画了她热爱祖国、接近群众的作风，赞扬了她的勇敢、坚定、忠诚、无私等高贵品质，直到今天，还是值得我们学习的光辉榜样。贞德忠于她所笃信的宗教，忠于她的祖国和国王，为信念而献身；我们今天应该从她这种精神受到鼓舞，发扬革命英雄主义的精神，不惜牺牲地维护正义、捍卫我们的社会主义祖国而战斗。[③]

在张友松的思想观念里，文学翻译是推动社会主义建设的力量。例如，在《荒岛探宝记》（1981）中，张友松除了分析该小说的情节和特色之外，还在文末特地强调了他对读者阅读这部小说的期待：

> 今天，我们在党的领导下，进行社会主义建设的伟大事业。我们的祖国有无穷无尽的宝藏需要探测和开发，一切热爱党、热爱祖国、有志气、有胆量、不畏艰难险阻的人，都有充分的用武之地。他们发挥聪明才智的活动范围比上一世纪的作家虚构的“宝岛”广阔得多了。[④]

此外，在他与古耀华合译的《阿拉斯加的挑战》（1982）中，两位译者对该书的推荐口吻仍然能够体现出他们对社会主义建设的关注。

> 这部小说对我们社会主义时代的青少年是有教育意义的。我们伟

---

①张友松，《后记》，见《屠格涅夫中短篇小说选》，张友松译，上海：上海译文出版社，1983：403。

②张友松，《译后记》，见《巾帼英雄贞德传》，张友松译，南昌：江西文艺出版社，1989：489。

③同上：491。

④张友松，《译后记》，见《荒岛探宝记》，张友松译，北京：中国少年儿童出版社，1981：265。

> 大的社会主义祖国还有无穷无尽的天然资源亟待开发。我国的亿万青少年献身四化，也要有不畏艰难险阻的创业精神和顽强的斗志。但他们当然不是以个人发家致富为奋斗目标，而是要以忘我牺牲的精神，为社会主义事业创造财富，使我们的祖国成为一个繁荣昌盛的现代化国家，进而为全人类造福，加速实现共产主义理想的进程。在当前大好形势下，向我们的青少年一代挑战的地方太多了！①

张友松的这种文学翻译观具有普遍性。与他同时代的翻译家出版译作，大都持这样的阶级分析话语，同样将翻译文学作品的思想性放在首位。这种阐释也与中华人民共和国成立后一贯的文学译介标准相符，即“以作家作品的政治倾向为译介择取标准”②。这是时代的烙印，是主流意识形态在文学翻译领域当中的体现。

鉴于张友松曾认为自己的译著没有计划、不够系统，缺乏引领读者思潮的力量，在晚年，他时常总结自己的翻译观。其中，《我的翻译生涯》（1983）是比较全面、深刻的一文。该文为回忆录，总结了他从事文化教育工作的经验体会和人生感想，详细介绍、说明了翻译八部马克·吐温著作的缘由和过程。他认为，翻译选材都要从党和人民的利益和需要出发，把自己的工作当作政治任务来完成，对待工作要认真负责。他坚称文学翻译是再创作的观点，译文要“恰如其分”。

二、张友松对马克·吐温作品的接受

张友松早年就接触过马克·吐温的著作。1937 年 1 月，《关于写作问题随便想到的几点》和《翻译研究》发表于《青年界》。在谈到初学写作时，他建议从笔调模仿、取材借助、刻苦修炼三个方面入手。在论及笔调模仿时，他将狄更斯的笔法和马克·吐温的笔法进行了比较：

> 笔调的模仿——有许多人鄙视模仿，说那是没有天才的人干的。这种人总以为模仿的结果不能有独特的表现（originality）。其实不然，模仿只要得法，至少是可以帮助一个作家求得写作技巧上的完美。……我以为模仿他人的作品，要想收到充分的效果，须得注意下面这几个条件：（1）对于我们所模仿的作品必须切实研究，细细地玩

① 古耀华、张友松，《前言》，见《阿拉斯加的挑战》，古耀华、张友松译，北京：中国少年儿童出版社，1982：3~4。

② 查明建，《现代派文学在新时期译介的文化语境与译介策略》，见《翻译的理论建构与文化透视》，上海：上海外语教育出版社，2000：167。

> 味，深深地领会，等到自信具有十足的欣赏之后，才可以就其特长之处，加以模仿。如果只看到一点皮毛，而没有把握到人家的作品的神髓之所在，遽尔模仿，结果没有不是“画虎不成反类犬”的。倘若有人很有意地模仿狄更斯（Charles Dickens），但在他的作品里却不大看得出狄更斯的笔法，反而像起马克·吐温（Mark Twain）来，这就是个很大的失败了。①

张友松译马克·吐温跟我国文艺界对这位作家的接受有关。而这一现象的产生与苏联对马克·吐温的推崇有直接的联系。②对于这一点，我们可以找到直接的证据。他在《马克·吐温短篇小说集》（1954）中论及选材标准。该选集的短篇小说中，除4篇外，剩余17篇均被收入1948年和1953年的俄译本《马克·吐温选集》内，俄译本没有收入的4篇中，有两篇出现在莫斯科国际书店出版的《马克·吐温小说选》内。“所以本书的取材基本上是依照苏联的选择标准的。”③

张友松开始翻译美国作家马克·吐温的作品是出于人民文学出版社副总编辑郑效洵的建议，所用底本是一套24卷本的《马克·吐温作品全集》④。

---

①张友松，《关于写作问题随便想到的几点》，载《青年界》，1937（1）：61~62。

②马克·吐温备受苏联人民和文艺界热爱、推崇，是一位卓越的现实主义作家和杰出的、为和平民主而奋斗的战士。参见波布洛娃，《马克·吐温评传》，张由今译，北京：作家出版社，1958：208。因此，翻译他的作品比较符合当时占主导地位的文学观念。柳一株在《一个败坏了哈德勒堡的人》中转述：“据一九四八年七月号的《苏联文学》上发表的统计：从一九一七年到一九四七年苏维埃政权成立三十年间，马克·吐温的作品在苏联已被翻译成二十二种文字，发行了一百四十四版，总数达三百三十四万四千册。在苏联出版的所有外国文学名著中，马克·吐温作品的发行额占第五位，仅次于杰克·伦敦（一千一百零五万二千册）、雨果（四百一十三万九千四百零五册）、莫泊桑（四百零六万六千册）和威尔斯（三百四十五万六千册）四人。”参见柳一株，《译后记》，见《一个败坏了哈德勒堡的人》，柳一株译，上海：新文艺出版社，1953：119。

③张友松，《译后记》，见《马克·吐温短篇小说集》，张友松译，北京：人民文学出版社，1954：305。

④张友松的原话是：“负责和我接头的副总编辑郑效洵叫我选译马克·吐温的短篇小说；我因手头只有一本质量很差的集子，便到一些旧书店访购较好的版本，幸好买到了一部24卷的吐温全集。……我选译了吐温的一些精彩的短篇小说，先在刊物上发表，然后编成一本选集。”参见张友松，《我选译马克·吐温小说名著的历程》，载《中国比较文学》，1991（2）：193~194。经核查，张友松翻译的《马克·吐温短篇小说集》（1954）的原文版本信息是“根据纽约哈普兄弟出版社一九〇三年出版的《马克·吐温作品集》译出的”。参见马克·吐温，《马克·吐温短篇小说集》，张友松译，北京：人民文学出版社，1954：305。经查实，《汤姆·索亚历险记》（1955）封内所登的英文版信息标注为“据 Mark Twain's Works, The Author's National Edition（Harper and Brothers, New York）译出”。除《镀金时代》（1957）的英文版信息没有体现该选集信

此前，他从未译过这么难的作品，对马克·吐温也比较生疏。边学边干，翻译马克·吐温的著作成了他文学翻译生涯的新起点。[①]1957年，被打成“右派”后，他虽然可以继续从事翻译工作，但是大大降低了稿酬和政治待遇，译作也只能署笔名[②]，处于“隐身”状态。[③]此前，人民文学出版社约他翻

（续前页）息、《巾帼英雄贞德传》（1989）没有标注英文版信息外，其他五部长篇小说的英文版信息标注与《汤姆·索亚历险记》一致。经考查，纽约哈珀兄弟公司（Harper and Brothers）出版过的这个文集只有25卷本，未见24卷本。张友松的陈述有误。1909至1916年，纽约哈珀兄弟公司出版红色布面本（Red Cloth Bindings）；1916至1920年，出版绿色布面本（Green Cloth Bindings）；1917至1919年，出版红色半皮面精装本（Red Half Leather Bindings）；1920年，出版黑色半皮面图书馆版（Black Half Leather Library Bindings）。25卷本各卷目录分别是：Volumes 1 and 2: *The Innocents Abroad*; Volumes 3 and 4: *A Tramp Abroad*; Volumes 5 and 6: *Following the Equator*; Volumes 7 and 8: *Roughing It*; Volume 9: *Life on the Mississippi*; Volumes 10 and 11: *The Gilded Age*; Volume 12: *The Adventures of Tom Sawyer*; Volume 13: *Adventures of Huckleberry Finn*; Volume 14: *Pudd'nhead Wilson and Those Extraordinary Twins*; Volume 15: *The Prince and the Pauper*; Volume 16: *A Connecticut Yankee in King Arthur's Court*; Volumes 17 and 18: *Personal Recollections of Joan of Arc*; Volume 19: *Sketches, New and Old*; Volume 20: *Tom Sawyer Abroad / Tom Sawyer Detective and Other Stories, Etc., Etc.*; Volume 21: *The American Claimant and Other Stories and Sketches*; Volume 22: *How to Tell a Story and Other Essays* (1900) / Retitled *Literary Essays* (1917); Volume 23: *My Début as a Literary Person and Other Essays and Stories* (1903) / Retitled *The Man that Corrupted Hadleyburg and Other Essays and Stories* (1904); Volume 24: *The $30,000 Bequest and Other Stories*; Volume 25: *Christian Science with Notes Containing Corrections to Date*. 张友松在翻译的时候，也会参考其他版本，如《马克·吐温中短篇小说选》（1960）就采用了 *The Complete Short Stories of Mark Twain*（Charles Neider, Hanover House, 1957）。他翻译的马克·吐温长篇小说有《汤姆·索亚历险记》（1955）、《王子与贫儿》（1956）、《哈克贝利·费恩历险记》（1956）、《镀金时代》（1957）、《密士失必河上》（1958）、《傻瓜威尔逊》（1959）、《赤道环游记》（1960）、《巾帼英雄贞德传》（1989）。不同时期出版的中短篇小说集有《马克·吐温短篇小说集》（1954）、《败坏了赫德莱堡的人》（1958）、《马克·吐温中短篇小说选》（1960）、《竞选州长》（1979）、《百万英镑的钞票》（1986）、《一个中国人在美国》（1987）。1983年11月，他主编的“马克·吐温选集”由江西人民出版社陆续出版，原计划出12卷本，最后只出了10卷，含《王子与贫儿》（张友松译）、《哈克贝利·费恩历险记》（张友松、张振先译）、《镀金时代》（张友松、张振先译）、《傻瓜威尔逊》（张友松译）、《密西西比河上》（张友松译）、《汤姆·索亚历险记》（张友松译）、《百万英镑的钞票》（张友松译）、《赤道环游记》（张友松译）、《巾帼英雄贞德传》（张友松译）、《海外浪游记》（荒芜译）。1992年7月，在好友赵蔚青的帮助下，经细心修订，加上插图，百花洲文艺出版社再次出版该选集。2016年7月，“马克·吐温文集”由人民文学出版社出版，共12卷，增加了《中短篇小说选》（叶冬心译）和《傻子出国记》（陈良廷、徐汝椿译）；其中，《哈克贝利·费恩历险记》和《镀金时代》改署张友松一人的名字。

① 张友松，《文学翻译漫谈》，见《当代文学翻译百家谈》，北京：北京大学出版社，1989：432。

② 1957年5月，与张振先合译的《镀金时代》由人民文学出版社出版，仍署“张友松”。1958年9月，张友松的译作《密士失必河上》由人民文学出版社出版，开始署笔名“常健”。

③ 译者序言或者后记常常署上“编者”这一模糊的名称，其内容“传达的往往是主流意识形态对作品的解读”，这是译者的个体主体性被削弱的表征之一。参见倪秀华，《1949—1966年中国对外文学翻译研究》，广州：广州出版社，2021：51。

译“马克·吐温选集”，计划在马克·吐温逝世50周年（1960年）出完[①]，这大概是他能够继续从事翻译的另一重要原因。[②]

张友松是翻译马克·吐温的专家。1954—1960年，他翻译出版了七部马克·吐温的长篇小说、四部短篇小说集（集内小说有重复出版），可见他这段时间的高产。他出版的马克·吐温的译文和译著可见表1-4。

---

①从与人民文学出版社约定翻译出版马克·吐温著作开始，3年半时间内，张友松一共出版译作4部，约97.8万字，得稿费合计11 744元。参见人民文学出版社总编室，《关于张友松同志和我社业务往来的经过》，载《文艺报》，1957（13）：13。张友松能够获得人民文学出版社的认可，显然是被当作专业译者来看待。作为被委托人，身为专家的译者，张友松决定了“翻译是否可以实现，以及何时、如何实现”。参见 Hans Vermeer. Scopos and Commission in Translational Action. Andrew Chesterman (Trans.). In Lawrence Venuti (Ed.), *The Translation Studies Reader*. London: Routledge, 2000: 229。自专译马克·吐温著作后，张友松开始有马克·吐温情结。1985年12月7日，他所撰写的《幽默大师盛誉不衰——纪念马克·吐温诞生一百五十周年》发表于《群言》第9期即是明证。

②据王友贵的统计，1949—1977年，马克·吐温是被译介最多的美国作家（计30种译作），是重点翻译对象（只有六人：马克·吐温、杰克·伦敦、欧·亨利、法斯特、德莱塞、马尔兹）。围绕马克·吐温和杰克·伦敦，张友松、张万里等为读者“提供了质量稳定的、比较优秀的译作”，其中张友松、张万里译的马克·吐温“不仅品种多，小说、散文、传记皆备，而且印量大、质量稳定……二张的名字在中国已经跟吐温的名字紧紧连在一起了”。参见王友贵，《20世纪下半叶中国翻译文学史：1949—1977》，北京：人民出版社，2015：976~977。为核实马克·吐温译作在1949—1960年的出版情况，根据王友贵的统计方法（含同一著作的不同版次，但不含不同印刷次），本书得出的数据约为65种译作（如将同一作品的不同译本列为一种，计20种译作，65种不同的版本），张友松占17种（约占总数的26.15%）：《汤姆莎耶》（月祺译，3种）、《苦儿历险记》（月祺译，金树缩编，1种）、《孤儿历险记》（章铎声译，4种）、《汤姆·莎耶历险记》（钱晋华译，2种）、《汤姆·索亚历险记》（张友松译，2种，李晓明缩改本1种）、《王子与贫儿》（李葆贞译，1种）、《乞丐皇帝》（俞荻译，1种）、《王子与贫儿》（张友松译，2种）、《太子和穷儿》（梅格译，1种）、《傻子旅行》（刘正训译，5种）、《顽童流浪记》（章铎声、周国振合译，4种）、《哈克贝里·芬历险记》（张万里译，3种）、《哈克贝利·费恩历险记》（张友松、张振先译，3种，李晓明缩改本1种）、《密士失必河上》（毕树棠译，3种）、《密士失必河上》（常健译，2种）、《夏娃日记》（李兰译，1种）、《一个败坏了哈德勒堡的人》（柳一株译，2种）、《马克·吐温短篇小说集》（张友松译，1种）、《傻瓜威尔逊》（侯浚吉译，2种）、《傻瓜威尔逊》（常健译，1种）、《汤姆·莎耶出国记》（徐汝椿、陈良廷译，2种）、《一个兜销员的故事》（云汀译，2种）、《汤姆·莎耶侦探案》（旬枚译，2种）、《神秘的访问》（尹元耀等译，2种）、《镀金时代》（颜毓蘅、李宜燮、张秉礼译，2种）、《镀金时代》（张友松译，1种）、《神秘的陌生人》（蒋一平译，1种）、《在亚瑟王朝廷里的康涅狄克州美国人》（叶维之译，1种）、《冉·达克——圣女贞德》（朱复译，1种）、《败坏了赫德莱堡的人》（常健译，1种）、《马克·吐温中短篇小说选》（常健译，2种）、《赤道环游记》（常健译，2种）。

表 1-4　张友松翻译马克·吐温作品概览

序号	作品名	出版时间	出版社 / 报刊	备注
1	《竞选州长》	1954 年 8 月 1 日	《译文》8 月号	
2	《我怎样编辑农业报》	1954 年 8 月 1 日	《译文》8 月号	
3	《一百万镑的钞票》	1954 年 8 月 1 日	《译文》8 月号	
4	《马克·吐温短篇小说集》	1954 年 11 月	人民文学出版社	收短篇小说 21 篇，其中《高尔斯密士的朋友再度出洋》系马杏城据俄译本转译
5	《汤姆·索亚历险记》	1955 年 7 月	人民文学出版社	1960 年 4 月，出版横排版；1957 年，该书由香港今代图书公司出版；1959 年 9 月，出版缩写本（李晓明缩改）
6	《王子与贫儿》	1956 年 4 月	人民文学出版社	
7	《哈克贝利·费恩历险记》	1956 年 6 月	中国青年出版社	与张振先合译；1959 年 9 月，人民文学出版社出版，署笔名“常健”
8	《竞选州长》	1956 年 11 月 12 日	《文汇报·文艺》	
9	《镀金时代》	1957 年 5 月	人民文学出版社	
10	《密士失必河上》	1958 年 9 月	人民文学出版社	署笔名“常健”
11	《败坏了赫德莱堡的人》	1958 年 12 月	人民文学出版社	署笔名“常健”
12	《傻瓜威尔逊》	1959 年 4 月	人民文学出版社	署笔名“常健”
13	《马克·吐温中短篇小说选》	1960 年 4 月	人民文学出版社	署笔名“常健”，收中短篇小说 22 篇，其中有 19 篇选自《马克·吐温短篇小说集》（1954），《高尔斯密士的朋友再度出洋》译自英语，没有再用马杏城的译文（1954）
14	《赤道环游记》	1960 年 4 月	人民文学出版社	署笔名“常健”

（续表）

序号	作品名	出版时间	出版社 / 报刊	备注
15	《竞选州长》	1979 年 6 月	人民文学出版社	收小说 9 篇，列入“文学小丛书”
16	“马克·吐温选集”①	1983 年 11 月至 1989 年 6 月	江西人民出版社	10 卷本，含《王子与贫儿》（张友松译）、《哈克贝利·费恩历险记》（张友松、张振先译）、《镀金时代》（张友松、张振先译）、《傻瓜威尔逊》（张友松译）、《密西西比河上》（张友松译）、《汤姆·索亚历险记》（张友松译）、《百万英镑的钞票》（张友松译）、《赤道环游记》（张友松译）、《巾帼英雄贞德传》（张友松译）、《海外浪游记》（荒芜译）
17	《一个中国人在美国》	1987 年 5 月	人民文学出版社	收小说 6 篇，列入“中学生文学选读佳作丛书第一辑”
18	“马克·吐温选集”	1992 年 7 月	百花洲文艺出版社	在好友赵蔚青的帮助下，细心修订，加上插图，再次由江西人民出版社出版 10 卷本选集

张友松之所以能够在 20 世纪 50 年代译介马克·吐温，是因为马克·吐温的作品揭露了资本主义制度的腐朽和残酷，具有“译介的政治合法性”②。跟随时代潮流，张友松也同样从批判资产阶级的角度来接受和理解马克·吐温。在 1960 年版的《马克·吐温中短篇小说选》中，张友松如此评价：

① 1991 年 10 月 1 日，在未获张友松授权的情况下，台北的林郁文化事业有限公司开始陆续出版其编选的 10 卷本“马克·吐温选集”，定名为“马克·吐温作品集”，同时将张友松和陈玮合译的《马克·吐温传奇》列入其中，全套书共有 13 册（其中，《赤道环游记》和《镀金时代》各有上下册）。2007 年，台北新潮社再次出版该选集。2016 年 7 月，“马克·吐温文集”由人民文学出版社出版，共 12 卷，在原来 10 卷本的基础上，增加了《中短篇小说选》（叶冬心译）和《傻子出国记》（陈良廷、徐汝椿译）；其中，《哈克贝利·费恩历险记》和《镀金时代》改署张友松一人的名字。早在 1986 年的时候，张友松本人倒想在香港出版一套 12 卷本的“马克·吐温选集”，但未能如愿。

② 查明建，《文化操纵与利用：意识形态与翻译文学经典的建构——以 20 世纪五六十年代中国的翻译文学为研究中心》，载《中国比较文学》，2004（2）：90。

> 马克·吐温尽管具有这些局限性，他对美国资本主义社会毕竟始终抱着反抗和不妥协的态度。他的讽刺的笔锋，触及了资产阶级“文明”的许多方面。他对资产阶级的揭露和批判，无论在广度上，还是深度上，都远远超过与他同时代的美国作家。他的许多优秀作品，已经为美国文坛树立了光辉的榜样。我们在纪念他逝世五十周年，读着他的这些优秀作品的时候，一方面看到他所揭露和谴责的许许多多美国资本主义社会的丑恶现象不仅没有消失，而且比以前更加变本加厉；但是，另一方面，我们也看到他所开创的美国文学的进步传统[①]已经在当代美国进步文学中获得了进一步发展。[②]

张友松对马克·吐温的判断很可能参照了苏联 P. 奥尔洛娃的《马克·吐温》一文。[③]“文明”二字同样为奥尔洛娃所用。[④]此外，张友松对马克·吐温的介绍和批判，同样能从这篇长文中找到类似之处。一直到 1984 年 4 月，张友松写出《马克·吐温插图修订版十二卷本选集序言》[⑤]，他的评价方式还是没有发生根本性的变化。[⑥]

①奥尔洛娃有更加细致的表述：“吐温发展了过去美国学中优秀的现实主义和民主主义传统，并帮助了和自己同时代的后进作家杰克·伦敦与西奥图·德莱塞形成批评的现实主义。”参见奥尔洛娃，《马克·吐温》，张由今译，见《马克·吐温短篇小说集》，北京：人民文学出版社，1954：300。

②编者，《后记》，见《马克·吐温中短篇小说选》，常健译，北京：人民文学出版社，1960：351。该译文集署名“常健”，《后记》署名“编者”，但《后记》实际上是张友松所撰。译文集《百万英镑的钞票》(1986)中照录了该文。

③该文系《马克·吐温短篇小说集》(1954)附录，由张友松长子张由今从俄译《马克·吐温选集》中译出。

④该译文为：“采用描述久远以前的历史这一方式，使吐温能够尽情抒发他对当代‘文明’美国一切压迫和侮辱人民的方式的愤怒，这种愤怒以往是经常受到抑制的。”参见奥尔洛娃，《马克·吐温》，张由今译，见《马克·吐温短篇小说集》，北京：人民文学出版社，1954：298。

⑤该序文长达 34 页，从总体上评价了马克·吐温的作品，重点介绍入选的这 12 卷。本选集原本打算出 12 卷，但最终只出了 10 卷，《傻子国外旅行记》《康州美国佬奇遇记》因故未能入集出版。

⑥张友松从 10 个方面总体介绍和评价了马克·吐温及其作品：(1)西方批判现实主义的代表作家；(2)他的生活经历和进入文坛的过程；(3)幽默的笔法、严肃的主体——作者的独特风格和语言的妙用；(4)以《傻子国外旅行记》为开端的文学创作生涯；(5)马克·吐温继承和发展了幽默文学的传统，有与众不同的艺术成就；(6)反对种族歧视和蓄奴制的正义立场——一生为被压迫的有色人种呼吁；(7)三部历史题材的名著；(8)马克·吐温与宗教；(9)关于劳资对立关系的揭露和工联主义的立场；(10)对帝国主义的憎恨和声讨。参见张友松，《马克·吐温插图修订版十二卷本选集序言》，见《百万英镑的钞票》，张友松译，南昌：百花洲文艺出版社，1992：1~34。

张友松译马克·吐温作品，“译笔流畅，忠于原作风格。人物的外貌、语言、动作和表情，在他的译文中都能得到恰如其分的表现”[①]。他是我国第一位全面和系统地译介马克·吐温作品的翻译家。[②]他译马克·吐温，相当于朱生豪译莎士比亚、傅雷译巴尔扎克、草婴译托尔斯泰、汝龙译契诃夫、张谷若译哈代，在读书界享有盛誉。他也有建议译者专译某一作家的思考：

> 一个译者最好是对某一国某一时代或某一作家的作品有特殊的兴趣和心得，译出来的东西才会有点特殊的价值。我们要译某人的作品，至少要在可能的范围内把他的东西多读了一些才行，同时还要对他的生平作相当的研究。因为必须这样才能把原作者思想上、作风上和文词上的特点在译品中多少表现一些。最要紧的就是要多读少译——专介绍某一作家的译者自然没有少译的必要——选择原作时不可太滥，否则便有流于“翻译匠”的危险。[③]

张友松早年的建言其实也是经验之谈。在那个时候，他已经从事俄国文学翻译，尤其是契诃夫的翻译多年，出版了很多译作。若是能够专注于某一国家的某一位作者或者某一流派来译介，他所讲的原作思想、作风（风格）、文词上的特点，译者确实能够研究得透彻一些。译完马克·吐温的著作，再回过头来总结的时候，他早年的建议已经实实在在地成为经验之谈。

> 我根据自己从事文学专业翻译以来的经验体会，深深感到文学翻译工作者应该争取多译同一作家的作品；出版单位也应尽可能给予译者这种机会。同一作家的作品译得越多，就会越熟悉这一作家的风格，译品质量肯定会比常常更换作家要强得多。知名的翻译家傅雷译巴尔扎克，叶君健译安徒生，潘家洵译易卜生，都取得了优异的成就，为

---

① 陈玉刚，《中国翻译文学史稿》，北京：中国对外翻译出版公司，1989：401。

② 译者柳一株回顾马克·吐温在中华人民共和国成立初期的译介情况时，这样描述：“马克·吐温对于中国广大读者来说，还是比较陌生的，虽然在近十年以来已经出版了他的几本小说，解放后，他的作品还选入了高级中学的国文教科书。把马克·吐温的作品系统地、全部地介绍给中国的广大读者，还不是我们今天所需要的，也不是目前的力量所能办到的。但这并不等于说可以放弃一点一滴的努力。马克·吐温的主要作品，尤其是他后期的讽刺资本主义社会的丑恶和反对帝国主义的侵略政策的作品，是应该的尽先择要介绍过来的。”参见柳一株，《译后记》，见《一个败坏了哈德勒堡的人》，柳一株译，上海：新文艺出版社，1953：120。

③ 张友松，《文艺的翻译》，载《青年界》，1934（2）：106。

翻译界树立了好榜样。[①]

张友松较为谦虚，他译马克·吐温同样被誉为名家名译。他提出翻译家专译一人的观点，着重考量的地方还是译文如何再现原文风格的问题。这在他最初翻译《汤姆·索亚历险记》和《哈克贝利·费恩历险记》时表现得尤为明显。每每论及文学翻译是再创作、读者要获得跟阅读原文一样的感受时，他所举出的例子往往就是翻译这两部著作时遇见的难题。他的成功之处就是攻克了这些问题，译得“恰如其分”。

张友松晚期的诗学观与中期的诗学观有内在的联系。首先，他的翻译实践主要集中在中期，晚期译作较少。其次，他的诗学观主要总结自他中期翻译的马克·吐温小说。因此，他晚期的诗学观是其中期诗学观的延续、总结、深化和升华。中华人民共和国成立后，他的诗学观逐渐成形、内化，体现了一位接受了无产阶级文艺思想的老翻译家的思想历程。在这两个前后相继的阶段，社会主义现实主义是整个中国文学界、翻译界的主流意识形态。在翻译领域，他的翻译选材同样必须符合这种时代规范。总之，他以自己的全身心投入，践行了文艺为社会主义服务的理念。

①张友松，《文学翻译漫谈》，见《当代文学翻译百家谈》，北京：北京大学出版社，1989：434。

第二章

英汉对照读物《凡卡》中的诗学策略

张友松早期的大部分译著，主要由北新书局[①]出版。北新书局是以出版界革新力量的面貌出现的，它的源头可以追溯到鲁迅等人支持的“新潮社”[②]，主事者李小峰与鲁迅关系密切。在北新书局的出版历程中，“其大放光彩的时期正是它与新文学关系最为密切的时期。这与以鲁迅、周作人等为代表的文学革命的提倡者与实践者的积极合作密切相关”[③]。北新书局是文人办书店的典范，在商业上极为成功，是当时主流的出版社之一。1927年，张友松从北京大学肄业，到上海入职北新书局做编辑，经由老板李小峰介绍才得以结识鲁迅。张友松与北新书局的关系处理得很复杂[④]，但是他于1931年离开上海之后，仍继续在北新书局出版译作，也在《青年界》（北新书局旗下刊物）上刊登文章。可以说，北新书局的出版赞助是张友松获得翻译家、英语教育专家[⑤]名声的最大助力。

---

①北新书局的主要发起人有李小峰、鲁迅、孙伏园、赵景深、刘半农、谢冰心、刘云昭。北新书局继承了“新潮社”的精神。参见陈树萍，《北新书局与中国现代文学》，上海：上海三联书店，2008：240。

②“新潮社”的主要成员为北京大学学生，在学校当局的支持下，创办了《新潮》杂志。《新潮》在创办之初就成了《新青年》“最有力的同盟者”。参见陈树萍，《北新书局与中国现代文学》，上海：上海三联书店，2008：21。

③陈树萍，《北新书局与中国现代文学》，上海：上海三联书店，2008：10。

④张友松是在见识了李小峰掌控的北新书局的黑暗之后，才萌发创办不同流合污的书局的念头。此外，张友松曾替鲁迅帮办北新书局所欠版税一事（出谋划策、聘请律师等），并引出著名的鲁迅与林语堂首次失和的“南云楼风波”。事后，张友松给鲁迅代办铅字20粒，用于加盖北新书局所出鲁迅新书版税印花，以防书局滥印。

⑤1934年6月，张友松的《英文学习法》一文发表于《青年界》第6卷第1号。此后，张友松在《青年界》主持英语教学和翻译教学专栏。北新书局出版的《青年界》增设“英文栏”之类的栏目，刊发英语学习方面的文章，系听从张友松之前的建议，其主要撰稿人有钱歌川、张友松、石民、刘思训、慕萱等。1936年，《初中英语读本》（六卷本）开始由北新书局出版，多册多次重版，为张友松赢得了巨大的社会声誉。

第一节　翻译选材：文学经典的择取与诗学认同

在民国时期，因政府对出版业的控制并不严密，私营出版机构能够根据不同赞助人的意识形态和诗学规范来决定翻译选材。[①]民国现代新书业的重要方向之一就是翻译出版西方文学作品。北新书局最初的方针是专做新文化出版事业，这“既体现着书局传播新知的主张，又契合这整个时代的需求”[②]。1930年前后，我国翻译图书出版出现了一个小高潮，除“欧美名家小说丛刊”之外，北新书局还策划了“英文小丛书”，同样是英汉对照排版，收书多达20余种，译注者以梁遇春、傅东华、林兰、张友松、石民这“五虎将”为主。[③]其中，张友松译注有《诚实的贼》《歌女》《盗马贼》《最后的残叶》《希奇的事》。该丛书“不但趣味浓厚，而译笔也流利、正确，可说是最好的英文补充读物”[④]。

一、张友松译介契诃夫说略

契诃夫是俄国文学史中的经典作家。经典化极大地影响了文学作品的流通，经典作家的作品更容易得到有影响力的出版社的垂青。[⑤]张友松早期的翻译选材带有极其明显的倾向性，他主要翻译俄国文学作品，译作多归北新书局出版。他尤其钟爱契诃夫的作品，翻译出版了一些契诃夫的小说[⑥]，但都属于英文转译本。其他涉及的俄国作家有屠格涅夫、奥尼奥夫、安得列夫、高尔基、陀思妥耶夫斯基。

在众多的俄国文学作品中，张友松独爱翻译契诃夫的著作，他曾说：

①查明建，《意识形态、诗学与文学翻译选择规范——20世纪50—80年代中国的（后）现代主义文学翻译研究》，香港：岭南大学博士学位论文，2003：60。

②陈树萍，《北新书局与中国现代文学》，上海：上海三联书店，2008：37。

③同上：170。

④周乐山，《怎样读英文和读什么书》，见《给青年的信》，上海：北新书局，1933：174。

⑤André Lefevere. *Translation, Rewriting and the Manipulation of Literary Fame*. London & New York: Routledge, 1992: 21.

⑥张友松翻译出版的契诃夫作品有1部中篇小说（《三年》，英译本为136页，中译本足足排有227页，从版面上看，可将其视为长篇）、16个短篇小说。他最早发表的契诃夫译作是短篇《猎人》，于1926年3月17日刊登在《晨报副刊》。译文陆续发表的还有《一件事情》《笛声》《爱》《农夫》。此外，他出版的契诃夫译作还有《三年》《契诃夫短篇小说集》（卷上）（内收《两出悲剧》《阿丽亚登尼》《哥萨克兵》《蚱蜢》）、《决斗》（上卷收入《猎人》《凡卡》《一个没有结局的故事》《一件事情》《活动产》）、《欧美小说选》（收入《爱》《询问》）、《歌女》（收入《歌女》《药剂师的妻》）、《盗马贼》《爱》（收入《爱》《凡卡》）、《活动产》。

“契诃夫，我读过他不少的作品，三年前也曾译过两个集子。他的东西，我已经很满意了。”[①]在张友松的译作作中，契诃夫译文的数量最多。据不完全统计，1903—1987 年，我国初版俄国文学译作单行本 754 种（不含高尔基的 169 种），累计出版版次 1 449 种（不含高尔基的 438 种）。除高尔基作品单列外，初版译作中托尔斯泰的作品名列第一，占 17%；契诃夫作品名列第二[②]，占 13.6%。契诃夫作品出版数为 211 种，契诃夫作品初版数为 103 种：1930 年初版 9 种，为初版数峰值（该年出版 17 种）；1957 年出版 22 种，为出版数峰值（该年初版数为零）。[③]契诃夫如此受中国翻译界的垂青，张友松选译契诃夫作品也是合乎情理的事。因此，在谈俄国文学对中国革命、文学、文化的影响时，契诃夫无疑是一个极其重要的话题。

> 契诃夫，契诃夫，契诃夫[④]，这个年头儿，契诃夫不知为什么忽然配上中国人的味口，不知道有多少人在那里揣摩契诃夫的作品，有多少人在那里翻译他的小说。不用提，我们的胡博士从前曾告诉北京饭店的书摊掌柜，说：“你们来的关于契诃夫的书，先送一本到我的家里去！”就是大名鼎鼎的冰心女士，也在那里劝我们的女生读契诃夫，说：“契诃夫写女人真写得好！”我就不懂，契诃夫会不会写男人。哦，我也得学时髦。[⑤]

正如章衣萍所感叹，契诃夫真是无处不在。契诃夫在中国的接受和传播超越了阶层和流派，“不同阶层的读书人都欣赏契诃夫的作品，无论

---

①张友松，《我的浪费——关于徐诗哲对于曼殊斐尔的小说之修改》，载《春潮》，1928（2）：102。

②洪深在纪念契诃夫逝世五十周年的文章中称“在十九世纪的现实主义的作品中，契诃夫的作品中译本之多，仅次于高尔基”。参见洪深，《安东·契诃夫逝世五十周年纪念——应苏联对外文化协会之约而作》，见《念契诃夫专刊》，北京：人民文学出版社，1954：20。这一结论虽不准确，但可见契诃夫受欢迎的程度。

③以上统计不包含报刊等登载的译文，数据来自李定所著《俄国文学翻译在中国》一文。参见李定，《俄国文学翻译在中国》，见《俄国文学与中国》，上海：华东师范大学出版社，1991：337~347。

④在克鲁泡特金所著的《俄国文学史》（1905 年初版，1916 年增订再版）中，他在论述契诃夫在德国的影响时提及，因契诃夫的小说多次被人翻译，一位德国评论家曾高声叫道：“Tschéchoff, Tschéchoff, und kein Ende!”（即“契诃夫，契诃夫，闹得没有一个休止！”）参见克鲁泡特金，《俄国文学史》，郭安仁译，重庆：重庆书店，1931：496。陈著将该句译为“柴霍甫！柴霍甫！总没有个了结！”

⑤章衣萍，《〈契诃夫随笔〉抄》，载《语丝》，1927（136）：1~2。

左右，皆视其文圣之类的人物，可见其内在的丰富性”[①]。鲁迅一贯喜爱契诃夫，也曾被称为“中国的契珂夫”[②]。张友松受鲁迅的影响很大，是受鲁迅提携的青年之一。1929年，张友松曾与鲁迅交往非常密切[③]，曾称鲁迅为“吾师”，虽被鲁迅拒绝了[④]，但鲁迅对张友松的影响不能说不深刻。因此，鲁迅的文学兴味和志趣直接影响到了青年翻译家张友松。

张友松接受俄国文学，并热衷于译介契诃夫并非巧合。首先，在中国，

①孙郁，《鲁迅与俄国》，北京：人民文学出版社，2015：246。

②徐碧晖，《鲁迅的小说与幽默艺术》，载《论语》，1934（46）：26。20世纪30年代，中国文艺界有种风气，喜欢将中国作家比拟为外国作家。鲁迅被称为“中国的高尔基”“中国的契诃夫”或“中国的伏尔泰”，但鲁迅不赞成这一类比拟。在1935年8月24日的《致萧军》信中，鲁迅说道：“我看用我去比外国的谁，是很难的，因为彼此的环境先不相同。契诃夫的想发财……至于高尔基，那是伟大的，我看无人可比。”参见鲁迅，《致萧军》，见《鲁迅全集 十三 书信》，北京：人民文学出版社，2005：528。鲁迅特别喜欢契诃夫是有据可查的。他曾在1926年告诉在北京大学教授西洋文学和哲学的美国记者、作家罗伯特·梅里尔·勃德兰（Robert Merrill Bartlett）：“中俄两国间好像有一种不期然的关系，他们的文化和经验好像有一种共同的关系。柴可夫是我顶喜欢的作者。此外如哥可儿，屠格尼夫，多斯托夫斯基，高尔基，托尔斯太，安特列夫，辛克微支，尼采，和希列等，我也特别高兴。俄国文学作品已经译成中文的，比任何其他外国作品都多，并且对于现代中国的影响最大。”参见勃德兰，《新中国之思想界领袖》，石孚译，载《当代》，1928（1）：57。赵景深据此将鲁迅和契诃夫放在一起进行了一番比较，涉及两人的医学生活经历、写作题材、思想和写作风格。赵景深的原话是：“由这几句话看来，我们可以说，鲁迅把柴霍甫特提出来说，可见他喜欢柴霍甫是要胜过一切近代的文豪，这是没有疑惑的。”参见赵景深，《鲁迅与柴霍甫》，载《文学周报》，1929（19）：2。

③据《鲁迅日记》记载，1928年8月4日至1930年4月24日，张友松一共出现114天，被记录127次。其中，1929年是张友松与鲁迅交往最为密切的时期：一是为经营春潮书局和《春潮》月刊；二是为北新书局拖欠鲁迅稿费一事。这段交往以张友松因春潮书局倒闭、逃离上海而告终。没能跟随鲁迅走上革命道路是张友松毕生莫大的恨事。参见张友松，《鲁迅和春潮书局及其他》，见《鲁迅研究资料 第七辑》，天津：天津人民出版社，1980：91。

④1928年12月23日，春潮书局和《春潮》杂志创办初期，稿源和名气不足，张友松等在《申报》刊登春潮书局广告“《春潮》第二期出版了。”“我们这个月刊自第一期出版后，各地已知未知的朋友们都来信鼓励我们、赞助我们，这使我们增加了不少的勇气。我们现在已经先后约定了鲁迅先生、林玉（语）堂先生，和周作人先生、江绍原先生等为我们撰稿。”参见佚名，《〈春潮〉第二期出版了》，载《申报》，1928-12-23。鲁迅不满春潮书局未经许可登报做广告一事，张友松写信诚恳地解释办书局的动机和目的，申述他们除旧布新的愿望。虽然鲁迅收到信后接见了张友松和夏康农，但是仍存戒心，同时制止了张友松写信称他为“吾师”的举动。参见张友松，《鲁迅和春潮书局及其他》，见《鲁迅研究资料 第七辑》，天津：天津人民出版社，1980：96。事后，鲁迅原谅了张友松等的“诓骗”之举，不遗余力地支持春潮书局：发表文章、组稿、主编丛书（如“近代文艺丛书”“现代文艺丛书”）、作序、联系业务、经费支持（在春潮书局最困难的时候，借给张友松500元维持经营），乃至请张友松代校书稿（如《奔流》）。此外，鲁迅跟张友松的私人交往也很密切，这在《鲁迅日记》里面都有记录。

契诃夫受到了不同派别的作家的欢迎[①]，“从中国现代文学30年的创作实践出发，可以清晰地捕捉到一条连绵不断的契诃夫文学对中国文学影响的线索，‘契诃夫式’成为中国现当代文学中的一种创作模式”[②]。

其次，同鲁迅、周作人、茅盾这些知名作家一样，文坛新人特别钟爱契诃夫，“在中国文坛崭露头角、取得显著成绩的众多作家，都曾读过契诃夫作品，很多人还一度甚至是长期醉心于契诃夫文学”[③]，如张友松、耿济之、耿式之、耿勉之、赵景深、曹靖华、郁达夫、凌叔华、叶圣陶、彭家煌、沉钟社成员（如冯至等）、沙汀、艾芜、废名、沈从文、老舍、张天翼、巴金、胡风、路翎、焦菊隐、曹禺等。

再次，1917—1927年是契诃夫文学“传播的兴盛期”[④]，俄罗斯文化热在中国文坛和知识界的兴起助推了契诃夫的译介与传播，追求进步的青年人张友松适逢其会。

又次，契诃夫文集英译本的出版助推了中国契诃夫译介高峰的到来。1916年以后，英国著名的俄国文学翻译家加奈特译的契诃夫作品[⑤]（计有小说13卷、戏剧2卷、书信2卷）陆续面世。这与中国的契诃夫译介高峰之间“存在着紧密的联系”[⑥]。对于专门从事英文转译的张友松[⑦]而言，

---

①刘研在论及“中国语境中的契诃夫”时，特别指出契诃夫的接受面向多样化的特点：“他的‘新型现实主义’文学以其深刻的思想性和完美的艺术性在五四前夕进入中国，受到中国作家的热诚欢迎。注重社会问题的作家推崇他，注重艺术技巧的作家也推崇他；左翼作家推崇他，具有自由主义倾向的作家也推崇他。由于他的作品保有着多义性、不确定性和开放性——外在的客观性与内在的抒情性，庸常生活的无意义与对未来美好生活的向往，揭露奴性心理，同时又挖掘普通人人性的闪光，戏剧性与日常性、简单洗练与蕴意深沉、讽刺幽默与忧郁情怀，喜剧与悲剧、明快与沉郁——其创作个性的丰富内容让中国作家各有偏重、程度不同地产生了审美共鸣。契诃夫是中国现代文学中介绍最多、评论也最多的俄国作家之一。”参见刘研，《契诃夫与中国现代文学》，上海：上海社会科学院出版社，2005：2。

②刘研，《契诃夫与中国现代文学》，上海：上海社会科学院出版社，2005：2。

③同上。

④同上：31。

⑤加奈特一生译有70多卷俄国作家作品，其中契诃夫译作有17卷。契诃夫译作的出版周期为1916—1926年，其中“契诃夫小说”（the Tales of Tchehov）13卷于1916—1922年出版完毕。参见梁艳，《周作人译契诃夫小说底本考——以〈可爱的人〉为中心》，载《东北亚外语研究》，2017（2）：84。

⑥梁艳，《周作人译契诃夫小说底本考——以〈可爱的人〉为中心》，载《东北亚外语研究》，2017（2）：87。

⑦张友松在序言中明确记录英译本信息的比较少。《契诃夫小说集（上卷）》和《决斗》中有四篇出自加奈特的译作。《凡卡》译自塞尔泽所编的《最佳俄罗斯短篇小说》（*Best Russian Short Stories*），《两出悲剧》译自罗伯特·隆恩（Robert Long）所译的《黑僧侣及其他故事》（*The Black Monk and Other Stories*）（张友松参考了加奈特的译文），

优质英译本的传入至关重要。

最后，如前所述，作为崇拜鲁迅并一度出现在其身边的进步青年，张友松深受其影响。鲁迅对俄国文学的热情、对契诃夫作品的喜爱也影响了进步青年张友松的文学趣味和翻译选材。

二、《凡卡》在近代中国的传播

张友松在《契诃夫小说集（卷上）》（1927）中交代，《契诃夫小说集》一共译有九个短篇小说。“其中《凡卡》一篇是曾经有人译了发表过不止一次的，我因为十分喜欢它，便再把它译出，收在这个集子里。这篇是根据托马斯·塞尔泽（Thomas Seltzer）编的《俄国短篇小说集》译的。”[①]从此处，我们可以得知张友松对《凡卡》的热爱，也能够看出《凡卡》在中国受欢迎的程度。

《凡卡》在中国的传播极广，译本极多。据不完全统计，1916—1949 年，《凡卡》至少有 60 个不同的译本。

表 2-1 《凡卡》译本信息一览表

序号	译作	原著者	译者	出处	备注
1	《小介帮》		陈家麟、陈大镫	《风俗闲评（下）》，中华书局，1916 年 11 月初版，1928 年 9 月再版	第 47~51 页，文言译本，节译，原文不详
2	《樊卡》	Anton P. Chokhov	慕鸿	《民国日报·觉悟》，1920 年第 12 卷第 17 期	第 3~4 页，漏译、省译较多，译自塞尔泽译本[②]

（续前页）《蚱蜢》译自隆恩所译《吻及其他故事》（*The Kiss and Other Stories*）（张友松参考了加奈特的译文），《盗马贼》译自阿尔弗雷德·沙尔莫（Alfred Charmot）所编的《俄国小说选》（*Selected Russian Stories*）（张友松参考了加奈特的译文）。此外，经过考证，未说明出处的译文，除《一件事情》译自隆恩所译的 *The Black Monk and Other Stories* 之外，其余均出自加奈特的“契诃夫小说”。《三年》和《阿丽亚登尼》译自“契诃夫小说”第 1 卷（*The Darling and Other Stories*，1916），《药剂师的妻》译自“契诃夫小说”第 2 卷（*The Duel and Other Stories*，1916），《猎人》《笛声》和《农夫》译自“契诃夫小说”第 6 卷（*The Witch and Other Stories*，1918），《歌女》译自“契诃夫小说”第 8 卷（*The Chorus Girl and Other Stories*，1920），《活动产》《一个没有结局的故事》《哥萨克兵》《爱》《询问》译自“契诃夫小说”第 13 卷（*Love and Other Stories*，1922）。

① 张友松，《译者的序》，见《契诃夫短篇小说集（卷上）》，上海：北新书局，1927：3。

②《凡卡》主要是从英译本（有塞尔泽的译文和加奈特的译文）转译而来，其中绝大多数采用塞尔泽的英文版，因此表 2-1 内下文不再标注，只标注加奈特的版本信息及译自俄文的版本。

（续表）

序号	译作	原著者	译者	出处	备注
3	《万客 Vanka》	俄国契诃夫	隋曜西	《新社会报》，1922 年 1 月 21 日、22 日	第 5 版
4	《可怜的学徒》[1]	俄国乞呵夫	陶如	《东方小说》，1923 年第 1 卷第 2 期	第 147~150 页
5	《温加》	俄国安顿柴霍甫	梁绳祎[2]	《晨报附刊》，1924 年 2 月 25 日、26 日	第 2、第 3 版，节译
6	《凡卡》	俄国 ANTON P CHEKHOV	之吉	《政治生活》，1924 年 7 月 27 日	第 3、第 4 版，有《译者按》，介绍刘半农的《学徒苦》
7	《方革》	柴霍夫	露茜	《妇女》，1925 年第 30 期	第 39~40 页
8	《万加（VANKA）》	俄国柴霍甫	岫云	《益世报》，1925 年 8 月 12 日、13 日、14 日、15 日	第 5 版
9	《小凡加》		正平	《益世报》，1926 年 8 月 9 日、10 日、11 日、12 日、13 日、15 日	第 8 版
10	《樊凯》	柴霍甫	赵景深[3]	《悒郁》（“柴霍甫短篇小说集”），开明书店，1927 年	第 51~57 页
11	《凡卡》	契诃夫	宏	《国闻周报》，1928 年第 5 卷第 24 期	

① 文中主人公名字被译作“文克”。

② 梁绳祎（1906—1995），又名生为，字容若、子美，曾用名梁盛志；河北行唐（今灵寿县）人，作家、文学史家、翻译家（日语、英语均可）；1924 年，为北平师范大学国文系学生。

③ 赵景深是翻译契诃夫短篇小说比较多的翻译家。1930 年，开明书店出版赵景深译的八卷本“柴霍甫短篇杰作集”，共收入 162 个短篇，各卷题名分别是《香槟酒》《女人的王国》《黑衣僧》《快乐的结局》《孩子们》《妖妇》《审判》《老年》。

（续表）

序号	译作	原著者	译者	出处	备注
12	《樊凯》	俄国柴霍甫	赵景深	《飞沫月刊》，1929年第1卷第1期	第24~28页，有《按语》，根据加奈特译本改译[①]
13	Vanka	柴霍甫	蒋鸿焜	《七中学生》（半月刊），1929年第3、第4期	第22~27页，译作名称照录
14	《凡卡》	契诃夫	张友松	《决斗》，北新书局，1929年	第13~22页
15	《万卡》	俄国柴霍甫	汪炳焜[②]	《学生杂志》，1930年第17卷第3期	第94~99页，1929年12月28日译
16	《九岁的学徒》[③]	俄国柴霍甫	谢颂义[④]	《世界著名短篇小说集》，卿云书局，1931年8月初版，同年龙文书店再版	第1~10页，后被收入《世界名著代表作》（国光书店，1937）

①这是赵景深翻译的第二个《凡卡》版本，根据加奈特译本改译而成。赵景深在译文前有说明："这一篇小说曾收入拙译《悒郁》，当时是根据"近代丛书"译出的英译原文遗混甚多。我因人事匆匆，亦无暇择善本改译。今年春叶绍钧兄编《国语教科书》欲选此篇为教材，便趁此机会根据加耐特女士译本完全改译一过，再来献给读者。"参见柴霍甫，《樊凯》，赵景深译，载《飞沫月刊》，1929（1）：24。1930年，该版本被收入赵景深的译文集《孩子们》（柴霍甫短篇杰作集第五卷，开明书店）。此后，赵景深的译文入选戴叔清编的《语体文学读本》（上）（文艺书局，1932）；李君实编的《少年文学读本》第1册（南强书局，1933）；朱剑芒编辑，陈霭麓、韩尉农注释的《记叙文》（世界书局，1933，标"语体小说"）；徐蔚南、储祎编辑的《古今名文九百篇》（第三册）（上海大众书局，1936）；等等。

②汪炳焜译有《罪与罚》（上海启明书局，1936）、《卢骚忏悔录》（上海启明书局，1936）等。

③文中主人公名字被译作"凡克"。

④谢颂义，生于浙江杭州。谢家是牧师世家，谢颂义祖父谢行栋（1825—1895）早年师从丁韪良，是美国北长老会在中国按立的第一位本土化牧师。其父谢志禧（1863—1937）曾于杭州传教，后执掌宁波府前堂。大哥谢颂羔（笔名济泽，1895—1974）是神学家、翻译家，二人曾合译过龚斯德的《实行的基督教》（上海广学会，1928）。谢颂义译过安徒生的《雪后》（开明书店，1929）。在《世界著名短篇小说集》（1931）中，谢颂义译有契诃夫的《九岁的学徒》《赌赛》《天真女士》、高尔基的《她的情人》和托尔斯泰的《等着上帝的真理》。

（续表）

序号	译作	原著者	译者	出处	备注
17	《范加》	A. P. Chekhov	Y. T. Hsu	《醒钟月刊》，1931 年 1 卷 1 期	第 1~7 页
18	《学徒凡卡》	契可夫	觉非	《大公报》（天津版），1932 年 7 月 11 日	第 9 版
19	《学徒凡卡》	俄国大文豪柴霍夫	王启升①	《中国与苏俄》，1933 年第 2 卷第 4 期	第 1~6 页，译自俄文
20	《万嘉》		星星	《大公报》，1934 年 1 月 26 日	第 12 版
21	《万凯》	Chekhov 柴霍甫	张凤山	《西北》，1934 年第 2 卷第 1 期	第 23~27 页，有译者识
22	《凡加的信》	俄契轲夫	扬	《芥舟》，1934 年第 3 期	第 134~137 页，节译
23	《凡加》	柴霍甫	龙沾	《培正学生》，1934 年第 2 卷第 2 期	第 77~80 页
24	《范加》	柴霍甫（Anton Chekhov）	吉传芳	《五华一中月刊》，1934 年 6 月	第52~54页，节译，文内英文名称夹杂
25	《沅康》	契可夫	李厌兰	《社会周报》，1934 年第 2 卷第 12 期	第9~11页，节译，文前有《小言》，文后有注释 1 处
26	《维克》	柴霍夫	张承寿	《师中季刊》，1935 年第 3 卷第 1、第 2 期	第 23~26 页
27	《梵伽》	俄国柴霍夫	璟	《天明》，1935 年第 1、第 2 期	第 7~8 页，第 2 期页码不详
28	《昆珈》	俄·契诃夫	易水寒	《红豆月刊》，1935 年第 3 卷第 3 期	第 96~97 页

①王启升（1908—？），又名王楷，湖北汉阳人；1926 年，加入共青团；1927 年，被派往莫斯科中山大学留学；1931 年，因蜕变为托派分子，被遣送回国；居上海，以翻译俄文书刊为生；后加入国民党；译有《俄共党史批判》（台湾中华书局，1967）等。

（续表）

序号	译作	原著者	译者	出处	备注
29	《万柯（原题 VANKA）》		罗培仁	《同钟》，1935 年第 1 卷第 6 期	第 38~39 页，节译
30	《范加》	Anton Chekhov	洪钟	《西京日报》，1935 年 8 月 12 日	第 5 版，节译
31	《凡卡》	柴霍甫	汗诺	《豫北日报》，1935 年 12 月 23 日，1936 年 1 月 13 日	第 4 版
32	《范加》	俄国 A. P. Tchekhov	陈宝瑛	《兴华》，1936 年第 33 卷第 2 期	第 33~35 页，节译
33	《范加》	Anton Chekov	不佞	《学校生活》，1936 年第 154 期	第 21~22 页，节译
34	《樊克》	俄柴霍甫	佳禾	《现代读物》，1936 年第 10 卷第 21 期	第 91~94 页
35	《范加》	Anton P. Chekhov	万康	《英语周刊》，1937 年新第 243、第 244 期	第 1713~1715、1750~1752 页，英汉对照，节译
36	《范加》		一鸣	《晨报》，1938 年 12 月 25 日	第 8 版，节译
37	《樊卡》	俄国契珂夫	孟永祈[①]	《文友》，1939 年创刊号	第 5~9 页
38	《范加》	俄 Anton Chekov	洪崇基	《浙东校刊》，1939 年第 4 卷第 3 期	第 68~69 页，节译
39	《范赤》	A. P. 契诃夫	正宣	《广安私立载英中学三周年纪念刊》，1942 年纪念刊	第 44~46 页

①孟永祈（1917—2007），江苏武进人；中国民主促进会成员；1944 年，毕业于中山大学文学院英文系；主要从事莎士比亚研究；译有万西列叶夫的《论社会主义的现实主义》（与郑伯山合译，上海出版公司，1952）、伊·哈德莱的《论苏联文学的任务与特征》（上海出版公司，1953）、安德烈·斯梯的《论党与作家》（上海出版公司，1953）等。

（续表）

序号	译作	原著者	译者	出处	备注
40	《瓦尼克》	柴霍夫	彭慧[①]	《艺文集刊》，1942年第1期	第237~241页，译自俄文
41	《范加》	柴霍甫	阜东	《达县日报》，1942年7月10日	第4版，节译
42	《万卡》[②]	柴霍甫	罗颖之[③]	《中央日报扫荡报》（联合版），1942年12月9日	第6版，译自俄文
43	《凡卡》	契诃夫	张友松	《爱》，晨光书局，1943年	第24~39页，英汉对照
44	《范加·石可夫》	柴霍甫	铁瞉	《曙光报》，1943年12月25日	第4版，节译
45	《范加·石可夫》	Anton Chekov	张传荫	《中央日报》（贵阳），1943年4月13日	第4版，节译
46	《万喀》	契诃夫	金人[④]	《草原》[⑤]，光明书局，1944年4月	第76~81页，译自俄文

①彭慧（1907—1968），作家、翻译家；原名彭涟清，笔名慧中、涟清等；湖南长沙人（生于安徽安庆），穆木天之妻；曾就读于北京女子师范大学、莫斯科中山大学。1926年，加入中国共产党；译有契诃夫的中篇小说《草原》（读书出版，1942）和《山谷中》（《文艺生活》，1943）、短篇小说《忧愁：将我的忧愁向谁诉呢？》（1936）、《瓦尼克》（1942）、《想睡觉》（1943）、《芦笛》（1943）、《在磨坊》（1943）、《可爱的姑娘》（1947）等。

②该译文后发表于1943年1月7日、8日的《民国日报》（赣南）第4版，署名“柴霍夫作 颖之译”。

③罗颖之（1911—1988），湖南桃江人；九三学社成员；1942年，毕业于重庆淮南俄文专修学校；曾任《益阳民报》主笔，并从事翻译工作；1964年起，在中南林学院任教，主要从事农林、生物科学著作的翻译和外文教学；译有柯哲里、漆莫费耶夫合著的《米丘林育种法》（湖南农科院，1952）、阿烈克谢耶夫的《达尔文主义》（财政经济出版社，1953）、赖科大的《拜尔的生平及其科学活动》（科学出版社，1955）、拜尔的《动物发展史》（科学出版社，1958）等。

④金人（1910—1971），原名张少岩，后改名为张君悌，又名张恺年，笔名为金人；河北省南宫县人；文学翻译家，译有多部俄国文学作品。

⑤该文被收入《契诃夫小说集 第一集》（光明书局，1949）。金人还译有《契诃夫小说集 第三集》，第二集为鲍群译。

（续表）

序号	译作	原著者	译者	出处	备注
47	《范卡》	柴霍甫	禾茵	《晨呼月刊》，1945 年第 2 卷第 2 期	第 25~28 页
48	《娃恩喀》	柴霍甫	其	《新疆日报》，1945 年 9 月 21 日、22 日	第 4 版
49	《学徒过圣诞节》[1]	俄·契诃夫	费文	《知识》，1946 年第 12 期	第 19~20 页，有译前序言
50	《小学徒韵卡》		耀坪	《中山日报》，1946 年 6 月 28 日	第 6 版，节译
51	《范加》	俄 A. 赤可夫	浪子	《广西日报》，1946 年 11 月 15 日	第 3 版，节译
52	《凡卡》	契珂夫	李孟飞	《申报》，1947 年 2 月 4 日	第 3 张
53	《范加·石可甫》	契可甫	黎识荆	《西南日报》，1947 年 2 月 10 日	第 4 版
54	《范加·石可夫》	柴霍甫	敏之	《中央日报》（昆明），1947 年 5 月 29 日	第 6 版，节译
55	《凡卡》	契可夫	学文	《开明少年》，1947 年第 30 期	第 19~21，64 页
56	《范加·史可福》		始民	《路工》，1948 年第 1 卷第 3 期	第 35 页，节译
57	《范加》	俄柴霍甫	王文藻	《经世日报》，1948 年 4 月 22 日	第 3 版，节译
58	《小学徒凡加》	安东·柴霍夫	泉浴	《宁波晨报》，1949 年 4 月 14 日	第 4 版，节译

① 文中主人公名字被译作“范加”。

（续表）

序号	译作	原著者	译者	出处	备注
59	范卡的信	俄国契诃夫	裘志本	《新学生》，1949 年第 6 卷第 3 期	第 39~41 页
60	学徒万尼卡	契诃甫	恩齐	《中华少年》，1949 年第 6 卷第 5 期	第 34~38 页，译自俄文

从表 2–1 可见，契诃夫的短篇小说《凡卡》在我国近代的翻译中非常“热闹”，几乎可以被称作“现象级”的翻译。20 世纪 30 年代是《凡卡》翻译最活跃的时期，计有 24 篇译作。但是整体来看，著名翻译家（陈家麟、陈大镫、赵景深、张友松、谢颂义、彭慧、罗颖之等）的译文较少，学生译作占绝大部分。换言之，《凡卡》在青年学子中产生了非常大的影响。

就文本而言，《凡卡》篇名（“Ванька”，被英译为“Vanka”）的翻译五花八门。在 60 个译本中，译名多达 29 种[①]。其中，使用最多的是“范加”，计有 17 种；其次是“凡卡”（含“学徒凡卡”），计有 9 种。此外，含“学徒”二字的译名有 7 种。对于契诃夫名称的翻译也同样如此，但是总体而言，通行译法较多（柴霍甫 17 种、契诃夫 8 种、柴霍夫 6 种）。由篇名和作者名的翻译可见，当时的英文名称音译较为随意，没有规范。

契诃夫一篇短短几页的《凡卡》，为何能在民国时期引发翻译热潮？这至少有四个方面的原因。

第一，宏观来讲，以契诃夫等为代表的俄国文学在中国有着持续的影响力。“在世界古典文学中，契诃夫是中国人民和中国作家最喜爱的作家之一。他的伟大的名字很早就已经为我国人民所知道。”[②]事实上，“契诃夫的在中国的影响，是和中国在一九二〇——九三〇年这一时期中的进步文艺运动分不开的”[③]。至 20 世纪三四十年代，现实主义已成为我国文学的主

①计有：范加、凡卡、樊卡、樊凯、凡加、范卡、万客、介智、文克、温加、方革、万卡、万加、凡克、万嘉、万凯、沅康、昆珈、万柯、梵伽、维克、樊克、范未、万喀、韵卡、瓦尼克、万尼卡、娃恩喀。因“Vanka”未被翻译成中文名，所以该统计数据不包含蒋鸿焜（1929）的译本。

②茅盾，《伟大的现实主义作家契诃夫》，见《纪念契诃夫专刊》，北京：人民文学出版社，1954：13。

③洪深，《安东·契诃夫逝世五十周年纪念——应苏联对外文化协会之约而作》，见《纪念契诃夫专刊》，北京：人民文学出版社，1954：25。

流，此时，“契诃夫文学的翻译、评介以及在文学中的影响达到高潮，已经走向系统化和全面掌握阶段”[①]。在这一阶段，涌现了一批直接从俄文翻译的契诃夫译者，如曹靖华、满涛、彭慧、金人、梓江、韦漱园、孟十还等。[②]但是，就《凡卡》的中译本而言，直接从俄文翻译过来的非常少，只有王启升、金人、彭慧和恩齐的译本。

第二，从社会思潮来说，民国时期，我国曾经有过对于学徒制的讨论与反思。1918年，刘半农在《新青年》上发表了诗歌《学徒苦》[③]，“曲形尽相”[④]，引起了社会热议，流传很广。[⑤]在揭露学徒生活的苦痛时，《生活》周刊转载了刘半农的诗，并以“现行学徒制，确有阻碍工商业进展的影响，不合时代的需要，而有讨论改善之必要”[⑥]，发起了改良学徒生活的讨论，收到的建议和改良方法大约有六类。[⑦]中国学徒的悲惨遭遇与俄国学

---

①刘研，《契诃夫与中国现代文学》，上海：上海社会科学院出版社，2005：70。

②据谢天振和查明建的统计，1949年以前，直接从俄语翻译契诃夫作品的译者主要有：瞿秋白、耿济之、沈颖、耿式之、耿勉之、曹靖华、满涛、彭慧、金人、梓江、韦漱园、孟十还等；从英语转译契诃夫作品的译者主要有：陈永麟、陈大镫、张友松、赵景深、谢子敦、朱溪、郑效洵、郑振铎、章衣萍、华林一、丽尼、李健吾等。参见谢天振、查明建，《中国现代翻译文学史 1898—1949》，上海：上海外语教育出版社，2004：206。这个名单显然不完整，从英语转译漏掉的译者至少有谢颂义、俞荻、王靖、芳信、蒯斯勋、程万孚等；俄语方面至少漏掉了何妨。

③刘半农的《学徒苦》发表于1918年4月15日的《新青年》第4卷第4号，共有五段：

学徒苦！学徒进店为学行贾。主翁不授书算，但曰“孺子常习勤苦！”朝命扫地开门，暮命卧地守户；暇当执炊，兼锄园圃！主妇有儿，曰——“孺子为我抱抚。”呱呱儿啼，主妇震怒；拍案顿足，辱及学徒父母！

自晨至午，东买酒浆，西买青菜豆腐，一日三餐，学徒侍食进脯。客来奉茶。主翁倦时，命开烟铺！复令前门应主顾，后门洗缶涤壶。奔走终日，不敢言苦！足底鞋穿，夜深含泪自补！主妇复惜油火，申申咒诅！

食则残羹不饱；夏则无衣，冬则败絮！腊月主人食糕，学徒操持臼杵！夏日主人剖瓜盛凉，学徒灶下烧煮！学徒虽无过，“塌头”下如雨！

学徒病，叱曰：“孺子敢贪惰？作诳语！”清清河流，鉴别发缕。学徒淘米河边，照见面色如土！

学徒自念——“生我者，亦父母！”（“塌头”屈食指以扣其脑也或作“栗子”）

参见刘半农，《学徒苦》，载《新青年》，1918（4）：313~314。

④吴维种，《刘半农所曲形尽相的学徒》，载《生活》，1926（9）：54。

⑤很多教材选用了该诗，如《学生自修必读》（世界书局，1924）、《新学制中学国文教科书初中国文（第一册）》（南京书店，1932）、《新选国语读本》（国立北平师范大学附属第二小学编，1932）、《北新国语教本（第三册）》（北新书局，1932）等。

⑥记者，《三年学徒生活》，载《生活》，1926（16）：98。

⑦（1）减少学徒工作时间，减轻劳动强度；（2）眷属分住，让学徒专司店务；（3）增加学徒报酬；（4）缩短学徒期限；（5）实施补习教育，增进学徒学识；（6）为学徒提供正当的闲暇生活。参见赵文，《〈生活〉周刊（1925—1933）与城市平民文化》，上海：上海三联书店，2010：219~220。

徒凡卡的境地非常相似，因此《凡卡》非常容易引起中国读者（尤其是青年读者）的共鸣。正如《凡卡》译者之吉（1924）所说："译完柴霍夫这篇《凡卡》之后，顿使我记起了前几年《新青年》上登的刘半农先生作的一首诗——《学徒苦》。我们读这两篇作品，深深地觉得学徒在世界上的境遇不幸相同。"①之吉在文后还附了刘半农的诗。由此可见，青年学子提笔翻译《凡卡》也是控诉学徒制的一种方式。从这个意义上讲，这也能够解释为什么 20 世纪 30 年代的译文会比较多。

第三，《凡卡》具有可读性，内在的文学特质强。契诃夫创作的基本特征是"内容丰富而深刻，形式简洁而朴素"②。他的这篇小说本可以写成大部头，但是他非常克制，仅选取了最经典、最传神的一个写信场景。"许多人可以用以写成长篇的题材，在于他只写成短短的一篇。即以《范加》一篇而论，全文不过四五页，虽则讲的是一个九岁的孩子的遭遇，但已经充分地显出一个正在挣扎中的人生的缩影。"③

第四，《凡卡》入选中学英语教材，英文版获取较为容易。入选教材的英文本是塞尔泽的译文，而不是加奈特的译文（尽管她的译文更好）。这也能很好地解释，为什么 60 个译本中，选用加奈特译文的人极少。英文版译文篇幅短小，且较为浅显，正好可以作为学生翻译练笔之用。但是，如仔细检视学生的译文，错漏之处还是比较多的。

张友松能够选译《凡卡》，像赵景深那样译出两个版本，并能时隔 14 年再次修订自己的译文，实属难得。总的看来，在个人情感方面，他因凡卡的故事而深受感动，为此念念不忘。在翻译选材方面，他选择翻译俄国文学中的经典名作，顺应了时代潮流。在文学观念方面，他特别认同契诃夫对灰暗人生的描写，并试图倡导写实主义文学。

第二节　张友松的早期诗学识别能力辨析

张友松作为翻译家，对语言文字本身有着很深的领悟能力。但是，这种能力能否被简单定义为现在所说的诗学识别能力，还有待辨析。张友松早年的译笔以流利、通顺著称，在早期的诗学表述中，他特别关注译文的可读性、语言的欧化和译文的忠实。具体到他的诗学识别能力的强弱问题，

---

① Anton P. Chekhov，《凡卡》，之吉译，载《政治生活》，1924-7-27。

② 茅盾，《伟大的现实主义作家契诃夫》，见《纪念契诃夫专刊》，北京：人民文学出版社，1954：17。

③ 契诃夫，《学徒过圣诞节》，费文译，载《知识》，1946（12）：19。

在这里有必要先界定一下“诗学识别能力”这一概念。

“诗学识别能力”是王东风提出的翻译诗学研究核心概念之一。在提出译者的“诗学识别能力”之前，王东风曾用过“文体能力”[①]“诗学能力”[②]等涉及文体和诗学识别的表述。在《连贯与翻译》(2009)一书中，他聚焦语篇及一些超语篇要素，从文学翻译(尤其是小说翻译)中“文学性”的传译来研究翻译中的连贯问题(文体连贯、语法连贯、语义连贯、语用连贯)，原文精心构建的语义和诗学价值往往潜藏在特定的语言形式背后，译者面临的各种诗学挑战极大地考验了译者的诗学识别能力。

> 在文学作品中，文学性并不是来自内容本身，而是这内容的表达方式，而这样的表达方式并不仅仅只是微观层面上的遣词造句，宏观层面的变异和陌生化也同样有着深刻的诗学促动，而且更加挑战译者的诗学识别能力。[③]

“诗学促动”不仅仅是原文字、词、句蕴含的语义带来的诗学刺激，也指原文的变异和陌生化手段蕴含的“文学性”冲击。王东风所说的“诗学识别能力”是译者对原文“文学性”的识别，尤其指译者要具备文体意识和诗学意识。具体而言，译者正确区分原文的“差异”(结构性)和“变异”(文体性、修辞性)，是“尽可能全面体现原文文体连贯和诗学价值的关键，译者只有树立了正确的文体和诗学意识，才会在翻译中对原文的文体变异做出积极的文体和诗学反应，才会对原文的常规和变异的张力做出连贯的体现”[④]。在论及文学翻译时，王东风虽重视形式，但并不认为所有的原文形式都需要逐一译出，而是“只有那些有诗学价值的形式才是值得翻译的”[⑤]。也就是说，原文的诗学价值往往体现在语言的“怪异”上。[⑥]

无疑，对翻译而言，文学文本的风格至关重要。[⑦]事实上，在文学翻

①王东风，《译家与作家的意识冲突：文学翻译中的一个值得深思的现象》，载《中国翻译》，2001(5)：43~48。
王东风，《变异还是差异——文学翻译中文体转换失误分析》，载《外国语》，2004(1)：62~68。

②王东风，《从诗学的角度看被动语态变译的功能亏损——〈简·爱〉中的一个案例分析》，载《外国语》，2007(4)：48~56。

③王东风，《连贯与翻译》，上海：上海外语教育出版社，2009：177。

④同上：95。

⑤同上：167。

⑥同上：72。

⑦Jean Boase-Beier. Saying What Someone Else Meant: Style, Relevance and Translation. *International Journal of Applied Linguistics*. 2004, *14*(2): 278.

译中，“文体意识”有助于更好地解释译例，“文体意识分析”能够更好地解释阅读行为，养成“文体敏感性”对译者大有裨益。[①]文学翻译就是要最大限度地传译“原文的前景化或变异及其效果”[②]，对原文的“文学性”及“诗学促动”的识别，往往可以落在译者的文体意识和诗学意识分析上。就前文（第一章第一节“张友松的早期诗学观”）所总结的张友松的早期诗学观，他在这两端（文体和诗学）均有论述。

最早在《契诃夫小说集（卷上）》（1927）中，张友松在钦佩契诃夫的写作特点和行文风格时，提出自己从英译本转译导致了风格上的必然缺失：“可惜我不懂俄文，只得根据英译本。展转重译，当然不知把原作的风味失却多少。这是很抱憾的。”[③]如是观之，他对原文的文体风格有着比较清醒的认识。这里其实隐含一个悖论，他极力推崇契诃夫小说，但他的阅读体验大部分来自英语译本，至于他自己着手转译，契诃夫作品中的琐碎和灰色究竟能够传译多少，他并没有自信。

张友松对契诃夫的狂热还体现在《盗马贼》（1931）的《序言》中。他认为，这篇小说最让他神往的便是描写加拉施尼可夫奏乐、牟里克和留布加跳舞的那几段。他感叹道：“读者读到这种地方，总不免要随着篇中的主角尔古诺夫默默地叹赏道：‘What fire! What fire!’”[④]此外，契诃夫描写风和云、风和雪的两段，“都是作者的艺术手腕之表现”[⑤]。

就文体意识而言，张友松在《文艺的翻译》中有阶段性的总结。他认为，文体风格方面的翻译最难，“至于能把原作者的风格和其他特点都在译品里充分表现出来的译家，在我们的翻译界里恐怕是根本还找不到”[⑥]。张友松在《青年界》上教授英语和翻译时，再次重申自己的直译主张，他认为，凡是逐句翻译，完全保存原文的内容与笔调，无所增损，那便是直译。“直译者的最高理想就是译品与原文完全相同”[⑦]。他主张直译，引入具

---

① Jean Boase-Beier. *Stylistic Approaches to Translation*. London & New York: Routledge, 2014: 111–112.

② 王东风，《译家与作家的意识冲突：文学翻译中的一个值得深思的现象》，载《中国翻译》，2001（5）：44。

③ 张友松，《译者的序》，见《契诃夫短篇小说集（卷上）》，上海：北新书局，1927：3。

④ 张友松有夹注：“此句译为‘多么狂热！’殊愧未能十分恰合，但也再想不出更适当的译法了。Fire，fire！不正是一般人的灰暗生活中找不出的东西吗？”参见张友松，《序言》，见《盗马贼》，张友松译，上海：北新书局，1931：3。

⑤ 张友松，《序言》，见《盗马贼》，张友松译，上海：北新书局，1931：4。

⑥ 张友松，《文艺的翻译》，载《青年界》，1934（2）：107。

⑦ 张友松，《翻译研究》，载《青年界》，1937（1）：182。

有“洋味儿”的表达，以达到改造国语的目的。

张友松有着明显的文体意识，比较容易找到证据，但是他在诗学意识方面的表述则比较零散。就中英两种语言本身而言，他在翻译教学中的译例分析展示了他对两种语言差异的把握。在英译中的练习里，他追求译文的“顺畅”和“恰当”。在《非洲周河纪游》的讲解中，他将“The chief came to the river, to see that all was right at parting.”一句译为“酋长到河边来送行，照料一切。”他的解释是：“这里我们如果不明白 to see that... 的语气，全句便译不好。……所以照字面译，全句原是这样的：‘酋长来到河边，以求（我们）临行时一切都准备好了。’不过那是多么生硬译句呢！照前面的译文里那样说法，既顺畅，又恰当是否好得多？”① 至于中译英，张友松指出：“最怕的是译成所谓 Chinese-English。这种似通非通的英文，文法上虽则句句结构完全。但是每每用字不恰当，句子的安排和句与句之间的联系也不合英文的习惯。”②

显然，以今天的诗学意识标准来看，张友松早期的诗学意识并不强。尽管他充分意识到了中英文的差异，但是他的做法——“顺畅”和“恰当”——正好起到了一个诗学过滤的作用。“顺畅”和“恰当”必然以迎合目标语读者的阅读趣味为目的，“必然会用本土的语言价值观压制原文的诗学话语”，对原文充满“陌生化的文学性或他性”③ 是一种伤害。尽管他是在保证原文语义传译准确的基础上进行的译文调整和修改，但是这种修改或调试正好消弭了原文的“噪声”（即原文承载文学性的陌生化手段），最终未能实现“以常规对常规，以变异对变异”的诗学翻译原则。④ 就此而言，他顺应了当时绝大多数翻译家推崇的通顺观，即便他倡导直译，但这种直译并非以呈现佶屈聱牙、含糊晦涩的译文为取向，而是以顺应读者的审美趣味为诗学选择。如此，便不能苛责早年的张友松在诗学意识方面的欠缺了。

第三节　英汉对照：翻译文本重译中的诗学改进

民国时期的教育中，英文占了很重要的地位。“英文在今日的中国，有成为‘第二语言’的趋势，成为治学者所必需之工具，而英文之在学校

①张友松，《翻译研究》，载《青年界》，1937（1）：186~187。
②同上：109。
③王东风，《反思“通顺”——从诗学的角度再论“通顺”》，载《中国翻译》，2005（6）：10。
④同上：13。

课程中，占一仅次于国文的重要地位，是不能否认的一种事实。”[①]但是，课外读物的缺乏导致学生英语学习成效不高。有鉴于此，英汉对照读物出版曾有一个很兴盛的局面，各大出版商均有英汉对照丛书出版。[②]由此可见，“利益驱动构成了图书生产背后的主要意识形态”[③]，英汉对照读物是有利可图的畅销品，这也是张友松创办晨光书局时期的主要经济来源。“从语言教育学的观点来说，注释书对于学习外国语文，是有很大的帮助的。”[④]一时间，英汉对照读物“是学习外国语的必需的，虽非唯一的工具”[⑤]。英汉对照读物选材精当，原文较为浅显，译文以直译为主。[⑥]

---

①夏晋麟是在奚识之的英汉对照读物《撒克逊劫后英雄略》(1934)的《序言》中说出这番话的。他对奚识之的英文译注工作赞赏有加:“奚君的译注校阅英文学名著的这种工作，是值得鼓励，值得赞美的。各校学生得到了这些英汉对照的书籍，可以无师自通，揣摩研究，用以识英文学之迷津，入英文学之堂奥。这种工作，这种贡献，在全国各学校的英文教学上，将证实为一个绝大的帮助。”参见夏晋麟,《序言》,见《撒克逊劫后英雄略》,奚识之译注，上海：三民图书公司，1934。

②经考证，最早出版的英汉对照丛书是群益书店的“青年英文学丛书”(1910，文言译本，10本)。出书最多的是商务印书馆，计有“英汉合璧小说丛刊”(1918，文言译本，9本)、“英汉对照名家小说选”(1934，41本)，以及英语周刊社(商务印书馆主办)的“英语文库”(1940，28本)。其他较有代表性的还有：北新书局的“自修英文丛刊”(1930，11本)和“英文小丛书”(1930，25本)、三民图书公司的“标准英文文学读本”(1930，26本)、黎明书局的“英汉对照西洋文学名著译丛”(1930，10本)、开明书店的“开明英汉译注丛书”(1932，10本)、中华书局的“英汉对照文学丛书”(1933，19本)、正风出版社的“正风英汉对照丛书”(1948，12本)等。

③耿强,《重返经典：安德烈·勒菲弗尔翻译理论批评》，载《中国比较文学》，2017(1): 58。

④陈原,《题记》，见《丹娘》，陈原译注，上海：新知书店，1946：1。

⑤该引文出自联合编译社为孙用主编的“英汉对照文艺丛书”刊登的广告。后面的引文为:“‘英汉对照文艺丛书’就是应这需要而产生的。在这物力恐慌的限制之下，它仍愿贡献它的小小的力量，努力做到:(一)精选英美及世界名家的杰作;(二)译文以直译为主，并求对得住作者和读者。”参见佚名,《孙用主编英汉对照文艺丛书》，载《联合周报》，1944(13):4。

⑥张友松出版的《爱》的封底是这样总结的:“本丛书所选各书，原著均系文艺杰作，译笔又极忠实流利；每篇英汉对照，并附有详明之注释。为适合读者程度起见，分甲乙两级。凡爱好文艺，研究英语，学习翻译者，不可不备。”三民图书公司在《华英对照的意义——写给教师学生及自修者》一文中，对英汉对照读物的出版历史有过简略的回顾，并不是那种“纯粹是属于‘生意眼’性质”，英汉对照读物增加了学生学习英语的兴趣，也使学生加快进步、更加快乐。提到翻译时，出版者这样解释:“讲到翻译，真是谈何容易！普通都分为‘直译’和‘意译’两种，然而直译则译文易趋‘英语’化，意译又易失却本意，实在都不合翻译的理想标准；最合理想的译法，必须与原意完全不背，而译文又全像中国人所写的中文，才可以算得是上乘。”参见 Charles & Mary Lamb,《莎氏乐府本事》，奚识之译注，上海：三民图书公司，1941：1~2。《莎氏乐府本事》非常畅销，于1930年10月初版，1947年1月就已出至9版，1947年2月出新1版，1949年2月出至新6版。奚识之在三民图书公司的“华英对照标准英文文学读本”(Standard English Classics)丛书中，译注有《莎氏乐府本事》《天方夜谭》《鲁滨孙漂流记》《金银岛》《阿狄生文报捃华》《双城记》《泰西三十轶事》《泰西五十轶事》《英文古文观止》《高中英文名人文选》《约翰生行述》《撒克逊劫后英雄略》。

一、张友松的英汉对照读物出版说略

张友松非常热衷于出版英语教育方面的读物。他在北新书局编译英汉对照读物和初中英语读本，在《青年界》刊文教授英文和翻译，在陪都书店出版英语工具书和英语教材，还在自办的晨光书局出版英汉对照读物（“Chenkuang Bilingual Series”）和英语教材，这些足以证明他不仅仅是一名翻译家，同时也是一名英语教育专家。例如，后辈流沙河去拜访他，行弟子礼，说自己当年读的英语文法读本，就是张友松所编。[①]

张友松编译出版的英汉对照读物主要有：《欧美小说选》（北新书局，1930）、《诚实的贼》[②]（北新书局，1931）、《盗马贼》[③]（北新书局，1931）、《希奇的事情》[④]（北新书局，1931）、《野心客》（晨光书局，1943）、《二十六男和一女》（晨光书局，1943）、《爱》（晨光书局，1943）、《活动产》（晨光书局，1943）、《美国三伟人传》[⑤]（晨光书局，1947）、《英雄故事》[⑥]（与陈启明合译，大东书局，1948）。此外，他还编著《初中英语读本》[⑦]（共6册，北新书局，1936—1937）、《春潮活页英文选》[⑧]（春潮

---

①何永炎，《文人的贫困》，载《江淮日报》，2000-3-24。

②《诚实的贼》被收入“英文小丛书”，于1931年6月再版。1930年前后，翻译图书出版出现了一个小高潮，北新书局在“欧美名家小说丛刊”之外策划了这套丛书，同样是英汉对照排版，收书多达20余种。

③在《盗马贼》的《序言》中，张友松认为，契诃夫的这部作品用极其生动的笔法写成，正好与“灰色的人生”相对照。全篇最让他神往的是描写乐伴舞、风和云、雨和雪的场景。该书系英汉对照排版，因使用的底本和参照本都有错误，他对英文做了一番修改。

④《希奇的事情》内收《希奇的事情》和《两种神色》（石民译）。在作者简介中，张友松认为，《希奇的事情》充分展现了高尔斯华绥特有的那种轻飘、沉着的笔法，以及他因对世间一切愚蠢的鄙视与怜恤而发出的讥讽的情调。

⑤《美国三伟人传》（原作者为包尔温）内收《华盛顿传》《富兰克林传》《林肯传》。

⑥《英雄故事》（原作者为金斯莱）内收《伯修士》《德修士》。

⑦该丛书共有六册，多册多次重版，并于1947年在重庆再次结集出版，至1949年3月出完。该丛书根据修正课程标准新编而成，由教育部审定。书前有《序言》与《致教师》。该丛书选材广泛，参考了英国、美国、法国、日本及国内的相关教材；编排合理，用词精当，符合学生的兴趣和理解力；全六册可供初中六个学期使用。1936年9月1日，《申报》刊登北新书局《初中英语读本》第1册的广告，宣称该书竭力避免了以前教本中的所有缺点，“编者经验丰富，教学多年，故本书实为最理想的教本”。参见佚名，《初中教本》，载《申报》，1936-9-1。

⑧1931年3月28日，《申报》刊登广告“中学英文教材之大革新——《神州国光社活页英文选》”及《上海神州国光社为发行〈神州国光社活页英文选〉启事》，声明《春潮活页英文选》的版权和发行权已转让给神州国光社，亦改名为《神州国光社活页英文选》。该套活页英文选有六大优点：名家杰作搜罗丰富、文字程度深浅俱有、各篇独立长短任选、注解详明教学便利、校对精审绝少脱误、每篇零售选购随意。参见佚名，《中学英文教材之大革新——〈神州国光社活页英文选〉》，载《申报》，1931-3-28。

书局，1930）、《中学英语精选》[1]（晨光书局，1948），以及编订《英文最常用四千字表》[2]（重庆陪都书店，1948）等。

从时间上来看，张友松编译的英汉对照读物有两个明显的阶段，20世纪30年代早期和40年代早期。从出版机构来看，这些英汉对照读物主要由北新书局和晨光书局出版，春潮书局并未出版英汉对照读物（只有《春潮活页英文选》）。晨光书局时期，张友松出版了"晨光英汉对照丛书（甲级）"和"晨光英汉对照丛书（乙级）"。[3]张友松如此热衷于出版英汉对照读物，直到1990年，他还在致信好友符家钦，想在四川大学出版社出版一套英汉对照读物。[4]

张友松最初编译英汉对照读物的目的很简单："这种书的目的，主要的是使读者增进英文的文字能力，与普通的小说选集稍有不同。"[5]等到了晨光书局时期，他的出版目的变得更加宏大："鉴于一般有志研究英语者苦于无适当辅助读物，同时也因为我国学术界很需要培养一批认真从事的翻译工作者。"[6]他认为，总体而言，英汉对照读物利大于弊。

> 英汉对照的书，有人认为对于研究英文大有裨益，也有人认为害多利少，不应提倡。反对照书的人是主张直接学习语文的，他们说对

---

① 1948年3月，《中学英语精选》由重庆陪都书店再版，被列入"中学英语教本"；内收61篇英语短文，每篇附有"句法例解"和"注释"；书前有"编辑大意"。出版商将该书与张友松所著的《比较英文法》合题为"英语教材两大贡献"，并宣称《中学英语精选》"可作中学教材，可供自修之用"；《比较英文法》"澈底解决英文教学上的苦难"。该书系张友松积20年教学与编著之经验编写而成，解说简明扼要、透彻生动，且对中英文法进行了比较。

② 他编订的《英文最常用四千字表》（原作者为桑·戴克）由重庆陪都书店出版。张友松认为，中华书局（张士一改编，1923年6月初版，1948年4月第22版）和华西书局（华西书局编辑部译述，1948年初版）的两个版本，或无注释，或谬误极多，均不合用。该书系他依照华西书局的版本彻底校订而成，书前有《编订者弁言》。

③ 1943年11月，张友松译作《二十六男和一女》由晨光书局出版。该书后页刊布的"晨光英汉对照丛书"广告中，甲级排印中、由张友松译注的有《荒漠艳遇》（即《沙漠中的艳事》，原作者为巴尔扎克，未见出版）、《当代名著摺华》（未见出版）、《近代散文选粹》（未见出版）；乙级排印中、由张友松译注的有《林肯传》和《富兰克林传》。

④ 据未刊信件，1990年3月31日，在致符家钦信中，张友松嘱其将所撰关于自己生平事迹的文章尽量在国内发表，更能引人注意，并询问他在四川大学有无熟人，想在该校出版社出一套英汉对照丛书。"这里的四川大学里，你有无熟人？我想与该校出版社联系，争取出一套对照丛书。"

⑤ 张友松，《欧美小说选》，上海：北新书局，1930：1。

⑥ 晨光书局编辑部，《致读者》，见《爱》，张友松译注，重庆：晨光书局，1943：2。

照读书不能帮助读者养成直接用英语思维的习惯，并且容易使读者依赖译文，不肯自行钻研。这种说法未尝不是正确的。然而理论毕竟只是理论，事实上，我国一般有志研究英语的人处境却是非常困难，很需要英汉对照读物的帮助。有许多人苦于无人指导——连在校青年都不免因教师太忙，有了疑问无从解决——目前连一本合用的字典都没有的人多得很。这些人应该怎么办呢？①

张友松编译英汉对照读物的目标读者是自学者，为英语爱好者群体提供合适的教材和指导。面对读者的疑惑，他认为，关键在于“如何读”，因此他提供了具体的指导方法，一共分六步。②可以说，张友松从事此类出版的着眼点在于为英语自学者或者翻译自学者提供较好的学习教材，提高青年学子的英语能力和翻译能力。如同他在《美国三伟人传》封底所说：“对照本不但可以使你更加透澈地了解原文，澈底解决任何疑难，还可以帮助你学习翻译。”③直到晚年，提到如何自学翻译时，他还给出了多读英汉对照读物的建议：

单独自学的人，可以找一些通俗的英汉对照读物，先不看译文，细读原文，经过反复思考，然后进行试译，自己修改，感到满意时，再将译文与对照本的译文逐字逐句对比。自学者既要虚心学习别人的长处，也要有独创精神，勤学苦练，这样自学翻译是容易很快见效的。④

张友松的这些英语学习和翻译练习的经验之谈，来自他长期从事的编辑、翻译、出版文学作品、教授英语学习的实践活动。总结起来，他编译

①晨光书局编辑部，《致读者》，见《爱》，张友松译注，重庆：晨光书局，1943：1。

②这六步是：（1）先读英文，力求自行了解。凡有字典可查者，应尽量先向字典请教，因为翻字典是研究语文很重要的一步功夫。至少要这样把英文看过一两段之后，才可以对照译文来看。（2）中英文的句法不同的地方很多；对照的书只能帮助你了解英文的词意，而英文的用字法和句子结构等文法与修辞上的问题，还要你自己去研究。（3）全篇读完之后，如果自信完全读懂了，就要再把译文搁下，细心熟读英文。第一遍可专注在字和成语的用法，以及句与段的组织上下功夫；把这些弄明白了之后，随便你再读多少遍都可以——这时可以注重于欣赏作品的内容和技巧方面的一切妙处了。（4）如果要练习翻译，最好在未看书中译文之先，自行翻译，再拿来和书中译文比较一下，以资观摩。（5）依上述步骤将全篇读过之后，过些时日，应该再把英文拿来细读，这时非万不得已，切勿再看中文和注解。（6）再过几天，不妨另做一种研究功夫——一边看中文，一边试将一些重要的字和句子译成英文，再看是否与书中英文符合。不过，下这番功夫并不是必需的，其功效有时还不如把英文多读几遍。参见晨光书局编辑部，《致读者》，见《爱》，张友松译注，重庆：晨光书局，1943：1~2。

③J. Baldwin，《美国三伟人传》，张友松注，重庆：晨光书局，1947：封底。

④张友松，《自学翻译点滴》，载《自学》，1984（10）：28。

的英汉读物有如下三大特点：

第一，选材经典。他的英文选材非常具有文学性。最早推出的《欧美小说选》所选九篇作品都是一流作家的代表作。这些作家有契诃夫、陀思妥耶夫斯基、斯特林堡、巴尔扎克、巴里、爱伦·坡、霍桑、高尔基。他选译出版最多的还是俄国经典作家契诃夫的作品。他称："以文学的价值而论，篇篇都是无可置疑的上等作品。"①

第二，语言准确。在英汉对照版本中，他的译文追求意义上的准确。尽管他的译文仍然是以通顺、流利为特色，追求可读性，但是也会根据英汉对照读物的排布特点而有所改变，更加注重意义上的"恰合"，"译文因为是与英文对照，有些地方译者宁肯稍稍牺牲词句的流利，去迁就意义的恰合；间有一二例外，亦经特别注明，以免读者所有 [有所] 误会"②。

第三，译注细致。他的注解偏重习语和短语。为了便于学习者在写作中正确使用，即便是常见的习语和短语，他同样校注清楚，读者"务须细心研究它们与其各自的上下文之间的关连，及其所属的全句之结构"③。如同北新书局为《欧美小说选》所推出的广告所言："专家译注，译注务求精确详尽，一目了然"；"解释详明，注重熟语成句，打破文字困难"④。最后译注出版的注释更是详尽，其中《富兰克林传》有 361 条注释，《林肯传》有 359 条注释。

二、张友松英译《凡卡》版本对照与诗学分析

张友松曾两次翻译出版《凡卡》：第一个版本为《决斗》（卷上）中的第二篇；第二个版本为《爱》中的第二篇。他钟爱翻译契诃夫，《凡卡》更是他最喜欢的一个短篇。

> 契诃夫的小说我最初读的是一本英文俄国小说选译里的 Vanka 一篇。这小小的一篇东西，四五页罢了，但是他所隐含的人生的悲剧使我们发生一种多么凄切的感觉啊！我读了这篇之后，便读了他许多的小说，愈读愈想多读。读之不足，便抽了点闲空译出这部集子，希望与大家共赏。至于译笔之滞涩，无暇顾及了。
>
> ……

① 张友松，《欧美小说选》，上海：北新书局，1930：1。
② 同上：2。
③ 同上：3。
④ 佚名，《北平北新书局非常大廉价》，载《益世报》，1930-11-3。

> 其中《凡卡》一篇是曾经有人译了发表过不止一次的，我因为十分喜欢它，便再把它译出，收在这个集子里。这篇是根据 T. Seltzer 编的《俄国短篇小说集》译的。[①]

《凡卡》英译本给张友松带来了独特的阅读感受，并引导他阅读更多的契诃夫小说，继而开始翻译、出版契诃夫的译文集，对他有极其重要的意义。《凡卡》虽然于 1926 年 5 月之前就已经被张友松译出，但是未被收入 1927 年 4 月初版的《契诃夫短篇小说集（卷上）》，直到 1929 年 4 月，才被收入《决斗》中出版，同年 7 月再版。1943 年 11 月，《凡卡》被收入《爱》中出版，并于 1944 年 1 月再版。

在《爱》的原作者介绍中，张友松再次提及契诃夫小说的特色[②]：

> 契诃夫的作品具有幽默的笔调，却充满着暗淡的气雾，使人读了哭笑不得。他的题材多半是些日常琐事，读者每每可以从他的作品中照出自己的形影来。契诃夫的作品反映出黎明前的俄国一般社会生活之灰暗，在其他国度里也引起了无数读者心弦的共鸣。读多了契诃夫的作品，容易使人悲观消极，这是不能不向本书读者交代一声的。[③]

张友松在晨光书局出版英汉对照读物时，比较有精品意识。“在选材，译注，编排，校对，印刷各方面，我们都很费了一番心血。和坊间一般的英汉对照书比较起来，我们的书是否不致太见笑，那就只有请大家评判了。”[④]他创办的晨光书局出书较少[⑤]，他翻译、校注出版的英汉对照读物

①张友松，《译者的序》，见《契诃夫短篇小说集（卷上）》，上海：北新书局，1927：2~3。

②在《三年》的《译者序言》中，张友松首次提到了契诃夫作品的特色是“琐碎”“灰色”，未涉及翻译问题。“也许有人嫌契诃夫的作品太琐碎，也许有人嫌契诃夫的作品太灰色。但是这些读者却忘记了人生本身是如何的琐碎，忘记了人生本身是如何的灰色。我们要知道契诃夫的作品简直就是人生本身。正是要从其中的琐碎处才能看出人生的微妙处来。大多数的作家不如契诃夫的地方正因其‘不能’琐碎，换言之，就是因为他们不能将人生的微妙处体察出来，表现出来。至于谈到灰色呢，不应该灰色的地方契诃夫决不会以一个悲观主义者的态度勉强加上灰色。”参见张友松，《译者序言》，见《三年》，上海：北新书局，1926：1~2。

③契诃夫，《爱》，张友松译注，重庆：晨光书局，1943：3。

④晨光书局编辑部，《致读者》，见《爱》，张友松译注，重庆：晨光书局，1943：2。

⑤1943 年，张友松在重庆创办晨光书局，所在地为民生路 181 号。晨光书局出版过一些英汉对照的小册子和《晨光歌选》《唱游教材》《晨光幼稚读本》《蚕儿苦斗记》《黑少年与白仙女》等。他的本意是要汲取开办春潮书局的失败经验，但是依然犯了同样的毛病。他邀请各色人等当发起人和赞助人，出版方针只得迁就事实。苦干五年，只出了几种内容没有毒素、技术上相当认真的小册子。参见张友松，《我的回顾与前瞻》，载《人物杂志》，1949（2）：46。

(《野心客》《二十六男和一女》《爱》《凡卡》《活动产》) 虽是再版，但也都经过了细心校对。这些早期译作由晨光书局再版，主要被收入“晨光英汉对照丛书”。该丛书系他一力主持的小型丛书，虽然他雄心勃勃，出版计划周详，但是最终的出书情况并不尽如人意。

张友松比较喜爱《凡卡》，用功、用心较多。对照他所译《凡卡》的两个版本，以及英文译文和其他译者的版本（比如汝龙译文[①]和教材版译文，[②]均译自俄文），仔细检视他的修改、订正之处，我们可以发现他在重译中所秉承的翻译观念、采取的翻译策略和方法、遵循的翻译规范和诗学理念。下文将从三个层面来分析其译文，涉及词汇、句子等的改译。

（一）词汇层面的改译分析

张友松在 1943 年的译本中，对 1929 年的译本进行了非常多且非常细致的修订，有字词的调整、替换、改译等，也有句子的切分、合并、句序调整、改译等；既有删节，也有增译，还有勘误等。词汇层面的改译主要有人名改译、普通名词改译及词汇替换（“拿—拏”“的—地”和量词）。

1. 人名改译

在前文收集的 60 个《凡卡》版本中，主人公的人名译法多样。其中，“Vanka”的译名有 29 种，“Zhukov”（塞尔泽与加奈特的译名相同）的译名省去不译的较多，译出者也少有相同，译名有“萨克夫”“助可夫”“早可夫”“却喀甫”“徐克夫”“石可夫”“咀可夫”“苏可夫”“捷克夫”“热可夫”“秋可夫”“查柯夫”“诺克夫”“卓可夫”“石可甫”“石科夫”“捷呵夫”“纠可夫”“契可甫”“左可夫”“茹可夫”“儒科夫”“沙克夫”“约可夫”“查可夫”“兹休考夫”“齐可夫”“朱考夫”“史可福”“朱可夫”等。由此可见，音译混乱。从俄文（Жуко）音译则是“茹科夫”。仔细考辨最后一个音节“kov”，众多译者的选择则相当接近，大多是“可夫”“克夫”等。张友松的音译也不例外，他将“柯乌”改译成相对通行的“可夫”，更加凸显俄国人姓名中的音译特征。

---

①汝龙是翻译契诃夫的大家。汝译《万卡》有很多版本（《孩子们》，1957;《文学作品选读 外国短篇小说》下册，1978;《恐怖集》，1982;《契诃夫文集》第 5 卷，1985），本研究选用了 1985 年译本进行比较。

②该译本选自 1955 年的初中课本，是集体执笔的译作，是“编者根据苏联小学‘阅读课本’译的”。参见契诃夫，《凡卡》，见《初级中学课本 文学 第一册》，北京：人民教育出版社，1955：77。首版以来，一直作为中小学教材沿用至今（有细微修改）。

表 2-2　人名改译统计

序号	塞尔泽英译	《凡卡》(1929)	《凡卡》(1943)
1	Vanka Zhukov	凡卡助柯乌	凡卡·助可夫
2	Ivan Zhukov	伊凡助柯乌	伊凡·助可夫
3	Konstantin Makarych	康士坦丁马克里支	康士坦丁·马克里支
4	Olga Ignatyevna	阿里加伊格纳	阿里加·伊格纳

1929 年的版本是通过下画线来区分人名“凡卡助柯乌”的。这也是当时的通用方式。1943 年的版本除使用下画线之外，还加入间隔号，如“凡卡·助柯乌”。张友松这是为了遵循出版业新的外国人名标记方法，并对全书的译名进行了修订。

2. 普通名词改译

《凡卡》这篇小说讲的是圣诞节前夜发生的故事，首版刊登于 1886 年 12 月 25 日《彼得堡报》的“圣诞节故事”专栏。因此，圣诞节词汇是这个短篇小说中的一大特色，起到了营构圣诞节氛围的作用。张友松的译文基本上都传译了这些词汇：“圣诞节前夜”（Christmas Eve）、“赶早到教堂作礼拜”（an early church-service）、“圣象”（icon）、“上帝”（God）、“银河”（the Milky Way）[①]、“老天爷”（Heaven）、“星灯”（a star）、“教堂的诗歌所”（the choir）、“圣诞树”（the Christmas tree）、“耶稣”（Christ）。其中，“教堂的诗歌所”增译了定语“教堂的”。

表 2-3　名词改译统计

序号	塞尔泽英译	《凡卡》(1929)	《凡卡》(1943)	备注
1	high-felt boots	后毡靴	厚毡靴	1943 年版译文注释：厚毡靴
2	a star	星旗	星灯	1943 年版译文注释：拿着星状的灯笼
3	a sheat-fish	鲶鱼	鲭鱼	
4	mouth-organ	芦笛	口笛	1943 年版译文注释：口笛；口琴
5	shirt-sleeves	里衫	背心	

①在我国近代翻译史上，有一桩“牛奶路”翻译公案。1931 年 12 月 10 日，鲁迅在《风马牛》（署名“长庚”，刊于《北斗》第 1 卷第 4 期）中痛批赵景深于《樊凯》中将“the milky way”译成“牛奶路”一事。自此之后，赵译“牛奶路”成为翻译史上的笑料。可实情是，赵景深两次翻译《樊凯》，采用了两种不同的英译本（塞尔泽译本和加奈特译本）。赵景深 1927 年的原始译文为“牛乳路”，而非“牛奶路”，于 1929 年将其改译为“天河”。可以说，从译文字面上看，这是一个以讹传讹、错位的批评。

表 2–3 中的“a star”指的是一种星星形状的灯。圣诞节时，俄罗斯乡下的小孩会举着星形灯四处敲门唱歌，主人会打赏糖果之类的礼物。张友松将它译为“星旗”显然是译错了。至 1943 年的版本中，他的译文已经改正过来，并且加上了注释“拿着星状的灯笼”[①]。

“a sheat-fish”的改译有误。“a sheat-fish”本义是“鲶鱼”，张友松错误地将其改译为“鲭鱼”。这个词所在的句子为“那里面有一只钩子足可以钓上一只一磅重的鲭鱼”[②]。经考订，鲭鱼（拉丁学名为 Scomber）生活在海洋里，不是淡水鱼，凡卡生活的乡下只有鲶鱼可以钓。

“mouth-organ”的原译和改译都有误。首先，塞尔泽的译文“mouth-organ”（口琴、口风琴）不准确，经核实，从俄文直接译出的教材版译文“小风琴”[③]，汝龙版译文为“手风琴”[④]。加奈特也将其译为“concertina”（手风琴）。张友松将“芦笛”改译为“口笛”，并添加注释“口笛；口琴”。但是，显然，“口笛”和“口琴”是两种完全不同的乐器。俄罗斯常见的乐器是“口琴”，而非“口笛”。张友松此处列举的这两种乐器的相同之处在于“口”字，即中文“口”字与英文“mouth”对应。芦笛指旧时北方人称芦叶卷起的乐器，为中国传统民间乐器。此处，他的改译显然是为了英汉对照（尤其是对应“mouth”一词），因为他在正文中并没有选用更为准确的“口琴”，而是用了一个有中国特色的“口笛”，显然，他并不是为了传递文化意象，而是为了追求字面上的部分对等。

“shirt-sleeves”的改译也不正确。原文的句义是：凡卡着急寄信，出门的时候“羊皮外套”（sheep-skin coat）都来不及穿上，只穿了“衬衫”就跑出门了。“里衫”更能够传达原文语义，但是张友松将其改译成“背心”，就不是“衬衫”的意思了。张友松的改译更加突出了凡卡的急切，描绘了一幅非常生动的景象：大冬天的晚上，一个着“背心”出门的小男孩，拿着信，迫切地飞奔向邮筒。

3. 替换词

在这些改译中，张友松又系统性地替换“拿”字，将其替换成“拏”字。替换的具体原因不可考，但是替换得并不彻底。

---

① 契诃夫，《凡卡》，见《爱》，张友松译注，重庆：晨光书局，1943：33。
② 同上。
③ 契诃夫，《凡卡》，见《初级中学课本 文学 第一册》，北京：人民教育出版社，1955：82。
④ 契诃夫，《凡卡》，见《契诃夫文集（第五卷）》，汝龙译，上海：上海译文出版社，1985：447。

表 2-4 “拿”字替换成“拏”字统计

序号	塞尔泽英译	《凡卡》(1929)	《凡卡》(1943)	备注
1	tapping with his cudgel	拿他的棍子	拏他的棍子	
2	holding out his snuff-box	把他的鼻烟盒子拿出来	把他的鼻烟盒子拏出来	
3	gives his snuff to the dogs	拿点鼻烟给那两只狗	拏点鼻烟给那两只狗	
4	rubbed over with snow	拿雪擦过一般	拏雪擦过的一般	
5	belaboured with a shoe-maker's stirrup	拿鞋匠用的夹子把我使劲打了一顿	拏鞋匠用的夹子把我使劲打了一顿	
6	took the herring	拿起这条青鱼	拏起这条青鱼	
7	beats me with whatever is handy	顺手拿到什么就用什么打我	顺手拏到什么就用什么打我	
8	rubbed his eyes with his dirty fist	拿他那脏污的拳头擦了擦眼睛	拏他那脏污的拳头擦了擦眼睛	
9	with a star	拿着星旗	拏着星灯	
10	take a golden walnut	拿一只金黄的核桃	拏只金黄的核桃	
11	hit me on the head with a last	拿一只鞋模正打在我的头上	拏一只鞋模正打在我的头上	
12	dipped the pen into the ink	拿笔蘸上一点墨水	拿笔蘸上一点墨水	未修改

检视 1943 年版全文，张友松在译文中将 11 处“拿”字统一改译成“拏”字，但是有一处遗漏（“拿笔蘸上一点墨水”）。他的这种统一修改只涉及两个词：“拿”（改成“拏”）和“的”（改成“地”）。其中，动词只涉及“拿”。这种修改有点难以解释清楚，因为动词“拿”本身是一个常用词，“拏”字反而不是常用词。在注释部分，替换多有遗漏之处。张友松在文下脚注部分，有三处涉及“拿”字的注释并没有像正文那样修改，计有：“off with”（19. 拿开；弄掉；摆脱）、“whatever is handy.”（27. 任何顺手拿到的东西）、“with a star”（37. 拿着星状的灯笼）。由此可见，“拿”字改成“拏”并无必要，此种更改理由不得而知。

汉语受西洋语法的影响，“的”和“地”有明确的分工，这和“他”

字分化成三性一致。[①]1929 年版的《凡卡》译本并没有区分结构助词“的”字是联结定语还是状语。但到了 1943 年的版本中，张友松不得不做出修改，以适应新的书写规范。

表 2-5 “的”字替换成“地”字统计

序号	塞尔泽英译	《凡卡》(1929)	《凡卡》(1943)	备注
1	looked furtively at the door and at the window	偷偷的向门窗都望了一望	偷偷地向门窗都望了望	
2	and heaved a heart-rending sigh	怪伤心的叹了一口气	怪伤心地叹了一口气	
3	breaks into loud laughter	大声的发笑	大声发笑	省略“的”
4	deferentially refuses to sniff	怪恭谨的不肯闻	恭谨地不肯闻	
5	pray to God for ever and ever	永远的向上帝祈祷	永远向上帝祈祷	省略“的”
6	and sobbed	呜咽的哭了	呜咽地哭了	
7	flog me like the grey goat	像抽那只灰色山羊似的抽我	像那只灰色山羊似地抽我	
8	come round	四处的跑	四处跑	省略“的”
9	sighed convulsively	浑身发颤的叹了一口气	浑身发颤地叹了一声	1943 年版书中将其勘误为“声”
10	the frost crackled	地上的冰冻嘎嘎的响	地上的冰冻嘎嘎地响	
11	his grandfather crackled	他的祖父也嘎嘎的咳嗽	他的祖父也嘎嘎地咳嗽	
12	took a long pinch of snuff	尽兴的闻一撮鼻烟	尽兴地闻一撮鼻烟	
13	cry all the time	整日的只是哭	整日里只是哭	改“的”为“里”

张友松将结构助词“的”字改成“地”字，这是将形容词后缀“的”和副词后缀“地”区分开来。这种修改是因为要遵循新的语法规范，将“的”

① 王力，《汉语史稿》，北京：中华书局，2013：316。

的用法规范化。在这 13 个例子中，张友松还有其他处理方式，有三处（“大声”“永远”“四处”）省略了“的”，还有一处将“的”改为“里”，即把“整日的”改译成了明确表示时间状语的“整日里”。

量词的使用同样具有很强的时代性。张友松的数量词改译是语言变化与发展的一个缩影。

表 2-6　量词改译统计

序号	塞尔泽英译	《凡卡》（1929）	《凡卡》（1943）	备注
1	a crumpled sheet of paper	一块折皱的纸	一张折皱的纸	
2	the sheet of paper	那一块纸	那一张纸	
3	the most inquisitorial maliciousness	一种窥伺人家最厉害的恶意	非常厉害的窥伺的恶意	省略数量词
4	streaks of smoke	一线线的烟	缕缕的烟	省略数词
5	a shop window	铺子的窗户里	一个铺子的窗户里	增加数量词
6	sighed convulsively	浑身发颤的叹了一口气	浑身发颤地叹了一声	1943 年版书后勘误为“声”
7	smoked his pipe	先抽一回烟	先抽一会烟	

从这两种译文，我们可以看到量词使用的变化，如他将“一块纸”改译成“一张纸”，“一线线的烟”改译成“缕缕的烟”，“先抽一回烟”改译成“先抽一会烟”。这些例子中，“streaks of smoke”的改译更加准确，现在也常用“缕缕炊烟”形容烟囱里冒出的烟，因此“缕缕的烟”比“一线线的烟”更加适合语言的使用规范。“streaks”本身是指条状的痕迹或者线条，从破格的角度而言，“一线线的烟”在视觉形象上更加突兀，与常见的描述差别较大。“sighed”（叹了一口气）改译为“叹了一声”，后者用词少，语密度提高了，也更加书面语化。至于数量词上的增（“一个”）减（“一种”）变化，张友松改译“一个铺子的窗户里”时，突出了“某一个”的概念，与前文“有一次我看见”及原文的冠词“a”相对应。他删除了“一种窥伺人家最厉害的恶意”中的“一种”，这主要是根据句意，将表述别扭的译文理顺。

上述这些小词的改译，展现了张友松打磨译文的细致程度。我们从中也能看出译文的某些时代变化、新的用词规范，这展现了不同历史时期的语言特点。总的看来，1929 年的版本显得生硬，有些直译的处理显得突兀。经过精心改译，1943 年的译文在形式上显得更加紧凑、语义上更加准确。

（二）句子层面的改译分析

在 1943 年的译本中，句子调整较多。粗略地讲，他在句子层面的改译有两种形式：一是句子拆分；二是句子精简。

表 2-7 句子改译举例

序号	举例
1	… his grandfather, Konstantin Makarych, who was night-watchman at Messrs. Zhivarev.
	他的祖父康士坦丁马克里皮是齐华列夫店里看夜的更夫。
	他的祖父康士坦丁·马克里皮，齐华列夫店里守夜的更夫。
2	Dear Grandpa, for Heaven's sake, take me away from here,
	亲爱的祖父呀，你看老天的面子把我接走，
	亲爱的祖父呀，你看老天的面子，把我接走，
3	Suddenly a hare springing from somewhere would dart over the snowdrift...
	忽地里一只野兔不知从那里跳了出来在雪堆上飞跑过去……
	忽地里一只野兔不知从那里逃出来，在雪堆里飞跑过去……

第 1 句与其他两个句子的拆分并不相同。原文是一个同位语和定语从句，译文“他的祖父康士坦丁马克里皮是齐华列夫店里看夜的更夫”，则变成了一个判断句，展示了一种说明关系。拆分改译后的句子省略了系词“是”，变成了一种并列关系，更加简洁明了。第 2 句的拆分是为了跟语境的节奏相符，因为后文紧接着一连串的乞求：“接回我们的村里吧，这种苦我实在再也受不下去了……我给你磕头，并且永远向上帝祈祷，你把我接走吧，不然我真活不成了……”[①] 在这种情境下，短句更适合表达一种焦急的心情。第 3 句原文为长句，译文变成两个短句，能够更加凸显那只突然出现的野兔的奔逃情形。

除了拆分长句之外，张友松的改译特色还体现在通过精简句子成分，使译文行文更加紧凑上。

① 契诃夫，《凡卡》，见《爱》，张友松译注，重庆：晨光书局，1943：31。

表 2-8　句子精简举例

序号	举例
1	[Nine-year-old Vanka Zhukov, ...] did not go to bed on Christmas Eve.
	圣诞节的前一夜他没有上床睡觉。
	圣诞节前夜他没有睡觉。
2	Kashtanka sneezes, twitches her nose, and walks away offended.
	卡施坦加闻了打几个喷嚏，扭一扭她的鼻子，生了气走开。
	卡施坦加闻了打几个喷嚏，扭一扭鼻子生着气走开了。
3	Off with it, it will freeze to your nose!
	快弄掉，不然就要在你们鼻子里冻起冰来了！
	快弄掉，不然就要在你们鼻子里冻住了！
4	it is a dark night, but the whole village...
	这晚上虽没有月亮，但是村庄的全部……
	虽然是个黑暗的夜晚，整个村庄……
5	I wanted to run away to our village, but I have no boots, and I was afraid of the frost...
	我打算逃回我们的村里，可是我又没有靴子，我怕那苦冷的霜冻……
	我打算逃回我们的村里，可是我又没有靴子，我害怕霜冻……
6	Vanka sighed convulsively...
	凡卡写到这里，浑身发颤地叹了一口气……
	凡卡浑身发颤地叹了一声……
7	Viun walking round the stove wagging his tail.
	维安摇着他的尾巴围了火炉走着。
	维安摇着尾巴围着火炉在走。

仔细检视这七个改译句子，有些是精简了直译的内容，如他将“圣诞节的前一夜”改译成“圣诞节前夜”，“没有上床睡觉”改译成“没有睡觉”，“她的鼻子”改译成“鼻子”，“冻起冰来”改译成“冻住”，“但是村庄的全部”改译成“整个村庄”，“他的尾巴”改译成“尾巴”。有些是删除了增译的内容，如他将“我怕那苦冷的霜冻”改译成“我害怕霜冻”，“凡卡写到这里，”改译成“凡卡”。这些改译体现了张友松非常细致的精炼语言的功夫，这也是他的文字可以成为教材，供翻译自学者模仿练习的原因所在。

（三）其他形式的改译

为了改进原来的译文，张友松不只有前文提到的改译手段，还有一些其他处理方式。比如增译：他将“我摇他那小仔的摇床的时候”增译为“我摇他那小仔睡着的摇床的时候”，“谁也不敢欺你”增译为“谁也不敢欺侮你”，“铺子的窗户里”增译为“一个铺子的窗户里”，“亲爱的祖父，来啊！”增译为“亲爱的祖父，千万要来啊。”他还有文字上的改译，如将“铺子里的人”改译为“铺子里的伙计”，“在信封上写了下面这些字”改译为“写下了收信人的姓名地址”。此外，他还有勘误，如将“我就要去摇它的摇床”改正为“我就要去摇他的摇床”，“他一直写完，没有惊动他”改正为“他一直写完，没有人惊动”。

经对照英语原文与两个译本（1929 年版和 1943 年版），张友松的译文整体上追求直译，但是译本具有很强的时代性，社会语言规范和翻译家对直译的理解也在不停地变化。他早期的译本直译有显生硬的地方，至于修订后的译文，尽管同样是直译，但文本较为流畅，可读性强。精细的改译体现了他早期较为成熟的诗学观。

张友松热衷于出版英汉对照读物，除了出版社的推动外，这也是他本人从事英语教学和翻译教学的途径之一。民国英汉对照读物的流行同国人学习英语的热情密不可分，“即国人对于英语学习的兴趣已逐渐增高，但由于对原文的理解力还感到不够，所以非藉助于‘英汉对照’不可”[①]。英汉对照读物往往以丛书的形式出版，有特别的读者群体；篇幅中等，注释较多。英汉对照读物是一个英语学习和翻译学习的载体，注译者需要充分考虑可读、易学等特点。张友松的翻译目的是让学习者能够从英汉两种语言的对比中，学会英语和英汉互译。他首先考虑翻译选材的经典性、文学性、趣味性、可读性等，具有名家名作名译的特色。其次，关于补充读物之类似教材的规范性，他还考虑了语言的简洁性，既涉及英语的简洁性，也涉及汉语的简洁性。最后，改译时，他展现了更为通透浑圆的直译观，对文字和句法的锤炼更加细致，甚至宁肯稍稍牺牲词句的流利，而去迁就原意的恰合。

① 梅鼎樑，《评〈新中国〉两种英汉对照本》，载《现代英语》，1945（3）：26。

第三章

《愤怒的葡萄——美国的大地》译本中的诗学改写

《愤怒的葡萄——美国的大地》这个译本在张友松的翻译生涯中比较特殊，他曾经两次校译该书。该书第一版译作由胡仲持于1941年翻译出版，删节较多。第二版由张友松补译、校订，于1959年出版。1968年，胡仲持过世。第三版由张友松再次校订，于1982年出版。在这两次校译中，张友松对该书的诗学改写非常有特色。通过解析这两次校译过程，我们可以深入领会他的诗学识别能力、诗学观、翻译策略、翻译方法等。

第一节 《愤怒的葡萄——美国的大地》的版本与校订述略

胡仲持是著名翻译家，译有大量著作。[①]他翻译了约翰·斯坦贝克

①胡仲持（1900—1968），字学志，笔名仲持、宜闲等。胡仲持翻译出版的著作有:《忧愁夫人》（原作者苏台尔曼，商务印书馆，1924）、《结婚的爱》（原作者司托泼夫人，朴社，1924）、《世界性的风俗谭》（胡仲持辑译，光华书店，1926）、《藤十郎的恋》（原作者菊池宽，现代书局，1929）、《手与心》（原作者恩盖尔夫人等，现代书局，1929；后更名为《错投了胎》再版，上海文艺书局，1937）、《西藏故事集》（原作者薛尔登，开明书店，1930）、《世界文学史话》（原作者玛西，开明书店，1931）、《大地》（原作者赛珍珠，开明书店，1933）、《南极探险记》（原作者裴特，开明书店，1934）、《人类之家》（原作者哈定罕，开明书店，1937）、《尼赫鲁自传》（原作者尼赫鲁，合译，青年协会书局，1937）、《英文法通论》（原作者耶斯剖生，珠林书店，1938）、《西行漫记》（原作者斯诺，合译，复社，1938）、《续西行漫记》（原作者韦尔斯，合译，复社，1939）、《忆列宁》（原作者蔡特金，珠林书店，1939）、《使德辱命记》（原作者汉德森爵士，合译，国华编译出版社，1940）、《社会主义底理论和实践 社会运动篇》（原作者斯脱拉奇，新知书店，1940）、《愤怒的葡萄——美国的大地》（原作者斯坦恩培克，大时代书局，1942）、《秋夜》（原作者高尔基，文艺出版社，1942）、《森林里的悲喜剧》（原作者萨尔丹，大时代书局，1942）、《文人岛》（原作者莫洛怀，科学书店，1942）、《一个人需要多少土地》（原作者托尔斯泰，文苑出版社，

（John Steinbeck）[①]的三部中长篇小说（《月亮下去了》《愤怒的葡萄——美国的大地》《馒头坪》[②]）。斯坦贝克的译作在中国很受欢迎[③]，《愤怒的葡萄——美国的大地》"奠定了作者在中国一般读者心脑中的地位"[④]。民国时期，斯坦贝克的主要作品都有译本出版：《月亮下去了》[⑤]（*The Moon Is Down*，1942；刘尊棋[⑥]，1942；秦戈船[⑦]，1943；马耳[⑧]，1943；胡仲持，1943；赵家璧[⑨]，1943）、《怒火之花》（*The Grapes of Wrath*，1939；聂淼，1941；胡仲持，1941）、《人鼠之间》（*Of Mice and Men*，1937；秦似，1942；楼风，1943）、《相持》（*In Dubious Battle*，1936；董秋斯，1946）、《被遗弃的人》（*Tortilla Flat*，1935；罗塞，1946）、《红马驹》（*The Red Pony*，1937；董

（续前页）1943）、《中国见闻杂记》（原作者穆漠，胡仲持注释，开明书店，1943）、《月亮下去了》（原作者斯坦恩倍克，开明书店，1943）、《森林里的悲喜剧》（原作者萨尔丹，大时代书局，1943）、《苏联印象记》（原名《俄罗斯母亲》，原作者兴笃斯，合译，文化供应社，1944）、《约翰熊的耳朵》（原作者斯坦恩培克，文苑出版社，1944）、《文学鉴赏论》（原作者普列查特，文化供应社，1946）、《新地理学大纲》（原作者斯丹普，华美图书公司，1947）、《新数学大纲》（原作者赖亥斯，华美图书公司，1947）、《我叫阿拉谟》（原作者萨洛扬，思园书屋，1947）、《白痴》（原作者陀思退夫斯基，与高滔合译，文光书店，1948）、《女性和童话》（原作者歌德，智源书局，1949）、《不列颠的帝国危机》（原作者杜德，与蒲寿昌、艾纳合译，世界知识出版社，1951）、《自然论》（原作者爱默孙，商务印书馆，2000）等。

①美国著名作家，1962 年获诺贝尔文学奖。

②即《煎饼坪》（*Tortilla Flat*），是斯坦贝克第一部大获成功的长篇小说，胡仲持的译文连载于《当代文艺》1944 年第 1 卷第 1 至第 4 期，但未连载完。

③"史坦具[贝]克 John Steinbeck 是美国当代的名小说家，他的作品在中国也很流行，如《人鼠之间》《愤怒的果实》等小说，在中文都已有翻译，而这部《月亮下落》且有好几种译本，可见他在我们的文坛上已经是一个熟悉的人物了。"参见萧亚，《三部战争小说》，载《世界文学》，1943（2）：76。

④原文为："史坦别克在我国的地位，虽不及威尔斯、萧伯纳、高斯华绥、汉明威，但是也不是完全可以忽视的。《怒火之花》自从搬上银幕，史坦别克的名字就同我们发生若干联想的关系。以后不久，在翻译新小说热的时候，《怒火之花》也同《飘》、《蝴蝶梦》（这部译作！）、《战地钟声》置列在香港、上海的书铺内，奠定了作者在中国一般读者心脑中的地位。最近一家杂志上在分期登载他的《人鼠之间》，更显示出我国编者著者对他的注意。"参见徐诚斌，《〈月落〉书评》，载《时代生活》，1943（2）：44。

⑤蟾子将其第三部分改编为剧本，于《平剧旬刊》1943 年 12 月第 2 卷第 11 期开始连载。1945 年 8 月，古夫改编、赵真卿校对的四幕话剧《月亮下去了》由福州林炎藩印务局印刷出版，系自刊本。

⑥译作名为《月落》，于 1942 年 12 月 22 日至 1943 年 1 月 28 日，分 31 期陆续连载于《中央日报·扫荡报》；1943 年 4 月，由中外出版社出版单行本。

⑦即钱歌川。译作名为《月落乌啼霜满天》，先是连载于《新中华》1943 年复 1 至 7 期；1943 年 8 月，由中华书局出版单行本。

⑧即叶君健。译作名为《月亮下落》（中篇小说），载于《时与潮文艺》1943 年创刊号。该译本属于节译。

⑨1943 年 4 月，由桂林良友复兴图书馆印刷公司出版。

秋斯，1948）、《苏联行》（*A Russian Journal*，1948；贾开基、蒋学模，1948）、《前进的客车》（*The Wayward Bus*，1947；禾金，1948）；此外，还有麦耶翻译的中篇小说《珍珠》（*The Pearl*，1947）连载于《宇宙》1948年第1期至第5期、叶至美翻译的长篇小说《天堂牧场》（*The Pastures of Heaven*，1932）第1至第8章连载于《中学生》1949年总202期至210期等。其中，胡仲持、赵家璧、董秋斯都译有不止一部斯坦贝克的作品。反法西斯文学作品《月亮下去了》有五种译本，为译本数量最多的著作。《愤怒的葡萄——美国的大地》是斯坦贝克的力作，"奠定了他在世界文学上的地位"[①]。

《愤怒的葡萄——美国的大地》曾获1939年的美国国家图书奖和1940年的普利策小说奖，很受中国读者的喜爱。"我爱这部著作，不仅在文章的美妙，而是这血和泪、爱和恨、美和丑的交流的事实。我以为《圣经》可以不读，而这部书却不可不读。"[②]该书最早的版本为聂淼译、汪泱校的《怒火之花》，1941年5月，由上海世界文化出版社出版；同年同月再版，6月出第3版，9月出至第4版。《怒火之花》分为上下册，为全译本，计30章。此外，黄曼卿翻译了《愤怒的葡萄——美国的大地》第15章，以《公路上"The Grapes of Wrath"之一章》为题，刊登于《时与潮文艺》（1943年第2卷第1期），但是她的译文删节较多。

1941年10月，胡仲持所译《愤怒的葡萄——美国的大地》由大时代书局初版发行，合计26章。[③]译文删节较多，不完整。胡仲持在《译序》中仔细阐述了翻译该书的因由和疏漏之处：

> 我译这部小说的动机是出于大时代书局的要求，而大时代书局所以要出这部书则为的是完成故孙寒冰教授的遗志。孙教授是大时代书局的创始人，又是大时代战争中最可伤心的遭难者之一。因此本书的刊行，在这大时代，是有两重的纪念意义的。在我着手写译之前，由

---

① 这位评论者认为："《人鼠之间》使这位年轻的作者受到广大群众的重视，《相持》是作为作者的世界观的转折点而出现的，从此作者抛弃了从前的主题，小人物的个人幸福的主题，转入集体的世界。这转折的结果表现在《愤怒的葡萄》上。这三本作品现在都有了中译本了，对于读者，这也算是一个喜讯吧。"参见Y.,《史坦贝克的几本小说》，载《读书与出版》，1946（复4）：15~16。

② 扬丁，《愤怒的葡萄》，载《新学生》，1944（6）：108。

③ 1945年10月渝一版标"民国二十九年七月初版"（即1940年7月初版），这个版本信息有误。至于胡仲持所译《愤怒的葡萄——美国的大地》的原文出处，1959年版版权页有标注："根据Modern Library本译出，插图系布达特所作，据俄译本复制。"经核对，胡仲持所用原本为"现代文库"版本。该书由纽约兰登书屋于1939年出版，合计30章。

于对美国社会生活实际了解的不够，尤其是由于书中美国乡村土话的解释困难，我曾经有过相当时间的犹豫。可是读过数章之后，我所感到的浓厚的兴味以及书局方面再四的督促，终于鼓起了我的勇气，这才大胆把这部难译的当代名著转变到方块字了。除了散文诗似的穿插部分有少许的删节以外，我是尽力谋求原作上一切情意的全译的。我应当向读者招认，由于才力的限制和时间的限制，我在这一工作过程中间，不免犯着草率或是不忠实的过失。因此错误的地方一定有着不少。我很希望高明的读者随时给予恳切的指教，使我有在再版时候改正的机会。①

在胡仲持的两个版本中，他难以把握的内容是"美国乡村土话"，删除不译的内容主要是"散文诗似的穿插部分"。他试图尝试"原作上一切情意的全译"。胡仲持在序中表示若有机会，将修订译文。一年之后，1942 年 11 月，《愤怒的葡萄——美国的大地》再版。与初版相比，再版排版发生了改变，分上下册，1~15 章为上册，16~26 章为下册；标点符号放入文内，占用一个字空，因此就页码而言，再版书整体上多出了 20 页。但是，这两个版本的具体内容改变并不大。也就是说，尽管胡仲持在一年后再版了《愤怒的葡萄——美国的大地》，但他还是并没有如初版《译序》中所言的那样，再版时改正那些错误的地方，有些地方反而排印错了（如第 1 页第 2 行"最后的雨傕起了玉蜀黍"，"傕"应为"催"）。

1959 年 9 月，张友松校对的《愤怒的葡萄》（胡仲持译）由人民文学出版社出版，未署校对者姓名。在胡仲持于 1959 年 7 月所撰的《后记》中，他最后提到版本和校订信息：

这个中译本的初稿是 1940 年我在生活动荡的期间翻译的，1941 年在上海出版。当时我对原书中美国乡村土语的语句了解很不够，因而在译本中有了一些删节和错误。现在人民文学出版社请人对这个译本作了仔细的校订，把它重新排印出来同读者相见。②

张友松的校订任务主要是修订胡仲持因民国乡村土语翻译困难所删除的章节和翻译错误。经对照 1959 年版本和 1941 年、1942 年两个版本，胡仲持早年的译本共有 26 章，删除了第 7、第 9、第 15、第 19 章。张友松将这 4 章（中文译文约 39 页，约占中文译本篇幅的 6.5%③）补译，使之完整。

① 胡仲持，《译序》，见《愤怒的葡萄——美国的大地》，胡仲持译，重庆：大时代书局，1941:1。
② 胡仲持，《后记》，见《愤怒的葡萄》，胡仲持译，北京：人民文学出版社，1959：616。
③ 因 1959 年版译文章节有插图，本统计以 1982 年版译文为准。

至于张友松的翻译质量究竟如何，这一时期，人民文学出版社编辑对张友松译本的审稿意见可以用来对比参考。1959年6月30日，人民文学出版社欧美组（组长朱葆光签字确认）出具了张友松所译《赤道环游记》“书稿质量单”，认定“书稿质量：译文基本上忠实流畅，个别章节加字较多，略嫌累赘。但一般说来，质量较前有所提高”。“编辑加工情况：一般均就中文通读，遇有疑问方查对原文，改动不大，注文及名辞统一工作做得较多。”[①]

1968年3月25日，胡仲持过世。1982年7月[②]，张友松校对的《愤怒的葡萄》由外国文学出版社出版[③]，署“胡仲持译 张友松校”。文前有董衡巽于1981年8月所作的《译本序》。1983年2月2日，《愤怒的葡萄》出版后半年，张友松收到校订费（税后832元）。[④]张友松本次校订的译本无疑系他独自完成，因为当时胡仲持已经过世14年了。

第二节 译者诗学识别能力在《愤怒的葡萄》译文中的体现

斯坦贝克本人有着明显的文体意识，在写作技巧上求新，以“束身衣”（a straitjacket）取譬，认为固定不变的“风格或技巧可能会像束身衣一样毁了一位作家”[⑤]。就创作风格而言，“斯坦贝克给人印象最深的要数他那自然而幽默的文笔。文笔自然，因为他在创作中摒弃绮丽词藻，不假雕饰地使用描写对象特有的日常口语，虽偶尔显得粗俗欠雅，但却不失率真诚挚

① 据未刊稿，该译作基本稿酬每千字4元，属于当时翻译类稿件倒数第2档，合计稿酬1 680元。

② 同年11月，张友松校对的《肯纳尔沃思堡》（原作者司各特，王培德译）由人民文学出版社出版。该书较厚，有621页，43.7万字。据张立莲回忆，张友松还校订过《美国的悲剧》，但不能确认是哪一个版本。张立莲还转述了张友松对于校订一事的看法和态度：“据说有的书译得很不好，校订这样的书远不如自己译来得顺手。但他还是认真地做好了这些事。”参见张立莲，《怀念我的父亲张友松》，载《新文学史料》，1996（2）：145。

③ 关于本次修订再版，出版社在版权页有介绍：“《二十世纪外国文学丛书》选收本世纪世界文坛上影响较大的优秀作品，暂定二百种。通过这些作品，读者可以了解二十世纪历史的变化、社会思想的演进以及各国文学本身的继承和发展。这套丛书的选题由外国文学出版社和上海译文出版社共同研究制订，并分别负责编辑出版工作。”《二十世纪外国文学丛书》最后出书约115种。

④ 参见1983年2月2日人民文学出版社稿酬支付单收据，编号19。具体稿酬信息为：“校订费”每千字2元，420千字，合计稿酬840元，扣税8元，实付金额832元。票面上从左至右有提示寄回印章（“请收到稿费后在此单上签章寄回”）、“人民文学出版社办公室财务科”印章、开单人印章（“关崇湉”）、四字钤印（“张友松印”）。

⑤ John Steinbeck. *Steinbeck: A Life in Letters*. Elaine Steinbeck & Robert Wallsten (Eds.). New York: Viking Press, 1975: 497.

和简明干脆，十分性格化”[①]。

《愤怒的葡萄》虽是一部美国史诗，但在美学上存在很大缺陷，从来不失争议性。[②]这部小说讲述了“俄克佬”（Okies）在西进运动的艰难历程，是极其重要的“一部无产阶级小说”（a proletarian novel），同时也是“一部自然主义实录”（a naturalistic document）。[③]同马克·吐温和舍伍德·安德森（Sherwood Anderson）一样，斯坦贝克也是“一位纪录人类语言的大师”[④]。斯坦贝克是一个“粗俗的”（roughneck）作家，但是他能够驾驭从粗俗到《圣经》一般洪亮的咒语式散文；他的写作之所以“粗俗”，是因为他真实地描绘了“那些因残酷的自然和不足温饱的工资变得残忍的底层人民的原始状态”[⑤]。因此，他的文体风格自然体现了未受过教育的底层民众的语言特色。其小说语言的诗性化特征体现在三个方面：小说题目的诗性化、人物语言的形象性和哲理性、叙事语言的诗性化。[⑥]

《愤怒的葡萄》带有明显的散文色彩，熟语和修辞随处可见，以用于塑造人物形象。[⑦]小说中充斥着各种“黑话”（argot），有三种呈现方式：小说主要语言、非俄克佬讲的黑话、其他类似于俄克佬的无产阶级讲的黑话。在斯坦贝克的“艺术创作自由”（artistic license）之下，任何声调上的错误都将大大削弱他所使用的语言的艺术真实性。[⑧]

如前所述，胡仲持着手翻译《愤怒的葡萄》是出于他“浓厚的兴味”，他也意识到这是一部“难译的当代名著”，“尤其是由于书中美国乡村土话的解释困难”[⑨]。除了原著中的方言翻译困难之外，胡仲持将一些“散文诗

---

①张昌宋，《约翰·斯坦贝克创作研究》，北京：国防工业出版社，2011：12。

②Harold Bloom. *Afterthought*. In Harold Bloom (Ed.), *Bloom's Modern Critical Interpretations: The Grapes of Wrath*. Updated Ed. New York: Chelsea House Publisher, 2007: 171–172.

③Robert L. Gale. *Barron's Simplified Approach to Steinbeck: The Grapes of Wrath*. Woodbury: Barron's Educational Series, 1967: 11.

④Ibid: 75.

⑤Ibid: 74.

⑥田俊武，《约翰·斯坦贝克的小说诗学追求》，北京：中国社会科学出版社，2006：294~303。

⑦Howard Levant. The Fully Matured Art: *The Grapes of Wrath*. In Harold Bloom (Ed.), *Bloom's Modern Critical Interpretations: The Grapes of Wrath*. Updated Ed. New York: Chelsea House Publisher, 2007: 41.

⑧Peter Lisca. *The Grapes of Wrath*: An Achievement of Genius. In Harold Bloom (Ed.), *Bloom's Modern Critical Interpretations: The Grapes of Wrath*. Updated Ed. New York: Chelsea House Publisher, 2007: 15.

⑨胡仲持，《译序》，见《愤怒的葡萄——美国的大地》，胡仲持译，重庆：大时代书局，1941：1。

似的”过渡章节直接删除不译（有四个章节被删除）。总体而言，虽然胡仲持有很高的热情，但在识别和翻译原文的诗学特征时，他显得有些力不从心。

著名翻译家董秋斯也译过斯坦贝克的一些作品。在《相持》的《译后记》中，董秋斯同样提到了斯坦贝克作品中的土语现象及其翻译难题。

> 我为什么踌躇呢？
>
> 书中土话很多，又似乎与美国其他地方的土话不同。美国西部的流浪者是由许多民族合成的，他们的话含有各种方言成分。所以，有一些字句不但普通字典上查不出，问在华的美国朋友，也说不懂。这在翻译上是一种困难。不过，一句土话虽然来历不明，意义是可由上下文估定的。久于翻译工作的人，知道这种地方不能逐字翻译，只要意义不错就够了；要紧的是神气。所以这困难是可以克服的。①

从董秋斯的言语中，我们可以看出斯坦贝克现实主义作品中的方言很复杂，来源很广，以至美国读者都难以完全理解，字典上也找不着，只能根据上下文进行合理推断，以追求意义上的近似和语言神气上的复现。由此可见，翻译斯坦贝克小说的困难和译者面临的诗学挑战非常大。

斯坦贝克的劳动经历丰富，对下层人民的语言十分了解，“再加上他具有诗人和音乐家的气质和天赋，他的作品中所再现的人民的语言，就显得既形象逼真又富有诗意和音乐的美感”②。兹举《愤怒的葡萄》中的对话来分析翻译的困难。

在第 8 章，汤姆·乔德出狱回到家中，爷爷、奶奶抢着来见他。乔德爷爷像是乔叟笔下“磨坊主的故事”中的人物，是一个性格乖张、邪气十足的老头，爱吵架，爱争论，爱讲下流故事。爷爷讲着一口土话，满口俚语。当汤姆问爷爷“How ya keepin' yaself?”（您的日子过得怎样？），爷爷的回答以一句俚语开头——“Full a piss an' vinegar”③。胡仲持将其译成“说

---

①董秋斯，《译后记》，见《相持》，董秋斯译，上海：骆驼书店，1946：401。

②田俊武，《约翰·斯坦贝克的小说诗学追求》，北京：中国社会科学出版社，2006：297。

③John Steinbeck. *The Grapes of Wrath*. New York: Random House, 1939: 107.

来是酸辛的”[1]，张友松后来将其改译成“身体健旺，快快活活”[2]。当爷爷见到同汤姆一起回家的凯绥时，言语之间露出了猥琐的一面，挨了奶奶的批评。

例 3–1

原文：Grampa focuses his eyes fiercely until he recognized Casy. “Oh, that preacher,” he said. “Oh, he’s all right. I always liked him since I see him—” He winked so lecherously that Granma thought he had spoken and retorted, “Shut up, you sinful ol’ goat.”[3]

胡译（1942）：祖父凶狠狠地集中了他的眼光，直到他认明白凯绥。“哦哦，这位牧师，”他说道。“哦哦，他极好。我一向喜欢他——”他色迷迷地霎了眼，祖母以为他说的话是鬬嘴。“住了嘴！你这有罪的老山羊。”[4]

胡译（张校，1959）：祖父凶狠狠地集中了他的眼光，终于认清了凯绥。“哦，原来是那位牧师，”他说。“哦，他很好。我一向喜欢他，自从那回我看见他——”他淫荡地眨了眨眼，祖母以为他的话说完了，于是骂了他一声：“住嘴，你这有罪的老色鬼。”[5]

胡译（张校，1982）：爷爷拼命集中眼光，终于认清了凯绥。“啊，原来是那位牧师，”他说。“啊，他很好。自从那回看见他以后，我一向就喜欢他……”他邪里邪气地眨了眨眼，奶奶以为他的话说完了，就骂了他一声：“住嘴，你这有罪的老色鬼！”[6]

胡仲持的译文漏译了“since I see him”，增译了语气词“哦哦”，将“you sinful ol’ goat”中的俗语“old goat”译成了“老山羊”。张友松 1959 年的译本首先是将漏译补全（“自从那回我看见他”），将增译的语气词（“哦”）删除，同时将“老山羊”改译成“老色鬼”（因前文的“lecherously”一词指出了爷爷是“淫荡地”眨眼，此前的情节里面就讲到了爷爷行为不检，裤子都没扣好，“老色鬼”符合上下文语义）。在词汇层面，张友松将胡仲

① 斯坦恩培克，《愤怒的葡萄——美国的大地》，胡仲持译，重庆：大时代书局，1942：92。
② 斯坦培克，《愤怒的葡萄》，胡仲持译，北京：人民文学出版社，1959：102。
③ John Steinbeck. *The Grapes of Wrath*. New York: Random House, 1939: 109.
④ 斯坦恩培克，《愤怒的葡萄——美国的大地》，胡仲持译，重庆：大时代书局，1942：94。
⑤ 斯坦培克，《愤怒的葡萄》，胡仲持译，北京：人民文学出版社，1959：104。
⑥ 斯坦培克，《愤怒的葡萄》，胡仲持译，张友松校，北京：外国文学出版社，1982：98。

持译文比较生硬的地方加以改译，如将“直到他认明白凯绥”改译成“终于认清了凯绥”，将“祖母以为他说的话是斸嘴”改译成“祖母以为他的话说完了”，将“住了嘴”改译成“住嘴”等。到了1982年的版本，张友松对译文进行了调整。他将“祖父凶狠狠地集中了他的眼光”改译成“爷爷拼命集中眼光”，更加凝练。他将语气词“哦”改译成“啊”，突出了惊讶的效果。他将句子“自从那回我看见他”改译成“自从那回看见他以后”并提前，使得译文更加顺畅、自然。此外，他将“淫荡地”改译成四字结构“邪里邪气”，虽然语义上有变化，但也能凸显爷爷的个性特点。

在第18章，有一段涉及“俄克佬”的谈话。汤姆问一对父子加利福尼亚的情形，被告知警察和农场主讨厌“俄克佬”，这是汤姆一家第一次听到俄克拉何马人的蔑称。

例 3–2

原文：“Well, Okie use' ta mean you was from Oklahoma. Now it means you're a dirty son-of-a-bitch. Okie means you're scum. Don't mean nothing itself, it's the way they say it. But I can't tell you nothin'. You got to go there. I hear there's three hundred thousan' of our people there—an' livin' like hogs...” ①

胡译（1942）：“哪！俄基的意思原是说你是从俄克拉何马来；现在这意思是说你是讨厌东西，说你是瘪三了。这句话原也没有什么意义，只是他们说着的神气仿佛是如此：我说不出所以然来。你们到那边就可以明白了。我听得我们这等人在那边有三百万——都像猪猡一般生活着……” ②

胡译（张校，1959）：“欧，俄克老乡的意思本来是说你是俄克拉何马人；现在这个称呼就是说你是个下流的东西，是个瘪三。这个称呼并没有什么不好，只是他们说的时候那股神气才难看。我说的不算数。反正你们得到那边去。我听说我们那边的人到这里来的有三十万——过着猪一般的生活……” ③

胡译（张校，1982）：“欧，俄克佬的意思本来是说你是俄克拉何马人。现在这个称呼就是说你是个下流杂种，叫你俄克佬，就是说你

① John Steinbeck. *The Grapes of Wrath*. New York: Random House, 1939: 280.
② 斯坦恩培克，《愤怒的葡萄——美国的大地》，胡仲持译，重庆：大时代书局，1942：254。
③ 斯坦培克，《愤怒的葡萄》，胡仲持译，北京：人民文学出版社，1959：271。

是个废物。这个称呼并没有什么不好，只是他们说的时候那股神气太叫人难受。我说的不算数。你们反正得上那儿去。我听说我们的老乡上那儿去的有三十万——都过着猪一般的生活……”①

从上列译文看，“Okie”有“俄基”“俄克老乡”“俄克佬”三种译法。最初的“俄基”是音译；“俄克老乡”显得温和，与称呼者心态不符；“俄克佬”为蔑称，正好体现了原文的语义。与之相关的词均为贬义词（如“a dirty son-of-a-bitch”“scum”“hogs”②）。胡仲持最初的译文为“讨厌东西”“瘪三”“猪猡”；张友松1959年的译本将其改译为“下流的东西”“瘪三”“猪”；至1982年译本，张友松将其改译为“下流杂种”“废物”“猪”。从字面上看，胡仲持的译文并未将脏话（“a dirty son-of-a-bitch”）译出，而“瘪三”原是由“Beg Sir”音译而来。在上海租界期间，洋人用这个词来形容乞丐之类的穷人，后来演变为最地道的上海骂人俚语。胡仲持的原译采取了直译的策略，比较生硬。例如，最前面的两个小句，译文句子结构和原文一模一样：“Okie use' ta mean you was from... Now it means you're...”“俄基的意思原是说你是从……来；现在这意思是说你是……”1982年的译本较为流畅，增译了不少字。例如，张友松将“Okie means you're scum.”拆成两个小句“叫你俄克佬，就是说你是个废物。”他增译了“叫你”二字；“太叫人难受”也在增译之列。此外，该段话中，胡仲持显然将数量词“three hundred thousan'”错译成“三百万”，最后被张友松改正过来了。

总体来说，斯坦贝克在《愤怒的葡萄》中的散文文体相对而言比较好译，但他使用的方言则极其难译。张友松的任务主要是补译胡仲持因美国乡村土语翻译困难所删除的章节和校订翻译错误。张友松有着明显的诗学意识，充分意识到了原文的诗学特色，甚至出现了诗学辨认过度的现象。③

---

①斯坦培克，《愤怒的葡萄》，胡仲持译，张友松校，北京：外国文学出版社，1982：264。

②王一凡的译文为“俄克佬”“脏狗崽子”“人渣”：“哼，俄克佬以前是说从俄克拉何马州来的人。现在的意思就是说你是个脏狗崽子。俄克佬的意思就是你是个人渣。它本身也没什么坏的意思，就是他们说这个词的那种语气。我这么跟你说没用。你到了那儿就知道了。我听说，那儿有三十万老乡——都过着猪狗不如的生活……”参见约翰·斯坦贝克，《愤怒的葡萄》，王一凡译，长沙：湖南文艺出版社，2019：301。

③在第18章，有一段涉及“俄克佬”的谈话。汤姆首先问了两个外乡人老家在哪里（在与俄克拉何马州相邻的得克萨斯州的潘汉德尔）：“'Where's home?' Tom asked. 'Panhandle, come from near Pampa.'”参见 John Steinbeck. *The Grapes of Wrath*. New York: Random House, 1939: 279.

在1959年的版本中，他补全了胡仲持删除的章节，大范围地修订了其译文。尽管张友松不断地去除胡仲持的原译翻译腔，但译文行文方式仍然以胡译为基准。在1982年的版本中，张友松校对、改译的幅度更大，译文更加准确，可读性更强。

第三节　翻译体的摒弃：译文风格再现的多重手段

在五四白话文运动中，翻译文学扮演了很重要的角色，[①]取得了巨大的成就。茅盾指出："'欧化的语体文法'是指直译原文句子的文法构造底中国字的西洋句调。"[②]欧化[③]是为了"输入新的表现法，使瘫痪的中国语

（续前页）胡仲持和张友松的译文分别如下："'家乡在哪里？'托谟问道。'潘汉特尔，彭拜相近。'"参见斯坦恩培克，《愤怒的葡萄——美国的大地》，胡仲持译，重庆：大时代书局，1942：252。
"'贵处在哪里？'汤姆问道。'西弗吉尼亚，在潘巴附近。'"参见斯坦培克，《愤怒的葡萄》，胡仲持译，北京：人民文学出版社，1959：270。
"'老家在哪里？'汤姆问道。'锅把儿，在潘巴附近。'"参见斯坦培克，《愤怒的葡萄》，胡仲持译，张友松校，北京：外国文学出版社，1982：262。
在1982年的译文中，张友松加上了一个注释："'锅把儿'是俄克拉何马州西北角上的一个狭长地带，从全州的地形上看来，这个地区像一个锅柄。潘巴是这里的一个市镇。"参见斯坦培克，《愤怒的葡萄》，胡仲持译，张友松校，北京：外国文学出版社，1982：262。张友松将"Panhandle"从"潘汉特尔"改译成"西弗吉尼亚"，最后又改译成"锅把儿"，并加上注释。其中，"西弗吉尼亚"是错译。注释中的潘巴是俄克拉何马州的一个市镇也不对。经核对，潘帕（Pampa）是俄克拉何马州刀把下面得克萨斯州的城市，靠近俄克拉何马州但属于得克萨斯州。"Panhandle"（潘汉德尔）确确实实是一个地名，是得克萨斯州卡森县（Carson County）县治所在地，位于大城市阿马里洛市（Amarillo）和格雷县（Gray County）县治潘帕之间。马里洛市是得克萨斯州西北部干旱、平坦的"潘汉德尔高原"中心地带。此外，小写的"panhandle"特指"狭长地带"。因此，与得克萨斯州西北部相邻的俄克拉何马州西北角上的狭长地带也被称为"panhandle"。张友松的译文"锅把儿"显然是将"Panhandle"的比喻义译出来了，译文非常形象，但是注释却有错误。

① 廖七一认为，翻译促成了现代文学翻译语言的流传与形成，促进了白话语言规范的演变：首先是文学翻译扩大了白话语言的使用范围；其次是文学翻译为白话规范提供了实验场所；最后是文学翻译促进了白话文创作的成熟。参见廖七一，《翻译与现代白话规范》，载《外国语文》，2010（13）：84~85。

② 沈雁冰，《"语体文欧化"答冻蘤君》，载《民国日报·觉悟》，1921-7-10。

③ 反对欧化的人当中，有一位比较特殊的人士——在上海主编《众生》半月刊和《西风》月刊的英国人马彬和，他精通中文。他曾专门致信《翻译批评》编辑部，反对中文欧化："年来中国之翻译界崇尚直译，美其名曰信，或曰创新风。实即矫揉造作，非马非驴，徒掩饰偷懒与浅薄耳。先生于改译评语中，有指出某句非中文文法，某句非中文习惯用语。此点，于保全中国文章之纯美，厥功甚伟。鄙人本生于英国，向爱中国文籍。于日文亦素所重视。惟对今日中文欧化之趋势，不敢赞一词。"参见马彬和，《英人反对华文欧化》，载《翻译批评》，1938（3）：64。

法精密清楚丰富起来，结果就不能不带有多少的‘欧化味儿’”[①]。欧化是“补救白话文缺点的最佳手段”[②]。胡仲持曾与读者（“谁君”）讨论《妇女杂志》第8卷第7期上的译文《煊赫的流星》（原作者王尔德）中的直接引语的欧化问题：

> 现今的翻译界，当翻译的时候，往往感到单一形式的不够用，——正如旧式圈点的不够用一样——因为把西文谈话体的各种形式，一律范[翻]成一个样子，实在是于原文语气及其优美有损的。于是他们不能不把国语上谈话体的文句来“欧化”一下，翻译外国文的时候，便把原文的形式，完全保留起来。现在便是创作界，也有许多人理会了“欧化”的好处，各拣便利的形式，仿着应用了。这种改革，自然而然的早经大家默认了。[③]

胡仲持的观点涉及当时文体改革的潮流。在回信中，胡仲持引用鲁迅连载于《小说月报》上的译作《工人绥惠略夫》（1921）中的四种例子来佐证他的译法，顺便驳斥谁君提出来的至少要念一两年的英文才能看得懂的观点。胡仲持的此种反驳，其实呼应了当时茅盾提出来的观点。“这种句子在念过西洋文，或看惯西洋文的人看去，一点也不难懂，但不曾念过西洋文，或看惯西洋文的人，可就和‘看天书’一般了。”[④]文体改革是大势所趋，翻译正是通过保留原文的形式，用以改造国语。但过犹不及，文体上的欧化也导致了翻译体的出现。

1959年2月24日，茅盾在《人民日报》上发表《漫谈文学的民族形式》，提及民族语言与内容表达时，他讲道：“人物的声音笑貌、思想感情都是洋气洋腔……例如我们有些作品的文字是所谓翻译体，不是老百姓所喜闻乐见。”[⑤]茅盾是从中文创作的角度来谈翻译腔对民族语言的不良影响，由此可见翻译体对作家创作的影响之深。

翻译体“又称‘翻译腔’或‘翻译症’。一般地说，翻译体的特征是只顾形式上逐词逐句地紧扣原文，忽略了中国语言文字的特点和习惯表达方式，因而翻译出来的东西总是生硬枯燥、佶屈聱牙。它是外国化了的中

①雨田，《“欧化味儿”》，载《涓流》，1935（3）：7。
②王宏志，《文学与翻译之间》，南京：南京大学出版社，2010：220。
③胡仲持，《欧化句的讨论》，载《妇女杂志》，1922（10）：123。
④沈雁冰，《“语体文欧化”答冻藕君》，载《民国日报·觉悟》，1921-7-10。
⑤茅盾，《漫谈文学的民族形式》，载《人民日报》，1959-2-24。

文，这种译文自然是不为读者所喜闻乐见的”[①]。刘宓庆对翻译体有很深入的研究和总结：

> “翻译体”（translationese）带有贬义……具体表现为（1）不顾目的语的语言规范（特别是语序规范）和惯用法（特别是词语搭配）；（2）不顾目的语的语境，生搬硬套原语的句式、词义和用词习惯（特别是汉语虚词和外语中的代词及形态结构词）；（3）不顾目的语语境，生搬硬套原语在语言文字结构形式及修辞手法上的设计与安排；（4）不顾目的语文化形态、民族心理、接受者心理，生搬硬套或不求甚解地引进外域文化；（5）不顾社会功能及效果，承袭原语风格。[②]

造成翻译体的基本原因是“译者没有突破原文表层结构的束缚，深入深层结构以究原文词、句之底蕴，也不能熟练地操控译文，表现出汉语的行文特征”[③]。翻译腔其实就是指“译文有洋化现象或不符合汉语的习惯表达方式，表现为译文不自然、不流畅、生硬、难懂、费解等特点”[④]。

纵观张友松两次改译胡仲持的译本，最突出的工作就是去除旧译中的翻译腔，重塑原文诗学上的特色。因其校订和改译是全方位的，本书的论述焦点放在汽车词汇、修辞、文体、语体的改造上。意义通过形式来体现，因此本节的研究方法除了常用的译文对比分析之外，还包括功能语言学中的语场、语旨、语式分析及相对应的三大元功能（概念功能、人际功能、语篇功能）分析，不仅涉及语义层，还涉及语境层，以求从多个层面来考

---

①赖卫东，《翻译体》，见《中国翻译词典》，武汉：湖北教育出版社，1997：185。

②刘宓庆，《现代翻译理论》，南昌：江西教育出版社，1990：275。

③刘宓庆，《文体与翻译》，北京：中译出版社，2019：432。刘宓庆认为，翻译体的通病有：（1）译者死抠词的字面对等；（2）行文中梗滞很多；（3）译者墨守原文的语序，不顾汉语的行文习惯；（4）译者死抠汉语与原文动词时体形式上的对应；（5）译者望文生义而导致错译。他还深入分析了翻译体形成的原因：（1）忽视汉英语序差异，拘泥于原文的语序、句型安排以及句群的组合排列形式；（2）忽视汉英词语的形态差异，拘泥于原文谓语动词和非谓语动词的时体形态、语态及其他词类的形态标志；（3）忽视汉英在用词倾向上的差异，不适当地照搬英语代词和冠词。忽视英汉在修辞达意和修辞效果上的考虑，照搬不宜于移植在汉语中的比较法、形象比喻法、借喻法、夸张法以及倒装、双关语、典故等修辞手段，在译文中又缺乏必要的增补或解释；（4）忽视在英汉翻译中运用翻译的基本技法，特别是词类转换；（5）忽视由于运用词类转换和其他基本技法对行文进行必要的增词或减词以及调整词语搭配、恰当使用成语等。总之，造成翻译体的基本原因是译者既没有突破原文表层结构的束缚，进入深层结构以究原文词、句之底蕴，也不能熟练地操控译文，表现出汉语的行文特征。参见刘宓庆，《文体与翻译》，北京：中译出版社，2019：426~432。

④王天润，《实用英汉翻译教程》，北京：国防工业出版社，2013：246。

察张友松再现原文风格的多重手段。

一、汽车词汇的翻译

语言具有时代性。在翻译中，作品的复译和修订重版是符合时代需要的体现。在《愤怒的葡萄》的译介史上，比较特别的是，张友松曾经两次校对翻译出版了这部作品。在1941年胡仲持出版该译本的同一年，聂森的译本还要早五个月出版。胡仲持的译本不完整，聂森的译本则是全译本。但是仔细比较译文，我们发现聂森的译本质量较差，不及胡仲持的译本准确。

在《愤怒的葡萄》中，卡车是一个很重要的载体。卡车是老汤姆一家财富的象征，是家庭成员的栖息地，是他们通往美国西部，重新谋生，过上好日子的交通工具。在整个故事中，卡车的损坏与维修推动了情节的发展。老奶奶在卡车上死去，罗撒香在卡车上分娩（死婴）。最终，老汤姆一家赖以生存的卡车被洪水泡坏，不能启动，一家人被困在小山坡。因此，卡车在《愤怒的葡萄》中有着极为重要的意义，关于汽车行业的词汇也非常多，作者甚至在第7章专门写了二手车市。结果，胡仲持将这一章删除不译。纵览全文，对比分析四位译者（聂森、胡仲持、张友松、王一凡）如何翻译汽车词汇，有助于我们观察语言的历时变化，尤其是张友松两次校订中对这些词汇进行的修改。

表3-1 《愤怒的葡萄》四译本中汽车词汇统计

序号	原文	聂译（1941）	胡译（1941）	胡译（张校，1959）	胡译（张校，1982）	出处（章）
1	truck	货车	汽车	卡车	汽车	2
2	vertical exhaust pipe	放气管	耸出的排气管	竖着的排气管	立式排气管	2
3	hasp	门钩	门键	门键	搭扣	2
4	truck driver	车夫	汽车开车人	卡车司机	货车司机	2
5	cowl of the truck	车顶上	汽车前部的上头	卡车的风斗顶	货车的车头	2
6	hitch-hiker	行路的男子	疲乏的过客/走乏的过客	搭揩油车的人	搭车的人	2
7	cab	车厢	驾驶舱	驾驶台	驾驶台	2

（续表）

序号	原文	聂译（1941）	胡译（1941）	胡译（张校，1959）	胡译（张校，1982）	出处（章）
8	win'sheild	避风玻璃	防风板	挡风玻璃	挡风玻璃	2
9	wheel	转盘	轮子	驾驶盘	方向盘	2
10	instrumental panel	横档	仪器盘	仪器板	仪表板	2
11	metal door	车门	金属的门	铁车门	金属车门	2
12	Model T's	模持地车		T 字模范车	T 型车	7
13	brake rod	煞车杆		煞车器	煞车器	7
14	spark plug	卜罗		火花塞	火花塞	7
15	bearing	车身		贝令	轴承	7
16	radiator cleanser	放热清洁器		水箱	火花集中器	7
17	spark intensifier	电火扩大器		水箱除垢液	变压器	7
18	bumper	横档		缓冲器	保险杠	7
19	engine	引擎		引擎	发动机	7
20	ammeter	安计	电流表	电流表	电流表	10
21	oil gauge	油表	油量表	油量表	油量表	10
22	heat indicator	热度表	热度计	热度计	温度表	10
23	rear end	车子	车后	车后	全动轴尾巴上	10
24	tappet	汽缸小杠杆	凸子杆	挺杆	变速杆	10
25	gear level			扳手	离合器	10
26	brake	制动机		刹车	煞车	10
27	clutch plate			金属片	离合器片	10
28	lining	车胎的里层	蒸汽	机器油	刹车布	10

（续表）

序号	原文	聂译（1941）	胡译（1941）	胡译（张校，1959）	胡译（张校，1982）	出处（章）
29	differential	车肚里	差动机	差动机	差速器	10
30	gear box	轮盘箱	机轮箱	制动机	离合器	10
31	gear-shift lever	转盘	制动杆	制动杆	换档杆	13
32	pump	邦蒲	帮蒲表	帮蒲表	油泵	13
33	motor	马达	摩托	马达	发动机	16
34	pan	底盘	笥、笋头	转盘	轴承座	16
35	babbitt			油箱	合金片	16
36	bolt	铁钉	横条	插梢	螺丝	16
37	shaft		轴	大轴	大曲轴	16
38	hub cap	车盖	盖头	大汽门盖	轮轴盖板	16
39	ring	铁环	环子	环子	槽子	16
40	valve-grinding compound	滑油		磨活塞用的药水	磨活塞用的油砂	20
41	vacuum tank	汽缸		真空柜	机油箱	20
42	block	铁板	木片	煞车	活塞	20
43	engine head	引擎头	引擎的头部	引擎头	发动机盖	20
44	starter	马达	发动杆	马达	起动机	20
45	motorcycle	自由车	机器脚踏车	机器脚踏车	摩托车	26
46	spark		发火栓	火花栓	高压线	30
47	crank	曲柄	曲柄	摇把	摇把	30

显然，汽车词汇难以译准，这些专有名词并非“美国乡村土话”，也并非“散文诗似的穿插部分”[①]。胡仲持未能译出，显然是在避开难点。但

①胡仲持，《译序》，见《愤怒的葡萄——美国的大地》，胡仲持译，重庆：大时代书局，1941：1。

是与聂森的译文相比，其译文更加准确和细致。

聂森的译文有不少漏译、错译和简化的地方。漏译的有“gear level”“clutch plate”“babbitt”“shaft”“spark”等；错译的有“cab”（车厢）、“Model T's”（模持地车）、“bearing”（车身）、“lining”（车胎的里层）、“differential”（车肚里）、“valve-grinding compound”（滑油）等；简化的译文较多，有“truck driver”（车夫）、“cowl of the truck”（车顶上）、“instrumental panel”（横档）、“metal door”（车门）、“bumpers”（横档）、“rear end”（车子）、“hub cap”（车盖）、“block”（铁板）等。由此可见。他并没有准确地译出汽车专有词汇。

胡仲持1941年的译文同样存在漏译、错译和简化的问题。漏译较多，如第7章的“Model T's”，以及“gear level”“clutch plate”“babbitt”“valve-grinding compound”“vacuum tank”等。错译的有“lining”（蒸汽）、“block”（木片）等。简化的译文有“win'sheild”（防风板）、“shaft”（轴）等。

早年的聂译和胡译版本中还有非常明显的直译现象，如“spark plug”（卜罗）、“bearing”（贝令）、“engine”（引擎）、“ammeter”（安计）、“pump”（邦蒲、帮蒲表）、“motor”（摩托），其中“spark plug”（卜罗）和“bearing”（贝令）较难理解。胡译显得冗长啰唆，翻译腔明显，如“vertical exhaust pipe”（耸出的排气管）、“truck driver”（汽车开车人）、“cowl of the truck”（汽车前部的上头）、“hitch-hiker”（疲乏的过客 / 走乏的过客）、“metal door”（金属的门）、“engine head”（引擎的头部）。

综合四种版本，有些译文带有明显的时代特征，随着时代而逐渐变化，如“truck driver”被译为“车夫、汽车开车人、卡车司机、货车司机”，“hitch-hiker”被译为“行路的男子、疲乏的过客 / 走乏的过客、搭揩油车的人、搭车的人”，“Model T's”被译为“模持地车、T字模范车、T型车”，“heat indicator”被译为“热度表、热度计、温度表”，“pump”被译为“邦蒲、帮蒲表、油泵”，“motorcycle”被译为“自由车、机器脚踏车、摩托车”等。

原文第7章中提到了不少汽车品牌，多达22种。为了增强对比性，我们增加了新近出版的王一凡（2019）译本。从这些不同版本中，我们可以观察到译名的变化。因胡仲持1941年的译本删除了该章，而胡仲持1982年译本没有改变，表3-2仅统计聂森译本、胡仲持1959年译本、王一凡译本中的汽车品牌译名。

表 3-2 《愤怒的葡萄》第 7 章三译本汽车品牌译名统计

序号	原文	聂译（1941）	胡译（张校，1959）	王译（2019）	序号	原文	聂译（1941）	胡译（张校，1959）	王译（2019）
1	Ford	佛特	福特	福特	12	Ark		阿克	方舟
2	Cadillac	凯地莱	凯迪拉克	凯迪拉克	13	Chalmers	夏梅尔	查莫斯	查莫斯
3	Buick	别克	别克	别克	14	Chandler	强特	昌德勒	钱德勒
4	Nash	纳喜	纳喜	纳什	15	Chevvy	喜弗莱	雪佛兰	雪佛兰
5	Dodge	道奇	道奇	道奇	16	Graham	格劳韩	格雷谟[①]	雷厄姆
6	Hymie		希美		17	La Salle	拉沙内	拉萨尔	拉赛勒
7	De Soto	迪沙多	德苏脱	迪索托	18	Lincoln	林肯	林肯	林肯
8	Plymouth	拍莱蒙	普里茅斯	普利茅斯	19	Zephyr	奇风	雪飞尔	林肯
9	Rockne	劳克聂	罗克内斯	劳斯莱斯	20	Chrysler	克斯雷	克莱斯勒	克莱斯勒
10	Star	明星	明星	星辰	21	Pontiac	庞特	庞第亚克	庞蒂亚克
11	Apperson	艾普生	爱博生	艾柏森	22	Packard	派克	派卡德	帕卡德

经比较，我们可以发现，三种译文有三处相同（“别克”“道奇”“林肯”），这说明这些汽车品牌在中国的知名度比较高，品牌译名较为通用。聂森译本有两处（“Hymie”“Ark”）未译出，除“Star”（明星）之外，其余译名均以音译为主。与聂译相比，后出的胡仲持 1959 年译本中的译名更为通用一些（如“福特”“凯迪拉克”“雪佛兰”“克莱斯勒”等）。胡仲持原本将这一章省去不译，经对照 1959 年版和 1982 年版，汽车名只字未改，由此可以推断，该章应为张友松补译的章节之一。在新出的译本中，王一凡译文中的汽车名改动较大，如“劳斯莱斯”“星辰”“方舟”等，但是“Rockne”并非“劳斯莱斯”，而是一个美国汽车品牌。此外，王一凡将“福特”子品牌林肯“Zephyr”直接译成了“林肯”，虽然将夸张的语气译出，但有失细节处理的准确性。[①]

① 1936 年，福特汽车公司也推出了一款名为林肯“Zephyr”的流线型汽车。因此，王一凡在翻译的时候，直接将“Zephyr”译成了“林肯”，在不加注的情况下，一般人不清楚这个汽车品牌的细节。
原文是“What do you want for fifty bucks—a Zephyr?”参见 John Steinbeck. *The Grapes of Wrath*. New York: Random House, 1939: 279.
王的译文是“五十块你想买什么——林肯车吗？”参见约翰·斯坦贝克，《愤怒的葡萄》，王一凡译，长沙：湖南文艺出版社，2019：90。

张友松也有误译的地方。原文罗列了两处复数形式的车名，“Buicks, Nashes, De Sotos”“Plymouths, Rocknes, Star”[①]，其他车名张友松都译对了，但他将“Rockne”译成“罗克内斯”，这显然是多译了一个音（“斯”）。另一处则是比较难以发现的误译。张友松将“Hymie”译成“希美”，但另外两位译者都没有将其译成汽车名。原文为：“Show 'em that Nash while I get the slow leak pumped up on that '25 Dodge. I'll give you a Hymie when I'm ready.”[②]聂森的译文“我补好了之后会打你的招呼的”[③]和王一凡的译文“我准备好了，会给你打暗号”都没有将“Hymie”理解成车名。据考证，“Hymie”一词很有可能是指当时著名的纽约诈骗犯 Hyman Holtz（又称“Little Hymie”），也有可能是指匪徒 Hyman Martin（又称“Pittsburgh Hymie”）。根据上下文（“give you a Hymie”）可知，斯坦贝克使用该词是为了描写出二手车贩言语不实、老奸巨猾的本色。由此可以断定，“Hymie”显然不是车名。因此，张友松此处译错了。

从叙事角度看，斯坦贝克笔下的第 7 章是典型的蒙太奇手法，属于插叙，与全文主旨之间的关系没有那么密切，主要是为了导出老汤姆买车的情节。这也是胡仲持将其删除不译的主要原因。该章开篇用非常亲切的口吻，讲述了二手汽车销售市场的热闹景象，使读者宛如置身于一处真实的交易场地。在第 7 章开头第 1 段，作者描绘了二手车市场的景象。

例 3-3

原文： In the towns, on the edges of the towns, in fields, in vacant lots, the used-car yards, the wrecker's yards, the garages with blazoned signs—Used Cars, Good Used cars, Cheap transportation, three trailers. '27 Ford, clean. Checked cars, guaranteed cars. Free radio. Car with 100 gallons of gas free. Come in and look. Used cars. No overhead.[④]

聂译（1941）： 城里，郊外，田地里，空场上，旧车厂，破车厂，停车间，满处都是广告——旧车，完好的旧车，二七年佛特车，清爽，三引擎，运输便宜。车已检查，担保可靠。无线电免费。奉送汽油百加仑。欢迎进来参观。旧车出售。不收费用。各种广告真是五花八门，目不暇接。[⑤]

---

① John Steinbeck. *The Grapes of Wrath*. New York: Random House, 1939: 84.
② Ibid: 83-84.
③ 史坦培克，《怒火之花》，聂森译，上海：世界文化出版社，1941：91。
④ John Steinbeck. *The Grapes of Wrath*. New York: Random House, 1939: 83.
⑤ 史坦培克，《怒火之花》，聂森译，上海：世界文化出版社，1941：90。

胡译（张校，1982）：城市里，城市的近郊，田野上，空地上，到处是旧车场[①]，破车场，挂着带纹章的招牌的汽车行——到处都是旧汽车，很好的[②]旧汽车。廉价的运输工具，三节的拖车。二七年的福特车[③]，没有毛病的。检验过的汽车，保用的汽车。白送收音机。连车附送一百加仑汽油。请进来看货。旧汽车。不加经销费用[④]。[⑤]

王译（2019）：镇上、郊区、田野、空地、旧车场、废车场，到处都挂着琳琅满目的广告牌——“二手车”“上好二手车”。特价运货车，带拖车三节。一九二七年福特车，干净整洁。车已检验，质量保证。附赠收音机。附赠汽油一百加仑。看车请进。二手车。无销售费。[⑥]

从功能语言学的角度来看，这一段落的语场是旧车交易的场景，语旨是卖家向买家推销旧车，语式是口头语言，也是广告语言，文体风格明显。斯坦贝克在这里采用了很多短句。短句的特色是“短小精悍、铿锵有力、干净利落、加速节奏、直达明快、生动活泼”[⑦]。再结合“towns”“yards”“used cars”“cheap”” free”“clean”“three”等元音的重复出现，卖家的吆喝朗朗上口，极富渲染力，一幅嘈杂热闹的旧车交易场面似乎呈现在眼前。从译本来看，三位译者都遵循了英语短句的特点。此外，他们也注意到了广告用语这一前景化特点，采用“担保”“免费”“附送”“附赠”等广告词语，试图赋予整体完整的画面感，实现了翻译的功能等值。但是在一些词语的语义理解上，三位译者存在差异。首先是“In the towns, on the edges of the towns, in fields, in vacant lots, the used-car yards, the wrecker's yards, the garages with blazoned signs”句法上的理解，张友松认为“the used-car yards…”与前面的介词词组不是并列关系，而是省略了“there are”，所以他的译本在“旧车场”前加了“到处是”；在

① 在1959年的版本中，该句无“到处是”三字。参见斯坦培克，《愤怒的葡萄》，胡仲持译，北京：人民文学出版社，1959：78。

② 2004年，在上海译文出版社重版的《愤怒的葡萄》中，“到处都是”后面的该段文字改用另外的字体（楷体）排版，与前面的字体不一致。

③ 2004年，在上海译文出版社重版的《愤怒的葡萄》中，“'27 Ford”由“二七年的福特车”被改译成“一九二七年的福特车”。参见斯坦贝克，《愤怒的葡萄》，胡仲持译，上海：上海译文出版社，2004：63。

④ 在1959年的版本中，该句被译为“保管好用”。参见斯坦培克，《愤怒的葡萄》，胡仲持译，北京：人民文学出版社，1959：78。

⑤ 斯坦培克，《愤怒的葡萄》，胡仲持译，张友松校，北京：外国文学出版社，1982：73。

⑥ 约翰·斯坦贝克，《愤怒的葡萄》，王一凡译，长沙：湖南文艺出版社，2019：84。

⑦ 张德禄，《功能文体学》，济南：山东教育出版社，1998：180。

“the garages with blazoned signs”的处理上，张友松也采取了忠实于原文语义的表达方式。但在广告语的翻译上，在“Used Cars, Good Used cars”前增译了“到处是”有些不妥，不够简洁。接下来看“’27 Ford, clean”，聂译为“二七年佛特车，清爽”，胡译（张校）为“二七年的福特车，没有毛病的”，从语义的横向组合关系来看，“clean”被翻译成福特车“干净整洁”更佳，如王译本。再看“No overhead”，聂译为“不收费用”，后面还增译了评价性意义的句子“各种广告真是五花八门，目不暇接”，这违背了原文的忠实性。胡译（张校）本和王译本都准确地表达了语义。

在第7章中，二手车贩对汽车品牌如数家珍。这些车贩细细揣摩顾客心理，竭力吹捧自家二手车的性能，看人下菜的奸商本色也显露无遗。在第7章的倒数第6段，作者展现的了一段精彩的二手车吆喝片段。

例 3-4

原文：Square noses, round noses, rusty noses, shovel noses, and the long curves of streamlines, and the flat surfaces before streamlining. Bargains Today. Old monsters with deep upholstery—you can cut her into a truck easy. Two-wheel trailers, axles rusty in the hard afternoon sun. Used Cars. Good Used Cars. Clean, run good. Don't pump oil.①

聂译（1941）：方的车头，圆的车头，还有锈的车头，铲子似的，流线型的，长曲型的，平扁的，各色各样的车头都有。今天交易。陈旧的车子，车厢宽大，可以改成一辆货车。二轮摇车，锈了的轴心照射在下午的焦阳中。旧车。干净耐用。省油省钱。②

胡译（张校，1982）：方车头，圆车头，锈车头，扁车头，长长③的流线型弧线，流线型车身前面的扁平面。今天大廉价。深色窗帘的老古董——你很容易把它改成卡车。还有两轮的拖车，下午的阳光照着它们那锈了的车轴。旧汽车。很好的旧汽车。干干净净，跑得好。不费油。④

---

① John Steinbeck. *The Grapes of Wrath*. New York: Random House, 1939: 89.

② 史坦培克，《怒火之花》，聂森译，上海：世界文化出版社，1941：98。

③ 在1959年的版本中，该词被译为“很长”。参见斯坦培克，《愤怒的葡萄》，胡仲持译，北京：人民文学出版社，1959：84。

④ 斯坦培克，《愤怒的葡萄》，胡仲持译，张友松校，北京：外国文学出版社，1982：79~80。

王译（2019）： 方车头，圆车头，锈车头，扁车头，长长的流线型曲线，还有流线型车身前面的扁平外表。今日特价。经典老车，精美内饰——能轻松改装成卡车。双轮拖车。午后阳光炙烤着锈迹斑斑的轮轴。二手车。上好二手车。干净，车况好。不漏油。[1]

原文首句中有四个“noses”重复出现，描绘了四种不同的车头类型。聂译显然是将这部分分割开来，前三个被译成“的车头”模式，后面被译成“的”模式，并增译了“各色各样的”。此种译法混乱，且没有译出该句后半部分的意思。第2句是直译，没有译出二手车商吆喝叫卖的特点。第3句的翻译则漏掉了“with deep upholstery”的表述。后文“trailers”被译成“摇车”是误译。“Good Used Cars”的省译没有突出句子内在的语言节奏。总体而言，聂淼没有将这段话的神髓译出，比较拗口，句意不通，不适合吆喝。张友松校对的译本，前后两次，只改正了一个字（“很长”改成了“长长”）。他没有像聂淼那样将车头的描写简化并置，而是遵循原文的推进特色，将前四个“noses”准确地译成“方车头，圆车头，锈车头，扁车头”，后面才是“流线型”的相关表述。对照来看，张友松和王一凡比较忠实于原文。王一凡的第一句前半部分译文则是在张友松译文的基础上，改译了一个字（“弧线”改为“曲线”）。这两位译者都将原文四个并列成分的诗学特点传达了出来，他们都比较注重句子节奏。相较而言，后出的王译更加注重了这种适合吆喝的特色——简洁有力、朗朗上口，如“经典老车，精美内饰”“二手车。上好二手车。干净，车况好。不漏油。”这一段与该章第一段有一处呼应，重复了第一段中的“Used Cars. Good Used Cars.”聂淼将其省译为“旧车”，张友松重复译文“旧汽车。很好的旧汽车。”王一凡虽然也是重复原译，但是将开头译文（“二手车。”“上好二手车。”）两处双引号给删除了。此举使译者最初展现的那种突出强调色彩和语言鲜活感不再那么明显。

除了汽车词汇，张友松在两个版本的校对中，依据时代语境，修改词语的现象还有很多，如将“the coffee machine”由“煮咖啡的机器”改译为“咖啡壶”（第1章）；将“week”由“礼拜”改译为“星期”，“homicide”由“杀人罪”改译为“凶杀罪”（第2章）；将“lifer”由“小偷”改译为“无期徒刑犯”（第5章）；将“Okie”由“俄克老乡”改译为“俄克佬”（第18章）；将“the sweat band”由“汗带”改译为“帽圈”（第20章）；将“shirtwaist”由“胸兜”改译为“罩衫”，“digger”由“锄头”

[1] 约翰·斯坦贝克，《愤怒的葡萄》，王一凡译，长沙：湖南文艺出版社，2019：91。

改译为“铁镐”,“catalogues”由“广告簿”改译为“商品目录”(第22章);将“Legioner”由“美国军团”改译为“退伍军人会”(第24章);将“side-meat”由“排骨”改译为“肋头肉”,“cowboy pitchers”由“牧人影片”改译为“西部牧童片”,“trusty”由“担任杂役的囚犯”改译为“管理员”,“a thin blade of moon”由“淡淡的刀形月亮”改译为“淡淡的一弯峨眉月”(第27章);将“jacket”由“夹克领子”改译为“皮夹克”(第28章);等等。

二、修辞改译

原文修辞是原文前景化的艺术表达,是原文诗学特色的体现。张友松非常注重修辞方面的再造,将一些胡仲持原译没有译出的修辞手法进行了改译,以突出原文的诗学趣味。他改译较多的是明喻、暗喻、夸张、拟人、排比、重复等。

在《愤怒的葡萄》中,比喻是很常见的修辞手法。译者也往往能够将其译出,如在第1章中,“In the morning the dust hung like fog, and the sun was as red as ripe new blood.”[①]句中的明喻(“like fog”)和暗喻(“as red as ripe new blood”)均被译者译出:“早上,尘埃像雾一般笼罩着,太阳红得同鲜血一样。”[②]“早上,尘埃象雾一般笼罩着,太阳红得如同鲜血一样。”[③]“早上,尘沙象雾一般笼罩着,太阳红得象鲜血一样。”[④]再如,在第2章中,“The driver chewed as rhythmically, as thoughtfully, as a cow.”[⑤]句中的暗喻(as rhythmically, as thoughtfully, as a cow)在三个版本中都有体现:“开车人咀嚼得又有节奏又有情味,好像牛一样。”[⑥]“司机象牛一样,很有节奏地、若有所思地咀嚼着。”[⑦]“司机象牛一样有节奏地、若有所思地咀嚼。”[⑧]这三个版中的喻体“a cow”均被翻译出来。张友松非常注重原文的修辞形式,在改译中往往选择保留作者的诗学选择,或者凸显作者的隐含语义。这可以分成如下几大类略加分析。

(一)明喻译明喻

原文的修辞运用是作者的语言特色,同时也体现了作者的诗学特色。

① John Steinbeck. *The Grapes of Wrath*. New York: Random House, 1939: 6.
② 斯坦恩培克,《愤怒的葡萄——美国的大地》,胡仲持译,重庆:大时代书局,1941:66。
③ 斯坦培克,《愤怒的葡萄》,胡仲持译,北京:人民文学出版社,1959:56。
④ 斯坦培克,《愤怒的葡萄》,胡仲持译,张友松校,北京:外国文学出版社,1982:51。
⑤ John Steinbeck. *The Grapes of Wrath*. New York: Random House, 1939: 14.
⑥ 斯坦恩培克,《愤怒的葡萄——美国的大地》,胡仲持译,重庆:大时代书局,1941:66。
⑦ 斯坦培克,《愤怒的葡萄》,胡仲持译,北京:人民文学出版社,1959:56。
⑧ 斯坦培克,《愤怒的葡萄》,胡仲持译,张友松校,北京:外国文学出版社,1982:51。

在翻译时，译者需要准确译出这些非常规的语言表达，以展现原文的语言和诗学特色。张友松的选择是以明喻译明喻。

例 3-5

原文： I'll take the squirt and wring 'im out like a pair of drawers.①

1941 年版： 删节不译。

1959 年版： 我要抓住那家伙，把他拧死。②

1982 年版： 我要揪住这个小矮个儿，象拧干一条裤衩似的把他拧死。③

该例子出自第 6 章。"the squirt" 特指小矮子或小屁孩，"wring" 一词体现了爷爷发怒的情形，说出要将一个人拧死的气话。这两个词均需要译出，以体现作者笔下的爷爷形象。胡仲持最早的版本选择删除不译。1959 年版同样没有译出该句中的明喻，也没有译出 "the squirt"，而是选择了一个最平常的字眼 "那家伙"。张友松最后的改译，将原文的句意和修辞均一一译出，准确地传达了原文的含义。

例 3-6

原文： Joad ate scowling like an animal, and a ring of grease formed around his mouth.④

1941 年版： 约特狼吞虎咽地吃了一阵，嘴巴边起了一圈油腻。⑤

1959 年版： 约德狼吞虎咽地吃了一阵，嘴上涂上了一圈油渍。⑥

1982 年版： 约德象一只畜生似的瞪着眼睛大吃大嚼，嘴边带上了一圈油渍。⑦

该例子出自第 6 章。"scowling" 一词是一个反常用法，指约德吃比牛肉还难嚼的长耳兔肉时，因旁人聊起他杀人的事情，吃起来有一股 "狠劲"。前两种译文均用了 "狼吞虎咽" 四字，将明喻译成了暗喻，但是并没有

① John Steinbeck. *The Grapes of Wrath*. New York: Random House, 1939: 59.
② 斯坦培克，《愤怒的葡萄》，胡仲持译，北京：人民文学出版社，1959：56。
③ 斯坦培克，《愤怒的葡萄》，胡仲持译，张友松校，北京：外国文学出版社，1982：51。
④ John Steinbeck. *The Grapes of Wrath*. New York: Random House, 1939: 72.
⑤ 斯坦恩培克，《愤怒的葡萄——美国的大地》，胡仲持译，重庆：大时代书局，1941：66。
⑥ 斯坦培克，《愤怒的葡萄》，胡仲持译，北京：人民文学出版社，1959：68。
⑦ 斯坦培克，《愤怒的葡萄》，胡仲持译，张友松校，北京：外国文学出版社，1982：63。

译出原文的反常之处，“like an animal”也并非只是“狼”“虎”。张友松的改译则还原了原文的明喻，“象一只畜生似的瞪着眼睛”点明了约德怒气冲冲的样子。此外，“大吃大嚼”四字的同义反复增强了人物动作描写的效果。①

（二）修辞改造成明喻

在《愤怒的葡萄》的翻译中，张友松有时会对其进行修辞上的改造和凸显，将一些带有比喻色彩的词汇译成明喻。例如，第 8 章中的“bleat”一词出现三次，但有两个版本在翻译时比较混乱，极不一致。

例 3–7

原文： From outside and across the yard came an ancient creaking bleat. “Pu-raise Gawd fur vittory! Pu-raise Gawd fur vittory!”②

1941 年版： 从天井外传来一片老年人的笑语声。“胜利呀！感谢上帝！胜利呀！感谢上帝！”③

1959 年版： 院子外面传来一片老年人的发颤的声音。“感谢上帝！感谢上帝！”④

1982 年版： 院子外面传来一阵老年人象羊叫似的尖声。“感谢上帝！感谢上帝！”⑤

例 3–8

原文： Gramma, not following the conversation, bleated, “Pu-raise Gawd fur vittory.”⑥

1941 年版： 祖母不等这话说完，羊叫似的喊道，“胜利呀，感谢上帝。”⑦

① 王一凡的译文是“乔德像动物一样，双眼圆瞪，狼吞虎咽，嘴角浮起了一圈油渍。”参见约翰·斯坦贝克，《愤怒的葡萄》，王一凡译，长沙：湖南文艺出版社，2019：73。王一凡在此句中使用了两处四字结构，“狼吞虎咽”属于增译的部分。

② John Steinbeck. *The Grapes of Wrath*. New York: Random House, 1939: 104.

③ 斯坦恩培克，《愤怒的葡萄——美国的大地》，胡仲持译，重庆：大时代书局，1941：89。

④ 斯坦培克，《愤怒的葡萄》，胡仲持译，北京：人民文学出版社，1959：99。

⑤ 斯坦培克，《愤怒的葡萄》，胡仲持译，张友松校，北京：外国文学出版社，1982：93~94。

⑥ John Steinbeck. *The Grapes of Wrath*. New York: Random House, 1939: 107.

⑦ 斯坦恩培克，《愤怒的葡萄——美国的大地》，胡仲持译，重庆：大时代书局，1941：91。

1959 年版：祖母不理会这些话，象羊叫似的喊道："感谢上帝。"①

1982 年版：奶奶不理会这些话，象羊叫似的喊道："感谢上帝。"②

例 3-9

原文："A-men," Granma bleated.③

1941 年版："亚——门，"祖母羊也似的叫。④

1959 年版："亚——门，"奶奶用颤抖的声音说。⑤

1982 年版："亚——门，"奶奶象羊似的说。⑥

在第 8 章中，约德坐了四年牢，假释回家后，奶奶见到他时，神情激动，不停地念叨感谢上帝。作者在描写约德奶奶说话的神情时，用了三处"bleat"（一处名词、两处动词）。"bleat"作名词时，指羊的叫声；作动词时，指像羊一样叫或者像羊一样说话（微弱、尖声地说）。"bleat"一词非常生动地描绘了一位老奶奶的形象。在原文中，"bleat"并不是比喻词，而是一个拟声词。若被译成明喻（"象羊叫似的"），这就是一种修辞上的改造。这三处翻译，只有张友松的版本一直都是采用"象羊叫似的"。其他译文并不统一。例 3-7 中有三种译法。显然，将"bleat"译为"一片老年人的笑语声"是误译。在 3-7 和 3-9 两处例子中，1959 年版使用了"发颤的""颤抖的声音"，将祖母像羊叫一样的尖声说话具体化，变成了听起来有些"发颤的""颤抖的声音"。这就抹去了"bleat"一词的特色，无法被回译成英文。例 3-8 中的译文都表达出了原文的意思，同时都译成了明喻，但是例 3-9 中 1959 年版的译法又发生了改变。译法前后不一，这明显是译者的粗心所致。张友松能够将之前译本中的不一致找出来改正，足见其校对原文和前两种译文的认真程度。遗憾的是，祖母的语言是方言，但这三个版本均没有译出这种语言特色，尤其是祖母语言中的那种尖声。

①斯坦培克，《愤怒的葡萄》，胡仲持译，北京：人民文学出版社，1959：102。

②斯坦培克，《愤怒的葡萄》，胡仲持译，张友松校，北京：外国文学出版社，1982：96。

③John Steinbeck. *The Grapes of Wrath*. New York: Random House, 1939: 110.

④斯坦恩培克，《愤怒的葡萄——美国的大地》，胡仲持译，重庆：大时代书局，1941：94。

⑤斯坦培克，《愤怒的葡萄》，胡仲持译，北京：人民文学出版社，1959：104。

⑥斯坦培克，《愤怒的葡萄》，胡仲持译，张友松校，北京：外国文学出版社，1982：99。2004 年，上海译文出版社出版了"斯坦贝克文集"，《愤怒的葡萄》入选，署胡仲持译，未署张友松的名字。该版本对某些字句有细微的修改。该句被改译成"'阿——门，'奶奶像羊似的说。"参见斯坦贝克，《愤怒的葡萄》，胡仲持译，上海：上海译文出版社，2004：89。

张友松对句子的修辞改造并非个案。例如，在第 1 章的“Behind them the sky was pale again and the sun flared.”[①]中，张友松将“flared”改译成了“象烈焰般照射着”，而 1941 年版（“照耀着太阳”）和 1959 年版（“照射着”）都没有将其译成明喻。[②]又如，在第 29 章的“The rain began with gusty showers, pauses and downpours...”[③]中，张友松将“downpours”改译成了“象瓢泼一般”，但另外两个版本均没有进行这样的改造。[④]

（三）其他类的修辞翻译

张友松在译文中坚持再现原文的修辞特点：一是为了翻译的忠实、准确；二是要再现原文语言上的特色，尤其是诗学上的特色。张友松其他类型的修辞改译涉及夸张、拟人、排比、重复等，此外，还有其他语言破格翻译。

例 3–10

原文：Gophers and ant lions started small avalanches.[⑤]

1941 年版：土拨鼠和蚁狮开始了爬掘的工作。[⑥]

1959 年版：土拨鼠和蚁狮开始了挖掘的活动。[⑦]

1982 年版：土拨鼠和蚁狮一活动，尘土就象雪崩似的坍了下来。[⑧]

在第 1 章中，作者描绘了美国南部俄克拉何马州红色原野上的干

① John Steinbeck. *The Grapes of Wrath*. New York: Random House, 1939: 3.

② 1941 年版：“剩下的天空又复是白濛濛的，照耀着太阳。”参见斯坦恩培克，《愤怒的葡萄——美国的大地》，胡仲持译，重庆：大时代书局，1941：2。
1959 年版：“云飘走以后，天空又恢复了灰白色，太阳依旧照射着。”参见斯坦培克，《愤怒的葡萄》，胡仲持译，北京：人民文学出版社，1959：4。
1982 年版：“云飘走以后，天空又恢复了灰白色，太阳依旧象烈焰般照射着。”参见斯坦培克，《愤怒的葡萄》，胡仲持译，张友松校，北京：外国文学出版社，1982：2。

③ John Steinbeck. *The Grapes of Wrath*. New York: Random House, 1939: 589.

④ 1941 年版：“雨开始时是间歇的急雨和大雨……”参见斯坦恩培克，《愤怒的葡萄——美国的大地》，胡仲持译，重庆：大时代书局，1941：603。
1959 年版：“雨开始时是间歇的骤雨和倾盆大雨……”参见斯坦培克，《愤怒的葡萄》，胡仲持译，北京：人民文学出版社，1959：581。
1982 年版：“雨开始下起来，一时是暴风骤雨，一时暂停，一时又象瓢泼一般……”参见斯坦培克，《愤怒的葡萄》，胡仲持译，张友松校，北京：外国文学出版社，1982：569~570。

⑤ John Steinbeck. *The Grapes of Wrath*. New York: Random House, 1939: 3.

⑥ 斯坦恩培克，《愤怒的葡萄——美国的大地》，胡仲持译，重庆：大时代书局，1941：1。

⑦ 斯坦培克，《愤怒的葡萄》，胡仲持译，北京：人民文学出版社，1959：4。

⑧ 斯坦培克，《愤怒的葡萄》，胡仲持译，张友松校，北京：外国文学出版社，1982：1。

旱、人对自然的破坏及气候变化。久旱不雨使土地干涸，尘土飞扬。例 3-10 中的句子就是指小动物活动使得细土就像水一样流动。此处，“small avalanches”既有夸张手法，也有矛盾修辞手法。“avalanche”指雪崩或者山崩，是一种自然灾害。用它来指称土拨鼠和蚁狮打洞造成的一次次土崩，就是夸张的手法。此外，用“small”来修饰“avalanche”，又体现了一种反差。“avalanche”是极具破坏力的，不是小小的动物造成的地洞垮塌所能体现的，因此该短语表达了一种矛盾和反差。在翻译中，前两个版本都选择略去不译。张友松的译文则将夸张（“象雪崩似的坍了下来”）手法译出，并增加了一处明喻（“象……似的”），保留了原文主要的修辞特色。

例 3-11

原文： The truck tires sang on the road.①

1941 年版： 汽车的四胎一路歌唱着。②

1959 年版： 汽车的轮胎在路上发出嘘嘘的声音。③

1982 年版： 汽车的轮胎在公路上唱歌。④

在第 2 章中，约德在乘坐顺风车时，与司机聊天，聊到尴尬的话题时，车内一片静谧，只听见卡车轮胎的响声。原文本是一种非常简洁的表达“The truck tires sang”（“汽车的轮胎在唱歌”），语义也很明确，运用了拟人的手法。1941 年的版本显然是直译，“tires”一词硬是译出了“四胎”。有意思的是，在 1959 年的修订版本中，译者将“sang”译成了具体的动作（“发出嘘嘘的声音”），这就将拟人的修辞变成了拟声的修辞。张友松最后的改译则是紧贴原文，是一种非常忠实的译法。

例 3-12

原文： Listen to the motor. Listen to the wheels. Listen with your ears and with your hands on the steering wheel; listen with palm of your hand on the gear-shift lever; listen with your feet on the floor boards.⑤

1941 年版： 侧着耳朵听听马达。侧着耳朵听听轮子。用两手扶住

① John Steinbeck. *The Grapes of Wrath*. New York: Random House, 1939: 13.
② 斯坦恩培克，《愤怒的葡萄——美国的大地》，胡仲持译，重庆：大时代书局，1941：10。
③ 斯坦培克，《愤怒的葡萄》，胡仲持译，北京：人民文学出版社，1959：12。
④ 斯坦培克，《愤怒的葡萄》，胡仲持译，张友松校，北京：外国文学出版社，1982：9。
⑤ John Steinbeck. *The Grapes of Wrath*. New York: Random House, 1939: 161-162.

了驾驶轮，侧着耳来听听；用手掌撳住了联动杆，侧着耳朵听听；两脚踏住了踏板 [，] 侧着耳朵听听。①

1959 年版：注意听着马达吧。注意听着轮子吧。两手把住驾驶盘的时候要注意听；手掌按住排档的时候也要注意听；两脚踩住踏板的时候也要注意听。②

1982 年版：注意听着发动机吧。注意听着车轮吧。你要注意用耳朵听，两手把住方向盘，也要注意感觉怎样；手掌按住排挡，也要注意感觉怎样；两脚踩住踏板，也要注意。③

第 12 章中的这个例子讲述了开车时要注意感受车况的经验。原文采用了排比和重复的修辞手法，读起来非常有节奏，如同有人正在教人开车。排比句式有“Listen to... Listen to... Listen with... listen with... listen with...”;重复的短语有“on the... on the... on the...”;重复的单词有“your”。在 1941 年版中，明显的重复之处是“侧着耳朵听听”（但有一处变体“侧着耳来听听”），以及“用……住了……”。在 1959 年版中，明显的重复之处是“注意听”，但是前后有所区别。前两处为“注意听着”，对应了原文的“Listen to”，之后的三处为“（也）要注意听”，对应了原文的“listen with”。其重复之处还包括“住……的时候”。在 1982 年版中，明显的重复之处是“注意”，但是前后也有所区别。前两处为“注意听着”，对应了原文的“Listen to”，之后的四处为“（也）要注意”，对应了原文的“listen with”。除这些对应的结构之外，1941 年版还一直在强调“耳朵”这个词组，这显然是增译出来的部分。整个句子非常均衡，后半部分的落脚点在“侧着耳朵听听”。1959 年版和 1982 年版前两句基本一样，都增加了语气词“吧”。1982 年版将祈使句的主语显化，增译主语“你”。张友松的改译将后半部分的三个长句拆成了七个小句，这使译文在节奏上更加明快，只是“两脚踩住踏板，也要注意”中没有附加“感觉怎样”，从视觉和听觉上略有欠缺。总体来讲，这三个版本的译者都注意到了原文的修辞特色，尽量在译文中呈现出排比和重复，实现句式和声音上的美④。

① 斯坦恩培克，《愤怒的葡萄——美国的大地》，胡仲持译，重庆：大时代书局，1941：140。

② 斯坦培克，《愤怒的葡萄》，胡仲持译，北京：人民文学出版社，1959：154。

③ 斯坦培克，《愤怒的葡萄》，胡仲持译，张友松校，北京：外国文学出版社，1982：147。在 2004 年的版本中，该句被改译成“两脚踩住踏板上也要注意。”参见斯坦贝克，《愤怒的葡萄》，胡仲持译，上海：上海译文出版社，2004：133。

④ 王一凡的译本同样也在追求形式上、声音上的美：“他大胆地说：‘它的肠子被压得到处

例 3–13

原文：He said boldly, "His guts was just strowed all over— all over"— he was silent for a moment— "strowed— all— over,"[①]

1941 年版：他勇敢地说道，"他的肠肚全都翻出来了——翻出来了"——他沉默了一会儿——"全都——翻出来了，"[②]

1959 年版：他大胆地说："狗的肠肚全给压出来了——全给压出来了"——他沉默了一会儿——"全给——压——出——来了，"[③]

1982 年版：他大胆地说："狗的肠肚[④]给压得满地都是——满地都是。"——他沉默了一会儿——"压得——满地——都是。"[⑤]

在第 13 章中，汤姆这家人在小卖店喝水、加油、休息的时候，他们的狗被公路上飞驰而过的大汽车碾死。温菲尔德讲述这件事时，神情前后矛盾，先是兴致勃勃地、大胆地说，说完就眼泪汪汪，涕泗交流。[⑥]原文使用了五处破折号来表示温菲尔德的说话过程，这是很明显的话语标记。在这三种译文中，破折号的使用各不相同，分别有四处、六处、五处。造成这种差异的原因之一在于三个版本中的"was just strowed all over"译法各一（"全都翻出来了""全给压出来了""给压得满地都是"），但主要原因是译者强调的方式有差异。相较而言，1959 年版更有冲击力，"压""出"之间使用破折号，延长了声音和语义，增加的破折号虽是一种破格行为，但效果明显。作者玩破折号的文字游戏不止一处。在第 5 章，在描写土地业主受银行和公司控制的处境时，作者也使用了破折号："The Bank— or the Company— needs— wants— insists— must have— as though the Bank or the Company were a monster, with thought and feeling, which had ensnared them."[⑦]1941 年版译文为："这银行——或是这公司是必须——定要坚持如

（续前页）都是——到处都是——' 他沉默片刻。'——被压得——到处——都是——'"参见约翰·斯坦贝克，《愤怒的葡萄》，王一凡译，长沙：湖南文艺出版社，2019：187。

① John Steinbeck. *The Grapes of Wrath*. New York: Random House, 1939: 179.

② 斯坦恩培克，《愤怒的葡萄——美国的大地》，胡仲持译，重庆：大时代书局，1941：157~158。

③ 斯坦培克，《愤怒的葡萄》，胡仲持译，北京：人民文学出版社，1959：171。

④ 在 2004 年的版本中，该词被改译成"狗的肚肠"。参见斯坦贝克，《愤怒的葡萄》，胡仲持译，上海：上海译文出版社，2004：147。

⑤ 斯坦培克，《愤怒的葡萄》，胡仲持译，张友松校，北京：外国文学出版社，1982：163。

⑥ John Steinbeck. *The Grapes of Wrath*. New York: Random House, 1939: 179.

⑦ Ibid: 43.

此这般的，仿佛这银行公司是具有思想情感的怪物，已经把他们钳制住了似的。”[①]该译文并没有体现这些破折号的意味，但后出的两版都忠实传译了这六处破折号：“银行——或是公司——必须怎样——要想怎样——坚持要怎样——非怎样不可——仿佛银行或公司是一个具有思想情感的怪物，已经把他们钳制住了似的。”[②]在第28章，有另一处破折号的游戏之作：“‘Hawley?’ he said. ‘H-a-w-l-e-y? How many?’”[③]1941年的版本忽视了这种声音的延宕，直接译为：“‘多少人？’他说到，‘多少？’”[④]1959年版则跟着玩了一个文字游戏：“‘哈莱？’他说。‘打哈哈的哈——来回的来加草头，对不对？几个人？’”[⑤]1982年版折中用了一个破折号：“‘哈莱？’他说。‘哈——莱，对不对？几个人？’”[⑥]由此可见，在文字游戏这方面，译者的选择并不多，以破格译破格，以游戏译游戏，至少实现了审美上的需求。

三、文体、语体上的改造

张友松的翻译很少涉及诗歌。他对自己翻译诗歌很没有信心。1930年9月，他的译作《茵梦湖》由北新书局出版。1981年7月，译作《茵梦湖》（新校本）由商务印书馆出版。[⑦]他在《译者序》中提到了自己翻译的几首诗歌：

> 书有些诗歌，过去的对照本是用新诗体译的。现在因为考虑到英译本译出了韵律，汉译也应该顾到这一点，所以改成旧体诗。这只是译者的一种尝试，希望对旧诗有素养的翻译家予以指正。[⑧]

张友松认为：“英译本译出了韵律，汉译也应该顾到这一点。”这是他在诗歌韵律翻译上的新观念。因译诗较少，各小节散见于他的译作当中，并不成体系。《愤怒的葡萄》第4章里面的两首诗，因有他的改译版本，

---

①斯坦恩培克，《愤怒的葡萄——美国的大地》，胡仲持译，重庆：大时代书局，1941：38。

②斯坦培克，《愤怒的葡萄》，胡仲持译，张友松校，北京：外国文学出版社，1982：36。

③John Steinbeck. *The Grapes of Wrath*. New York: Random House, 1939: 583.

④斯坦恩培克，《愤怒的葡萄——美国的大地》，胡仲持译，重庆：大时代书局，1941：596。

⑤斯坦培克，《愤怒的葡萄》，胡仲持译，北京：人民文学出版社，1959：575。

⑥在2004年的版本中，该句改动较大：“‘霍利？’”他说。‘霍——利，对不对？你们几个人？’”参见斯坦贝克，《愤怒的葡萄》，胡仲持译，上海：上海译文出版社，2004：497。

⑦张友松之所以选译该小说，主要是因为它文字秀丽轻飘，描写方法活泼高妙，非常适合用作英汉对照读物。尽管该书为旧时的文学，但是其技巧上的长处仍可被当作创造新文学的根底。《茵梦湖》是在中国流传最广、影响最深的德国作品之一，译本比较多，1949年之前就有12个译本。参见梁民基，《〈茵梦湖〉的中译本》，见《茵梦湖 原始版》，梁民基译，北京：知识产权出版社，2014：126~127。

⑧张友松，《再版前言》，见《茵梦湖》，张友松译注，北京：商务印书馆，1981：i。

兼有文体上的分析价值，故列于此。

《愤怒的葡萄》第 4 章中，约德在假释出狱、临近家门的路上，遇见了就着流行歌曲调子[①]、唱改编宗教歌曲的前牧师凯绥。凯绥改编了流行歌曲来唱圣歌，同其他人一样，他不大相信圣灵了。他改编的唱诗如下：

Yes, sir, that's my Saviour,

Je—sus is my Saviour,

Je—sus is my Saviour now.

On the level

'S not the devil,

Jesus is my Saviour now.[②]

从这一节看，原诗出现次数最多的词是“my Saviour”“Jesus”，组合成句子“Jesus is my Saviour”，一唱三叹，反复咏颂。全诗共六行，尾韵格式为 AABCCB。

例 3–14

1941 年版：是呀！先生，这是我的救主，

耶——稣是我的救主，

耶稣现在是我的救主了。

在没有恶魔的，

这一世界上，

耶稣现在是我的救主了。[③]

1959 年版：不错，先生，这是我的救主，

①歌曲名为《是的先生，那是我的宝贝》(*Yes, Sir, That's My Baby*)。这首流行歌曲是盖斯·可汗（Gus Kahn）作词、沃特·唐纳德森（Walter Donaldson）作曲、布洛瑟姆·西雷（Blossom Seeley）演唱，于 1925 年 5 月 15 日，由纽约百老汇的欧文·柏林音乐公司（Irving Berlin）录制发行。《愤怒的葡萄》仿拟了和声的前半部分："Yes sir, that's my baby, / No sir, I don't mean 'maybe', / Yes sir, that's my baby now. / Yes ma'am, we've decided / No ma'am, we won't hide it / By the way / By the way / When we reach the preacher I'll say, / Yes sir, that's my baby, / No sir, I don't mean 'maybe', / Yes sir, that's my baby now.

②John Steinbeck. *The Grapes of Wrath*. New York: Random House, 1939: 25.

③斯坦恩培克，《愤怒的葡萄——美国的大地》，胡仲持译，重庆：大时代书局，1941：22。

耶——稣是我的救主，

耶——稣现在是我的救主了。

世上没有魔鬼，

耶稣现在是我的救主了。[①]

1982 年版： 不错，先生，这是我的救主，

耶——稣是我的救主，

耶——稣现在是我的救主了。

老实说，这不是魔鬼，

耶稣现在是我的救主了。[②]

对照《愤怒的葡萄》三个不同的译本来看，同第一个译本相比，后两个译本相似，在形式上改动较大：六行改译成五行，第三行增加了一个破折号。可以说，1982 年版是在前一个译本的基础上改译而来的：只将“On the level”一行的意思改正。改动较大的是 1959 年版。与前一版相比，“Yes”的译文“是呀”被改为“不错”，“在没有恶魔的，/ 这一世界上”被改译成“世上没有魔鬼”，两行变成一行，但是意思并没有变，仍然出现了理解错误。“on the level”的意思是“老实说”或者“坦率说”，“世界上 / 世上”均是误译。张友松改译的版本未能将诗的“On the level / ’S not the devil”一句译出，显然是没有忠于诗歌翻译的形式。

另外一首诗的诗学特点更加明晰。在监狱服刑的约德于第三年圣诞节收到祖母寄送的明信片，上面有四行印刷上去的诗。因为诗的内容，约德被狱友取了外号“Jesus Meek”。约德的祖母时常把上帝挂在嘴边，但她挑选这张卡片时，并没有注意卡片上的文字，只是看中了最闪亮的那一种。

Merry Christmas, purty child,

Jesus meek an’ Juses mild,

Underneath the Christmas tree

There’s a gif’ for you from me.[③]

---

① 斯坦培克，《愤怒的葡萄》，胡仲持译，北京：人民文学出版社，1959：23。

② 斯坦培克，《愤怒的葡萄》，胡仲持译，张友松校，北京：外国文学出版社，1982：19。

③ John Steinbeck. *The Grapes of Wrath*. New York: Random House, 1939: 35.

与上一首游戏之作相比，这一首诗尽管只有四行，但是形式上更加均齐，诗学手段更加丰富。诗歌勉强可以划为四步抑扬格，尾韵格式是 AABB。第一行有行内元音韵 /i/，第二行诗押头韵 /m/，兼有重复“Jesus”，第三行有行内元音韵 /i:/，第四行诗押头韵 /f/。整个诗节悦耳上口，但最后两行显然是诙谐之作，有一种突降的意味。

例 3-15

1941 年版：祝圣诞节快乐，好孩子，

耶稣老实，耶稣和气，

在圣诞树的底下

有的是我送给你的礼物。①

1959 年版：耶稣温和、耶稣慈祥，

祝你圣诞节快乐健康，

注意这棵圣诞树，

底下有我的礼物。②

1982 年版：耶稣温和，耶稣慈祥，

祝你圣诞节快乐健康，

注意这棵圣诞树，

底下有我的礼物。③

1941 年版译诗采用直译方法，末行“有的是”三字足以看出译者并没有上心去凝练诗意，而是照葫芦画瓢，将原诗的句法照样译出，有失诗味且诗行欠紧凑。与 1941 年版相比，这首诗后两个版本改动非常大。为了避免原诗后两行与前两行之间形成的那种突降，张友松将描写耶稣的第二句提前，用来统领整首诗的气势。同时，在诗学方面，改译的诗歌韵脚分明“祥—康”“树—物”，契合原来的韵式。但是，后两个版本未译出“purty child”（即“pretty child”），丧失了原诗的基调。从这个意义上讲，张友松的改译并不成功。为了凑上韵脚，第二行增译了“健康”二字；为了凑齐

①斯坦恩培克，《愤怒的葡萄——美国的大地》，胡仲持译，重庆：大时代书局，1941：32。
②斯坦培克，《愤怒的葡萄》，胡仲持译，北京：人民文学出版社，1959：32。
③斯坦培克，《愤怒的葡萄》，胡仲持译，张友松校，北京：外国文学出版社，1982：29。

字数，第三行增译了“注意”二字。至于聂淼的译诗[①]和王一凡的译诗[②]，聂淼的译诗同样也在追求押韵（“啊—啊”“底—礼”），王一凡的译诗在追求形式美（将中间两行的字数改均齐，合并了“meek”与“mild”的词义）。

这两首诗是张友松这部译作中仅有的两首诗，都跟耶稣相关，是宗教诗歌。一首为一个不再是牧师的凯绥戏仿流行歌曲而作；另一首是约德奶奶只顾卡片光鲜而没看内容的混搭戏谑之作。这两首诗其实体现了当时美国人精神上的失落——牧师不再坚信，老奶奶只会盲从。这两首诗与《愤怒的葡萄》里面描写的躁动不安的、陷入恐慌的美国人形象密切相关。最后，凯绥离开了家乡，同约德一家踏上了西进之路，约德的奶奶则默默地死在了行进于沙漠地带的卡车上。如果不考虑这背后的整体要素，译者便不能领会这些内在的关联性，要译到位其实很难。张友松和王一凡删除的部分，尽管是为了诗歌形式上的美，但损害了诗歌原本的意义。虽然译诗并不是张友松的强项，但他还是有自己译诗的理念，看重译诗的内在韵律。

经对比《愤怒的葡萄》两种校订版译文，我们可以推定，张友松 1959 年校订的版本也是他独自完成的校订工作，即胡仲持于 1941 年出版时漏译的部分，均由张友松一人补译完整。张友松两次校订、改译《愤怒的葡萄》，目的并不一样。第一次改译主要是为了补全译本，将胡仲持漏译、删除的部分补译完整；其次是将错译的部分纠正。张友松此时依据的标准是准确和通顺，着力去除胡仲持译本中的翻译腔，找准词义，理顺句子，增强译文的可读性。他的第一次改译并没有第二次改译那么强调诗学层面的传译。在第二次改译中，我们通过上文的分析，发现他依据社会规范，将文中的汽车词汇更新，以适应社会语言文化的发展，体现了语言的时代性。在修辞和篇章层面，他的第二次改译更加关注原文中前景化的部分，将原文的诗学趣味再现出来。

① 聂淼译文为：“快乐的圣诞，我漂亮的孩子啊，/ 耶稣温和也很慈爱啊，/ 藏在圣诞树之底，/ 是我送给你的礼。”参见史坦培克，《怒火之花》，聂淼译，上海：世界文化出版社，1941：23。

② 王一凡译文为：“圣诞快乐，可爱的孩子，/ 耶稣仁慈，/ 圣诞树下，/ 有我送你的礼物。”参见约翰·斯坦贝克，《愤怒的葡萄》，王一凡译，长沙：湖南文艺出版社，2019：34。

第四章

马克·吐温小说译作中的诗学创造

张友松晚年的诗学观念比较成熟，他倡导文学翻译应该是一种再创作。他就文学翻译的语言特色、人物对话、举止神情、心理描摹、景物描写等，有过精彩的论述。其核心观点就是文学作品的译文要传神，要恰如其分。张友松的文学翻译观蕴含着诗学创造，属于翻译艺术论。

第一节　文学翻译：一个再创作视角

张友松早年提倡直译，后笃信直译与意译应结合起来才能译出上品。张友松认为，翻译要忠于原著的风格，文学翻译就是艺术形象的再创作，为了传神，译者要将自己的心灵融化在原作者的意境中。翻译的最终目的是要让读译本的人能够获得阅读原著一般的艺术享受。

一、张友松的“文学翻译再创作”观念

张友松在晚年总结自己的文学翻译观时，多次论及文学翻译是再创作的观点。从时间顺序来看，一共有五次这样的表述。

1982 年 1 月 16 日，张友松写成《文学翻译漫谈》一文，后被收入王寿兰所编的《当代文学翻译百家谈》中。在文中，他回顾了近 60 年的文学翻译生涯，展现了对文学翻译的理解，提出了十大亟须解决的问题。[①]张友松认为，“文学翻译应是一种再创作”，译文要“恰如其分”。

> 文学翻译应是一种再创作，比其他翻译难度较大。这种再创作说

① 十大亟须解决的问题涉及翻译人才调配和培养、加强领导对翻译的重视、出版机构盲目追求利润、滥译抢译现象、缺乏团队协作、编辑校对把关不严、缺乏翻译批评、缺少原著和工具书等，表达了一位老翻译家恳切的意见和建议。参见张友松，《文学翻译漫谈》，见《当代文学翻译百家谈》，北京：北京大学出版社，1989：434~438。

倒是容易，做起来却很不简单。文学翻译工作者也象作家一样，需要运用形象思维，不可把翻译工作当做单纯的文字转移工作。译者如果只有笔杆子的活动，而没有心灵的活动，不把思想感情调动起来，那就传达不出作者的风格和原著的神韵，会糟蹋名著，贻误读者。

作品的优劣主要取决于人物的刻画是否成功，凡是优秀的作家都有善于刻画人物的长处。译者的任务主要是使原作中的各色人物有血有肉，有声有色地活现在纸上。年龄、身分、习性和社会地位。[、]文化水平等等各自不同的人物，各有其特点，他们的外貌、语言、举动和表情，在译文中都要恰如其分地表达出来，才算真正的忠于原著。光在字面上死抠是不行的。①

这是张友松第一次明确提出文学翻译创作论的观点，但是因为出版周期的缘故，这篇文章面世要晚一些，但是主体思想已经明确。张友松认为，“文学翻译应是一种再创作”，这种认识是就文学与创作的对立关系而言的。他对文学翻译的本质有界定：文学翻译本质上是一种运用形象思维的再创作。译者的任务就是用恰如其分的语言，再现原文中的人物形象。

1983 年 2 月，胡玉萍访谈稿《文学翻译是艺术形象的再创造——访文学翻译家张友松》发表于《丑小鸭》第 2 期。张友松介绍了自己的翻译经验，提出“文学翻译是艺术形象的再创造”的观点。

马克·吐温是一位幽默大师，译者必须细心揣摩他所描绘的各色人物形象和言谈举止。人物的刻画是文学作品成败的关键，文学翻译是艺术形象的再创造。译者想要传神地表达出原著的风格，决不能只求字面上的传述，最重要的是要使作品中的各色人物有血有肉，有声有色。年龄、身分、社会地位、文化水平各不相同的人物，各有特点，他们的语言、举动和神情都要在译文中恰如其分地表达出来，只有这样，才能真正做到忠于原著。从事文学创作和翻译，都需要运用形象思维。翻译工作者如果只有笔杆的活动，而没有心灵的活动，译文就不能传神。②

这是张友松第一次在期刊上讲述他的文学翻译是再创造的观念。他的

---

①张友松，《文学翻译漫谈》，见《当代文学翻译百家谈》，北京：北京大学出版社，1989：432~433。

②胡玉萍，《文学翻译是艺术形象的再创造——访文学翻译家张友松》，载《丑小鸭》，1983（2）：77。

这段经验总结里，还有一个词特别重要——“传神”。也就是说，他认为，文学翻译的目的是要传神地译出原著的风格。文学翻译的核心问题是将艺术形象（各色人物）的特点恰如其分地表达出来。他的这种翻译观本质上是一种翻译艺术论。

1983年7月，张友松的《我的翻译生涯》出版。该文为回忆录，总结了他从事文化教育工作的经验体会和人生感想，详细介绍、说明了他翻译八部马克·吐温著作的缘由和过程。他再次强调文学翻译是再创作的观点（“文学翻译应是一种运用形象思维的再创作”）。

> 翻译就不只是两种文字的转移，也不是绞脑汁的苦差，而是译者调动自己的思想感情的一种极为愉快的工作。通过实践，我才真正体会到文学翻译应是一种运用形象思维的再创作。译者应倾注饱满的热情，力求表达原作者的风格和神韵，使书中的人物有血有肉，有声有色，活现在纸上，与自然风光情景交融，叙事与对话都要译得恰如其分，尽可能使读者象读原著一样，又象读中文的创作一样，获得艺术的享受。①

是文中，张友松的总结更为精辟，也拓宽了之前提出的观点。除了论及原作者的风格和神韵之外，他还对读者的阅读体验进行了阐释。在此，他将文学翻译的目的点出，将译文的阅读效果提升到评判译文价值的高度。

1984年6月5日，张友松的《略谈翻译工作和学习语文》发表于《语文教学之友》第6期。是文中，他再次提及文学翻译要传达原作的神韵和艺术魅力。

> 翻译外国文学作品，不但要有相当的外文和中文水平，还要表达原作者的神韵；同时还得掌握一些翻译技巧。……译外国作品，首先要把译者的思想感情倾注于原著之中，对作品的各色人物和不同情景的反复揣摩，吃透原文，然后下笔。……文学翻译决不只是简单的文学工作，最重要的是译者要运用自己心灵的活动，把原著的艺术魅力表达出来。②

张友松从翻译和语文学习的角度来谈译文的再创作、阅读、接受。他

① 张友松，《我的翻译生涯》，见《文化史料丛刊 第7辑》，北京：文史资料出版社，1983：85~86。

② 张友松，《略谈翻译工作和学习语文》，载《语文教学之友》，1984（6）：1。

提出文学翻译工作者承担着介绍外国文学的任务。就选择外国文学作品当作教材而言，他认为："不可轻易采用那些洋腔洋调、诘屈聱牙的译品，贻误后学。"①

1990年4月25日，张友松的《我对文学翻译的探索和经验体会》发表于《世界文学》第2期。该文总结了15条翻译经验、诀窍和观点。在最后一条中，他再次重申文学翻译是再创作的观点（"文学翻译是一种再创作"）。

> 文学翻译是一种再创作，译者既要忠于原作者的风格，又要用纯熟的本国语言展现书中人物的风貌和言谈举止，以及自然景物变化万端的实况。这就需要译者将全部身心沉浸在原著的境界中，使读者对译文产生浓厚的兴趣。关于创作和翻译孰难孰易的问题，文学界一向有不同的看法。多数富有经验的严肃译者都尝到过文学翻译的甘苦，深知一般人认为翻译比创作容易的看法是一种偏颇之见。直到现在，翻译的稿酬始终与创作差距很大，这是很不公允的。因为译者笔下既要忠于原著，又要力求译文的精湛；有时比作家反而需要付出更多的脑力。②

1982—1990年，张友松的表述由"文学翻译应是一种再创作"转变为"文学翻译是一种再创作"，这里面有他自己逐步认识和完善这一观点的历程。他的文学翻译是再创作的论断，主要是从文学作品风格的传译上来阐述的。对原文人物的言谈举止、心理描绘，对情境的描摹物象、写景抒情等，均需要译者用纯熟的本国语言重新展现出来。

总的来讲，张友松的文学翻译创作论有以下特色：

1）先决条件。张友松认为，在翻译时，译者首先要有身心方面的投入。译者的投入指的是译者要有心灵的活动，调动思想感情，倾注饱满的热情，将全部身心沉浸在原著的境界中，去细心揣摩原著。他指出："翻译工作者如果只有笔杆的活动，而没有心灵的活动，译文就不能传神。"③

2）核心理念。张友松认为，文学作品中人物形象的刻画最重要，翻译也要围绕这一点来进行。因此，文学翻译中文学形象的再创造是其翻译思想的核心理念。译者的任务就是将原作中各色人物的特点（如外貌、语

①张友松，《略谈翻译工作和学习语文》，载《语文教学之友》，1984（6）：1。
②张友松，《我对文学翻译的探索和经验体会》，载《世界文学》，1990（2）：276。
③张友松，《我的翻译生涯》，见《文化史料丛刊 第7辑》，北京：文史资料出版社，1983：77。

言、举动和表情），在译作中恰如其分地译出来，这才是真正的忠实于原著。

3）翻译落脚点。张友松反对单纯的文字传译，他所提倡的译文中文学形象再造的落脚点就是语言的处理。他用了一个词来反复明示——恰如其分。当然，这是一个很主观的标准，粗略来讲，就是译者要用恰如其分的语言再现原文中的人物形象。

张友松的翻译观并没有多少理论上的创新，与茅盾为代表的“艺术创造性翻译”观类似。1954 年 8 月 19 日，茅盾在全国文学翻译工作会议上做报告——“为发展文学翻译事业和提高翻译质量而奋斗”。他在第三部分“必须把文学翻译工作提高到艺术创造的水平”中提出了“艺术创造性翻译”的思想。茅盾认为：“文学的翻译是用另一种语言，把原作的艺术意境传达出来，使读者在读译文的时候能够像读原作时一样得到启发、感动和美的感受。”①他最终提出：“文学翻译的主要任务，既然在于把原作的精神、面貌忠实地复制出来，那么，这种艺术创造性的翻译就完全是必要的。”②他在如此重要的场合提出来的纲领性文件，影响了翻译家的价值取向和思想观念。③若拿张友松的翻译观与茅盾的讲话来对照，我们发现张友松事实上响应了茅盾的号召。在“艺术创造性翻译”观之外，张友松的其他言论，如翻译批评、翻译工作者的集体互助、出版校订和编辑工作、翻译新生力量的培养，都与茅盾的发言有一定的相似之处。

二、“文学翻译再创作”观念对翻译实践的影响

翻译观的确立“不仅仅对拟译文本与翻译策略有着重大的影响，对译者的具体方法和处理原则也有着直接的影响”④。张友松主张翻译与创作并重，他甚至认为，翻译比创作更难；同样，文学翻译是一种再创作。他得出这一诗学观有其翻译实践的基础，他在不同场合提及翻译八部马克·吐温著作的实绩，以支撑其翻译观和诗学观。他曾说：“我从接受翻译

①茅盾，《为发展文学翻译事业和提高翻译质量而奋斗》，载《世界文学》，1954（10）：11。

②茅盾对文学翻译的定义可见于此：“这样的翻译……要求译者通过原作的语言外形，深刻地领会了原作者的艺术创造的过程，把握住原作的精神，在自己的思想、感情、生活体验中找到最合适的印证，然后运用适合于原作风格的文学语言，把原作的内容和形式正确无遗地再现出来。”参见茅盾，《为发展文学翻译事业和提高翻译质量而奋斗》，载《世界文学》，1954（10）：11~12。

③茅盾作为国家赞助人代表和有名望的翻译专业人士，他对译文语言表现形式的态度（反对直译和欧化），为翻译诗学拓展了一定的空间。参见廖七一，《20 世纪中国翻译批评话语研究》，北京：北京大学出版社，2020：239。

④许钧，《翻译论（修订本）》，南京：译林出版社，2014：163。

马克·吐温的作品这一任务以来，为了让译本的读者能够获得阅读原著的艺术享受，从实践中摸索出了一些经验和诀窍。”[①] 他的文学翻译创作论有落实之处，他总结了15条经验，涉及译者素养、译文可读性、字典的使用、长难句的处理、方言的翻译、用词的语境、译文文采、译文风格和韵味、合译者的水准、文学翻译的艺术性等。简要总结起来，这15条翻译经验是：（1）从事文学翻译，首先必须打好外语和中文的基础，对自然科学和社会科学也要稍懂一些；（2）译文要忠于原著，而又不死板，使人读来不觉枯燥乏味；（3）译者应多读中外古典名著和当代名家作品，扩大自己的词汇，提高表达能力；（4）不可专靠查字典，对辞书中的释义要善于灵活而准确地引申；（5）处理难句必须多动脑筋，想出妙法来，把一个难译的句子译得切合原意，不露破绽；（6）翻译方言土语，译文就得像中国方言土语的口气；（7）译文应使长句的语法结构条理分明，而又符合中文的格调，不露“洋腔”的痕迹；（8）用词造句均应照顾上下文的统一；（9）译者应在适当的地方采用一些我国古典文学中的笔法，这可以增添译文的风采，但此法不宜滥用；（10）译者也要像作家一样，进入角色，揣摩原著中各色人物和情景的意境，用纯熟而入神的词句在译文中将其表达出来，以求与原著的风格和韵味相吻合；（11）对原著中的各色人物要多多揣摩，用恰如其分的语言译述出来；（12）小说当中有时出现的一些不成熟的儿童小诗，译者切不可把它译得像诗人的作品那样高雅，以致失去原文的风趣；（13）合译者必须具有大致不差的水平；（14）“信达雅”标准不适用于文学翻译，因为文学作品都具有艺术性，翻译外国作品就要把原著的艺术性表达出来；（15）文学翻译是一种再创作，译者既要忠于原作者的风格，又要用纯熟的本国语言展现书中人物的风貌和言谈举止，以及自然景物变化多端的实况。[②]

从这15条中，我们可以看出，张友松的诗学观对他的翻译实践产生了深刻的影响。在具体的翻译层面，他的语言处理原则涉及上述的第4、第5、第6、第7、第8、第9、第10、第11、第12条。这9条技术处理原则表明，他的译文语言观是归化式的。他非常强调译文语言的地道、自然、纯熟、入神，符合中文的格调，灵活而准确，一定要恰如其分。

在他所举的例子中，第5条中有一个难译句子的处理，从中可以看出其诗学观。这是一个未完成的句子，选自中篇小说《败坏了赫德莱

①张友松，《我对文学翻译的探索和经验体会》，载《世界文学》，1990（2）：272。
②同上：272~277。

堡的人》。该句讲的是一对被人公认最不可能贪图非分之财的理查兹夫妇，在经不起诱惑，企图侵吞陌生人委托他们暂时保管的一袋 160 磅零 4 盎司的黄金时，老太太讥讽丈夫。原文是："just blasphemous presumption, and no more becoming to a meek and humble professor of—" ①张友松的译文是："无非是冒犯神灵的胆大妄为，根本就和你装出的那副温和谦让的神气不相称，亏你还假惺惺地自命为……" ②

理查兹太太的这句话并没有讲完，张友松认为，这句话措辞十分尖刻，用了一些不易摸透的字眼，如照原文的字序和词性来译，肯定行不通。经过反复思索，他译出了上面这个例句。在这个例子中，他用了四字结构"冒犯神灵""胆大妄为""温和谦让"，以及副词"假惺惺地"。在整段话的翻译中，他打乱了句序，重新组织。他把句子中的两处"ordered"（命中注定）调整为后置的强调句"那就什么都是命中注定！""这就叫命中注定"。因原文是斜体，在 1958 年的繁体横排版中，他将第二处"命中注定"改换了字体（第三处没有改字体），以示突出。③他总结道："译这么一句话，必须完全摆脱原文的结构和词义的约束，独辟蹊径，在吃透原句的含义的前提下，灵活地译成一个地道的中文句子。"④这句话最难译的是"professor"一词。他并没有按字典上的释义进行死译（"声明者""自称者""声称……的人"），而是根据其"自称"含义，将其引申译为"自

① "Ordered! Oh, everything's *ordered*, when a person has to find some way out when he has been stupid. Just the same, it was *ordered* that the money should come to us in this special way, and it was you that must take it on yourself to go meddling with the designs of Providence—and who gave you the right? It was wicked, that is what it was—just blasphemous presumption, and no more becoming to a meek and humble professor of—" 参见 Mark Twain. *The Man that Corrupted Hudleyburg*. New York: Happer and Brothers Publishers, 1928: 15.

② 整段译文为："'命中注定！啊，一个人干出这种傻事，要替自己找理由，那就什么都是命中注定！不管怎样，这笔钱在这种特殊情况之下落到我们手里，这就叫命中注定，可是你偏要自作主张，干预老天爷的意旨——是谁给了你这种权力？这叫作不知好歹，就是这么回事——无非是冒犯神明的大胆妄为，根本就和你装出的那副温和谦让的神气不相称，亏你还假惺惺地自命为……'"参见马克·吐温，《败坏了赫德莱堡的人》，见《百万英镑的钞票》，张友松译，南昌：江西人民出版社，1986：267。

1954 年的初版是："'命中注定！啊，一个人干出了傻事情，要替自己挣面子，那就什么都是命中注定！不管怎样，这笔钱在这种特殊情况之下落到我们手里，这就叫命中注定，可是你偏要自作主张，干与老天爷的意旨——是谁给了你这种权力？这叫作不知好歹，就是这么回事——无非是冒犯神明的大胆妄为，根本就和你装出的那副温和谦让的神气不相称，亏你还假惺惺地自命为……'"参见马克·吐温，《马克·吐温短篇小说集》，张友松译，北京：人民文学出版社，1954：15。

③ 马克·吐温，《败坏了赫德莱堡的人》，常健译，北京：人民文学出版，1958：21。

④ 张友松，《我对文学翻译的探索和经验体会》，载《世界文学》，1990（2）：273。

命为”。他批评柳一株的译文“声言者”[①]是根据字典上的意思译出来的。他认为，这种译法“以致谁也看不懂整句译文是什么意思。全篇译文谬误百出，也就不足为奇了”[②]。反观他的译文，“这既恰切地表达了愿［原］意，又解决了把‘……’放在句末的难题，这就把一个难句译活了”[③]。

张友松的突出贡献在于他的文学翻译创作论来自他翻译马克·吐温作品的实践。因此，从他总结的翻译技巧可以见识其翻译观和诗学观。就译文的语言处理而言，除了论述长难句的翻译技巧外，他还就马克·吐温作品中的语言特色方面的传译进行了论述。他的出发点是能够使译作语言与“原著的风格和韵味相吻合”[④]，这就使得其译文中必然出现“纯熟而入神的词句”“恰如其分的祖国语言”，[⑤]且“生动而恰切”“符合中文的格调，不露‘洋腔’的痕迹”[⑥]。如此，我们可以看出，他的诗学取向是以地道的中文为标准，对齐中文创作的语言特点，因此他理想中的译文是像中文作家创作出来的作品一样。他认为，文学翻译是再创作，认可文学作品内在艺术性的翻译才是最重要的。

第二节　张友松译马克·吐温小说的诗学识别能力辨析

马克·吐温作品中的语言非常独特，文体风格明显。在《哈克贝利·费

① 柳一株的译文为：“命里注定！呵，一切都是命里注定，一个人做了傻瓜，总要找出一些宽解的方法。同样的，命里注定了这笔钱一定要这么奇怪地送到我们手里，而你却偏要干预神的安排——谁给你这一权利？这是有罪孽的，就是如此——正是邪恶的专横，和一位温顺而谦恭的声言者不相称——”参见马克·吐温，《一个败坏了哈德勒堡的人》，柳一株译，上海：新文艺出版社，1953：41~42。
柳一株曾在1951年《翻译通报》第2卷第4期的“翻译消息”一栏中，留下一条翻译消息：“我正在翻译1943年莫斯科版的‘马克吐温小说集’（*Mark Twain Selected Stories*），全书约十八万字，现已完成五分之一，预定本年五月脱稿。（柳一株：重庆张家花园巴蜀中学巴教村9号）”参见高迺贤等，《翻译消息（四十则）》，载《翻译通报》，1951（4）：46。1953年10月，柳一株所译的中篇小说《一个败坏了哈德勒堡的人》由新文艺出版社出版。柳一株是一位业余译者，她认为：“马克·吐温的作品是比较难译的。他那种独特的幽默风格极难传神，因此我虽然尽了最大的努力，自信做到了字字推敲，句句斟酌，而且又经过逐字逐句地一再校对，反覆修改……”参见柳一株，《译后记》，马克·吐温，《一个败坏了哈德勒堡的人》，柳一株译，上海：新文艺出版社，1953：121。
② 张友松，《我对文学翻译的探索和经验体会》，载《世界文学》，1990（2）：273。
③ 同上：274。
④ 同上：275。
⑤ 同上。
⑥ 同上：274。

恩历险记》中，马克·吐温写了一段作者《说明》，张友松在1959年的版本中将其照实译出[①]：

> 这部书里使用了好几种方言土语，包括密苏里的黑人土话；西南部边疆地带极端粗野的方言；"派克县"的普通方言；还有最后这一种方言的四个变种。这些方言色彩并不是随意拼凑，或是凭臆测写成，而是煞费苦心，以作者对这几种语言的直接熟悉，作为可靠的指南和支柱而写成的。
>
> 我之所以说明这一点，是有原因的：如果不加说明，许多读者就会以为这些人物想要说同样的话，而没有说得好，那就与事实不符了。[②]

马克·吐温在其他著作（如《汤姆·索亚历险记》）里面并没有此种关于写作语言的说明。在张友松译的马克·吐温著作中，两部历险记（《哈克贝利·费恩历险记》《汤姆·索亚历险记》）的译文最受人称道，其原因之一便是他对原作语言风格的译介很到位、很成功。[③]如前文所述，他本人对此也是颇有心得。如果从译者的诗学识别能力角度而言，正是马克·吐温的这一《说明》，提醒了他要特别注意其中的语言（尤其是方言）的翻译。他在首版《哈克贝利·费恩历险记》（1956）中并未将其译出，但在《译后记》中对该书的语言和文体风格有过专门交代：

> 本书是以哈克·费恩自述的语气写成的，通篇充满了方言俗语。为了符合原作的风格，尽量表达哈克的口吻，译者极力避免了采用文言词汇和生硬的句法；译文虽然酌量采用了一些不难懂的方言俗语，基本上还是用的普通北京话。有些地方，为了忠于原作，译者努力保持了作者故意安排的滑稽可笑的插曲。譬如第十七章后半那首打油诗，原是一个惯爱自炫才华的女孩子的"杰作"，除瞎凑的韵律外，什么也没有。这样的"诗"，译出来也应该保持那拙劣可笑、幼稚而牵强的意味；如果译者偏要极力把它译得像一首成熟的诗，那就取消了原

① 最初的中国青年出版社版本（1956）中并未译出该《说明》。

② 马克·吐温，《哈克贝利·费恩历险记》，常健、张振先译，北京：人民文学出版社，1959：1。

③ 徐德荣和王翠转借助社会符号学的分析框架，根据语用意义包含的表征、表达、联想和社交意义，通过对比分析《哈克贝里·费恩历险记》两个版本（张友松、张振先译本和贾文浩、贾文渊译本）中人物对话文体风格的翻译再现，对张友松译文既有肯定之处，也指出了不足所在。参见徐德荣、王翠转，《儿童冒险小说中对话的文体风格再现——以〈哈克贝里·费恩历险记〉为例》，载《当代外语研究》，2017（4）：99~105。

作的风趣，使它变得索然无味了。本书译文一定还有不够表达原作风格的地方和其他缺点，译者很希望能够得到广大读者和翻译界同志们的帮助，以便再加订正。①

张友松的解释显然可以证明他读过《哈克贝利·费恩历险记》原文中的《说明》。他努力识别原文的诗学特征，最后想出的对策是以方言（普通北京话②）对译方言。1956年版的《哈克贝利·费恩历险记》就非常明确地展示了他的这种翻译策略，译文脚注便是明证。

表4-1　张友松译《哈克贝利·费恩历险记》（1956）中的北京方言脚注统计

序号	译文	脚注	页码
1	再把斧子扔到旮旯儿里	北京话的"旮旯儿"就是角落的意思，音"嘎啦儿"。	38
2	我豁着这条命不要了	"豁着"是北京方言，意思是"拼着"，"舍去"。	46
3	他说这可做得率	"率"是北京方言，意思是"漂亮"，"出色"。	49
4	不像大伙儿说的那么傻拉瓜吉的	北京土话："傻拉瓜吉"就是"傻头傻脑"。	131
5	也并不赖呀	北京土话："不赖"就是"不坏"。	146
6	也许还有别的马戏班比那个更棒	北京土话："棒"就是"好"或"出色"的意思。	175
7	她是个豁嘴子	北京话"豁嘴子"就是缺嘴的意思，也叫做"豁子"。	187
8	他们可真是够坐蜡的呀	"坐蜡"是北京俗话"为难"的意思。	222

①张友松、张振先，《译后记》，见马克·吐温，《哈克贝利·费恩历险记》，张友松、张振先译，北京：中国青年出版社，1956：349。

②中华人民共和国成立后的文字改革历程可以分为四个阶段：1949—1955年是序幕（研究准备阶段）；1956—1965年是高潮（全面开展阶段）；1966—1976年是低潮（基本停滞阶段）；1977—1985年是复兴（恢复发展阶段）。参见王均，《当代中国的文字改革》，北京：当代中国出版社，1995：53。
1955年10月15—23日，全国文字改革会议在北京召开，在会议决议中，以北京语音为标准音的普通话（汉民族共同语）地位得以确立。张友松的《哈克贝利·费恩历险记》中的《译后记》作于1955年8月27日，由此可见，普通北京话在其翻译之初仍属于汉语方言。

（续表）

序号	译文	脚注	页码
9	他们还时不常儿地把国王望一眼	北京土话:“时不常儿地”就是“不时”和“时而”的意思。	231
10	你别再装蒜	北京土话:“装蒜”就是“假装得很像真的”或是“装糊涂”的意思。	243
11	那时候你就得抓瞎	北京土话:“抓瞎”是“不知怎么办”的意思。	247
12	这一问可问得真有点儿悬	北京土话:“悬”就是“危险”或“不好对付”的意思。	261
13	还有长虫和蜘蛛什么的也会觉得替你难受	北京土话:“长虫”就是“蛇”的俗名。	310
14	免得这些家伙火儿上来	北京土话:“火儿上来”就是“冒火”和“由于不耐烦而生气”的意思。	321

张友松译文脚注中有14条明确指出是北京话，并且解释了译文在北京话里面的意思。除在译文中特别注明的北京方言（张友松更多的是用“北京土话”四字，计9处）之外，他还使用了不少北京话中的儿化音，如第14章中有一大段所罗门的讲话：

> 你瞧瞧这椿事儿吧。那儿有个树墩子，那儿——那就算是一个娘们儿吧；你在这儿——就算是另外那个娘们儿吧，我是所罗门；这儿这一块钱的票子，就算是那个小孩儿吧。……回来就把它全须全尾地交给本主儿，只要有点儿脑筋的人不都是这么办吗？不；我偏要拿起这张票子来，呲啦一下子就把它撕成两半，这半儿给你，那半儿给那个娘们儿。所罗门就硬要拿孩子也这么办。现在我就要问你：那半张票儿能干么？①

在这一段译文里，张友松就用了14个“儿”字。他如此翻译的原因在于原文（即所罗门的讲话）②本身具有很强的方言特色。所罗门讲话时口音很重，爱用“de”（the）、“en”（and）、“dat”（that）、“er”（of）、“wid”

① 马克·吐温，《哈克贝利·费恩历险记》，张友松、张振先译，北京：中国青年出版社，1956：90。

② Mark Twain. *The Adventures of Huckleberry Finn*. New York: Harper and Brothers Publishers, 1918: 108.

（with）等词汇。此外，他的发音、词汇、惯用法跟一般的英语区别很大。张友松选用北京方言来翻译也是为了凸显原文的诗学特色。正如他宣称的那样，他特意选用北京话来译方言，全篇中的儿化音现象也较为常见，如“华森小姐老是找我的碴儿”“光有线没有钩儿对我也没有什么用”“我碰巧把盐罐儿打翻了”“一个字儿也不差”“就这样溜一会儿听一会儿，溜一会儿听一会儿”“是这么回事儿”“我就好像是整个儿泄了气似的”“干脆就跟你一块儿开溜吧”“假装着悄悄儿祷告”“闪电也越来越上劲儿”“可是我简直连换个花招儿都来不及了”“说不定会出岔儿”“干些冒险的事儿”等。

因全国文字改革将北京方言确定为普通话，并在全国范围内大力推广，至 1959 年版的《哈克贝利·费恩历险记》，人民文学出版社将张友松译本中的这北京方言脚注都删除了，其他脚注予以保留。如此一来，张友松竭力明示的译文语体特色也就大打折扣，但他并没有在之后的版本中做出大的修改，没有再尝试用新的方言来对译原文的方言。

在张友松其他马克·吐温的译作（如《汤姆·索亚历险记》），以及他总结的翻译观念中，他对翻译中的语言问题有着很透彻的理解。正如他向记者胡玉萍所说的那样：“马克·吐温是一位幽默大师，译者必须细心揣摩他所描绘的各色人物形象和言谈举止。……他们的语言、举动和神情都要在译文中恰如其分地表达出来。”[①] 他提出的“文学翻译是艺术形象的再创造”的观点，其承载处就是译文语言风格的传递。经过文本细读，他译马克·吐温著作的诗学意识和识别能力非常突出，这也是其译笔备受称赞的主要原因。

第三节　童趣的翻译：艺术性再创作中的诗学体现

语言学家杰弗里·利奇（Geoffrey Leech）和米克·肖特（Mick Short）在研究小说文体时曾提出了文体特征范畴的“核对清单”，共包括五大类：词汇、语法、修辞格、衔接和语境。[②] 利奇最早从形式层、实现层和语义

① 胡玉萍，《文学翻译是艺术形象的再创造——访文学翻译家张友松》，载《丑小鸭》，1983（2）：77。

② Geoffrey Leech & Mick Short. *Style in Fiction: A Linguistic Introduction to English Fictional Prose*. 2nd Ed. Harlow: Pearson Education, 2007: 61.
张德禄补充认为，音系特征和字系特征也应考虑在内。参见张德禄，《功能文体学》，济南：山东教育出版社，1998：49。

层对偏离的文体特征做出总结，概括了八种偏离[①]的情况：词汇偏离、语法偏离、语音偏离、书写偏离、语义偏离、方言偏离、语域偏离、历史时代偏离。[②]韩礼德（Michael A. K. Halliday）接受了利奇的观点，把突出特征分为两种：一类是否定的，是违反常规的；另一类是肯定的，是建立常规、强化常规的。[③]前者为“失协”（incongruity），后者为“失衡”（deflection）。[④]因此，我们可以借助功能文体学理论，比较分析《汤姆·索亚历险记》原文和张友松译文的几种偏离情况，以探究张友松的翻译策略及其体现的翻译诗学思想。

《汤姆·索亚历险记》具有很强的文体特色，充满了童趣。马克·吐温用幽默风趣的笔调绘声绘色地描写了儿童生活和心理特点。在翻译中，如何传递原作的童趣是译者进行儿童文学翻译时需要考虑的首要问题。“儿童文学中的语体和童趣等都是十分微妙的问题，需要译者有敏感的文体意识，敏锐的语言感受力和丰富的想象力才能实现译作与原作的‘功能对等’。”[⑤]在翻译马克·吐温的两部历险记（《汤姆·索亚历险记》和《哈克贝利·费恩历险记》）时，张友松有过这样的心路历程：

> 我必须狠下一番功夫，严肃认真地对待这项工作，切不可草率从事，力求不辜负领导上对我的信任，我要维护这位誉满全球的幽默大师的名声，也要对得起爱好吐温的广大读者。因此我就反复细读 *The Adventures of Tom Sawyer*（《汤姆·索亚历险记》）和 *The Adventures of Huckleberry Finn*（《哈克贝利·费恩历险记》）这两部脍炙人口的力作，经过仔细咀嚼，对书中情节和这位幽默大师批判现实主义作家的生花妙笔逐步加深了体会。于是我就根据这两部作品中刻画的不同年龄不同性格和不同的言谈举止的各色人物，反复揣摩，字斟句酌，一丝不苟地运用我们祖国语言的丰富词汇表达出来，把自己的心灵融化在作者的意境之中，力求使书中人物个个都有血有肉、栩栩如生地呈现在

---

①赵速梅、宫经理又提出了除这八种偏离形式之外的六种前景化，分别是修辞前景化、文化前景化、文体风格前景化、数量前景化、标点符号前景化、句法前景化。参见赵速梅、宫经理，《论前景化理论与小说文本翻译研究》，载《外语学刊》，2007（2）：130。

②Geoffrey Leech. *A Linguistic Guide to English Poetry*. London & New York: Longman, 1969: 42–52.

③Michael A. K. Halliday. *Exploration in the Functions of Language*. London: Edward Arnold, 1973: 113.

④胡壮麟等，《系统功能语言学概论（第3版）》，北京：北京大学出版社，2017：397。

⑤徐德荣，《儿童文学翻译刍议》，载《中国翻译》，2004（6）：36。

读者面前，对变幻莫测的自然风光也要使读者有身临其境的感觉。总之，我要使人读了我的译本，能够获得阅读原著的艺术享受。有时为了某些难译的词句反复推敲，苦思力索，并向行家求教，到了最后决定采取恰如其分的译法时，心中的喜悦是难以言喻的。[①]

张友松的诗学追求很明确，就是要让译作读者获得阅读原著那样的体验。如此一来，他特别注意译文的功能、语境和意境的营构、人物举止言谈和形象的刻画、遣词造句的考究。他特别喜爱《汤姆·索亚历险记》，“我的童年生活与汤姆·索亚的情况很有一些相似之处，因此我译这部书时，兴趣特别浓，着笔格外轻松”[②]。

由上观之，张友松深刻地意识到了马克·吐温著作的文体特色，耗费了很多心力来处理原文中的语言偏离。为了更加具体地评价他传译原文中的诗学特色，下文从语音、语域、语相三个层面来考察和评价其译作《汤姆·索亚历险记》[③]中的语言偏离现象。

一、张译《汤姆·索亚历险记》语音效果的诗学再现

“儿童文学有其特殊的、适合儿童读者的语音特征，因此，可读性的第一个检查点就是文字本身语音特征的翻译再现。”[④]象声是儿童文学作品中的一种显著的语音特征，能够直接把读者带入现场情景，“从层次上讲，象声跨越词汇语法和音系两个层次；从级阶上讲，象声跨越音节和音步两个级阶”[⑤]。经统计分析，张友松在翻译时最大程度地再现了原文词汇的拟声性，有时还添加了汉语的象声词，以满足一些拟声特征，充分表达了词汇含有的感情色彩。

例 4-1

原文：The ticking of the clock began to bring itself into notice. Old beams began to crack mysteriously. The stairs creaked faintly. Evidently spirits

①张友松，《我选译马克·吐温小说名著的历程》，载《中国比较文学》，1991（2）：194~195。

②同上：196。

③因后文分析《汤姆·索亚历险记》中的语相时，只有张友松1955年的首译本中有相关图文，该版本于1978年出版了简体横排版，图文横排照录；后出的版本中都没有照排，因此本书采用的版本是1978年人民文学出版社的版本。

④徐德荣、杨硕，《论儿童文学翻译批评的“求真—务实”综合模式》，载《外语研究》，2017（1）：88。

⑤张德禄，《功能文体学》，济南：山东教育出版社，1998：90。

were abroad. A measured, muffled snore issued from Aunt Polly's chamber. And now the tiresome chirping of a cricket that no human ingenuity could locate, began. Next the ghastly ticking of a deathwatch in the wall at the bed's head made Tom shudder—it meant that somebody's days were numbered.①

张译：钟摆滴答滴答的响声渐渐引人注意起来。那些老屋梁神秘地发出裂开似的响声。楼梯也隐隐约约地、叽叽嘎嘎地响。分明是鬼怪在活动了。波莉阿姨卧房里传来一阵匀称的、闷住的鼾声。一只蟋蟀开始发出令人心烦的唧唧叫声，这种声音，无论什么人也不能凭他的机智听出是在什么地方。其次床头的墙里又有一只报死虫发出可怕的卡嗒卡嗒的声音，把汤姆吓得发抖——②

这段文字描述了汤姆晚上偷偷从家里溜出去时，他听到的四周的声音。原文惟妙惟肖的声音描写反衬了夜晚的寂静，突出了汤姆彼时的鬼鬼祟祟、心惊胆战。原文通过拟声词来体现前景化，如“ticking”“crack”“creaked”“muffled”“chirping”等，此外还有使用了音韵效果，如头韵③“began to bring”“beams began”“measured, muffled”，以及“bed's head”中的元音韵。文内声音压抑，使用了很多短促的声音来营造一种紧张的气氛，如 /t/、/k/、/i/、/m/、/s/、/d/、/e/ 这些声音的持续重复。这些声音描绘出来的效果在结尾的动词“began”中得到爆发。张友松的译文采用了拟声（“滴答滴答”“叽叽嘎嘎”“唧唧”“卡嗒卡嗒”）、重复（“滴答滴答”“渐渐”“隐隐约约”“叽叽嘎嘎”“唧唧”“卡嗒卡嗒”）、比喻（“裂开似的响声”）等修辞手段来重构原文的诗学特色。最有意思的是，张友松在翻译两处“ticking”时，并没有重复用词（“滴答滴答”“卡嗒卡嗒”），

① Mark Twain. *The Adventures of Tom Sawyer*. New York: Harper and Brothers Publishers, 1922: 80.

② 马克·吐温，《汤姆·索亚历险记》，张友松译，北京：人民文学出版社，1978：67。

③ 皮特·福西特认为，译者需要具备音韵学知识，更为重要的是要对声音保持敏感度，以便判断作者是有意营造还是纯属巧合，最终才能决定是否可能在译文中再现声音效果（并不强求使用同样的声音）。参见 Peter Fawcett. *Translation and Language: Linguistic Theories Explained*. Beijing: Foreign Language Teaching and Research Press, 2007: 11。勒菲弗尔认为，“头韵是一种标志性的诗学措施”，译者应当能够识别这些受尊崇的词语，并且能够在目标语中再造同样高水平的头韵。参见 André Lefevere. *Translating Literature: Practice and Theory in a Comparative Literature Context*. Beijing: Foreign Language Teaching and Research Press, 2006: 50。
从这个意义上讲，张友松完全识别出了原文的诗学措施，并以同样高的水平再造诗学效果。

尤其是“卡嗒卡嗒”一词的译法，模仿了报死虫发出的那种“卡卡”的摩擦音，显得格外可怕。张友松译本中的这些象声词具有韵律感，完美地再现了原文的语音效果。

张友松再现原文声音的尝试还有其他例子，如“一阵深沉的叮当当、叮当当”（a deep-toned ding-dong-dong, ding-dong-dong）、“叮—噢玲—玲！”（Ting-a-ling-ling!）、“一股洪水哗啦哗啦地”（a deluge of water）、“衣服沙沙地响了一阵”（a rustling of dresses）、“啄木鸟得得得的啄木声”（hammering of a woodpecker）等。

儿童文学翻译理论家丽塔·奥特宁（Riitta Oittinen）认为，能够大声朗读是儿童文学及其翻译的典型特征，儿童文学的文字“要在大人的舌头上鲜活、滚动且口感好”①。除了象声词外，叠词是汉语的一大特色，在儿童文学中运用频率很高。张友松也常常在译文中使用叠词，使译文读起来童趣盎然。

例 4–2

原 文： Nudges and winks and whispers traversed the room, but Tom sat still, with his arms upon the long, low desk before him, and seemed to study his book.②

张译： 教室里大家用胳膊肘互相推一推，眨眨眼睛，咬咬耳朵，可是汤姆安安静静地坐着，胳膊放在面前那条矮矮的长书桌上，装做看书的样子。③

马克·吐温在原文中使用了三个名词（“Nudges and winks and whispers”）作主语，采用拟人的手法，形象地描绘了汤姆挨打之后，被罚去和心仪的女生坐在一起时，教室里同学们的反应。张友松在翻译时，增译了主语“大家”，将拟人修辞替换成了重复，将名词译作动词（“推一推”“眨眨”“咬咬”）。此外，他还将句中的三处头韵（“winks and whispers”“sat still”“long, low”）都译成了叠词（“眨眨眼睛，咬咬耳朵”“安安静静”“矮矮”），增强了译文的音韵特色，使译文看起来更醒目，听起

---

① Riitta Oittinen. *Translating for Children*. New York & London: Garland Publishing, 2000: 32.

② Mark Twain. *The Adventures of Tom Sawyer*. New York: Harper and Brothers Publishers, 1922: 80.

③ 马克·吐温，《汤姆·索亚历险记》，张友松译，北京：人民文学出版社，1978：51。

来更悦耳。同时，他还将孩子们的形态、动作和心理展现了出来。

张友松使用叠词的译法还有很多例子，如“往背后瞧瞧”（look behind）、“飘飘然走回家去”（rode home）、“从从容容的谎话”（serene statement）、“时时刻刻都盼望着”（expecting every moment）、“Baby!”（小娃娃！）、“哭脸娃娃”（the cry-baby）、“贝奇——我悄悄儿说吧，我轻轻地，轻轻地冲着你耳朵里说”（Becky I'll whisper it, I'll whisper it ever so easy）。在最后这个例句中，同样是动词“whisper”，张友松采用了两种叠词（“悄悄儿”“轻轻地”），并在对译第二处动词时，又将“轻轻地”重复了一次，生动地展现了汤姆对着贝奇说情话的样子。

二、张译《汤姆·索亚历险记》语域偏离中的诗学张力

韩礼德等人认为，“语言随功能的变化而变化”[①]，即“语域”（register），特指语言的功能变体，在不同的语境里，讲话者从语言系统里选择适合于情景语境的语言。是否适合语境是制约文体选择的首要条件，“即是否在情景中具有其由情景语境所规定的功能”[②]。有学者认为，语篇的创作过程就是一个语域的建立过程，用之于翻译研究，对原文语篇和译文语篇的理解就是重建这两种语篇语域的过程。[③]

下面我们分析的是小说里的两处语域偏离，更准确地讲，是语域混用（指两种或两种以上不同语域在同一语篇中交错使用的现象）。从小说原文的历史语境看，汤姆的日常言语风格是后期现代英语，在常规的背景烘托下，例 4-3 中的中古英语用法被前景化，因其变异引起读者对这里面所包含的文学性进行解读。这段对话发生的背景是汤姆遭到心仪女孩的拒绝和波莉阿姨的责备之后，非常郁闷，非常绝望，于是决定和“志同道合”的朋友——乔埃和贝利一起去当侠盗。汤姆不爱传统的主日学校生活，不爱朗诵《圣经》，却酷爱侠盗小说“罗宾汉”之类，还能背下其中的语句及“the Black Avenger of the Spanish Main”“the Red-Handed”“the Terror of the Seas”等封号。原文的这些表达和侠盗小说中的中古英语让读者深深地感受到孩子们的侠盗情怀和童趣。

① Michael A. K. Halliday, Angus McIntosh & Peter Strevens. *The Linguistic Sciences and Language Teaching*. London: Longman, 1964: 87.
② 张德禄，《功能文体学》，济南：山东教育出版社，1998：53。
③ 高生文，《语域视角下的翻译研究——理雅各和辜鸿铭〈论语〉英译比较》，北京：对外经济贸易大学出版社，2016：77。

例 4–3

原文：“Hold! Who comes here into Sherwood Forest without my pass?”

“Guy of Guisborne wants no man's pass. Who art thou that— that— ”

“Dares to hold such language,” said Tom, prompting— for they talked “by the book,” from memory.

“Who art thou that dares to hold such language?”

“I, indeed! I am Robin Hood, as thy caitiff carcass soon shall know.”

“Then art thou indeed that famous outlaw? Right gladly will I dispute with thee the passes of the merry wood. Have at thee!”①

张译：“站住！来者何人，未经许可，竟敢擅入舍芜森林？”

“俺乃羽林吉斯朋爷，走遍天下，向无阻挡。你是何人，竟敢……竟敢……”

“出言竟敢如此无礼，”汤姆说——他是在给哈波提书，因为他们是凭着记忆，从书里背出这些话的。

“你是何人，出言竟敢如此无礼？”

“俺呀，哼！俺乃罗宾汉是也，你这贱骨头马上就会知道俺的厉害。”

“你果真是那有名的绿林好汉吗？我正想与你较量较量，倒看这林中乐土是谁家天下。看剑！”②

在这段对话中，张友松采用了文言语体来翻译中古英语。③“来者何人”四字具有鲜明的中国传统小说特有的呼语性质。“竟敢擅入……”“俺乃……（是也）”等同样具有中国古典文学言语色彩。此外，词汇“俺”“绿林好汉”“较量较量”“林中乐土”“谁家天下”等，一起营构了一幅惟妙惟肖的“山林好汉”对话场景。张友松的这种语体选择并非独家。经研究者统计，23

① Mark Twain. *The Adventures of Tom Sawyer*. New York: Harper and Brothers Publishers, 1922: 78.

② 马克·吐温，《汤姆·索亚历险记》，张友松译，北京：人民文学出版社，1978：65。

③ 单德兴曾翻译斯威夫特的《格理弗游记》，在处理文体时，既要照顾到儿童读者的趣味，又要体现作者语言的时代感，为此，他采用了“较为精炼的语文体，并且不避讳稍具文言色彩的表达方式”，因为“文体的选择除了涉及原作的诠释和再现之外，也涉及标的读者（target audience）的设定”。参见单德兴，《翻译与脉络（修订版）》，台北：书林出版有限公司，2009：58。

个不同时期（1932—2007）的全译本，采用归化策略[①]的译本有15种，将近总数的2/3。[②]语言表达上选用了很多我国的传统词汇，如“羽林军”“大内高手”“文牒”“文牍”“令箭”“快活林”等。

例4-4

原文：“Who goes there?”

“Tom Sawyer, the Black Avenger of the Spanish Main. Name your names.”

“Huck Finn the Red-Handed, and Joe Harper the Terror of the Seas.” Tom had furnished these titles, from his favorite literature.

“’Tis well. Give the countersign.”[③]

张译：“来者何人？”

“西班牙海黑衣侠盗，汤姆·索亚。你等姓甚名谁？”

“血手大盗哈克贝利·费恩，海上霸王乔埃·哈波。”这两个头衔是汤姆从他爱看的小说里找来封给他们的。

“好。且把口令说将出来。”[④]

在常规与变异之间，不同的张力或互动关系生成不同的文体范式，同时产生不同的题旨和审美价值，“译者就必须要具备在历时和共时两条轴上，在同文和互文两个域内，识别这种张力和互动关系的能力，然后再将这种张力恰如其分地移植到目标语言中”[⑤]。张友松发现了英语原文中的这一表达方式在原文的文体语境中被置于前景化或凸显的变异地位，保留原

①与张友松同时代的译者钱晋华的译文同样采取了归化译法。“‘站住！来者何人，没有我的令箭竟胆敢走进蛇榁林？’‘咱家吉彭爷走遍天下通行无阻。你乃何人，胆敢——胆敢——’‘胆敢出言不逊，’汤姆给他题辞——因为他们是照着书本上那样背着说的。‘尔乃何人，胆敢出言不逊？’‘咱，呔！咱乃罗宾汉是也。回头我叫你这奴才的尸首认识认识咱。’‘你当真是那名震遐迩的大盗？咱倒高兴看看你怎样不让俺走进这座快活林。看剑！’”参见马克·吐温，《汤姆·莎耶历险记》，钱晋华译，上海：上海文艺出版社，1961：62。

②姜琴、王琴，《意识形态影响下〈汤姆·索亚历险记〉汉译本中文化负载词的翻译规范描写研究》，载《海外英语》，2016（21）：118。

③Mark Twain. *The Adventures of Tom Sawyer*. New York: Harper and Brothers Publishers, 1922: 113.

④马克·吐温，《汤姆·索亚历险记》，张友松译，北京：人民文学出版社，1978：94。

⑤王东风，《连贯与翻译》，上海：上海外语教育出版社，2009：85。

表达方式的这种前景化的变异地位没有采用规范的、典型的、常见的、无标记的表达方式，而是采取汉语的文言文，以及生动形象的表达，如“西班牙海黑衣侠盗”“血手大盗”“海上霸王”等，完整地体现了原作的形式和意义，也完整地表达了原作的诗学效果。这恰好体现了古文体和现代文、前景与背景、常规与变异之间的张力。

三、张译《汤姆·索亚历险记》语相转换中的诗学突出

“语相”（graphology）指的是“文字的字体、字号、标点、拼写、颜色、排版以及其他视觉中介如图画和形象符号等”①，是儿童文学作品展现趣味性的重要手段之一。“语相突出主要表现为某些标记符号的高频率出现，标点符号、空间或顺序的非规则性或有标记性运用。”②在儿童文学作品中，斜体、空间、黑体、花体、大写、破折号等都是突出手段，具有标记性、非规则性，使文学作品中的前景化与背景自动化和常规相对照，其产生的效果可以“使读者在习以为常的自动化交流背景下感到惊讶，从而获得新鲜敏锐的感受，进而实现语言的美学价值”③。接下来，我们从语相的角度来分析张友松的译本《汤姆·索亚历险记》。

斜体一般用来表示引用只言片语、标题、外来词等。作为一种语相突出形式，“斜体也可以强调重要信息，与音素系统的重音有相同的作用”④。文字大写具有醒目的特点，也可用来强调某些重要信息，“由于书写系统在很多方面是表现话语的声音模式的系统，因此，声音效果的深层次的源泉是语相特征，尤其是对话中用以表现人物的话语风格方面更是如此”⑤。由此可见，大写和斜体都可用来表达特殊的文体效果。

马克·吐温的小说《汤姆·索亚历险记》的一个显著特点是大量使用语相手段，尤其是使用大写和斜体来模仿或者强调小说人物的语音、语调，如在小说的开头，波莉阿姨大声叫唤汤姆，而淘气的汤姆没有回应。原文使用大写的呼语“TOM！”（见例 4-5），且三处“TOM”的写法稍有差异，特意强调和突出了波莉阿姨愠怒的语调和越来越歇斯底里的声音，营造了

①徐德荣、姜泽珣，《论儿童文学翻译风格再造的新思路》，载《中国翻译》，2018（1）：100。

②张德禄，《语相突出特征的文体效应》，载《山东外语教学》，1995（2）：1。

③Geoffrey Leech & Mick Short. *Style in Fiction: A Linguistic Introduction to English Fictional Prose*. 2nd Ed. Harlow: Pearson Education, 2007: 23.

④张德禄，《语相突出特征的文体效应》，载《山东外语教学》，1995（2）：4。

⑤Geoffrey Leech & Mick Short. *Style in Fiction: A Linguistic Introduction to English Fictional Prose*. 2nd Ed. Harlow: Pearson Education, 2007: 105.

一种具有音响效果的语篇语境。

例 4–5

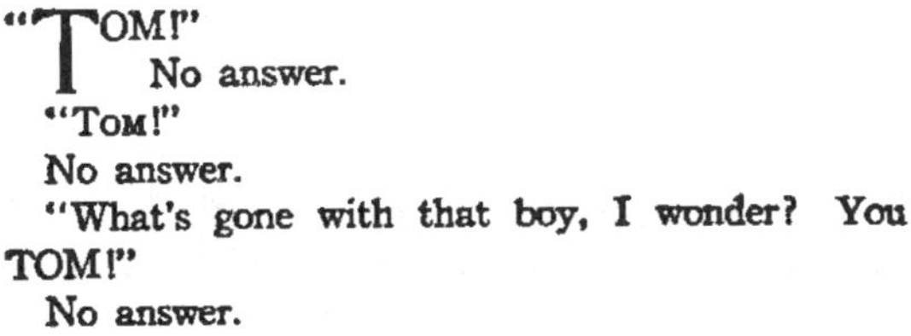

"TOM!"
No answer.
"TOM!"
No answer.
"What's gone with that boy, I wonder? You TOM!"
No answer.

图 4–1[①]

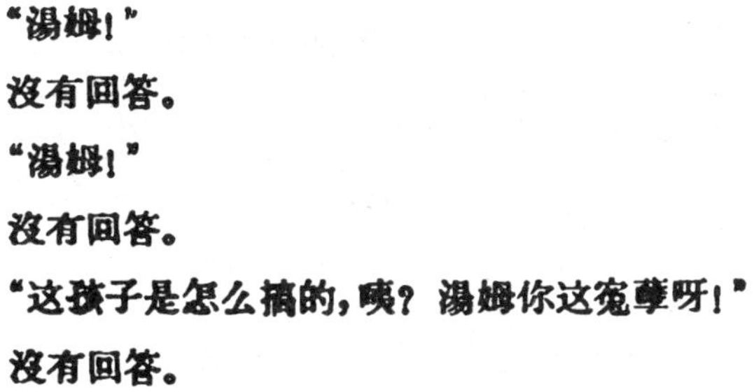

"湯姆!"
沒有回答。
"湯姆!"
沒有回答。
"这孩子是怎么搞的,咦?湯姆你这冤孽呀!"
沒有回答。

图 4–2[②]

在张友松的译文中，前两个“TOM”的翻译没有能体现英文原文的语相手法，这是因为“汉语中表现强调的语相手法不像英语那样丰富和灵活，这样，文学翻译中语相层面的文体流失有时就不可避免了”[③]。在第三处“You TOM！”中，他采用了增译方式（“汤姆你这冤孽呀！”）来营构与原文相似的语气效果。[④]

在例 4–6 中，英语原文描述了波莉阿姨四处找不到汤姆，怒气冲天地大嚷“Y-o-u-u *Tom!*”从短连字符和斜体的语相手法来看，我们仿佛听到了波莉阿姨的怒吼已达到极致，看到了她气急败坏的模样。张友松的译本

① Mark Twain. *The Adventures of Tom Sawyer*. New York: Harper and Brothers Publishers, 1922: 1.
② 马克·吐温，《汤姆·索亚历险记》，张友松译，北京：人民文学出版社，1978：1。
③ 王林，《文学翻译中语相层面文体风格的变形及其成因》，载《山东外语教学》，2007（4）：9。
④ 有研究者认为，张友松改用“冤孽”一词，增强了汤姆和波莉阿姨之间的“敌意”，让读者以为波莉阿姨经常对汤姆的淘气行为感到不满。参见张惟一，《不同时代儿童观操纵下〈汤姆·索亚历险记〉两中译本的儿童形象差异》，上海：上海外国语大学硕士学位论文，2008：14。

采用两个破折号来表示声音的延长与加强，再重复最初出场时的那句“汤姆你这冤孽呀！”此外，在人民文学出版社 1978 年的这个简排本中，张友松的译文有时采用仿宋体排版，来对应原文的斜体，如例 4–6 中的“冤孽”二字。

例 4–6

weeds that constituted the garden. No Tom. So she lifted up her voice at an angle calculated for distance, and shouted:

"Y-o-u-u *Tom!*"

图 4–3①

和曼陀罗草当中搜寻。还是沒有找到湯姆。于是她就抬起头来，特意向着远处高声地嚷道：

“湯姆你——这——冤孽呀！”

图 4–4②

例 4–7 中的背景是汤姆在主日学校大出风头，有幸和法官站在台上，这让孩子们非常羡慕嫉妒。法官先生坚持问他最初两个门徒的名字，但汤姆扭扭捏捏，就是不肯开口。最后，在逼急的情况下，汤姆答出了“DAVID AND GOLIATH!”英语原文用每个字母大写这样的突出语相手段来强调汤姆回答错误，体现了马克·吐温小说的戏剧性效果。

例 4–7

"Now I know you'll tell *me*," said the lady. "The names of the first two disciples were—"

"DAVID AND GOLIATH!"

图 4–5③

“好吧，我知道你会告訴我，”那位太太說。“最初两个門徒的名字是——”

“大卫和哥利亚！”①

图 4–6④

① Mark Twain. *The Adventures of Tom Sawyer*. New York: Harper and Brothers Publishers, 1922: 2.
② 马克·吐温，《汤姆·索亚历险记》，张友松译，北京：人民文学出版社，1978：2。
③ Mark Twain. *The Adventures of Tom Sawyer*. New York: Harper and Brothers Publishers, 1922: 42.
④ 马克·吐温，《汤姆·索亚历险记》，张友松译，北京：人民文学出版社，1978：34。

张友松的译文虽然用仿宋字体来表达原文的语相特征，但是无法表述清楚大卫和哥利亚的搞笑之处在哪里，只能增加了一个脚注来说明。正确答案是西门·彼得和西门·安得烈，汤姆的回答出自以色列王大卫年轻时将敌对的菲利斯巨人哥利亚打死的典故，因此其回答牛头不对马嘴。张友松的译本关照了原文的突出语相，在译文人名的字体上进行了转换，还加上了脚注向读者补充说明两位门徒相关知识的文化内涵，并解释了汤姆当时如此回答的原因，让读者清晰地体会到语相突出这一形式的意义功能。

俄国形式主义学者提出文学之所以叫文学，主要是因为其文学性，用新奇独特的方式，即陌生化的实现手段，呈现信息，使读者获得新鲜感受。儿童文学的文学性还体现在趣味性方面。文字排版和图画的空间布局等语相突出手段可展现儿童文学作品的表意功能和趣味性。[①]空间布局能够让读者将视觉和认知配合起来，强化语篇表达的意义，并在适当的情景中产生形象作用，形成强烈的美学效果。玛利亚·尼古拉杰娃（Maria Nikolajeva）和卡罗尔·斯科特（Carole Scott）认为，文图作用方式至少有五种：（1）“对称”（symmetrical）指重复相同的内容；（2）“提高”（enhancing）指提供对方（文/图）未表现的信息；（3）“互补”（complementary）是提高的极限形式；（4）“对位”（counterpoint）指彼此独立讲述故事，可为讽刺对位、视角对位和人物描写对位；（5）“对立”（contradiction）是对位的极限形式，强调对方的反面。[②]

在例4-8中，马克·吐温描写了牧师朗诵颂主歌的场景。正文详细地描述了牧师使用的特殊音调。在正文之下，通过特殊文字排版和空间布局，马克·吐温形象地表现了牧师特殊的朗读音调与内容，上下文的文图之间达到了对称、互补的效果。这种信息通过两种媒介传递出来，书面语言符号和由对空间的利用而形成的视觉意象为语言增添了视觉美。[③]马克·吐温根据牧师的音调给朗诵的文字内容进行了波浪式上升、最后突降的排列，这种富于趣味性的突出语相，形象地塑造了牧师迂腐古板的人物形象，讽刺了传统的教育方式。

---

①徐德荣、何芳芳，《论图画书文字突出语相的翻译》，载《外语研究》，2015（6）：79。

②Maria Nikolajeva & Carole Scott. The Dynamics of Picturebook Communication. *Children's Literature in Education*. 2000, *31*(4): 225–239.

③张德禄，《功能文体学》，济南：山东教育出版社，1998：125。

例 4-8

strong emphasis upon the topmost word and then
plunged down as if from a spring-board:

Shall I be car-ri-ed toe the skies, on flow'ry *beds*
of ease,

Whilst others fight to win the prize, and sail thro' *blood-*
-y seas?

图 4-7[1]

声音由中級音阶开始，一步步往上升，念到最高音的一个字那儿，
特别着重一些，然后突然降底，好象由跳板上跳下来一般：

别人苦战要得荣耀，血汗滿被
沙場，

我岂可以安坐花轎，盼望抬进
天堂？

图 4-8[2]

一点一点地升高到了某点，特别着重地加强了这一点上最高峰
的一个字，又好象从跳板上跳下来一样把声音降低：

杀身成仁沓(圣)道倡，碧血千里魚(如)
海洋；
花团錦捺(簇)我为乐，安得云新(升)入
天堂？①

图 4-9[3]

张友松的译本在语相风格上接近原文语相风格，虽然没有重现标点符号的突出语相（表示语音延长的连字符），但在文字排版和空间布局上，

① Mark Twain. *The Adventures of Tom Sawyer*. New York: Harper and Brothers Publishers, 1922: 44.

② 马克·吐温，《汤姆·索亚历险记》，张友松译，北京：人民文学出版社，1978：36。这两句的排版与 1955 年人民文学出版社出版的繁体竖排本（首版）相同，都采用了同样的阶梯上升排版方式。参见马克·吐温，《汤姆·索亚历险记》，张友松译，北京：人民文学出版社，1955：41。

③ 马克·吐温，《汤姆·莎耶历险记》，钱晋华译，上海：上海文艺出版社，1961：34。

完整地重现了原文趣味性的形式与风格，有效地塑造了人物形象，再现了文本整体的美学效果。在具体内容的翻译上，张友松的两句“别人苦战要得荣耀，血汗满被沙场；// 我岂可以安坐花轿，盼望抬进天堂？”，从形式上看，句式整饬，对仗工整，合辙押韵，具有古典戏剧那样的吟诵效果。从内容上看，张友松调整了句序，将“我”开头的这一句置后，强调了这一句的语气和句意。[①]钱晋华的译文在形式上也有所体现，但最重要的特色是谐音游戏（如“杏”谐“圣”、“鱼”谐“如”、“揍”谐“簇”、“新”谐“升”）。为此，他还增加了注释来解释说明：“乡村牧师虽然是个朗诵能手，但是他还是带了很重的乡音，因此把‘圣’读成‘杏’，把‘如’读成‘鱼’等。英文原文中是把‘to’读成‘toe’。”钱晋华的译文专注于声音上的趣味，从另外一个层面再造了原文的诗学特色，足见其巧智。

文字本身也可以表示突出意味。在字位层，每个字存在多种形式的变体，如手写体、印刷体、古体字等。字位变体没有区分概念功能，但具有人际功能和谋篇功能。[②]手写体的正式程度要低于印刷体，但是手写体给读者以亲切真实、随意自然的感觉。例 4-9 讲述的是汤姆和哈克去坟地冒险，遇见印第安人杀害医生，嫁祸波特后，写下血书，发誓誓死保守秘密。这血书是汤姆用红褚石费力地划在松木瓦片上，最后在大拇指上用针扎出血来，签上各自名字的简称字母。原文中，汤姆临时写下的血书，字体歪斜，线条灵活多变而显稚拙，给读者呈现了一个亲切真实的人物形象，视觉上易让读者联想到汤姆一定是个天真淘气、古灵精怪的男孩。“灵活稚拙的线条所具有的表现力，是原文文字突出语相所依赖的文化符码。”[③]张友松的译文认识到原文突出语相的符码，用汉语中排列不很整齐，同时也显得很稚拙的手写字体来转化原文语相的文化符码，实现与原文形式与意义一致的等效翻译。

---

①张友松的调整译法并非孤证，后出的译著基本上都调整了句序，如曹晓红、于晓光（1996）译文：“为获功勋别人正浴血奋战 // 在沙场 // 我能安睡花床梦想 // 进天堂。”成时（1998）译文：“当他人争着要得奖，在血海上航行，// 我会躺在舒适的花床上，让人送上天吗？”孙淇（1999）译文：“他人奋战得殊荣，挣扎在 // 血海；// 我怎能稳坐花床，等候升 / 天堂？”刁克利（2003）译文：“别人征战为荣誉，热血洒遍沙场，// 我岂能安坐花床，被人抬进天堂？”姚锦镕（2014）译文：“他人为取胜而浴血奋战之时，// 我岂能安卧绣榻被送上天堂？”刘荣（2018）译文：“为获功勋 // 别人正浴血奋战 // 在沙场 // 我岂能安睡花床 // 梦想进天堂。”其中，刘荣的译文与曹晓红和于晓光的译文基本一致。

②张德禄，《功能文体学》，济南：山东教育出版社，1998：100~101。

③徐德荣、何芳芳，《论图画书文字突出语相的翻译》，载《外语研究》，2015（6）：80。

例 4-9

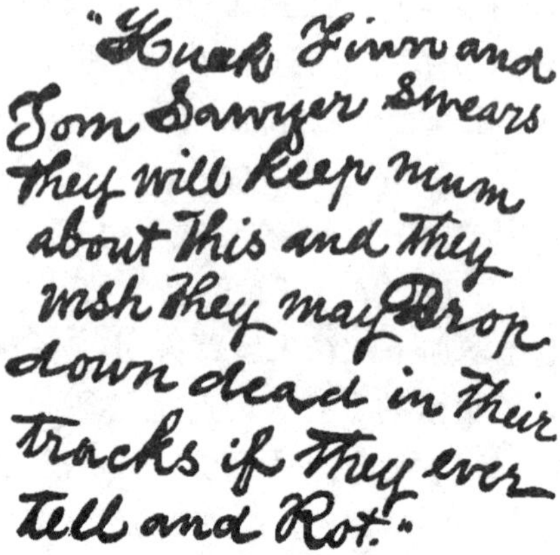

"Huck Finn and Tom Sawyer swears they will keep mum about this and they wish they may drop down dead in their tracks if they ever tell and Rot."

图 4-10[①]

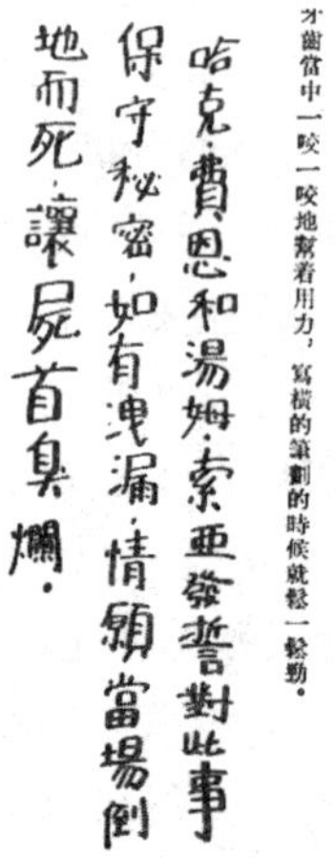

才齒當中一咬一咬地幫着用力，寫橫的筆劃的時候就輕一鬆勁。

哈克·費恩和湯姆·索亞發誓對此事保守秘密，如有洩漏，情願當場倒地而死，讓屍首臭爛。

图 4-11[②]

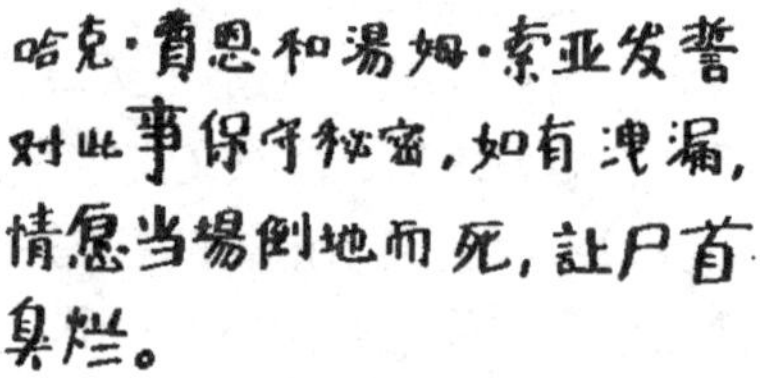

哈克·費恩和湯姆·索亚发誓对此事保守秘密，如有洩漏，情愿当場倒地而死，让尸首臭烂。

图 4-12[③]

在 1955 年的繁体竖排版中，汤姆写下的字也被设计成繁体竖排。在 1978 年的半简体横排版中，张友松对繁、简体进行了重新设计，如将"亚""发""愿""当""让""尸""烂"这些字进行了简化。在 1978 年的版本中，"費""湯""場"这些字并没有简化，因此横排版中这三个手写字仍然是繁体。张友松手写设计的汉字大小不一，笔画不一，排列也不均齐，其中还有简繁体之分及生造字。这些语相特征与原文其实并不一致。

① Mark Twain. *The Adventures of Tom Sawyer*. New York: Harper and Brothers Publishers, 1922: 92.
② 马克·吐温，《汤姆·索亚历险记》，张友松译，北京：人民文学出版社，1955：87。
③ 马克·吐温，《汤姆·索亚历险记》，张友松译，北京：人民文学出版社，1978：76。

首先，原文没有断句。其次，哈克羡慕汤姆“字写得很流利，词句也变得很有气魄”[①]。仔细看来，马克·吐温的原文手写体中，大写字母用了花体，书写用了连笔。这是汤姆写字流利的表现，但内容上并没有错别字。译者刁克利在前文例子中，用整张纸设计了牧师的两行字，但是在翻译这句话时，并没有别出心裁，只是上下各空一行，改用仿宋字体，将整句话译出：“哈克贝利·芬和汤姆·索亚发誓对此事保守秘密任何时候如有泄露情愿当场倒地而死尸体烂掉。”[②]姚锦镕的译文同样是上下各空一行，改用楷体，增加标点，将整句译成两行：“哈克贝利·费恩和汤姆·索亚发誓：/ 这事永不吭一声。要是有人说出去，立刻倒地死去。”[③]

张友松 1978 年的版本中保留了例 4–8 和例 4–9 这两处排版。可惜的是，在之后的版本中，这两处突出的语相特征被删除。译者的努力尽付东流，原文的前景化特征也被抹除，从这个意义上讲，译本失去了一些典型特色。总之，从语相的角度来分析张友松译本，我们可以发现他有着敏锐的洞察力，没有忽略英语原文的形式特征，关照了原文中的突出语相，如斜体、大写、文字排版、图画的空间布局等，力图在形式上等效地传递原作的风格和特点，较好地体现了原文的前景化或变异及其效果。

张友松翻译的《汤姆·索亚历险记》研究视角众多。本书借助儿童文学翻译评价观察点框架，重点关注译文中童趣的传译，结合译本比较、诗学分析和版本考证，从语音、语域、语相三个层面来考察和评价其中的语言偏离。张友松在这三个层面的努力，尤其是语相层面的尝试（包括在两个版本中设计两种手写字体），很少有研究者关注到。他对原文前景化（变异）的识别非常细致，也竭尽所能在译文中再现这些诗学特征，艺术性地复现了原文的诗学特色。

第四节　四字格的翻译：纯熟而入神的诗学归化

从形式上看，四字格是由四个字组成的语言格式，“四字格是汉语

① 原文为：“Huckleberry was filled with admiration of Tom's facility in writing, and the sublimity of his language.”参见 Mark Twain. *The Adventures of Tom Sawyer*. New York: Harper and Brothers Publishers, 1922: 91.

② 刁克利（2003）在译文中将“Huck Finn”译成了全称“哈克贝利·芬”。马克·吐温，《汤姆·索亚历险记》，刁克利译，北京：中国少年儿童出版社，2003：99。

③ 姚锦镕（2014）在译文中将“Huck Finn”译成了全称“哈克贝利·费恩”。马克·吐温，《汤姆·索亚历险记》，姚锦镕译，北京：外文出版社，2014：67。

特殊韵律系统的具体表现”[①]。本书所用四字格指的是四字成语、四字熟语、四字叠词，以及张友松有意识地连续使用的四字短语[②]（如“他口若悬河[③]地对他们肆意讥讽，使得广大的听众全场哄笑，大声喝采”[④]“人人都精神焕发、兴头十足、快活无比”[⑤]“此人诚实而坦率，身强力壮，膂力过人”[⑥]）。四字格结构是汉语中非常独特的语言形式，“译者必得先把母语掌握得十分谙熟，再加上能体会外国语的神情，并立四字格才能用得天衣无缝。谁也料想不到在翻译马列主义的经典著作里能大量用上并立四字格的”[⑦]。大量使用四字格是一种归化的翻译策略，无疑体现了译者的诗学选择。王东风将我国改革开放之后的知识分子分为两种：国学派和西学派。国学派将翻译视为“本土文化中的一种次要的或边缘的活动”，在具体的翻译实践中，“国学派译者偏爱用汉语四字格之类的现成用语”[⑧]。张友松晚期强调“要用纯熟的本国语言”[⑨]来翻译人物和景物，“纯熟的本国语言”涉及四字格的使用。就他所经历的思想改造而言，他对翻译文学在我国文学多元系统中的认识，使得他这一辈的翻译家更加倾向于归化取向。

一、张友松译著中的四字格现象说略

张友松中晚期的译作比较喜欢使用四字格，在 1957 年版的《镀金时代》的《卷头语》第一段中，我们可以见到他的这种诗学倾向：

例 4–10

原文： THIS book was not written for private circulation among friends; it was not written to cheer and instruct a diseased relative of the author’s; it was not thrown off during intervals of wearing labor to amuse an idle hour.

---

① 朱赛萍，《汉语的四字格》，北京：北京语言大学出版社，2015：105。

② 汉语四字格中最主要的是汉语成语，另外一类是普通的四字格词语。冯庆华认为：“四字格的运用可使文章增添不少生花之笔。一篇译文恰到好处地用一些四字格，可让人读起来抑扬顿挫，起落跌宕，可以享受到语音上的和谐美感。……在忠实于原文的基础上，发挥译文语言优势，运用四字格是应该加以提倡的。”参见冯庆华，《实用翻译教程 英汉互译 第 3 版》，上海：上海外语教育出版社，2010：113。

③ 原文无下画线，本段下画线均为本书作者所加。

④ 马克·吐温，《傻瓜威尔逊》，常健译，北京：人民文学出版社，1959：121。

⑤ 马克·吐温，《赤道环游记》，常健译，北京：人民文学出版社，1960：121。

⑥ 杰丽·艾伦，《马克·吐温传奇》，张友松、陈玮译，北京：中国青年出版社，1983：121。

⑦ 陆志韦，《汉语的并立四字格》，载《语言研究》，1956（1）：81。

⑧ 王东风，《连贯与翻译》，上海：上海外语教育出版社，2009：244。

⑨ 张友松，《我对文学翻译的探索和经验体会》，载《世界文学》，1990（2）：276。

It was not written for any of these reasons, and therefore it is submitted without the usual apologies. [①]

张译：这部书不是为了在朋友们当中私自传阅而写的；也不是为了安慰和开导作者的某一位害病的亲戚本家而写的；也不是在辛勤的工作之余，忙里偷闲，匆匆写出，借此消遣的。这些缘故[②]，任何一个都不是我们的写作动机，因此在本书出版的时候，作者也就不说那一套照例的客气话了。[③]

原文采用排比句式，用四个表示否定的句子来阐述该书的写作目的。张友松在最后一处进行了句式调整和强化——“这些缘故，任何一个都不是”，突出了句子上的诗学特色。在词汇方面，他的四字改译非常多，甚至连“私自传阅”（private circulation）也是由四字组成。他将“it was not thrown off during intervals of wearing labor to amuse an idle hour”译成“也不是在辛勤的工作之余，忙里偷闲，匆匆写出，借此消遣的”。其中的“工作之余”与“忙里偷闲”两处四字短语为同义反复，他增译了“忙里偷闲”，以突出作者是在工作间隙中完成的写作。早一年出版的颜毓衡、李宜燮和张秉礼的合译本《镀金时代》（1956）也有类似的四字表达：“更不是在繁重的工作之暇胡乱写出，借以消闲解闷的。”[④]

如果较为广泛地统计[⑤]张友松所译的20部长篇小说或小说集（全书页码需超过200页[⑥]），我们就可以发现他在译作中使用四字格的总体特征。

---

①Mark Twain. *The Gilded Age*. New York: Harper and Brothers Publishers, 1920: Preface.

②“这些缘故”“任何一个”“写作动机”这种类型的四字词组（包含“匆匆写出”“借此消遣”）并没有列入下文要统计的四字格，本段下画线为本书作者所加，这是因为上一句中的四字词组特征明显，延续到该句，从中也能看出译者的诗学倾向。

③马克·吐温，《镀金时代》，张友松、张振先译，北京：人民文学出版社，1957：1。

④该段译文为：“这本书不是为了在朋友中间私相传阅的；也不是为了安慰和教导作者的哪位害病的亲戚的；更不是在繁重的工作之暇胡乱写出，借以消闲解闷的。这些都不是我们写作的缘由，所以，在本书问世的时候，我们就不作照例的那一套解释了。”参见马克·吐温，《镀金时代》，颜毓衡、李宜燮、张秉礼译，上海：上海文艺联合出版社，1956：3。这个译本的译文句式更加欧化，也更加平淡。

⑤所有统计页码均取第1页（若正文页码首页不是1，则以正文起始页为第1页）。300页以内的，隔20页取尾数为1的页码；400页以内的，隔30页取尾数为1的页码，以此类推，每本书挑选10页。因标题和插图，统计页行数不满整页的，以该页后一页相应行数补充完整再进行统计。因本书采取人工统计的方法，且四字格需要逐个确定，统计数据可能存在差错。

⑥《傻瓜威尔逊》（1959）因只有166页，未列入统计范围。但该书按隔20页来统计，分别为10、4、9、1、5、9、18、3、2处，合计61处。

表 4-2　张友松 20 部译著中四字格统计表[①]

序号	书名	出版年份	全书页码	1	2	3	4	5	6	7	8	9	10[①]	合计
1	《三年》	1926	227	0	0	0	3	3	1		1	1	1	10
2	《春潮》	1928	329	2	1	0	3	0	0	1	1	0	0	8
3	《决斗》	1929	390	2	1	0	3	0	2	1	2	0	0	11
4	《如此如此》	1930	225	2	0	0	4	5	2	0	1	1	1	16
5	《马克·吐温短篇小说集》	1954	305	6	10	3	6	4	4	9	3	1	3	49
6	《汤姆·索亚历险记》	1955	240	4	2	1	8	6	8	8	9	9	8	63
7	《王子与贫儿》	1956	224	17	7	5	12	2	1	6	7	1	3	61
8	《哈克贝利·费恩历险记》	1956	335	5	9	1	3	0	1	2	1	5	1	28
9	《镀金时代》	1957	537	2	6	8	10	11	5	6	7	14	12	81
10	《密士失必河上》	1958	446	1	13	6	2	13	5	5	11	8	5	69
11	《愤怒的葡萄》	1959	616	2	4	3	6	0	3	3	1	3	1	26
12	《世外桃源》	1959	431	4	2	1	7	5	4	4	2	1	11	41
13	《赤道环游记》	1960	585	9	9	15	4	11	1	6	2	5	6	68
14	《扬布拉德一家》	1980	724	7	4	2	2	4	2	8	5	4	7	45
15	《荒岛探宝记》	1981	265	6	4	1	3	0	2	2	6	4	6	34
16	《愤怒的葡萄》	1982	598	4	4	5	2	5	7	1	3	9	1	41
17	《阿拉斯加的挑战》	1982	207	4	2	0	6	2	2	8	5	0	1	30
18	《马克·吐温传奇》	1983	366	5	12	6	8	7	10	9	6	6	2	71
19	《巾帼英雄贞德传》	1989	493	20	11	9	16	4	4	9	10	8	8	99
20	《星期六晚上和星期日早晨》	1991	284	10	5	10	4	3	3	2	1	7	5	50

经统计，四字格总数为 901，平均每本书四字格数量为 45.05。单

①1~10：计 10 处抽查页码排序。

页四字格使用最多的是《巾帼英雄贞德传》，该书首个统计页面多达20处；[①]总体看来，四字格数量最多的是《巾帼英雄贞德传》，计99处；其次是《镀金时代》，计81处；再次为《马克·吐温传奇》，计71处。这三项合计251处，约占总数的27.86%。四字格数量最少的三本书分别是《春潮》(计8处)、《三年》(计10处)、《决斗》(计11处)，合计29处，约占总数的3.22%。1954—1960年的9部译作中，四字格合计486处，平均值为54。1980—1991年的7部译作中，四字格合计370处，平均值约为52.86。张友松中晚期的16部译作，四字格合计856处，平均值为53.5。[②]

从统计数据看，张友松的早期译文较少使用四字格[③]，中晚期的译文四字格明显增多。其中，1959年改译的《愤怒的葡萄》四字格数量最少，计26处。1982年改译的《愤怒的葡萄》四字格总数比1959年版要多15处(多出约57.69%)。这表明，张友松在该书的改译中，运用了更多的四字格来进行诗学改造。

二、张友松译《巾帼英雄贞德传》中四字格翻译策略的成因

在马克·吐温的作品中，张友松晚年只新译出版了《巾帼英雄贞德传》(1989)。1983年11月，他主编的“马克·吐温选集”由江西人民出版社陆续出版，但是朱复译的《冉·达克——圣女贞德》(新文艺出版社，1958)因故未能入集出版，他便只得亲自操刀翻译。[④]这是一部耗费了张友松近六年(1983年11月—1989年6月)的时间翻译出来的力作，集中体现了他晚年的诗学观和翻译观。

《巾帼英雄贞德传》全书有3卷。第1卷为“在董莱米”，有8章；第2卷为“朝廷和军中生活”，有41章；第3卷为“受审和殉难”，有24章，

① 该统计页面实际上是译本的第2页和第3页部分(计10行)，这20处四字格为“软弱无能”“搜刮掠夺”“无以复加”“一干二净”“穷困潦倒”“萎靡不振”“聊以自慰”“司空见惯”“呼啸而过”“横冲直撞”“为所欲为”“烟柱升腾”“纵横狼藉”“肢臂残缺”“洗劫之余”“小偷小摸”“搜罗埋葬”“瘟疫肆虐”“人心惶惶”“丧魂落魄”。

② 未列入统计表的《傻瓜威尔逊》(1959)9页面合计61处，高于平均值。

③ 主要原因是他的早期译作追求直译，因此四字格较少。此外，民国时期的图书排版较为稀疏，页面行数较少，这也是统计数据偏少的原因之一。

④ “我在翻译《巾帼英雄贞德传》以前，曾读过简介这位女烈士生平事迹的文章，深受感动。此书曾有朱复的译本，书名《冉·达克》，由上海译文出版社出版。我受托主编马克·吐温小说名著新版十二卷本选集时，曾与朱复之子炎汉函商，拟将这个译本修改再版，但他因家庭内部为稿费事有争执，谢绝了我的建议，我才决定翻译这部传记。”参见张友松，《译后记》，见《巾帼英雄贞德传》，张友松译，南昌：江西文艺出版社，1989：488。

还包含结尾。我们随机取样比对即可看出张友松译本与朱复译本的异同之处。为此，我们取第 1 卷第 1 章第 5 段、第 2 卷第 22 章第 49 段、第 3 卷第 15 章第 26 段进行比对。

例 4–11

朱译：我被送到董莱米的神父那里，他的女管家便成了我的慈母。在这个时期里，神父教我读书、写字，他和我两人在那个村子里算得上仅有的能读会写的人了。①

张译：我被送到董莱米村的神父那里，他的女管家成了我慈祥的母亲。在这期间里，神父教我读书写字，他和我两个人就算这个村子里仅有的有学问的人了。②

例 4–12

朱译：当我们到达的时候——哼，那简直无法形容。嘿，我们在人山人海拥挤之中连举步都不容易，所走过的地方，人们流下来的眼泪足以使江河盛涨；在火光炫耀中的脸上，没有一个不流着眼泪；如果冉的双脚不是用铁来防护着，他们准会把它们吻掉。“欢迎啊！欢迎奥尔良少女！”到处这样嚷着，我听到过几万次了。“欢迎我们的少女！”也有些人是这样嚷的。③

张译：我们到达的时候——噢，那种情景简直是无法形容。嗐，我们从大片大片的人群中钻过去的时候，他们淌下的泪水足以使河水升高；在那些篝火的强烈映照之下，他们没有哪个人的脸上不是热泪畅流；如果贞德的双脚没有铁甲护着，这些人简直会把它们吻掉呢。“欢迎！欢迎奥尔良姑娘！”那就是人们的呼声；我听到过一万遍了。“欢迎我们的姑娘！”他们又这样称呼她。④

例 4–13

朱译：他们用试探方式给她布置了好几个圈套；就是说，他们在她面前安排了好几个假定的提议，技巧地引她入彀而他们自身不致陷于窘境。不过她总是看出那套把戏，戳穿它。圈套是这样的：⑤

① 马克·吐温，《冉·达克——圣女贞德》，朱复译，上海：新文艺出版社，1958：9。
② 马克·吐温，《巾帼英雄贞德传》，张友松译，南昌：江西文艺出版社，1989：4。
③ 马克·吐温，《冉·达克——圣女贞德》，朱复译，上海：新文艺出版社，1958：216。
④ 马克·吐温，《巾帼英雄贞德传》，张友松译，南昌：江西文艺出版社，1989：221。
⑤ 马克·吐温，《冉·达克——圣女贞德》，朱复译，上海：新文艺出版社，1958：414。

张译：他们用试探的方式给她设置了几个圈套；这就是说，他们给她提出了一些假定的提问，引诱她上当，他们自己却可以稳坐钓鱼台。但是她每次都看出他们的诡计，把它戳穿了。圈套是这样布置的：①

经对照上列三组随机抽取的译文，我们可以得出张友松1989年的译本（《巾帼英雄贞德传》）是在朱复1958年译本（《冉·达克——圣女贞德》）的基础上改译而成。②尽管他宣称花了很长的时间、倾注了很多的情感③，才把《巾帼英雄贞德传》译出，但是我们不无遗憾地发现，他实际上并不是重译该书，而是在朱复的译本上进行了修改，改译后出版。这种改译与四字格使用之间有内在的联系，是他诗学观的体现。

首先，原译文限制了张友松的改译发挥，他通过扩充（如将“我的

① 马克·吐温，《巾帼英雄贞德传》，张友松译，南昌：江西文艺出版社，1989：433。

② 此外，第1卷第1章的两首诗更能体现这种借鉴：
“当我们在异乡漂泊的时候，// 日思梦想要和你一见，// 啊，涌现到我们的眼前来吧！”参见马克·吐温，《冉·达克——圣女贞德》，朱复译，上海：新文艺出版社，1958：15。
“我们漂泊在异乡的时候，// 朝思暮想能和你相见一面，// 呀，请浮现到我们眼前来呀！”参见马克·吐温，《巾帼英雄贞德传》，张友松译，南昌：江西文艺出版社，1989：11。
“布勒芒的仙女树 // ——儿童之歌—— // 什么东西把你的叶儿养得这般青，// 布勒芒的仙女树？ // 是儿童们的眼泪！他们带着每人的辛酸，// 你安慰他们，鼓舞 // 他们受创的心，却暗藏起一滴泪，// 就治好了你的病，生出一片嫩叶。”参见马克·吐温，《冉·达克——圣女贞德》，朱复译，上海：新文艺出版社，1958：16。
“布勒莽的仙女树 // 儿童之歌 // 是什么把你的叶子养得这样绿油油，// 布勒莽的仙女树？ // 是孩子们的眼泪！他们给每个人带来哀愁，// 你却安慰他们，鼓舞 // 他们创伤的心，你悄悄地掉下一滴泪珠，// 它治愈着创伤，又使一片嫩叶长了出来。”参见马克·吐温，《巾帼英雄贞德传》，张友松译，南昌：江西文艺出版社，1989：11。
在这两首诗中，第一首原文只有一节，第二首有完整的三节。从用词和结构上看，张友松的确是在朱复的译诗上进行了修改。这些修改保留了原来译诗的主体结构，主要是替换了部分词汇。在《布勒莽的仙女树》第三节中，张友松使用六处四字结构来改译（朱译有“永远年轻”“韶华飞逝”“日思梦想”），现用下画线标注如下：
“让我们年轻的心灵万古长青，// 布勒莽的仙女树！ // 我将永远年轻，// 任凭时光匆匆飞逝；// 我们在异乡颠沛流离，// 朝思暮想，只求相见有期，// 啊，请浮现到我们眼前来呀！参见马克·吐温，《巾帼英雄贞德传》，张友松译，南昌：江西文艺出版社，1989：12。
与一般的汉语语言相较，汉语四字格（尤其是成语）与英语诗歌语言距离较远，如果采用四字格（尤其是成语）来翻译诗歌，“从深层讲是缩小等值量，从表层上讲则是凭空添加汉语特色，常常要歪曲原意”。参见李静滢、刘英凯，《翻译的艺术 上》，北京：对外经济贸易大学出版社，2015：224。

③ 张友松在《巾帼英雄贞德传》的《译后记》中记录了自己的心路历程：“我在翻译《巾帼英雄贞德传》以前，曾读过简介这位女烈士生平事迹的文章，深受感动。……我便反复细读原著，更加激发了我对贞德的崇敬；她的形象在我心中萦回，引起了我不断加深的激情。在翻译过程中，我多次不禁热泪盈眶。”参见张友松，《译后记》，见马克·吐温，《巾帼英雄贞德传》，张友松译，南昌：江西文艺出版社，1989：488。

慈母”改译为“我慈祥的母亲”，将“那简直无法形容”改译为“那种情景简直是无法形容”，将“圈套是这样的”改译为“圈套是这样布置的”)、精简（如将“读书、写字”改译为“读书写字”，将“当我们到达的时候”改译为“我们到达的时候”，将“好几个假定的”改译为“一些假定的”)、替换（如将“能读会写的人”改译为“有学问的人”，将“欢迎奥尔良少女！”改译为“欢迎奥尔良姑娘！”，将“不致陷于窘境”改译为“却可以稳坐钓鱼台”)、删除译文、调整语序等方式来改造译文。

其次，朱复的译文已经使用了一些四字格，张友松要么删除或改译，要么使用更多的四字格来改造。在这种情形下，张友松不得不强化自己的诗学主张，将四字格运用到极致。如此一来，他改译的译文更加浓缩、紧凑，节奏更加明快，更加具有中国传统小说的特征。这种影响导致张友松本人撰写的《译后记》也带有这种四字格使用的色彩。[①]

最后，在中晚期翻译中，张友松一直喜欢使用四字格。四字格使用数量仅次于《巾帼英雄贞德传》的是他和张振先[②]于 1957 年译出的《镀金时代》。同样是改译，《愤怒的葡萄》前后两个改译版本的四字格使用差异也能体现张友松在改译时采取的翻译策略及其诗学观。

张友松在《巾帼英雄贞德传》中的四字格使用可谓登峰造极。在翻译马克·吐温拟作的《译者序言》[③]中，有这样一段描写贞德功绩的话[④]：

---

① 张友松在《巾帼英雄贞德传》中也使用了不少四字格，如《译后记》第 2 段（特加下画线标注）：“古今中外，许多国家民族都有自己的英雄人物，他们的可歌可泣的业绩和壮烈牺牲的情景，在他们生前死后，都受到人们无限的敬慕和深切的怀念，激发人们从事艰难事业的昂扬斗志；但我总觉得很少有人能与贞德媲美。她原是一个几乎与世隔绝的穷乡僻壤的牧羊女，连字都不识，却在她的祖国临近沦亡的关头，奋起与强敌进行殊死的搏斗，并取得胜利，成为彪炳千秋的风云人物和女中英杰，这岂不是胜过一切、难以想象的奇迹吗？谁曾在她那样的年纪和阻力重重的不利条件下取得那样的辉煌胜利，博得广泛的颂扬呢？”参见张友松，《译后记》，见马克·吐温，《巾帼英雄贞德传》，张友松译，南昌：江西文艺出版社，1989：488。

② 据张友松所说，张振先的主要贡献是解决宗教翻译方面的问题。

③ 这是马克·吐温虚构的，该书假托为译作出版。

④ 原文为：“but Joan of Arc, a mere child in years, ignorant, unlettered, a poor village girl unknown and without influence, found a great nation lying in chains, helpless and hopeless under an alien domination, its treasury bankrupt, its soldiers disheartened and dispersed, all spirit torpid, all courage dead in the hearts of the people through long years of foreign and domestic outrage and oppression, their King cowed, resigned to its fate, and preparing to fly the country; and she laid her hand upon this nation, this corpse, and it rose and followed her. She led it from victory to victory, she turned back the tide of the Hundred Years' War, she fatally crippled the English power, and died with the earned title of DELIVERER OF FRANCE, which she bears to this day.”参见 Mark Twain. *Personal Recollections of Joan of Arc*. New York: Harper and Brothers Publishers, 1896: ix.

而贞德不过是一个年轻的孩子，一个无知无识的穷苦村姑，她既没有名声，也没有权势；她发现这一伟大的国家在外国的禁锢和统辖之下，束手无策；国库枯竭，一无所有，战士意气消沉，精神涣散，麻木不仁，一般人民经过连年内忧外患，业已丧魂落魄，心灰意懒；他们的国王吓破了胆，只得听天由命，他正准备逃亡国外；于是她对这僵尸般的国家伸手一触，它就一跃而起，追随着她。率领着它从胜利到胜利的是她；挽回了“百年大战”的狂澜的是她；死命拼搏，摧毁了英国强权的仍旧是她。她死得光荣，获得了“法兰西救星”的称号，直到今天还历久不衰。①

这一段里有至少 17 处四字格（未包含其他四字词组，如“穷苦村姑”“没有名声”“没有权势”“吓破了胆”“追随着她”“百年大战”“英国强权”）。但仔细比对朱复译文，我们发现朱复的译文中也有不少四字格的译法。②这就需要解释张友松的译文和朱复的译文之间的内在联系。

表 4-3 《巾帼英雄贞德传》二译本四字格统计对照（一）

序号	书名	出版年份	全书页码	1	2	3	4	5	6	7	8	9	10	合计
1	《冉·达克——圣女贞德》	1958	470	15	3	4	16	7	7	9	12	9	13	95
2	《巾帼英雄贞德传》	1989	495	22	11	9	16	4	4	9	10	8	8	101

表 4-4 《巾帼英雄贞德传》二译本四字格统计对照（二）

序号	书名	出版年份	全书页码	译者序言	1 卷 1 章	1 卷 5 章	2 卷 5 章	2 卷 4 章	3 卷 20 章	合计
1	《冉·达克——圣女贞德》	1958	470	48	28（15）	96（3）	100（4）	51（9）	99（13）	422
2	《巾帼英雄贞德传》	1989	495	68	45（22）	88（11）	110（9）	50（9）	109（8）	470

①马克·吐温，《巾帼英雄贞德传》，张友松译，南昌：江西文艺出版社，1989：3。

②朱复的译文（特加下画线标注）为：“但是冉·达克在年龄上不过是一个孩子，知识简陋、目不识丁的穷苦的乡下姑娘，既没有名望，又没有势力，发觉一个伟大国家束手缚脚地处于外国统治之下，没有援助，没有希望，它库空如洗，士气沮丧、涣散，一般人民经过多年以来国内外的侵害和压迫，以致精神麻痹，意志消沉，他们的国王瞻前顾后，听天由命，时刻准备弃国逃亡；经她伸手一按，这个国家，这具尸体，就跳起来追随着她。是她，领导了它从胜利到胜利；是她，倒挽了‘百年战争’的狂澜；还是她，致命地摧毁了英国的权威。在她死的时候，赢得了‘法兰西的救星’的称号，到今天还保持着这个称号。”参见马克·吐温，《冉·达克——圣女贞德》，朱复译，上海：新文艺出版社，1958：III。朱复译文中也有不少于 11 处的四字格。

表 4–3 的统计方法源自前文的表 4–2，增加了朱复译本的统计数据进行对比。在表 4–3 中，《冉·达克——圣女贞德》与《巾帼英雄贞德传》的四字格用法没有数量上的绝对差异，但是细项（1、2、3、10）有较大差异。为了统计更加合理，我们在表 4–3 中将这四个细项所在的章节再进行统计。此外，加上数据相同的第 7 项所在章（第 2 卷第 4 章），以及因两位译者在最前面的《译者序言》部分都使用了大量的四字格，因此一并列入统计范围。由统计对照表 4–4 可见，张友松在《译者序言》和第 1 卷第 1 章中有较大幅度的改译，因此四字格数据相差较大。第 1 卷第 5 章中的单页统计数据和整章统计数据出现倒挂现象，显示了单页数据统计的不可靠性，但并不影响整体数据显示出来的结论。

最终我们得出，张友松译本的四字格数量比朱复译本的四字格数量要高出 48 处（约占朱复译本四字格数量的 11.37%）。这个改译并不算太大。朱复的译本出版于 1958 年，张友松的改译本出版于 1989 年，这当中相差 31 年，这两个版本的译文还是具有明显的时代差异。

三、张译《巾帼英雄贞德传》中四字格的诗学特色

深入核查张友松改译的细节，他在将《冉·达克——圣女贞德》改译为《巾帼英雄贞德传》的过程中，处理四字格有两种倾向：四字格化（再造新译）和去四字格化（删除旧译）。就此而言，张友松所译《巾帼英雄贞德传》中四字格的增删问题就显得很复杂。

（一）四字格化（再造新译）

《巾帼英雄贞德传》开篇即是马克·吐温假托译作撰写的《译者序言》。在该序言的两个译本中，朱复和张友松都注意到了原文的抒情特色。从词汇、句法到篇章，马克·吐温都使用了很明显的前景化手段。兹序言第二段部分译文[①]对比如下：

① 原文为："The contrast between her and her century is the contrast between day and night. She was truthful when lying was the common speech of men; she was honest when honesty was become a lost virtue; she was a keeper of promises when the keeping of a promise was expected of no one; she gave her great mind to great thoughts and great purposes when other great minds wasted themselves upon pretty fancies or upon poor ambitions; she was modest and fine and delicate when to be loud and coarse might be said to be universal; she was full of pity when a merciless cruelty was the rule; she was steadfast when stability was unknown, and honorable in an age which had forgotten what honor was; she was a rock of convictions in a time when men believed in nothing and scoffed at all things; she was unfailingly true in an age that was false to the core; she maintained her personal dignity unimpaired in an age of fawnings and servilities;

例 4-14

朱译：她与她那个世纪之间的对照，正如白昼之于黑夜。……叫嚣和横暴可以说成了风气，她却谦恭、纯良、温雅；无情的残忍已经成为了惯例，她却满怀恻隐，独富同情；坚毅已不为人所知，廉耻已不为人所重，她却屹立不移，光明磊落；人们一无所信，并且嘲笑一切，她却是始终不渝的磐石；在这虚伪到核心的年代，她却至诚无隐；在这奴颜婢膝的年代中，她却维持着个人的尊严，未受损伤；当希望和勇气已经在她的同胞心坎里消灭掉的时候，她可是一个无畏大胆的人；她的心灵和肉体洁白得毫无污点，可是当时的最高级社会却在这两方面都很龌龊——①

张译：她本人与她那个世纪之间的对照，犹如白昼之于黑夜。……夸夸其谈和粗暴无理可以说已积习成风，她却总是谦虚、纯朴，文质彬彬；残酷无情已成为人人奉行的常规，她却满怀恻隐之心；坚毅已不为人所知，廉耻早已被人忘在脑后，她却坚定不移，始终如一；人们对一切都丧失了信心，而且嘲弄一切，她却保持信念，永远稳如磐石；在这虚伪透顶的年代，她却始终虔诚，毫不动摇；在那阿谀奉承、奴颜婢膝的年代，她却保持了个人的尊严，未受损伤；当希望和勇气在她的民族的心灵中已经消失殆尽的时候，她却仍然具有无所畏惧的精神；她在心灵和肉体上纯洁无瑕，而当时最高层的社会在这两方面却都龌龊不堪——②

在《译者序言》的第 2 段中，马克·吐温以恢宏的气势对比了贞德与她所处时代之间的巨大差异。在主题句之后，13 个分句倾泻而出，其中有 11 个分句以 "she was..." 开头，形成排比句式。朱复以 9 个 "她却……" 对译，张友松以 12 个"她却……"对译。原文句式中，贞德的品德描写在前；被译成中文后，大部分的句子重点有调整，把贞德的品德描写后置。这两

（续前页）she was of a dauntless courage when hope and courage had perished in the hearts of her nation; she was spotlessly pure in mind and body when society in the highest places was foul in both—she was all these things in an age when crime was the common business of lords and princes, and when the highest personages in Christendom were able to astonish even that infamous era and make it stand aghast at the spectacle of their atrocious lives black with unimaginable treacheries, butcheries, and bestialities." 参见 Mark Twain. *Personal Recollections of Joan of Arc*. New York: Harper and Brothers Publishers, 1896: vii–viii。

① 马克·吐温，《冉·达克——圣女贞德》，朱复译，上海：新文艺出版社，1958：I~II。

② 马克·吐温，《巾帼英雄贞德传》，张友松译，南昌：江西文艺出版社，1989：1~2。

种译文更为明显的诗学特征是四字格的使用。

表 4-5 《巾帼英雄贞德传》二译本《译者序言》中的四字格统计对照

原文	loud	coarse	be universal	delicate	a merciless cruelty	the rule
朱译	叫嚣	横暴	成了风气	温雅	无情的残忍	惯例
张译	夸夸其谈	粗暴无理	积习成风	文质彬彬	残酷无情	人人奉行的常规
原文	full of pity	steadfast	believed in nothing	scoffed at all things	a rock of convictions	false to the core
朱译	满怀恻隐，独富同情	屹立不移，光明磊落	一无所信	嘲笑一切	始终不渝的磐石	虚伪到核心
张译	满怀恻隐之心	坚定不移，始终如一	对一切都丧失了信心	嘲弄一切	保持信念，永远稳如磐石	虚伪透顶
原文	unfailingly true	fawnings and servilities	perished	dauntless	spotlessly pure	foul
朱译	至诚无隐	奴颜婢膝	消灭掉	无畏大胆	洁白得毫无污点	很龌龊
张译	始终虔诚，毫不动摇	阿谀奉承、奴颜婢膝	消失殆尽	无所畏惧	纯洁无瑕	龌龊不堪

通过对比，我们可以发现，张友松在译文中改译了非常多的四字结构，将朱复的译文四字格化，同时也有去四字格化的调整（如将“满怀恻隐，独富同情”改译成“满怀恻隐之心”，将“一无所信”改译成“对一切都丧失了信心”），但更为显著的改译特征还是四字格化；其中，有10处被改成四字格，有1处改动较小（如“嘲笑一切”），另有3处被改译成双四字格（如将“始终不渝的磐石”改译成“保持信念，永远稳如磐石”，将“至诚无隐”改译成“始终虔诚，毫不动摇”，将“奴颜婢膝”改译成“阿谀奉承、奴颜婢膝”）；此外，还有四字格调整，以四字格改译四字格①（如将“屹立不移，光明磊落”改译成“坚定不移，始终如一”，将“无畏大胆”改译成“无所畏惧”）。由此可以看出，张友松是在朱复的译文上进行了大幅度的改译，重新组织语言和句式，将一些简单词改译成四字结构，但同时又将朱复的一些四字结构改成非四字结构的普通词组。在这一段乃至整个序言中，张友松以再造四字格为主，以去四字格化为辅。

① 这是张友松四字格改译调整中比较常见的现象。他有时会改译朱复译文中已有的四字格，用他自己的四字格译文进行替换。

需要指出的是，朱复的译文确实存在不少问题，直译较多，时有拗口和不通顺之处；张友松的改译则比较流畅和地道（如将“无情的残忍”改译成“残酷无情”，将“虚伪到核心的年代”改译成“虚伪透顶的年代”，将“当希望和勇气已经在她的同胞心坎里消灭掉的时候”改译成“当希望和勇气在她的民族的心灵中已经消失殆尽的时候”）。张友松的译文整体上看起来句式均齐，读起来朗朗上口，内容和气势均能得到很好的传译。

在《巾帼英雄贞德传》中，张友松的这种再造新词的四字格化改译较为常见。例如，在第2卷第25章，原作者用了9个并列形容词，来形容叙事者（“我”即路易·德·孔德）对贞德的爱慕。

例 4–15

原文：but it, oh, it is as fresh and young and merry and mischievous and lovely and sweet and pure and witching and divine as it was when it crept in there, bringing benediction and peace to its habitation so long ago, so long ago—for it has not aged a day!①

朱译：可是，啊，那影象依然是这样的新鲜、年轻、活泼、逗人、淘气、甜蜜、纯洁、魅惑、神圣，还跟好久以前，好久以前，它爬进我的心坎，给它的住所带来祝福与平安时一样——因为那影象一天也没有老啊！②

张译：可是，哦，每逢她的倩影又潜入我的心窝，给它老早老早的住处带来福气和安宁的时候，那就还是象当年那样活泼、那样年轻、那样愉快，那样调皮，那样可爱，那样温柔，那样纯洁，那样诱人，那样神妙——因为它好象是刚刚出现的啊！③

张友松的译文有句序的调整，将状语提前。他的四字改译更多地体现了一种重复结构，以此来凸显原文的诗学特色。原文是“and”连接形容词，且句子没有中断。两位译者选择采用顿号或逗号来对译形容词，但是显然将原文这种连绵不断的、一气呵成的气势给中断了。朱复的译文没有兼顾原文的诗学特点，张友松则采用了补救的方法，用九个“那样”并加上形容词，使其变成四字结构，来传译原文的语气和情感。这是用另一种前景

① Mark Twain. *Personal Recollections of Joan of Arc*. New York: Harper and Brothers Publishers, 1896: 227.
② 马克·吐温，《冉·达克——圣女贞德》，朱复译，上海：新文艺出版社，1958：234~235。
③ 马克·吐温，《巾帼英雄贞德传》，张友松译，南昌：江西文艺出版社，1989：241。

化的方式来凸显原文的变异之处，是一种以变异对变异的翻译方式。但是在整个《巾帼英雄贞德传》的译文中，张友松的这种改译并未贯彻到底。[①]

在第 1 卷第 9 章，有一处非常特别的四字格改译。法兰西国王的“传令官”（the King's herald-at-arms）来到贞德所在的城市杜尔宣读“圣旨”（proclamation），任命 17 岁的贞德为三军统帅。

例 4–16

原文：“Know all men, and take heed therefore, that the most high, the most illustrious Charles, by the grace of God King of France, hath been pleased to confer upon his well-beloved servant Joan of Arc, called the Maid, the title, emoluments, authorities, and dignity of General-in-Chief of the Armies of France—” [②]

朱译：“大家都需知道，因此应该注意，那最高的，最杰出的查理——法兰西国王，蒙天主的眷宠——已经将法兰西军队总司令的名义，俸金，权力和尊严，欣然赐给他最亲信的仆人，号称少女的冉·达克啦——” [③]

张译：“告尔众人，恭听圣谕，最高无上、英明卓著、蒙天主恩宠、当今法兰西国王查理，业已钦命其亲信仆人，名叫少女的贞德，为法兰西三军统帅，授予相应官衔、俸金、权力与礼遇——” [④]

对比之下，朱复的译文不合语体，没有考虑到国王诏令的特殊语气（“Know all men, and take heed therefore”）、用词（“the most high”“hath”）等。此外，朱复的译文拖沓、口语化严重（如“大家都需知道，因此应该

① 在第 2 卷第 36 章，原文同样有九处形容词的并置结构，但是张友松并没有做出同样的改译。原文为：“And yet she was so human, too, and so good and kind and dear and loving and cheery and charming and unspoiled and unaffected!” 参见 Mark Twain. *Personal Recollections of Joan of Arc*. New York: Harper and Brothers Publishers, 1896: 286. 朱译：“然而她很通人情，并且，那么善良、和蔼、高尚、亲切，愉快、随和、不受熏染，也毫不矜持！” 参见马克·吐温，《冉·达克——圣女贞德》，朱复译，上海：新文艺出版社，1958：292。
张译：“然而却是很通人情的，而且非常善良、和蔼、亲切、仁爱、愉快、娇媚、纯洁无瑕、毫不做作！” 参见马克·吐温，《巾帼英雄贞德传》，张友松译，南昌：江西文艺出版社，1989：303。

② Mark Twain. *Personal Recollections of Joan of Arc*. New York: Harper and Brothers Publishers, 1896: 131.

③ 马克·吐温，《冉·达克——圣女贞德》，朱复译，上海：新文艺出版社，1958：140。

④ 马克·吐温，《巾帼英雄贞德传》，张友松译，南昌：江西文艺出版社，1989：139。

注意”），也没有对法兰西国王的修饰语进行有效的调整（如“那最高的，最杰出的查理——法兰西国王，蒙天主的眷宠”），其译文并没有显示出国王诏令的庄重意味和传令官本人的气场。传令官的语气和神情在原文中有明确的描写，因此最后一个感叹词“啦——”的使用很不符合该段话的语体特色。张友松的改译更加中国化，如他在上下文中使用了“传达御旨”“宣读圣旨”“继续宣读御旨”“宣谕”等词汇。张友松在开头使用的“告尔众人，恭听圣谕”很有中国皇帝颁布谕旨的味道。文内的“钦命”“三军统帅”“官衔”等传递了一种中国式的文化色彩。由此可见，张友松的四字格（如“告尔众人”“恭听圣谕”“最高无上”“英明卓著”“天主恩宠”“三军统帅”）改译非常出彩，译出了原文的语体特征。

（二）去四字格化（删除旧译）

面对朱复译文中的四字格，在不以四字格改译四字格的情况下，张友松有意识地将其改译成非四字格的短语或句子。也就是说，张友松对朱复译文中原有的四字格持改译态度，当不能用新的四字格替换时，他倾向于将其改译成非四字格形式。

第 1 卷第 5 章讲述了《特鲁瓦条约》（Treaty of Troyes）签订一两年后，贞德所在的村庄受到战乱波及的情形。按《特鲁瓦条约》规定，法国国王查理六世被迫承认英格兰国王亨利五世为其继承人及摄政，并将卢瓦尔河以北划归英格兰。因此，当贞德同村人听闻此事之后，一个个群情激奋。

例 4–17

原文： We ran all the way, and when we got to the square we found it crowded with the excited villagers, and weirdly lighted by smoking and flaring torches.①

朱译： 我们一路狂奔，跑到小广场时，发现那里已经挤满了群情激奋的村人，小广场上被冒着青烟和炽盛的火炬照得人心惶惶。②

张译： 我们一路急跑，到达了那个广场的时候，便发现那儿挤满了惊恐的村民，场上全靠一些冒烟和闪光的火把照明，显出一派阴森森的景象。③

---

① Mark Twain. *Personal Recollections of Joan of Arc*. New York: Harper and Brothers Publishers, 1896: 39.

② 马克·吐温，《冉·达克——圣女贞德》，朱复译，上海：新文艺出版社，1958：44。

③ 马克·吐温，《巾帼英雄贞德传》，张友松译，南昌：江西文艺出版社，1989：42。

在这个例句中，张友松以四字格改译了朱译中的一处四字格（将“一路狂奔”改译成“一路急跑”），朱译的另外两处四字格（“群情激奋”“人心惶惶”）被张友松改译成非四字格形式。“人心惶惶”是朱译理解错误，属于语义上的搭配错误。此外，“群情激奋的”（excited）被改译为“惊恐的”，是张友松过度阐释的缘故，原文上下文表示的是村民怒斥勃艮第神父的场面，因此不是“惊恐的”意思。在此情形下，贞德表现得非常冷静。

例 4–18

原文：The people were white with wrath, and it tied their tongues for the moment, and they could not speak. But Joan was standing close by, and she looked up in his face, and said in her sober, earnest way—①

朱译：人人气得脸色发白，舌头打结，一时说不出话来。但是冉就站在他近旁，仰面盯住他的脸，态度沉着，极其认真地说：②

张译：人们气得脸色发白，因此一时张口结舌，说不出话来。但是贞德站在近旁，便抬起头来对直盯着他的脸，用冷静而诚恳的口气说到：③

在这个例子中，张友松保留的四字格有“脸色发白”，但朱译的其他四字格（“舌头打结”“态度沉着”“极其认真”）均被张友松改译。他将“态度沉着，极其认真地说”改译成“用冷静而诚恳的口气说到”，这处改译强调了原文中的“way”，即贞德说话的方式。朱译被修改的地方还有“舌头打结，一时说不出话来”，与“一时”（for the moment）搭配的是前面的“舌头打结”（tied their tongues），而非后面的内容。

张友松的去四字格化有时会存在故意为之的现象。例如，在第 2 卷第 2 章中，贞德要求总督罗伯特·德·鲍德利果出具公文，派人送她去见法国国王。这位总督在此事上表现出了犹疑，但最终同意了贞德的行动方案。原文中有两处描写总督的心态，张友松对其的改译很具有代表性。

例 4–19

原文：The governor went away troubled and full of thought, and not

① Mark Twain. *Personal Recollections of Joan of Arc*. New York: Harper and Brothers Publishers, 1896: 40.

② 马克·吐温，《冉·达克——圣女贞德》，朱复译，上海：新文艺出版社，1958：45。

③ 马克·吐温，《巾帼英雄贞德传》，张友松译，南昌：江西文艺出版社，1989：43。

knowing what to do. And while he pondered and studied, several days went by and the 14th of February was come.①

朱译：总督烦恼地走开，满脑子的心思，不知道做什么才好。当他左思右想的时候，一晃几天过去了，就到了二月十四日。②

张译：总督困惑不解、心事重重地走开了，简直不知如何是好。他这样在沉思默想、反复琢磨中熬过了好几天，终于到了二月十四这一天。③

例 4-20

原文：And it was so. At ten the governor came, with his guard and torch-bearers, and delivered to her a mounted escort of men-at-arms, with horses and equipments for me and for the brothers, and gave Joan a letter to the King.④

朱译：事情倒是这样的。十点钟，总督莅临，卫队簇拥，火炬通明，拨给她一队护送的骑兵，替我和他的两个哥哥备了马和武装，给了冉一封上呈国王的公文。⑤

张译：果然如此。十点钟总督带着警卫和打着火把的跟班来了，交给她一队护送的骑兵，并给我和贞德的两个哥哥都备了马，还把一封呈交给国王的公文交给她。⑥

在例 4-19 中，张友松采用了四字格化的翻译策略，他将“烦恼地”改译成“困惑不解”，将“满脑子的心思”改译成“心事重重”，还将单四字格“左思右想”改译成双四字格“沉思默想、反复琢磨”以对应原文的两个词（“pondered”“studied”）。在几乎同样的描写情形下，张友松对朱译采取了去四字格化的翻译策略，“总督莅临，卫队簇拥，火炬通明”被改译成“总督带着警卫和打着火把的跟班来了”，这就将朱译中总督的出场气势给改没了。但是，原文并没有火炬通明的意思（系朱复意译之处），

① Mark Twain. *Personal Recollections of Joan of Arc*. New York: Harper and Brothers Publishers, 1896: 75.
② 马克·吐温，《冉·达克——圣女贞德》，朱复译，上海：新文艺出版社，1958：81。
③ 马克·吐温，《巾帼英雄贞德传》，张友松译，南昌：江西文艺出版社，1989：78。
④ Mark Twain. *Personal Recollections of Joan of Arc*. New York: Harper and Brothers Publishers, 1896: 78.
⑤ 马克·吐温，《冉·达克——圣女贞德》，朱复译，上海：新文艺出版社，1958：84。
⑥ 马克·吐温，《巾帼英雄贞德传》，张友松译，南昌：江西文艺出版社，1989：81。

只有“打着火把的跟班”，张友松的改译显然更加准确。比对两种译文，我们发现张友松又漏译了“武装”（equipments）一词。

从上面的例子可以看出，张友松的去四字格化中有内在矛盾。若他单纯是将朱复四字格改译成非四字格，那么就会有为改译而改译的现象出现。四字格化和去四字格化都需要以准确理解语义为基础，从这个原则来看，朱复的四字格用法出差错的地方多是张友松改译的主要原因。张友松曾论述过：

> 真正忠于原文的翻译必须既不增减或歪曲原文的含义，又对译文巧于安排，写成地道的中文，使读者感到津津有味。有人对中文和英语都有相当水平，翻译却很蹩脚，那就是因为没有学会翻译的技巧的原故。这方面的知识要多加钻研。①

在张友松看来，朱复的译文显然不够忠实、不够地道。这也是他在重译时不得不大量改译的原因。四字格属于我国固有的文学笔法，张友松对此有过论述，他认为：“译者应在适当的地方采用一些我国古典文学中的笔法，这可以增添译文的风采。但此法不宜滥用。”② 四字格可以增添文采，但是他也告诫译者不可滥用。尽管张友松声称要克制使用四字格之类的笔法，但是他在《巾帼英雄贞德传》中使用四字格有泛滥之势，与他宣称的翻译原则有出入。他对四字格的采用是其诗学观的外在体现，是他进行文学翻译艺术性创造的重要表征之一。

张友松专译马克·吐温著作是其一生最重要的翻译成就。他在晚年对翻译思想的总结主要出自这些翻译实践。他关于文学翻译是一种再创作的思考，是比较成熟的诗学观。张友松在《哈克贝利·费恩历险记》中对语言偏离（包括语音、语域和语相）的传译，艺术性地再造了原文的诗学特色。通过改译《巾帼英雄贞德传》，张友松采用了四字格的方式来进行艺术再创作，将自己的诗学观念运用到了极致。这些翻译实践均是其诗学观的外在体现。

① 张友松，《粗浅的体会》，载《英语世界》，1983（5）：5。

② 张友松，《我对文学翻译的探索和经验体会》，载《世界文学》，1990（2）：275。

结 语

张友松是一位杰出的翻译家，其翻译数量和质量均当得起这一称号。作为翻译家，他的诗学观主要体现在小说翻译中。本书从诗学角度来分析其诗学观的形成过程、主要内容和特点，并对其早、中、晚三个时期的诗学观进行细致的解读和剖析。在主体部分，本书择取代表性译著四部，分三章论述了其诗学观在译文中的体现。

就张友松的诗学观而言，本书主要有如下发现：

在早期，五四新文化运动深深地影响了进步青年张友松。之后，文学革命导师群体分化，张友松选择紧跟鲁迅等人的脚步，站在苦闷的青年人的立场。他以翻译赞助人兼译者的身份，关注文学与人生的紧密联系，推崇写实主义，反对纯艺术论，提倡文学的使命感和社会意义，强调作家要有坚定的信念，创作要有现实关怀。在翻译领域，他青睐于现实主义作品，尤其是俄国文学；他的翻译目的是改造国语、改造国内文艺；他的翻译策略主要专注于译文的可读性，秉持译文要流利、顺畅的翻译观；在翻译方法方面，他更多地采取直译而非意译。

在中期，张友松文艺观的改变具有自发性、先觉性、前瞻性的特点，展现了一个紧跟时代、响应革命的翻译家的历史使命和时代责任。尽管他能够在翻译界先知先觉地感受到时代变换的力量，顺应时代潮流，与过去的自己划清界限，高声呼吁翻译界人士团结合作，投入到为革命服务、为人民服务的大潮中，但是他的思想改造并不彻底，无法深刻地、本能地采用马列主义和毛泽东思想来进行思考和文艺批评。被打成“右派”分子后，他逐渐熟悉和掌握了阶级分析话语，为日后的话语表述模式奠定了基础。他的诗学观、文艺观和翻译观随着他对无产阶级革命思想的理解而改变。

在晚期，张友松的诗学观与他前一阶段的诗学观有着内在的延续性。其诗学观的逐渐成形、内化体现了一位接受了无产阶级文艺思想的老翻译家的思想历程。在这两个阶段，社会主义现实主义是我国文学界、翻译界的主流意识形态。他晚期关于诗学的论述，主要体现在他对文学翻译的见解当中，涉及文学翻译的本质、功用、语言特点等。他坚持文学翻译是再创作的观点，译文要“恰如其分”。他认为，翻译选材都要从党和人民的利益和需要出发，把自己的工作当作政治任务来完成，对待工作要认真负责。他将文学翻译工作提到了政治的高度，文学翻译要为人民服务，为社会主义事业做贡献。他的翻译目的带有明显的功利性和阶级性，带有主流意识形态在文学翻译领域当中的印迹。

与早、中、晚三个时期相对应，就张友松诗学观在译本中的体现，本书主要有如下发现：

张友松早期有明显的文体意识，但诗学意识并不强。他顺应了当时绝大多数翻译家推崇的“通顺”观，他倡导直译，但这种直译并非以呈现佶屈聱牙、含糊晦涩的译文为取向，而是以顺应读者的审美趣味为诗学选择。这种讲求“顺畅”和“恰当”的译法正好起到了一个诗学过滤的作用。经对照《凡卡》英语原文与两个译本（1929、1943），我们发现张友松的译文整体上追求直译，译本具有很强的时代性，社会语言规范和翻译家对于直译的理解也在不停地变化。他早期的译本直译有显生硬的地方，但是到了后期，修订后的译文，尽管同样是直译，但文本较为流畅，可读性强。在改译中，他展现了更为通透浑圆的直译观，对文字和句法的锤炼更加细致，甚至宁肯稍稍牺牲词句的流利，去迁就原文意义的恰合。

张友松中期有着明显的诗学意识，充分意识到了原文的诗学特色，甚至有诗学辨认过度的例子。总体来说，斯坦贝克在《愤怒的葡萄》中的散文文体比较好译，但他使用的方言则极其难译。纵观两次改译胡仲持的译本（1959、1982），张友松的改译是全方位的，最突出的工作就是去除旧译中的翻译腔，重塑原文诗学上的特色。他两次改译的目的并不一样：第一次改译主要是为了补全译本，将胡仲持漏译、删除的部分补译完整；第二次改译是为了将错译的部分纠正。他此时依据的标准是准确和通顺，着力去除胡仲持译本的翻译腔，找准词义，理顺句子，增强译文的可读性。他的第一次改译并没有第二次改译那么强调诗学层面的传译。在第二次改译中，他依据社会规范更新词汇，以适应社会语言文化的发展，体现了语言的时代性。在修辞和篇章层面，他的第二次改译更加关注原文前景化的部分，将原文的诗学趣味再现出来。

张友松晚期的诗学意识更加深化，追求译文语言的艺术性再现。在他最出名的两部马克·吐温译作（《汤姆·索亚历险记》和《哈克贝利·费恩历险记》），以及他本人总结的翻译观念中，他对翻译中的语言问题有着很透彻的理解。他提出了“文学翻译是艺术形象的再创造”的观点，其承载处即为译文语言风格的传递。经过文本细读，我们可以发现他译马克·吐温著作的诗学意识和识别能力非常突出，这也是其译笔备受称赞的主要原因。在其译作《汤姆·索亚历险记》的解读中，研究重点关注译文中童趣的传译，结合译本比较、诗学分析和版本考证，从语音、语域、语相三个层面来考察和评价其中的语言偏离。他在这三个层面的努力，尤其是语相层面的尝试（包括在两个版本中设计两种手写字体），很少有研究者关注到。他对原文前景化（变异）的识别非常细致，也竭尽所能在译文中再现这些诗学特征，艺术性地复现了原文的诗学特色。他中晚期的译作比较喜欢使用四字格。在《巾帼英雄贞德传》的改译中，他运用了更多的四字格来进行诗学改造。尽管他声称要克制使用四字格之类的笔法，但是他在《巾帼英雄贞德传》中使用四字格有泛滥之势，与他宣称的翻译原则有出入。他对四字格的采用是其诗学观的外在体现，是其进行文学翻译艺术性创造的重要表征之一。

通过分析张友松的诗学观及其在译作中的体现，本书具有如下的理论意义、史实意义和实践意义：

在理论方面，诗学视角是翻译家研究的有效途径之一。内外研究相结合的分析模式可以充分展现翻译家个体诗学观的形成过程、主要内容和特点，将翻译家的诗学观置于译本中进行对照分析，可以证明或者反驳翻译家诗学观的统一性。此外，翻译家的诗学观与意识形态息息相关，二者有冲突时，往往是意识形态取胜。意识形态决定了翻译的选材、编辑、出版、发行等，但翻译家通过诗学来抗争。张友松被打成“右派”分子后，人民文学出版社仍让他继续从事马克·吐温作品的翻译，这可被看作其译笔及诗学取得胜利的标志性事件。需要指出的是，翻译家的诗学有历史惯性，存在脱离社会实际和读者接受的现象。张友松的复译和校订行为恰好是翻译家重新改造译文、重申自我诗学标准的体现，因而具有特别的理论价值。诗学特质是翻译作品畅销、长销的主要秘诀。张友松其实并没有被“埋没”，他的译作跨越时代，广泛流传，逐渐成为经典，成为名家名译。

在史实方面，本书选取了大量的一手材料进行研究，有助于推行一种新的翻译家研究模式：讲求版本，考证细致，言必有据。本书对张友松研究方面的史实发掘非常充分，尤其是对他的翻译实践、著译目录、译本原文和版本有非常细致的考订。需要强调的是，本书并不为尊者讳，对前人的研究成果或者统计数据等涉及考证的部分，常有重新核实和统计的必要，新的结果有助于订正或者推进相关研究。本书不仅仅只关注张友松作为翻译家的角色，还将他在其他领域（如英语教育、翻译教学、编辑出版、文学创作、文艺批评等）的贡献一并呈现，勾勒出一个翻译家充盈的、丰富的形象。

在实践方面，张友松作为英语翻译和英语教学专家，热衷于出版英汉对照读物，注译兼备，选材具有经典性、文学性、趣味性、可读性等，对当时的英语读物市场建设有参考价值。他晚年在版权利益方面的损失极大。译作畅销没有改善他的物质生活，这是造成他悲剧性人生的主要原因之一。这对当今的出版界和翻译界也是一个警醒。

综上所述，我们发现张友松具有鲜明的独特性。他倔强、独立、不屈从，个性很是鲜明，且热爱翻译事业，有明确的诗学观。纵观其翻译生涯，他有许多历史贡献：拓展了俄国文学在中国的传播和接受，推广了民国时期的英语教育和翻译教学，促进了中国翻译事业计划化和体制化，推动了马克·吐温著作在中国的传播和接受等。他在自己的翻译世界里自得其乐。在“悲情”形象背后，他的译作熠熠生辉、长销不衰。张友松的作品比他本人更出名，这反过来验证了其译作的成功，读者的肯定和喜爱证明了其诗学观所能达成的艺术成就。

然而，由于主客观条件的限制，本书还存在一些不足之处：

第一，尽管本书一开始就说明了研究采用的理论视角，但在实际的分析中，诗学、诗学观、翻译诗学还是有差别的。诗学特指语言学视角下的诗学分析，诗学观是文化学派所指称的诗学研究，翻译诗学则局限在译本本身的语言学分析。因此，本书前后可能存在断裂，即张友松诗学观的研究与后文的译本中的诗学分析之间会脱节。但是反过来讲，若不先将其诗学观交代清楚，后文的译本取样就会缺少充足的依据，译文分析也就没有“厚度”。

第二，本书发现翻译家的诗学观与其翻译诗学之间存在缝隙，即张友松所言和所译之间存在落差，有不实之处，但我们没有深究。此外，本书专注于张友松本人的诗学观和翻译观，对与其同时代的翻译家之间的共识没有进行深入的研究和阐述，在横向对比中可能会有失准确。

第三，因张友松的诗学观在复译、改译、校订译本中体现得更加突出和明显，本书在选材时，入选的四部著作中有三部（《凡卡》《愤怒的葡萄》《巾帼英雄贞德传》）涉及复译、改译、校订现象。但是，本书在这些方面并没有进行理论上的探索，只能留待后来者从之。

张友松年谱简编

1903 年

11 月 12 日，张友松出生于湖南省醴陵县西乡三石塘。笔名为松子、张太白、张鹤、常健，曾用名张鹏、张允坚。他有兄弟姐妹六人，排第四。

张友松生于一个没落的世代书香之家。祖父经营实业，屡次失败，但为人新潮；通会计，自学洋文，卖田资送两个儿子出洋留学。张父是三兄弟中的长子，中过秀才，在乡下教馆。因祖父不善经营，家道中落。张友松自幼家境贫寒，童年生活相当艰苦。张父在外谋生，很少回家。张母是文盲，不会教育子女。大姐张挹兰承担了教育张友松的责任。①

1910—1915 年

张友松进离家较远的乡村学校住读。上小学时，他聪明、富于幻想，但特别懒惰；暑假期间，常被接到姐姐家。张挹兰时常督促他用功读古文，帮他打下了初步的中文基础，并有了努力上进的志向。②他逐渐改掉了懒惰的毛病，学业上也有了进步，这不能不归功于姐姐的告诫和引导。

10 岁时，他患了天花，差点儿丧命。患病期间，他将张挹兰一家（除姐夫外）感染了，姐夫的大妹妹、弟弟及女儿全都病故。③

小学毕业后，张父回乡，把张友松和张阜兰（二姐）带到北京。④

① 张友松，《我的翻译生涯》，见《文化史料丛刊 第 7 辑》，北京：文史资料出版社，1983：76~77。

② 同上：76。

③ 张友松，《亡姊挹兰略传》，载《新女性》，1928（2）：163。

④ 张友松，《同李大钊一起牺牲的张挹兰烈士——记我姐姐的一生》，载《时代的报告》，1980（3）：131。

1916 年

张友松在北京就读中学，最初入教会中学读书，参加过英籍老校长的查经班[①]，后转学至北京高师附中[②]。读中学时，他不再像小学时那样懒惰，功课中等。[③]这个时期，他最喜欢的课外读物是《天方夜谭》《鲁滨逊漂流记》《富兰克林自传》等书。[④]他最先喜欢科学，高年级分科时选理科。受五四新文化运动的影响，后来，他开始对文学感兴趣。进入大学时，他本有意选理科，因为要半工半读，怕理科的功课太紧，不能兼顾，才选了文科。[⑤]

1918 年

9月，毛泽东抵达北京，后入职北京大学图书馆。毛泽东曾到张友松姐弟俩住处找过张挹兰的同学胡人哲，遭张友松挡驾（胡人哲授意）后留字，落款“湘兄润之”。[⑥]

1919 年

春末，张挹兰移居北京。张友松此时住西安门内，后接触共产主义。[⑦]二姐夫的堂妹李欣由长沙逃婚到北京，借住在李家。李欣是湖南省立女师的学生，曾和毛泽东一起在长沙参加学生运动，毛泽东也曾到李家找过李欣。姐弟俩听李欣讲学潮运动，都很兴奋。[⑧]张挹兰为了上学，隐瞒年龄就读私立师范学校，并与来自长沙的共产主义先锋人物、中国共产党第一位女党员缪伯英要好，为将来走上革命道路打下了初步的基础。[⑨]

---

①张友松，《粗浅的体会》，载《英语世界》，1983（5）：4。
②张友松，《我的翻译生涯》，见《文化史料丛刊 第7辑》，北京：文史资料出版社，1983：76。
③张友松，《同李大钊一起牺牲的张挹兰烈士——记我姐姐的一生》，载《时代的报告》，1980（3）：132。
④张友松，《粗浅的体会》，载《英语世界》，1983（5）：4。
⑤张友松，《我的小说译作的经验与理解》，见《我与文学》，上海：上海生活书店，1934：287。
⑥徐伏钢，《藏在鲁迅日记里的翻译大家——张友松先生的悲剧人生》，见《荡起命运的双桨——徐伏钢新闻特写选》，新加坡：八方文化创作室，2008：13。
⑦张友松，《亡姊挹兰略传》，载《新女性》，1928（2）：166。
⑧张友松，《同李大钊一起牺牲的张挹兰烈士——记我姐姐的一生》，载《时代的报告》，1980（3）：131。
⑨同上：132。

五四运动期间，他结识了李大钊。[①]他经常参加运动，和同学组织“少年学会”（参与者有党家斌、夏康农、赵世炎等）[②]，出版小型刊物《少年》，抨击时弊，宣传进步思想。[③]五四运动后，他经常追随“工读互助”潮流，脱离家庭，与同学前往上海。因没找到出路，最终各自回家。张父是北洋政府小官僚，为了升官，总在儿女身上打主意。他想让张友松做一个较大官僚的赘婿，和一个大龄瘸腿姑娘成亲，张友松坚决不同意。[④]

受五四运动新思潮影响，姐弟俩相互勉励，开始走上进步道路[⑤]，但是二人所走的道路并不一致。在张挹兰从事革命活动前，姐弟俩约定要成为知识分子，不谈政治，不参加政治活动。因此，张挹兰走向革命道路，却没有要求张友松同她一样选择这条路。张友松的家庭负担重，常因生活而过度忙碌，对政治经济的新旧理论和国际动态、国内革命的发展，都不曾稍加研究，对自己所处的时代也不了解，始终没有认清应走的道路。[⑥]

1921 年

夏，张友松四年制中学毕业，张父无力供其上大学。适值北京教育界开展教潮运动，张挹兰无学可上。姐弟俩应中学同班华侨同学林熙盛邀请，到当时的苏门答腊首府棉兰当华侨小学教师，打算积攒经费去欧美留学深造。[⑦]林熙盛写信邀姐弟俩去棉兰教书，其目的是找个女同学当对象。结果，张友松找了当时在香山慈幼院当小学教师的胡人哲同行。[⑧]

8 月，他离开北京。临行前，他跟李大钊辞行。[⑨]

---

①张友松，《同李大钊一起牺牲的张挹兰烈士——记我姐姐的一生》，载《时代的报告》，1980（3）：133。

②张学义、李寅虎，《鲁迅与党家斌》，载《鲁迅研究月刊》，1993（5）：59。

③张友松，《我的回顾与前瞻》，载《人物杂志》，1949（2）：44。

④张友松，《同李大钊一起牺牲的张挹兰烈士——记我姐姐的一生》，载《时代的报告》，1980（3）：132。

⑤张友松，《我的翻译生涯》，见《文化史料丛刊 第 7 辑》，北京：文史资料出版社，1983：77。

⑥张友松，《我的回顾与前瞻》载《人物杂志》，1949（2）：45。

⑦张友松，《亡姊挹兰略传》，载《新女性》，1928（2）：169。

⑧张友松，《鲁迅和春潮书局及其他》，见《鲁迅研究资料 第七辑》，天津：天津人民出版社，1980：104。

⑨张友松，《同李大钊一起牺牲的张挹兰烈士——记我姐姐的一生》，载《时代的报告》，1980（3）：132。

9 月下旬，他抵达棉兰。[①]姐弟俩满怀希冀的新生活并不理想。二人在同一所学校教书，但是张友松被安排在男校，张挹兰被安排在女校，时常难得聚首，非常烦恼。他们唯一的宽慰方式是看电影和写家信，但烦闷得不到缓解。张友松认为，自己并没有教小学的资格：一是因为自己还是个混混沌沌的 18 岁孩子；二是因为自己没受过师范教育。本来二人计划攒钱留学，可实际上并没攒到钱。[②]张友松素来喜欢浪费，受父亲供养时没有充足的钱用，但现在自己能赚钱了，便毫无节制地浪费起来。他用钱比一位当地的百万富翁还随便得多。看电影和去饭店里吃牛排、冰淇淋之类，每日花费一两元，基本上是月月光。二人教了十个月的书，最后连回北京的路费都没有剩下。[③]

1922 年

约 3 月份，接到父亲病故的消息，姐弟俩需要承担供养母亲和照顾弟妹的责任。[④]

暑假前半个月，张友松收到北京大学陈颀教授的回信，答应特别帮忙，为他们谋课余工作，以半工半读。随后，他借路费 100 元，离开华侨小学回国。[⑤]

回到北京后，他暂住二姐家。他还探望了李大钊，说明了一年来的经历，获赠十元，缓解了燃眉之急。[⑥]

8 月 5 日，他考入北京大学预科乙部英文班，学名“张鹏”[⑦]，后与张挹兰一同分在第三院乙部预科班乙班[⑧]。张挹兰获湖南省一学年 100 元的津贴。在陈颀的帮助下，张挹兰获得每年 150 元的“克兰夫人奖学金”；张友松也获得了课余工作。[⑨]就读预科期间，留学英国的郭汝熙用全英文授课，提高了张友松的英语水平。[⑩]

①张友松，《亡姊挹兰略传》，载《新女性》，1928（2）：170。
②张友松，《我最初的职业生活》，载《青年界》，1936（1）：29。
③张友松，《亡姊挹兰略传》，载《新女性》，1928（2）：169~170。
④同上：171。
⑤同上：172。
⑥张友松，《同李大钊一起牺牲的张挹兰烈士——记我姐姐的一生》，载《时代的报告》，1980（3）：133。
⑦佚名，《国立北京大学布告》，载《北京大学日刊》，1922-8-5。
⑧佚名，《注册部布告（二）》，载《北京大学日刊》，1922-10-9。
⑨张友松，《亡姊挹兰略传》，载《新女性》，1928（2）：173。
⑩张友松，《粗浅的体会》，载《英语世界》，1983（5）：4。

1923 年

是年，张友松继续就读预科。学费为每学年 25 元，宿费为每学期 12 元，体育费为每学期 1 元。半工半读期间，他当过家庭教师、抄写工、《京报》记者；组织联谊团体“辛社”，宗旨是共同探索人生真谛和救国救民之道，大约持续了一年，因参与成员观点相左而自行解散。[①]

1924 年

6 月 23 日—28 日，张友松参加了乙部预科学年考试，考试科目依次是外国文、生物学大意、国学论著集要、社会学大意、国文文法、哲学大意、文论及选文、第二外国语（法语）、西洋近百年史、伦理学大意、数学。[②]

7 月 12 日，北京大学预科学年考试成绩公布，他（张鹏）列乙部二年级名单，准许升学。张挹兰需补考公民学，后补考合格，入教育学系。[③]

夏，在预科学习两年后，北大英文系举办入系测验，他得第一名，梁遇春得第五名。[④]入学后，他获得了教授们的赏识。[⑤]那一届英文系最优秀的四个学生是张友松、梁遇春、钟作猷、许君远，其他同学有冯文炳（废名）、尚钺、石民、夏葵如等。英文系的教员最初有胡适、陈西滢、张歆海、温源宁、赵太侔等，后有徐志摩、叶公超、林语堂等。[⑥]此时，周作人、鲁迅尚在北京大学教书，对张友松多有照顾。

9 月 15 日，北京大学新生开学报到。该学期学费为 15 元，宿费为 13 元，体育费为 1 元，电灯费为 3 元。[⑦]

1925 年

1 月 24 日，张友松的文章“Unaccepted Assistance”发表于《英语周刊》第 486 期“学生来稿”（“English by Chinese Students”）专栏。这是

① 张友松，《同李大钊一起牺牲的张挹兰烈士——记我姐姐的一生》，载《时代的报告》，1980（3）：133。
② 佚名，《注册布告（四）》，载《北京大学日刊》，1924-6-11。
③ 佚名，《注册布告（一）》，载《北京大学日刊》，1924-7-12。
④ 许君远，《读书与怀人》，北京：中国长安出版社，2010：149。
⑤ 张友松，《文学翻译漫谈》，见《当代文学翻译百家谈》，北京：北京大学出版社，1989：430。
⑥ 许君远，《读书与怀人》，北京：中国长安出版社，2010：188。
⑦ 佚名，《北京大学布告》，载《北京大学日刊》，1924-9-17。

他的英文习作，讲述了自己帮助一只受伤小鸟的故事。

4月，张挹兰加入中山主义实践社，成为左派国民党员，后当选为该社理事。[①]

5月30日，五卅运动爆发，张友松参与其中。除李大钊外，他还与邹韬奋、冯雪峰、柔石、邓颖超等人有过许多接触。[②]

6月1日，其《我所希望于女学生者》发表于《妇女杂志》第11卷第6号。该文系该杂志“女学生号”专题征文。张友松将女学生分为“社交派”“闺阁派”“觉悟派”这三种类型并加以论述，提倡自然的健康美。此次试笔，他得稿费四元，虽极为高兴，但并没有多少文笔自信。此前，他虽在翻译之余从事创作练习，逐渐养成了相当的写作能力，但经过三年多的时间才敢发表文章。[③]

8月10日，其译文《安徒生评传》发表于《小说月报》第16卷第8号。《小说月报》当时要出“安徒生专号”，向周作人约稿，但周作人没有时间翻译，恰逢张友松失业，请周作人帮忙找工作，于是周作人就选了这篇短短的文章交由张友松翻译，并为之改稿。[④]这是张友松发表的第一篇译作，是他从事文学翻译的起点。在读期间，他出了好几种译著，在当时的翻译界开始有了点名气。[⑤]他走上写作和翻译的道路主要是出于谋生需要。[⑥]

9月10日，其译文《安徒生童话的来源和系统（他自己的记载）》发表于《小说月报》第16卷第9号。

1926年

3月17日，其译文《猎人》发表于《晨报副刊》。张友松早年的翻译速度极快，一天最多译过13 000字。因译文基本上能够与英译本词义相吻合，且颇为流畅，深受读者喜爱。[⑦]在《我的翻译生涯》一文中，他对早年的译文有另一番表述：“我年轻时在课余搞翻译，只求译得快，不注重译文的质量。当时我认为只要做到对原著不增不减，不篡改原意，译文不生

---

①张友松，《同李大钊一起牺牲的张挹兰烈士——记我姐姐的一生》，载《时代的报告》，1980（3）：134。

②徐伏钢，《藏在鲁迅日记里的翻译大家——张友松先生的悲剧人生》，见《荡起命运的双桨——徐伏钢新闻特写选》，新加坡：八方文化创作室，2008：11。

③张友松，《我的小说译作的经验与理解》，见《我与文学》，上海：上海生活书店，1934：288。

④同上：289。

⑤张友松，《文学翻译漫谈》，见《当代文学翻译百家谈》，北京：北京大学出版社，1989：431。

⑥张友松，《我的小说译作的经验与理解》，见《我与文学》，上海：上海生活书店，1934：287。

⑦张友松，《我选译马克·吐温小说名著的历程》，载《中国比较文学》，1991（2）：193。

硬，不让人读着费劲，就算是基本上符合‘信、达、雅’的原则，对得起作者和读者了。但如果认真推敲，字斟句酌，不过于求快，译品的质量肯定要好一些。”[①]其早年译作以俄国文学作品为主，所译非英语出版的原著作品均系转译于英译本。借英语或其他语言转译是当时翻译界的潮流，张友松概莫能外。在日后与“新月派”论战时，转译是争论话题之一，张友松撰《论直接翻译与转译》一文为自己辩护。

春，张挹兰当选为国民党北京特别市党部执行委员，同时兼任国民党外围组织、妇女文化补习学校（缦云女校）校长。[②]张友松见证了张挹兰工作劳累，时常照顾其起居，尽家人责任。[③]在没有搬出去住时，他每晚临睡前总要陪张挹兰说话，称赞她，勉励她，并发表意见以供参考。[④]

4月24、26日，其译文《一件事情》分两次发表于《晨报副刊》。

10月10日，其译文《笛声》和《爱》发表于《小说月报》第17卷第10号。

12月，其译作《三年》由上海北新书局出版，被收入“近代世界名家小说”；于1927年3月再版，被收入“欧美名家小说丛刊”（该丛书同样收有徐志摩所译的《曼殊斐尔小说集》，后遭张友松严厉批评。该丛书销路较好，译者为当时翻译界的一流人物，有张采真、徐冰铉、李青崖、徐志摩、张友松、朱溪、梁遇春、钟宪民、韦从芜等。张友松的译作能在北新书局出版，周作人有举荐之功。[⑤]）。在《三年》的《译序》中，他提出契诃夫的作品就是人生本身，表现了人生的微妙处，因其“琐碎”“灰色”而伟大。

是年末起，因张挹兰的朋友来来往往太多，他与弟弟张友柏另租一间房子住，每天回家三次。[⑥]

1927年

1月，张挹兰任国民党北京特别市党部妇女部部长。[⑦]

---

①张友松，《我的翻译生涯》，见《文化史料丛刊 第7辑》，北京：文史资料出版社，1983：90。

②张友松，《同李大钊一起牺牲的张挹兰烈士——记我姐姐的一生》，载《时代的报告》，1980（3）：134。

③同上：135。

④张友松，《亡姊挹兰略传》，载《新女性》，1928（2）：176。

⑤张友松，《我选译马克·吐温小说名著的历程》，载《中国比较文学》，1991（2）：193。

⑥张友松，《亡姊挹兰略传》，载《新女性》，1928（2）：177。

⑦李沧明，《绞刑架下的勇士——记张悒兰烈士》，见《北京女杰》，北京：北京出版社，1985：91。

3月26日，《北新》第1卷第31期刊登书讯，张友松新译有《英国的前途》，后未见出版。1929年4月3日，张友松主持的上海春潮书局出版了《英帝国主义的前途》，署名“张太白”，系张友松另改书名、原作者中译名、译者名而成。①

3月底，张挹兰遭奉系军阀逮捕入狱。被捕前一晚，张挹兰曾到访张友松租住处，临别时，他嘱咐姐姐谨慎，不要劳坏身体，是为永别。②自从张挹兰被捕后，他多方营救，先是去北大学生宿舍打探消息，后求助于张父生前朋友，未果。③

4月8日，胡人哲听闻张挹兰被捕，作诗《念挹兰》，并于4月15日发表在《中央副刊》第23号。

4月28日，李大钊和张挹兰等20人被绞死，英勇就义。张挹兰年仅34岁，是唯一一位女性烈士，也是最后一位就刑的烈士。当天下午，因张母过度伤心、张友松等年幼，聘请过张挹兰当家庭教师的顾淑礼（孙百英之妻、陈翰笙妻子胞姐、李大钊的交通员）出面代表家属收尸，料理后事，安葬在湖南义园。④张挹兰就义后，张友松开始向往共产主义事业，但因家庭负担太重，再加上缺乏为革命牺牲的勇气，没有化悲痛为力量，投入火热的斗争中。⑤

4月，其译作《薄命女》由上海北新书局出版，被收入“欧美名家小说丛刊”；于1927年6月再版。

是月，其译作《契诃夫短篇小说集（卷上）》由上海北新书局出版，被收入“欧美名家小说丛刊”，内收《两出悲剧》《阿丽亚登尼》《哥萨克兵》《蚱蜢》；于1927年6月再版。在卷上《译者的序》中，张友松提及一共译有短篇小说9篇，另有卷下的5篇（含《凡卡》）疑似未结集出版。在1927年6月再版的《薄命女》封底广告上，《契诃夫短篇小说集（卷下）》标“印刷中”。在译序中，张友松认为，俄国文学最显著的特点是真实和

①张友松，《鲁迅和春潮书局及其他》，见《鲁迅研究资料 第七辑》，天津：天津人民出版社，1980：97。

②张友松，《亡姊挹兰略传》，载《新女性》，1928（2）：182。

③张友松，《同李大钊一起牺牲的张挹兰烈士——记我姐姐的一生》，载《时代的报告》，1980（3）：136。

④孙少礼等，《陈翰笙姨夫与我们》，见《陈翰笙百岁华诞集》，北京：中国社会科学出版社，1998：150。

⑤张友松，《我的翻译生涯》，见《文化史料丛刊 第7辑》，北京：文史资料出版社，1983：77~78。

质朴；契诃夫比莫泊桑更加伟大，契诃夫的作品与其说是在描写人生，不如说它们就是人生本身。此外，他还对自己不通俄文，辗转重译，使译作失去了许多原作的风味而表示无奈。①

5月16日，北京大学教授张竞生在上海听闻张挹兰死讯后撰《哀女生张挹兰》，将张挹兰之死与秋瑾就义的价值并列，后发表于《新文化》第4期。该文提到张挹兰家境："你家极穷，赖你与弟译著以生。"②

5月17日，胡人哲的《所不能忘怀的惨死者——挹兰》发表于《中央副刊》第54号。该文提到张挹兰从事革命工作"得到了家人的信仰"③。

5月，译作《新闻事业与社会组织》由上海北新书局出版，被收入"社会科学丛书"；于1927年6月再版。

6月10日、25日，其译文《农夫》分两期发表于《东方杂志》第24卷第11号、第12号。

10月10日，《申报》（本埠增刊）"艺术界"专栏刊登铭彝所撰《契诃夫的短篇小说集》，介绍了张友松译出的新书，认同他在译序中对契诃夫作品的判断，也认可他的虚心态度，并期待下册早日出版。"近来，北新书局出版了一部《契诃夫短篇小说集》，上册我已读过。共有四篇，如我以上所介绍的，其余听说还有五篇，我希望能够早点出版使我们得读他的作品。张君的译文是由英文转译来的，同时也参照几种译本，但他还希望有人直接从原文里面译出来，这一点是很虚心的，我也这样盼望着。"④

11月上旬，他独自给张挹兰上坟，哭诉之后，打开特地带去的英文书，朗诵了几段，因为张挹兰在世时常喜欢听他读英文。⑤

11月24日，他写成《亡姊挹兰略传》，前后花了四五十个小时。⑥该文以不同版本发表多次。

是年，他家庭负担更重，无意在北大继续读书，受上海北新书局老板李小峰之邀，担任编辑。⑦入职北新书局后，他彻底见识了李小峰的书

①张友松，《译者的序》，见契诃夫，《契诃夫短篇小说集（卷上）》，张友松译，上海：北新书局，1927：1~2。
②张竞生，《性学博士忏悔录》，呼和浩特：内蒙古人民出版社，1999：85~86。
③胡人哲，《所不能忘怀的惨死者——挹兰》，载《中央副刊》，1927-5-17。
④铭彝，《契诃夫的短篇小说集》，载《申报》（本埠增刊），1927-10-10。
⑤张友松，《亡姊挹兰略传》，载《新女性》，1928（2）：181。
⑥同上：182。
⑦张友松，《鲁迅和春潮书局及其他》，见《鲁迅研究资料 第七辑》，天津：天津人民出版社，1980：91~92。

商习气和出版界的黑暗，他说："出版界的毛病太多，一般书商投机取巧，粗制滥造，惟利是图，剥削作者，欺骗读者，把最有价值的出版事业弄得乌烟瘴气，成为一种糟糕透顶的商业。"[1]萧乾曾是北新书局的见习生，当过张友松的徒弟。[2]

1928 年

1月1日，其译文《犀牛的皮是怎样长成的》发表于《新女性》第3卷第1号。

2月1日，《亡姊挹兰略传》发表于《新女性》第3卷第2号。

3月10日，其译文《教堂杂务员口中的英雄》发表于《东方杂志》第25卷第5号。

4月，他同夏康农催促陈醉云写诗三首，后集结成《玫瑰》，由春潮书局于1928年11月30日出版。[3]

6月16日，其译文《日本的国际问题及其国内窘状》《意大利政教权限之争又起》《英国失去垄断橡皮业之势力》发表于《北新》第2卷第15号；同期发表的还有意之译、张友松校的三幕剧《情人眼里的人格》。

6月，其译作《春潮》由上海北新书局出版，被收入"欧美名家小说丛刊"；于1933年5月出至4版。1927—1936年是我国译介屠格涅夫的一个高潮，其中1928年出书最多，有八种译作面世。[4]日后，张友松创办春潮书局和《春潮》月刊，是以得名。

7月，其译作《婚后》由上海北新书局出版，被收入"欧美名家小说丛刊"，内收《婚后》《老罗干和他的特丽莎》《失恋后的择偶》。

8月1日，其译文《巴尔干诸国国家思想勃兴之原因》发表于《北新》第2卷第18号。

8月4日，在李小峰于万云楼宴请席间遇到鲁迅，同席还有另外8人：许广平、周建人、沈尹默、刘半农、郁达夫、林语堂及其夫人、李小峰夫

① 张友松，《我的回顾与前瞻》，载《人物杂志》，1949（2）：45。
② 徐伏钢，《藏在鲁迅日记里的翻译大家——张友松先生的悲剧人生》，见《荡起命运的双桨——徐伏钢新闻特写选》，新加坡：八方文化创作室，2008：14。
③ 陈醉云，《写在玫瑰前面》，见陈醉云，《玫瑰》，上海：春潮书局，1928：2~3。
④ 戈宝权，《中外文学因缘——戈宝权比较文学论文集》，上海：华东师范大学出版社，2013：44。

人。[①]据《鲁迅日记》记载,1928年8月4日至1930年4月24日,张友松一共出现了114天,被记录了125次。其中,1929年是张友松与鲁迅交往最为密切的时期:一是为经营春潮书局和《春潮》月刊;二是为北新书局拖欠鲁迅稿费一事。这段交往因春潮书局倒闭、张友松逃离上海而告终。没能跟随鲁迅走上革命道路是张友松毕生莫大的恨事。[②]

8月16日,其译文《英国自治属地的新地位》发表于《北新》第2卷第19号。

9月16日,《春潮书局创办旨趣》刊登于《北新》第2卷第21号。在这篇长文中,张友松等人论述了时代潮流的演变、学术思想文艺与教育跟政治的关系、出版者责任、出版业的悲哀、出版业新标准等。最后,他列出了春潮书局编印著作的五大方向:系统思想的建设、介绍与批评;文艺的创作与翻译;中小学读物的编纂;各种学术的专门研究;定期刊物的发行。

9月19日,《春潮书局创办旨趣》刊登于《民国日报》,后获读者回应。

9月20日,《申报》刊登北新书局促销广告,列出"明日丛书"已经译好,陆续刊印书目11种,其中张友松的译作有《妇女的将来与将来的妇女》和《婚姻的将来》。其中,《婚姻的将来》未见出版。

9月,其译作《妇女的将来与将来的妇女》由上海北新书局出版,被收入"明日丛书";于1929年4月再版。该书介绍了英国妇女解放运动思想,促使读者去重新思考对女性的评价,话题涉及女权运动、价值观念、道德标准、婚姻问题、哺乳习惯、节制生育、婚姻制度等。

10月14日,《民国日报》刊登谢春满的《新时胎的产生——春潮》。谢春满系阅读了春潮书局的创办旨趣之后,自代民间读者希望春潮书局能够信守承诺,不与其他书局同流合污,能够革命得彻底,以整个的眼光和持久的力量灌注全部枯萎的禾田。[③]

10月15日,他与中学同班同学夏康农、林熙盛共同创办的春潮书局正式开业,任经理,后有中学同学党家斌到店里帮忙。[④]春潮书局先设立在施高塔路四达里104号,后搬迁至北四川路的宝兴路,还与"乐群""南

---

①鲁迅,《鲁迅全集 第十六卷 日记》,北京:人民文学出版社,2005:91。

②张友松,《鲁迅和春潮书局及其他》,见《鲁迅研究资料 第七辑》,天津:天津人民出版社,1980:91。

③谢春满,《新时胎的产生——春潮》,载《民国日报》,1928-10-14。

④张友松,《鲁迅和春潮书局及其他》,见《鲁迅研究资料 第七辑》,天津:天津人民出版社,1980:92。

强”“昆仑”合设四书局门市部于四马路。他在北新书局任职不到一年就萌发了自办书局的念头，一心想办一个“正派”的书局，出些“好书”，既不贻害读者，又不剥削别人，也不受人剥削。[①]此外，春潮书局还创办了《春潮》月刊（1928 年 11 月创刊，共出 9 期），发行了《科学月刊》（1929 年 1 月创刊，共出 15 期；最初由“科学月刊社”方乘[②]任主编，春潮书局出版发行）。鲁迅不遗余力地支持春潮书局，邀人组稿，主编“近代文艺丛书”和“现代文艺丛书”，在春潮最困难的时候，还借给张友松 500 元维持经营。[③]

同日，《申报》刊登“春潮书局开幕广告”：“本书局定于十月十五日正式开幕，创办旨趣已在《北新》《贡献》《中央日报副刊》发表。兹将出版新书列后，批发、代理、函购等，章程函索即寄。”[④]它还公告《春潮》半月刊第 1 期定于 11 月 1 日出版。

1925 年始，上海出版界涌现了泰东书局、光华书局、创造社出版部、北新书局等新书局，面貌为之一新；接着春潮、南强、乐群、新生命、开明、黎明等几家兴起，遂形成了盛极一时的开书店风气。“造成这个开书店风气的原因，起先是一种压抑已久的文化界的突变，由于这种需要的增加，新书店纷纷兴起。”[⑤]书店约有四种，春潮、金屋、新月均属作为文人地盘的书店。

10 月 20 日，高长虹在《长虹周刊》第 2 期“每日评论”专栏发表《“道”与“说”的用法》一文，批评张友松在翻译时将“道”与“说”这两个动词用错了：“看张友松译的小说，总觉很别扭，不痛快。张君勇于介绍，在文字上再用些功夫才好。”[⑥]

10 月 30 日—11 月 1 日，《大公报》（天津版）刊登“上海春潮书局征稿启事”。

11 月 15 日，《春潮》月刊创刊，张友松、夏康农任编辑；1929 年

①张友松，《鲁迅和春潮书局及其他》，见《鲁迅研究资料 第七辑》，天津：天津人民出版社，1980：92。

②方乘（1897—1968），字抚华，湖南新化人；北京工业专门学校毕业，硕士毕业于法国格勒诺布尔大学；时任上海劳动大学农学院教授。

③张友松，《鲁迅和春潮书局及其他》，见《鲁迅研究资料 第七辑》，天津：天津人民出版社，1980：106。

④佚名，《春潮书局开幕广告》，载《申报》，1928-10-15。

⑤李衡之，《书店杂景（续）》，载《申报》，1935-10-12。

⑥高长虹，《“道”与“说”的用法》，载《长虹周刊》，1928（2）：13。

9月停刊，共出九期。其主要撰稿人有：鲁迅、林语堂、江绍原、陶希圣、石民、钱公侠、觉之、侍桁、钱君匋、夏索以等。因夏康农和林熙盛志不在此，春潮书局开办不久，二人就另谋职业，书局和杂志全靠张友松苦苦经营。春潮书局的广告称："《春潮》月刊是以忠实的态度力求对于国内新文化有所贡献的刊物。"[①]创刊号上发布有《春潮书局征稿启事》《发刊辞》《春潮书局创办旨趣》。在《发刊辞》中，张友松等人提到《春潮》的产生，"便为了看见有人不曾玩弄各种各色的堂皇伟大的名辞，思想上零零碎碎地常时招来不堪受的压迫，想着有话要说时，好借它说说大家的苦闷"[②]。面对苦闷的人生，在这个玩弄堂皇伟大名辞的时代，编者号召真挚的、勇敢的灵魂们直立起来，用真实的文字来表现真实的生活和真实的心灵。此外，在《编辑室的话》一文中，张友松等人还说道："我们的态度原着重在我们民族的病根的发掘，苦闷的表现，忠实的灵魂的扩张，进步的生活的要求：总之是以发表真挚的思想文艺的著述为主旨。"[③]

同日，《我们何处去》发表于《春潮》创刊号。该文首先分析了青年人所面临的困境。身处旧势力基础有待努力摧毁，新时代基础有待建设的过渡时代，青年人不是彷徨歧路，就是完全麻木，在绝望中自认屈服。五四思想界领袖人物的分化造成了各种混乱局面，面对这些让人绝望的导师们，青年该如何自处？张友松认为，青年人至少要能忠于自己，思想界的先进者当中，思想与人格还健全的都是青年人的导师。在文末，张友松呼吁："我极希望与那些热血还在沸腾，幻想还没有被现实完全打破，始终不曾绝望于光明的前途的朋友们携手前进。捧着这颗热烈的心，我期待着大家的同情和共同努力。"[④]该文与《发刊辞》和《春潮书局创办旨趣》有内在的联系。

同日，《春潮》创刊号刊登春潮书局新书广告，预备出版的书目中有张友松和周谷城合译的《新俄的新学校》，后未见出版。

同日，其译作《地中海滨》由上海春潮书局出版。该小说描写了恋爱变幻，词彩美丽。10月，光华书局出版了该书叶灵凤译本《蒙地加罗》，为避免雷同，张友松改书名为《地中海滨》。两书译笔互有短长，但均过得去。[⑤]

---

①佚名，《春潮书局发行两大月刊》，载《春潮》，1929（3）。
②佚名，《发刊辞》，载《春潮》，1928（1）：1。
③佚名，《编辑室的话》，载《春潮》，1928（1）：32。
④张友松，《我们何处去》，载《春潮》，1928（1）：32。
⑤唐弢，《晦庵书话》，2版，北京：生活·读书·新知三联书店，2007：393。

11月16日，《申报》刊登广告“《春潮》月刊第一卷第一期出版了”，每册定价一角五分，本外埠各书局均有代售；附有目次。

11月27日，《申报》（本埠增刊）刊登出版界消息。人间书店特聘丁玲、沈从文合编《人间月刊》，撰稿人俱为当代知名之士，如叶绍钧、戴望舒、杜衡、张友松、孙伏园等，字数在50 000左右，定于1月10号出版。

12月1日，“上海新书业公会”召开第二次筹备会，春潮书局获邀，派王惕吾代表与会。

12月5日，“上海新书业公会”成立，春潮书局是会员之一。

12月10日，在张友松批评徐志摩译文的前夕，梁实秋在《新月》第1卷第10号“零星”专栏发表《翻译》一文，论述了法国文学和俄国文学的转译现象，认为转译不太好，且无必要。张友松恰恰处于当时的转译潮流中，他翻译的俄国文学、波兰文学都是从英译本转译的。此外，梁实秋还提出，翻译的头一个条件是要使人看得懂，直指鲁迅所提倡的“硬译”说。1989年，张友松回顾“宁信而不顺”“宁顺而不信”的争论时，并没有站在鲁迅那一边，认为两者都不是翻译的正道，谁也不要为自己的硬译和乱译辩解。似通非通的“翻译体”需要尽可能避免，直译和意译不能截然分开，二者可以相辅相成。[①]

12月15日，《我的浪费——关于徐诗哲对于曼殊斐尔的小说之修改》发表于《春潮》第1卷第2期。张友松在该文中以极其讽刺的语气称呼徐志摩为“徐诗哲”，开篇即称撰写该文就是“浪费”。该文列举了徐志摩所译《曼殊斐尔小说集》（1927年2月，北新书局）一书中的错误达37处，并详加分析，开启了《春潮》与《新月》两大阵地讨论翻译并涉及文艺思想的笔战，颇引起读书界一阵惊奇，甚至有人乐于见到徐志摩挨骂：“以几本译文滋润着微命的中国文坛，使我们对苛刻地吹求的批评者很难以为然；但是盲目的胡译，又不能不使我们为原著人抱屈，为受欺的读者愤懑：所以看着徐志摩挨骂，心上倒也觉得舒服。”[②]在这场论战中，《春潮》一方参战的有张友松、夏康农、李青崖、何公超、党家斌（一修）、贞柏、亚华；《新月》一方参战的有胡适、徐志摩、陈西滢、毕树棠、梁实秋。该论战同时牵涉另外两场争论：一是鲁迅与梁实秋之间的论战；二是陈西滢与曾

①张友松，《文学翻译漫谈》，见《当代文学翻译百家谈》，北京：北京大学出版社，1989：438~439。

②亚华，《莎士比亚怪装来华——Romeo and Juliet 的胡译》，载《春潮》，1929（9）：119。

虚白之间的论战。对于《春潮》与《新月》的论战，张友松认为，鲁迅把他们当作“初生之犊”，有意引导他们继续进行战斗。可是他们却辜负了这位伟大导师的期望，刚一上阵，就因慑于敌人的强大，打退堂鼓，当了逃兵。[①]

12 月 18 日，上午，鲁迅寄信给张友松。下午，张友松拜访鲁迅。[②]这是他第一次拜访鲁迅，许广平记述道：“记得他头一次来见的时候，说明他的姊姊是在北京做社会活动遇害的，家里很困难，想印些书，请先生帮忙。为正义，为文化运动，为同情心所驱使，于是先生又有所忙了，义务的写稿，经常给刊物帮忙。”[③]

12 月 23 日，《申报》刊登春潮书局广告“《春潮》第二期出版了”。“我们这个月刊自第一期出版后，各地已知未知的朋友们都来信鼓励我们、赞助我们，这使我们增加了不少的勇气。我们现在已经先后约定了鲁迅先生、林玉堂先生，和周作人先生、江绍原先生等为我们专稿；此外还有在法国、德国和日本方面的朋友们，也将以各种的稿件源源接济我们，使《春潮》月刊的内容日见充实。我们不愿意夸张，更不愿意树出冒牌的旗帜。我们认为新时代的产生决不是玩弄几个动听的名词所能实现，所以我们只愿意作基本的努力。我们发表的文字约略可以分为四种：（一）谈思想的文字；（二）文艺；（三）学术问题的讨论；（四）新出版物的介绍与批评。”[④]因春潮书局出版的书刊没有号召力，张友松等便写信求助于鲁迅、林语堂、周作人等名人，在未获答复之前就登出了广告，引起了对方的反感和不满。[⑤]

12 月 24 日，他同夏康农拜访鲁迅，未获接见。[⑥]

12 月 25 日，上午，鲁迅收到张友松信。下午，张友松同夏康农拜访鲁迅。[⑦]鲁迅不满于春潮书局未经许可登报做广告一事，张友松写信诚诚恳恳地解释了办书局的动机和目的，申述他们除旧布新的愿望。虽然鲁迅收到信后面见了张友松和夏康农，但是仍存戒心，同时制止了张友松写信

①张友松，《鲁迅和春潮书局及其他》，见《鲁迅研究资料 第七辑》，天津：天津人民出版社，1980：92~93。
②鲁迅，《鲁迅全集 第十六卷 日记》，北京：人民文学出版社，2005：105。
③许广平，《鲁迅和青年们》，见《欣慰的纪念》，北京：人民文学出版社，1951：71。
④佚名，《〈春潮〉第二期出版了》，载《申报》，1928-12-23。
⑤张友松，《鲁迅和春潮书局及其他》，见《鲁迅研究资料 第七辑》，天津：天津人民出版社，1980：95~96。
⑥鲁迅，《鲁迅全集 第十六卷 日记》，北京：人民文学出版社，2005：105。
⑦同上：106。

称他为“吾师”的举动。[1]

12 月 30 日，张友松出席在上海成立的“中国著作者协会”成立大会。

同日，清晨（陈其昌）译、张友松校阅的《希腊神话故事（一）》由春潮书局出版，内收神话故事《贝尔修斯》。

1929 年

1 月 6 日，憬琛在《十七年度中国文坛之回顾》一文中指出，1928 年是中国新文学方兴未艾的时期，书店林立，作家辈出，著作家、出版家与读书界都呈现一种活跃突进的生气。作者估计该年文学翻译作品的数量超出创作数量的两倍；张友松翻译的《春潮》在推介之列。[2]

1 月 10 日，胡适的《论翻译——寄梁实秋，评张友松先生〈评徐志摩的曼殊斐儿小说集〉》一文发表于《新月》第 1 卷第 11 号“零星”专栏，以示回应张友松对徐志摩译作的批评。胡适以书信体的方式轻描淡写地为徐志摩辩护，这种方式随后遭到张友松和夏康农的批评和模仿。胡适在文中提出他是忍不住才想说几句持平的话，他认为，徐志摩的译笔很生动、很漂亮，保存了原书的风味，译本很难得，也就一两处小错误。张友松的批评差不多全是盲目的“不知而作”，英文程度太浅，简直是看不懂曼殊斐儿，指出的错误都是张友松自己的理解错误，不是徐志摩的错误。胡适认为，张友松摆出盛气凌人的架子，张口闭口“哲”哪、“诗”哪、“豪”哪、“他家里的宝贝”，这不是正当的批评态度，是有意要骂人、“宰”人。[3]同期，陈淑（陈西滢）在“通信 我们的朋友”专栏发表《致真美善的虚白先生》，该文是对《真善美》3 卷 3 号曾虚白反驳陈西滢评论其《英国文学 ABC》一文（《致新月陈淑先生的信》）的回应。此前，在《新月》第 1 卷第 10 期（1928 年 12 月 10 日）“书报春秋”栏目，陈西滢撰文批评了曾虚白的《英国文学 ABC》，列举了其中的 24 个译名错误，批驳了曾虚白宣称的英国文学史研究“新眼光”。

1 月，作为 42 名发起人之一，张友松在《中国著作者协会宣言》上

① 张友松，《鲁迅和春潮书局及其他》，见《鲁迅研究资料 第七辑》，天津：天津人民出版社，1980：96。

② 憬琛，《十七年度中国文坛之回顾》，载《申报》（本埠增刊），1919-1-6。

③ 适之，《论翻译——寄梁实秋，评张友松先生〈评徐志摩的曼殊斐儿小说集〉》，载《新月》，1928（11）：2。

联署，该宣言刊登于《思想月刊》第五期。

2月15日，《张友松启事》发表于《春潮》第1卷第3期，预告将在《春潮》第4期上撰文回应胡适的反驳。张友松称呼胡适为“美国哲学博士前北京大学英文系主任前北京执政府善后委员前英国皇家庚款委员会当今上海中国公学校长绩溪胡适之先生”，认为胡适一文的大意是“人心大变，小民竟敢向州官放的火上泼水，殊属不太安分”。他用调侃的语气说道：“小民万分惶悚之余，谨拟稍治菲肴，在本刊第四期上向博士诗哲谢罪。倘承读者不弃，并恳惠然作陪，无任盼祷。”[①] 同期，其译文《小泉八云论肯斯黎的希腊神话故事》发表。

同日，《申报》（上海增刊）刊登《新月与春潮的论战》一文，介绍了张友松引发的翻译论战。“自从第二期《春潮》月刊上张友松批评徐志摩翻译《曼殊斐儿小说集》以后，颇引起读书界一阵惊奇，想不到在文坛上极负盛名的徐先生，也有错误。新近出版的第九期《新月》二面，又激怒了老将胡适之，大替徐先生辩护，并责张先生不懂英文。听说第四期《春潮》上，张先生将长文驳辩。因为误中正误的胡先生也弄出了许多错误。”[②]

3月10日，《新月》第2卷第1号的“编辑后言”隐晦地回应了以热血青年自居的张友松发起的论战，提出《新月》杂志的编辑想为这时代及这时代的青年贡献一个努力的目标：建设一个健康且有尊严的人生。《新月》同仁没有适宜于呐喊的天赋佳嗓，他们只是站立在时代低洼里的几个多少不合时宜的书生，所说的无非是几句平正的话，传达的也是平正的观点。

3月14日，《申报》（本埠增刊）报道了春潮书局搬迁消息。春潮书局因营业发达，且又新添股本二万元，拟出文学类、社会科学类名著数十种，扩充营业，故由施高塔路迁移至北四川路横滨桥东宝兴路口内，一面开设门市，一面兼办批发。[③] 此时，春潮书局共有门市两处（四马路和东宝兴路）。

3月15日，《并非“零星”其一 敬谢胡博士的告诫——致康农》发表于《春潮》第1卷第4期；同期发表的还有夏康农的《并非“零星”其二 浪费的蔓延——寄友松，杂述友松批评徐志摩先生的翻译以后所感》。这两篇文章都是对胡适一文的反驳，文章标题都含“并非‘零星’”，均为张

①《张友松启事》，载《春潮》，1929（3）。
②文，《新月与春潮的论战》，载《申报》（本埠增刊），1919-2-15。
③佚名，《春潮书局迁移》，载《申报》（本埠增刊），1929-3-14。

友松和夏康农之间的互动。这是出于胡适所作反驳一文刊登于《新月》的“零星”专栏，嘲笑了胡适所用的通信体裁是要“花样”，此次反驳有“仿效绅士学者们一唱一和假装安闲之嫌”①。张友松在驳论中照样使用嘲讽甚至谩骂的笔调。他称胡适为“死不怕丢脸的有名的‘胡说博士’”②，对陈西滢私下写信给他为徐志摩开脱表示不满。在批驳胡适所列译例之后，张友松认为，胡适的反驳无非是想要“保持他们那一群结帮骗人的臭绅士集团的‘尊严’”；他坦言自己最初批评徐志摩“只是因为看了不太顺眼，此外决没有什么特殊的动机”③，仅是有一颗纯真的青年的心，凭着满腔的热血在捅蜂窝。单就翻译而言，他对徐志摩草草译就，却还要吹嘘对原著是如何做过很深的研究尤其不满。他认为，徐志摩的译文荒谬绝伦，翻译错误不可原恕；至于胡适，根本就不配谈翻译。此文发表之前，陈西滢致信张友松劝和，提醒学生辈的张友松要对先生客气些。于是，张友松在文中多转述陈西滢信件中的话，并指出陈西滢一面替徐志摩认账，一面还要老气横秋。张友松在论战中披露陈西滢的私信，后被徐志摩批不“忠厚”。夏康农在文中表达了读张友松“雄文”的四点感想，从张友松批评徐志摩的举动，“看出一个不识利害，不讨安闲……看出一个不畏‘权威’，捣毁偶像的大傻瓜来”④。他认为，胡适是假装正人君子，打着“公理”的旗号来说几句持平的话。夏康农认为，胡适的反驳大言不惭，论述模棱两可，费尽心思替徐志摩开脱。该期“编辑室的话”提到反驳胡适一文占去了1/3的版面，特为致歉：“说也奇怪，时间才只过了一个月，此刻再叫我们说这些话似乎已经就没有这兴致。”⑤

同日，春潮书局出版谢冰莹的《从军日记》。该书为春潮书局打造的精品图书，由丰子恺题书名、画扉页，有编印者的话、林语堂序各一篇。该书经林语堂和孙伏园推荐给春潮书局才得以问世。

4月10日，徐志摩《说“曲译”》一文发表于《新月》第2卷第2号。徐志摩借刘英士评李之鸥所译《帝国主义与文化》（原作者为乌尔佛）一书发挥，为自己辩护，后张友松撰文反驳。徐志摩回顾了自己从事翻译的

①康农，《并非“零星”其二 浪费的蔓延——寄友松，杂述友松批评徐志摩先生的翻译以后所感》，载《春潮》，1929（4）：117。
②张友松，《并非“零星”其一 敬谢胡博士的告诫——寄康农》，载《春潮》，1929（4）：94。
③同上：111。
④康农，《并非“零星”其二 浪费的蔓延——寄友松，杂述友松批评徐志摩先生的翻译以后所感》，载《春潮》，1929（4）：120。
⑤佚名，《编辑室的话》，载《春潮》，1929（4）：144。

历程，说自己是出了名的大意，尤其在翻译上有时一不经心闹的笑话常在朋友中传诵。同时，他也说译作经不起拿原文来对，十部要有十部糟。至于李青崖所提的《憨第德》(原作者为伏尔泰，徐志摩译)的译文错误，徐志摩有所解释，他认为，自己的译文至少是“可念的”。文末提及张友松的批评时，徐志摩调侃且含蓄地说：“否则又得浪费宝贵人们的笔墨了！……这时期到底是半斤八两的多——除了一两个真有自信力的伟大的青年。关于曼殊斐儿的译文我似乎用不着再说话。通伯先生有封信给我，但我想还是忠厚些不发表它也罢。”[①]

4月15日，李青崖的《关于一部名著名译的商榷——徐志摩先生译的〈戆第德〉开首四面里的九处疑问》一文(作于1928年9月)发表于《春潮》第1卷第5期。该文提出徐志摩的译文很有婉曼清妙的味道，然而译文前四页就有十处(被《春潮》编辑删掉一处)疑问值得商榷。在李青崖的论述当中，编辑加有五条按语，嘲讽徐志摩的翻译，如“假使你还是要对原文才懂，那就只怪你根本不配读徐先生的译文呀！”[②]该期“编辑室的话”不无调侃地说，稿件一而再，再而三地论及徐志摩，是莫大的憾事，不过读者可以看看诗哲文豪们的本色。

4月18日，《申报》(本埠增刊)刊登了春潮书局致读书界的《春潮书局宣言》，回顾、抨击了近一二十年来中国出版界的情况，提出了改革出版事业的总方向：作者反剥削；读者持怀疑精神，打破崇拜偶像的心理，以监察的态度，革新出版者；提倡经营文化事业的态度，打倒纯粹商业性质的出版者。张友松等人认为，打倒出版界黑暗的旧势力，建立光明的、健全的新基础，便非造成著作者、读者和出版者三方面的联合战线不可。春潮书局是几个不肯抛弃自己信念而走各种违反意志的康庄大道的青年合力创办起来的，不以金钱为前提，而是以事业为重。[③]

4月30日，张友松同夏康农一起请鲁迅和许广平在大中华饭店吃晚餐，林语堂作陪。[④]林语堂试图替梁实秋说情，要求鲁迅不要对梁实秋批评太甚，鲁迅当即表示拒绝说和。[⑤]

---

①徐志摩，《说“曲译”》，载《新月》，1929(2)：7~8。
②李青崖，《关于一部名著名译的商榷——徐志摩先生译的〈戆第德〉开首四面里的九处疑问》，载《春潮》，1929(5)：119。
③佚名，《春潮书局宣言》，载《申报》(本埠增刊)，1929-4-18。
④鲁迅，《鲁迅全集 第十六卷 日记》，北京：人民文学出版社，2005：132。
⑤张友松，《鲁迅和春潮书局及其他》，见《鲁迅研究资料 第七辑》，天津：天津人民出版社，1980：95。

同日，张友松与大学同学石民合译的《曼侬》由上海春潮书局出版，被收入林语堂主编的“现代读者丛书”。张友松翻译第 1 至第 5 章，石民翻译第 6 至第 13 章。译完之后，他们参照法文本，互相校对，译笔尚能一致，且欢迎“不要钱的老师”批评。[①]《春潮》第 1 卷第 8 期的专页广告称之为“译文忠实流畅，为译述界所罕见”[②]。

同日，夏康农所译的《茶花女》（原作者为小仲马）由春潮书局出版，张友松对照英译本做了不少修改。[③]

4 月，张友松与朱溪合译的《决斗》由上海北新书局出版，上卷收张友松翻译的《猎人》《凡卡》《一个没有结局的故事》《一件事情》《活动产》，下卷收朱溪翻译的《决斗》；于 1929 年 7 月再版。

5 月 5 日，《申报》刊登春潮书局广告：“《春潮》月刊，夏康农、张友松主编。撰稿人有鲁迅、周作人、林语堂、江绍原、郁达夫诸先生及一些努力的青年，实价每册角半。《科学月刊》，方乘主编。这是破中国科学界的沉寂、纯粹献给自然科学的刊物，现已出至第三期。每册实价三角。”[④]

同日，乐群、春潮、昆仑、南强联合门市部设立于四马路中西大药房隔壁 529 号古董店楼上。

5 月 10 日，鲁迅到访，托张友松代校《奔流》第 2 卷第一本稿。[⑤]

同日，毕树棠所译的《论译俄国小说》一文发表于《新月》第 2 卷第 3 号。在该文译后记当中，毕树棠提及国内转译俄国文学的风气，认为转译不可靠，随后不点名地论及张友松的翻译批评行为多半是相嘲相骂，不肯忠实地相告相商。后张友松撰《论直接翻译与转译》以回应。

5 月 15 日，《春潮》第 1 卷第 6 期出版。在该期广告中可见春潮书局外埠分销处已拓展至国内 33 座城市，以及日本东京和新加坡。

5 月 26 日，《申报》刊登出版界消息，言及《茶花女》《曼侬》销售火爆。“《茶花女》及《曼侬》是全世界风行的两部名著，中文从向无完整的译本，兹经夏康农君将《茶花女》译出，张友松、石民二君将《曼侬》

---

①张友松、石民，《译者的话》，见《曼侬》，张友松、石民译，上海：春潮书局，1929：4。

②佚名，《与〈茶花女〉齐名的法国爱情小说〈曼侬〉》，载《春潮》，1929（8）。

③张友松，《鲁迅和春潮书局及其他》，见《鲁迅研究资料 第七辑》，天津：天津人民出版社，1980：106。

④佚名，《春潮书局的书》，载《申报》，1929-5-5。

⑤鲁迅，《鲁迅全集 第十六卷 日记》，北京：人民文学出版社，2005：133。

译出，已由春潮书局出版，连日往四马路春潮等四家联合门市部购买者，甚形踊跃云。”①

6月12日，午后，鲁迅到访，张友松以出版社新书《曼侬》及《茶花女》相赠。②

6月19日，午后，鲁迅收到张友松信，即复。夜间，张友松拜访鲁迅，并赠送绘画明信片一贴五十枚。③

6月20日，下午，鲁迅将译稿苏联普列汉诺夫的《论文集〈二十年间〉第三版序》寄给张友松④，后刊于《春潮》第1卷第7期。

6月21日，下午，鲁迅收到张友松信和画片一枚。⑤

6月25日，张友松与林语堂合译的《新俄学生日记》由上海春潮书局出版，被收入林语堂主编的“现代读者丛书”。该书本系林语堂独自翻译，稿费预支，因故未能完稿，自第三学期（暑季）起，由张友松代为译完（约全书一半的内容）。

同日，《申报》刊登春潮书局广告“林语堂先生译的《新俄学生日记》即日出版”，未提及张友松也是译者之一。“此书经林先生译了出来，译文忠实流畅，谅为读书界所共知。排印时又经林先生亲自细心校对，一字无讹；加以印刷精美，实为最满意之版本。书前有林先生序文，说明此书真价之所在。此外更有原著者肖像，尤为难得。”⑥

7月1日，其译文《独自行走的猫》发表于《新女性》第4卷第7号。

7月8日，《大公报》（天津版）刊登消息，介绍了《春潮》月刊:《春潮》偏重文学；撰稿人有张友松、夏康农、鲁迅、林语堂，现已出至第五期；前为讨论徐志摩君翻译，与《新月》杂志有一番笔战。⑦

7月10日，梁实秋的《论批评的态度》发表于《新月》第2卷第5号。该文将鲁迅和张友松们归为“导师”和“青年”的关系，全面批驳他们在论战中“不严正”的批评态度。由此可见，梁实秋认为，《春潮》受到了鲁迅的影响。梁实秋借用《春潮》发刊辞和张友松在《我们何处去》当中

---

①佚名，《春潮书局出版〈茶花女〉及〈曼侬〉》，载《申报》，1929-5-26。
②鲁迅，《鲁迅全集 第十六卷 日记》，北京：人民文学出版社，2005：138。
③同上：139。
④同上。
⑤同上。
⑥佚名，《林语堂先生译的〈新俄学生日记〉即日出版》，载《申报》，1929-5-26。
⑦佚名，《春潮月刊》，载《大公报》（天津版），1929-7-8。

的说法，称鲁迅和张友松们是自命为“思想界文艺界知名的先进作者”和“努力的青年”，《春潮》是自命为“以忠实的态度力求对于国内新文化有所贡献的刊物”[①]，并认为他们的批评是不负责任的胡凑，爱说下流的俏皮话，态度不严正。对于张友松，梁实秋没有忘记继续嘲讽他发起的论战，并拿他大学只读了两年来说事：“第三个原因是，专说下流的俏皮话的文章容易作。用严正的态度写几千字，多少要费一番思索；而截取别人的文章拿来断章取义的东打一拳西踢一脚，这是最容易不过的事。大学读过一两年书的人，白话文大概还可以写得通，提起笔来‘胡凑’几千字，自然是有利可图的事。不过以这种态度来写的批评文字，绝对不能令人心服，不能令人信任，只是自己暴露自己的劣性而已。”[②]

7 月 15 日，其译文《饿王》和文章《黔驴之技——浪费之三》发表于《春潮》第 1 卷第 7 期。《黔驴之技——浪费之三》系张友松为反驳徐志摩《说“曲译”》一文所作。该文一一反驳了徐志摩的各种辩护，认为徐志摩所说译本都经不起拿原文来对是在为自己的错误开脱。对徐志摩关于错译的解释，张友松分三点进行驳斥，奉劝徐志摩最好不要译书，以免贻害读者；自炫其风流不凡者，简直是十足的无耻加道地的混蛋。文后对于徐志摩提及的忠厚一说，张友松三呼“下流”，认为徐志摩已是黔驴技穷。

同期，何公超在《杜斯妥益夫斯基小说〈主妇〉译文正误》文末，笔锋一转，批评起徐志摩的译文来：“不幸得很，放眼看看中国翻译界已有的成绩，十之六七倒是可以与白莱君的杰译拜把子的。所谓诗哲文豪之流还要动辄叫人笑痛肚皮，其他更可想见了。这是一个不能轻视的问题。”[③]

同期，“编辑室的话”提及与《新月》的论战：“我们再三对徐诗哲失敬，并牵连着失敬到博士教授身上，而且又不善修辞，一来就不知不觉地说出许多欠雅的话，这不知是我们生性粗野，还是因为什么别的缘故。我们很知道我们的失敬不仅使诗哲学者之流‘不大痛快’，恐怕还要为一班大雅君子所不直。然而，那又有什么办法呢？”[④]

7 月 15 日，春潮书局出版程鹤西所译的《梦幻与青春》。该书标题下附有“原名洛蒂加”字样。张友松嫌没有吸引力，要改名出版，程鹤西只

①梁实秋，《论批评的态度》，载《新月》，1929（5）：2。
②同上：3。
③何公超，《杜斯妥益夫斯基小说〈主妇〉译文正误》，载《春潮》，1929（7）：99。
④佚名，《编辑室的话》，载《春潮》，1929（7）：134。

好委曲求全。可见，书名倾向“香艳”之风肇始已久。[①]

同日，春潮书局出版王余杞的短篇小说集《惜分飞》。张友松为此书请郁达夫作序。郁达夫认为，这部小说是1929年所能看到的最好的小说之一。[②]

8月2日，《申报》刊登《上海新书业公会启事》，为公会成员被列入剿共除奸团辩护，称各会员未涉及出版共产党书籍，悉为纯正商人，春潮书局联署。[③]

8月12日，下午，鲁迅访张友松、党家斌，三人一同拜访律师杨铿。[④]

8月13日，下午，张友松同党家斌拜访鲁迅。鲁迅委托党家斌代为聘请律师杨铿，索要北新书局版税，未谈妥。[⑤]

8月14日，下午，张友松同党家斌拜访鲁迅。鲁迅仍然委托党家斌代为聘请律师杨铿。[⑥]

8月15日，其译文《苏联对于言论出版之制裁》和文章《关于〈新俄学生日记〉中译本的几句声明》发表于《春潮》第1卷第8期。在《关于〈新俄学生日记〉中译本的几句声明》篇首，张友松批评了胡适、徐志摩等人对于译文错误的遮掩及放任态度。该文回应了江绍原对该译本的指正，表示虚心接受批评。

同期，一修、贞柏的《论梁实秋先生的〈论思想统一〉》对梁实秋发表于《新月》第2卷第3号的《论思想统一》进行反驳，就思想统一与思想自由展开论战。在编者按中，张友松等人就登载该文做出了详细的解释，对梁实秋所论思想自由提出了两点反驳。

同期，《编辑室的话》对梁实秋的《论思想统一》一文大加鞭笞和嘲讽，“另一方面也好知道知道我们的苦同胞的血汗换来的洋面包塞进了怎样的金漆马桶，喂成了怎样的永不可教的蠢材！”[⑦]

同期，《春潮》刊登译本《新俄学生日记》广告，并特地强调译文

---

①程鹤西，《不幸的书稿》，见《初冬的朝颜》，上海：上海书店出版社，1997：184。
②郁达夫，《序（一）》，见《惜分飞》，上海：春潮书局，1929：4。
③佚名，《上海新书业公会启事》，载《申报》，1929-8-2。
④鲁迅，《鲁迅全集 第十六卷 日记》，北京：人民文学出版社，2005：147。
⑤同上。
⑥同上。
⑦佚名，《编辑室的话》，载《春潮》，1929（8）：123。

特色："此书经林先生和张先生译了出来，译文之忠实流畅，谅为读书界所共知。排印时又经译者亲自细心校对，加以印刷精美，实为最满意之版本。"①

同期，《春潮》刊登鲁迅的《〈小小十年〉小引》，后送给鲁迅稿费八元，但未支付《小小十年》改稿费。鲁迅不以为少。②

同日，午后，鲁迅收到张友松信和律师杨铿的收条一张。③

8月25日，下午，鲁迅在律师杨铿寓所开会，商议版税一事，后达成协议。李志云、李小峰、郁达夫、党家斌列席。④郁达夫实为李小峰从杭州请来的调停人。议定的主要内容为：北新书局当年分四期偿还拖欠鲁迅的版税八千多元，次年起继续偿还，总共偿还欠款约两万元；鲁迅作价回收旧著纸型；此后北新书局出版鲁迅著作，必须加贴版税印花并每月支付版税四百元；鲁迅续编《奔流》，每期出版时，北新书局将稿费交由鲁迅转发各作者。⑤

9月3日，鲁迅收到张友松信和代办的铅字20粒，用于加盖北新书局所出鲁迅新书版税印花，以防书局滥印。⑥

9月6日，《申报》刊登《春潮》第8期广告："本期有（《论梁实秋先生的〈论思想统一〉》）一文，对于《新月》月刊所载梁君论文，作精到之批评，极有研究之价值。"⑦

9月10日，梁实秋的《文学有阶级性吗？》《论鲁迅先生的硬译》发表于《新月》第2卷第6、第7号（合刊）。1927年至1936年鲁迅过世，鲁迅与梁实秋的论战持续了八年多，争论的焦点有二：一是文学的阶级性和普遍的人性问题；二是关于翻译中的硬译问题。由此可见，《春潮》与《新月》的论战一直夹杂在鲁梁论战之中，处于双方交锋的早期阶段。

9月12日，夜间，张友松同党家斌拜访鲁迅，赠糖食三盒。⑧

---

①参见1929年4月30日《春潮》第1卷第8期的专页广告。

②张友松，《鲁迅和春潮书局及其他》，见《鲁迅研究资料 第七辑》，天津：天津人民出版社，1980：103。

③鲁迅，《鲁迅全集 第十六卷 日记》，北京：人民文学出版社，2005：147。

④同上：148。

⑤同上：150。

⑥同上。

⑦佚名，《春潮书局秋季大廉价》，载《申报》，1929-9-6。

⑧鲁迅，《鲁迅全集 第十六卷 日记》，北京：人民文学出版社，2005：152。

9月15日，《论直接翻译与转译》发表于《春潮》第1卷第9期。张友松同样秉持嘲讽的态度来辩驳，认为毕树棠是借机介入《春潮》与《新月》的争执，故意在译后记中影射自己，向徐志摩等示好。张友松反驳毕树棠关于名家翻译免不了闹笑话的论调，“中国的‘名家’不绝，乌烟瘴气将永远笼罩着一切！”[①]至于毕树棠反复提及的转译之不可靠这一点，张友松在回击后，批驳毕树棠从英文直接译出的译文同样错漏百出。

同期，亚华发表《莎士比亚怪装来华——Romeo and Juliet的胡译》一文，篇首即对徐志摩因翻译挨骂表示很舒服。该文专为批评新月书店出版的邓以蛰所译的《若邈玖嫋新弹词》(1928)所作。该译本为《罗密欧与朱丽叶》园会一节，系新月书店出版的第一部戏剧译著，《新月》自第1卷第3号到第8号，连续六期对这部译著进行宣传。然而，亚华认为，该译本满篇都是“奇文妙译”(实为讥讽)，使人读不下去。在《编者按》中，张友松等人表示自从《春潮》批评了徐志摩的译文之后，收到了很多关于翻译批评的稿件，也刊登了批评邓以蛰的文章。

同期，《编辑室的话》认为，《新月》连续多期刊登论翻译的文章，是为了回护受《春潮》攻击的徐志摩；同时也不点名地批评了刘英士在《新月》第2卷第2号上发表的书评。对于此番论战，张友松等人表示若是没有新的意义可说，或者没有更令人喷饭的新材料可介绍，论战就此“带住”。此后，《春潮》停刊，张友松不再继续与《新月》论战。

9月21日，上午，张友松送《小小十年》五部给鲁迅。午后，鲁迅寄张友松信。晚上，张友松同夏康农、党家斌拜访鲁迅，并邀请鲁迅前往东亚食堂共进晚餐。[②]

9月29日，晚上，张友松同夏康农、党家斌拜访鲁迅，鲁迅请众人前往东亚食堂共进晚餐。[③]

10月2日，上午，张友松拜访鲁迅，赠仙果牌烟卷四盒。[④]

10月3日，上午，张友松拜访鲁迅，并随鲁迅前往福民医院探望产后五天的许广平，可见此时二人关系非常密切。[⑤]

---

①张友松，《论直接翻译与转译》，载《春潮》，1929(9)：42。
②鲁迅，《鲁迅全集 第十六卷 日记》，北京：人民文学出版社，2005：152。
③同上：153。
④同上：154。
⑤同上。

10月10日，《科学月刊》第1卷第9期封底刊登春潮书局广告，题：“研究科学的人——也应阅览文学书——以调剂精神上的枯燥。”广告中列出了11部书所得的佳评。《新俄大学生日记》：“这本日记描写得这样周到与深刻，使我看了，宛如亲自到俄国大学访问了一遭。”（江绍源）再版《新俄学生日记》：“细心从头到尾一阅本书，可得不可磨灭的印象。”（林语堂）三版《茶花女》：“以流丽畅达之白话文，加以新译；非林琴南旧译可比！”（《申报》）再版《曼侬》：“本书为与《茶花女》齐名之法国爱情名著，影片中之曼郎摄什戈，即根据此书编成；译文也忠实流畅。”（《申报》）《西哈诺》：“批评家 Faguet 评本剧为五十年来第一诗剧，方女士之翻译也值得赞扬。”《天津大公报》《小小十年》：“我极欣幸介绍这真实的作品于中国。”（鲁迅）再版《从军日记》：“这部作品是一九二七年大革命时代最好的代表纪念品之一！”（李白英）《小彼得》：“本书为劳动儿童而作，是仅有的儿童读物。”（新书推荐社）《惜分飞》：“我觉得本书是一九二九年中间所看到的最好的小说中的一部。”（郁达夫）《雨后》：“本书描写追求肉的满足的现代人，故事自然，人物生活。”（汪倜然）《二月》：“我从作者用了巧妙的技术所写成的草稿上，看见了近代青年中这样的一种典型，周遭的人物，也都生动。”（鲁迅）①

10月27日，下午，张友松同党家斌拜访鲁迅，赠毛线一包。②

11月1日，许霞（即许广平）译、鲁迅校阅的《小彼得》（原作者为至尔·妙伦）由春潮书局出版。

11月2日，午后，张友松拜访鲁迅，为挽救春潮经营困局，借钱500元。③许广平认为，张友松“人很精明。有一回大感叹于经费困难，不易支持之后，由他负责，向先生筹借了五百元，仍然未能打开僵局，又关门了”④。

11月7日，晚上，张友松同党家斌拜访鲁迅，邀请鲁迅赴中华饭店共进晚餐，刘侃元、冯雪峰、柔石作陪⑤，商谈为《春潮》组稿一事。⑥

---

①佚名，《春潮书局文学书所得的佳评》，载《科学月刊》，1929（9）。

②鲁迅，《鲁迅全集 第十六卷 日记》，北京：人民文学出版社，2005：157。

③同上：158。

④许广平，《鲁迅和青年们》，见《欣慰的纪念》，北京：人民文学出版社，1951：71~72。

⑤鲁迅，《鲁迅全集 第十六卷 日记》，北京：人民文学出版社，2005：158。

⑥张友松，《鲁迅和春潮书局及其他》，见《鲁迅研究资料 第七辑》，天津：天津人民出版社，1980：93。

11 月 13 日，下午，张友松同党家斌拜访鲁迅，受鲁迅之托寄王余杞信并汇稿费 10 元。鲁迅夜间寄张友松信。①

11 月 19 日，夜间，张友松同党家斌拜访鲁迅。②此去是为了出版《勇敢的约翰》一书，但是后面又改变了承诺。

12 月 12 日，张若谷的《我爱读的文学译品》发表于《申报》(本埠增刊)，推荐值得一读而且值得重复温读的作品 22 部。张友松所译《春潮》在列，属于“最适宜于当作一般青年的必读书，因为差不多都是浪漫派文学的正宗作品，每篇作品都充溢着激情，文章大半都是秀丽、清新可诵”③。

12 月 15 日，上海新书业公会在四马路新会所举行第一次代表大会，春潮书局等 21 家会员到会。

1930 年

1 月 9 日，夜间，张友松同党家斌拜访鲁迅，鲁迅嘱托以原文《恶之华》一本赠石民。④

1 月 27 日，下午，张友松拜访鲁迅，还鲁迅垫付《二月》及《小彼得》用纸的钱款 50 元。⑤

1 月 28 日，下午，鲁迅同三弟周建人上街买铝制什器八件，花费七元，拟赠张友松。⑥

1 月 29 日，张友松结婚。早晨，他收到鲁迅托扫街人送来的信和新婚贺礼。⑦张友松来沪后，未婚妻徐鸿藻尚在北京师范大学读书，毕业后到沪完婚。⑧

2 月 5 日，午后，鲁迅收到张友松信及稿件两篇。⑨

2 月 14 日，上海图书馆协会召开常委会，形成六条决议，第五条为“春

---

①鲁迅，《鲁迅全集 第十六卷 日记》，北京：人民文学出版社，2005：159。
②同上：160。
③张若谷，《我爱读的文学译品》，载《申报》(本埠增刊)，1929-12-12。
④鲁迅，《鲁迅全集 第十六卷 日记》，北京：人民文学出版社，2005：178。
⑤同上：179。
⑥同上。
⑦同上。
⑧张友松，《痛悼亡友白薇》，载《香港文学》，1989(58)：43。
⑨鲁迅，《鲁迅全集 第十六卷 日记》，北京：人民文学出版社，2005：181。

潮书局出版之文艺及社会科学等书，内容好而定价低，函致各地图书馆广为采用”[①]。

5月18日，其译文《屠格涅夫的自省》发表于《中央日报》，署名“松子”。

8月19日，《申报》刊登张友松主编的《春潮活页英文选》广告及《为本英文选征求新材料启事》。《春潮活页英文选》自誉为“全国中学以上各校最适用之英文教材”，英文选分ABC等级，所选文字以适合于中学生之心理及兴趣为标准，一共有六大优点：（1）名家杰作，搜罗丰富；（2）文字程度，深浅俱有；（3）各篇独立，长短任选；（4）注解详明，教学便利；（5）校对精审，绝少脱误；（6）每篇零售，选购随意。与普通教科书相比，《春潮活页英文选》搜集数百名家著作，渐次选读，学者易感兴味；篇幅长短俱有，教学时间可以伸缩自如；具备各种文体，可随学者之需要而选读；每篇售价甚低，且可随意选购其适用者。[②]春潮书局倒闭后，该活页英文选转让给神州国光社出版。

8月28日，李小峰为私下了结版税纠纷一事，庆祝和解，在南云楼宴请众人，同席者有鲁迅、许广平、章廷谦、郁达夫、王映霞、杨骚、林语堂及夫人廖翠风、章衣萍、吴曙天。席将终，鲁迅和林语堂因张友松事引发冲突[③]，是称“南云楼风波”。这是鲁迅和林语堂第一次疏离。张友松本系林语堂的学生，在春潮书局还有过合作，他们合译出版了《新俄学生日记》。日后，张友松在《鲁迅和春潮书局及其他》（1980）一文中非常气愤地提及林语堂：“林是一个非常油滑势利、极端虚伪、最善望风转舵、热衷于名利、毫无骨气、毫不负责的文痞。他的思想作风与鲁迅先生的精神和品德毫无共同之处。后来林语堂和我终于闹翻了，鲁迅先生是支持我的。”[④]张友松提到他和新月派笔战时，获得了鲁迅的支持，而林语堂却袖手旁观，说双方都是好朋友，不便参加这场笔战，张友松就说林语堂是“蝙蝠”（意指“奸诈、两面三刀的小人”）。

8月30日，《申报》刊登“春潮书局赠送《活页英文选》”的消息：“本埠春潮书局创印《活页英文选》堪称为我国中学英文教材之大革新。此次面向全国各中学赠送样章（三选一，含《我没有钓着的鱼》《麦高莱致父书》

①佚名，《图书馆协会筹备图书馆》，载《申报》，1930-2-15。

②佚名，《春潮活页英文选》，载《申报》，1930-8-19。

③鲁迅，《鲁迅全集 第十六卷 日记》，北京：人民文学出版社，2005：149。

④张友松，《鲁迅和春潮书局及其他》，见《鲁迅研究资料 第七辑》，天津：天津人民出版社，1980：96。

《黑尾巴的蓝毛猪》），凡由学校具函盖章即可赠送一篇三十份。”[1]

8月，其译作《欧美小说选》由上海北新书局出版，被收入“自修英文丛刊”。该译作系英汉对照版，翻译时，张友松在有些地方稍稍牺牲了词句的流利，去迁就意义的恰合。“自修英文丛刊”是一套小型丛书，其目标读者是英语学习者，意在使读者提高英文的文字能力，选材以文字长处为主，译注者有张友松、梁遇春、石民、袁嘉华、顾仲彝等。北新书局在1930年11月3日第5期《益世报》上刊有该丛书广告，称之“为自修英文的秘籍”“为研究文学的捷径”“为学习翻译的导师”。丛书特色有：“一、精选作品，以代表近代文学精神为标的；二、专家译注，译注务求精确详尽，一目了然；三、英汉对照，使读者诸君有互相参证之便；四、解释详明，注重熟语成句，打破文字困难；五、价廉物美，装订精美，每册只售一元二角。”[2]

9月1日，《中央日报》刊登“函索《活页英文选》之踊跃”的消息。

9月29日，《申报》刊登北新书局“自修英文丛刊”促销广告，宣称张友松译注、英汉对照的《欧美小说选》最注重各篇中成语和短句的准确应用，在读解和作文上都有极大的帮助；且所选各篇趣味浓厚，可使人从头读到尾，毫不生厌，没有艰涩乏味之感，也没有词句不合文法之处。从文学的观点来看，所选也都是第一流作家的杰作，共选有英、美、俄、法、德、瑞典等国的作品九篇，极便学者自修。[3]

9月，其译作《茵梦湖》由上海北新书局出版，被收入“世界文学名著丛书”；于1930年12月再版，至1933年11月出六版，1942年9月出蓉版。1981年7月，译作《茵梦湖》（新校本）由商务印书馆出版，被收入“英语世界文学注释丛书”。1982年2月，它被收入“外国抒情小说选集”，由安徽人民出版社出版。1999年9月，《茵梦湖》由湖南文艺出版社出版。张友松在译者序中提到之所以选译该小说，主要是因为它的文字秀丽轻飘、描写方法活泼高妙，非常适合用作英汉对照读物。尽管该书为旧时文学，但是其技巧上的长处仍可以当作创造新文学的根底。朱偰译自德语的该书译本疏漏了许多精妙之处，不够准确。《茵梦湖》是在我国流传最广、影响最深的德国作品之一，译本比较多，1949年之前就有12个译

①佚名，《春潮书局赠送〈活页英文选〉》，载《申报》，1930-8-30。
②佚名，《北平北新书局非常大廉价》，载《益世报》，1930-11-3。
③佚名，《英文自修丛刊》，载《申报》，1930-9-29。

本。[①]张友松译本深受好评：“我少年时读的第一本翻译著作便是他 [张友松] 译的施笃姆的《茵梦湖》，青年时读的马克·吐温小说，也出自他的译笔，译得清爽流畅，传神有味，很受文惠。”[②]

是月，张友松无力支撑春潮书局，逃离上海，春潮书局彻底倒闭。[③]春潮书局经营陷入困境时，张友松与合伙人夏康农交恶。后夏康农突然登报查账，春潮书局遭受致命打击，陷入瘫痪，张友松将后事留给家住上海的同事料理，赴北京避难。[④]抵北京后，他将春潮书局倒闭的经过函告鲁迅。[⑤]他也因此欠债很多，还了五六年之久才了清。他认为，开办春潮书局失败的原因有四：（1）自己力量太单薄，学识经验都不够，还不足以克服恶势力所产生的种种困难；（2）没有认清自己的任务，所抱的宗旨与目标不够明了；（3）过于为自己设想，没有把读者放在第一位；（4）没有认真为社会服务，没有肯为事业牺牲自己的同志合作。[⑥]

11 月，其译作《如此如此》由上海开明书店出版，书内有丰子恺所作插画，内收童话故事 10 篇。编者在《付印题记》中对张友松的译笔评价很高：“对于译文我们可以不用说什么话，只要读过张友松先生的译作的人，总会相信得过来的。”[⑦]

12 月 13 日，禾子的《检讨现在的出版界》发表于《大公报》（天津版）。禾子认为，自从李小峰老板因创设北新书局而大发洋财后，上海滩头以播扬新文化自命的小规模书店真如雨后春笋般蓬发起来。这些书局的老板或者后台老板大抵是些所谓文人学者之流，像胡适之、徐志摩等之于新月，张资平之于乐群，曾孟朴父子（即东亚病夫）之于真善美，张友松之于春潮，汪静之于水沫，邵洵美之于金屋，语丝派之于北新，率皆双料的头衔，即老板而又兼编辑者也。在这个“出版物狂飙时期”，以文人自居的出版者，“一样的唯利是图，或者更比一般无识的商人敲竹杠的手腕更巧妙些”[⑧]。

①台奥多尔·施托姆，《茵梦湖 原始版》，梁民基译，北京：知识产权出版社，2014：126~127。

②曾伯炎，《翻译家张友松穷死成都》，载《鲁迅研究月刊》，1998（6）：57。

③段国超，《党家斌与鲁迅》，载《鲁迅研究月刊》，2008（4）：82。

④张友松，《鲁迅和春潮书局及其他》，见《鲁迅研究资料 第七辑》，天津：天津人民出版社，1980：105。

⑤同上：106。

⑥张友松，《我的回顾与前瞻》，载《人物杂志》，1949（2）：45。

⑦世界少年文学丛刊编者，《付印题记》，见吉卜林，《如此如此》，张友松译，上海：上海开明书店，1930：2。

⑧禾子，《检讨现在的出版界》，载《大公报》（天津版），1930-12-13。

12 月 18 日、21 日，其《神秘的亭子间》分两次发表于《大常识》第 126、第 127 期。在上海期间，张友松租住在闸北虹口公园附近，为节省开支，他将多出来的亭子间租出去。他常晚餐后去公园散步，多次见到杨骚和白薇这对情侣。[①]他后又撰文回顾这对情侣的过往。

12 月 20 日，其译文《丹麦的思想潮流》发表于《奔流》第 2 卷第 5 期。

1931 年

2 月，其译作《诚实的贼》由上海北新书局出版，被收入“英文小丛书”；于 1931 年 6 月再版。1930 年前后，翻译图书出版出现了一个小高潮，北新书局在“欧美名家小说丛刊”之外策划了这套丛书，同样是英汉对照排版，收书多达 20 余种，译注者以梁遇春、傅东华、林兰、张友松、石民为主。[②]该丛书“不但趣味浓厚，而译笔也流利、正确，可说是最好的英文补充读物”[③]。

3 月 10 日，《除夕》发表于《青年界》第 1 卷第 1 号。该创刊号“编辑者言”提出读译本不可靠，因而学习外语很重要；为帮助青年学习英语，特连载钱歌川所著的《英美言语辨异》，后增设“英文指导”“英文讲话”“英文栏”等专栏。

3 月 28 日，《申报》刊登广告“中学英文教材之大革新——《神州国光社活页英文选》”及《上海神州国光社为发行〈神州国光社活页英文选〉启事》，声明《春潮活页英文选》的版权已转让给神州国光社，书名亦改为《神州国光社活页英文选》。

3 月，其译作《歌女》由上海北新书局出版，内收《歌女》《药剂师的妻》。

4 月 2 日，张友松撰《俄国名家小说选》的《编注者导言》。该文提倡英语学习者课余自修，并给出运用本书的五点建议。“以上种种，都是本书编注者由经验得来的，谨就本书卷首贡献于读者诸君，希望能予大家以相当的帮助。”[④]

①张友松，《痛悼亡友白薇》，载《香港文学》，1989（58）：43。
②陈树萍，《北新书局与中国现代文学》，上海：上海三联书店，2008：170。
③周乐山，《怎样读英文和读什么书》，见《给青年的信》，上海：北新书局，1933：174。
④张友松，《编注者导言》，见《俄国名家小说选》，张友松、何公超选注，上海：神州国光社，1931：4。

4 月 20 日，《科学月刊》从第 3 卷第 1 号改由中华科学文化社编辑、大东书局出版发行。

4 月 21 日、23 日，《申报》分别刊登春潮书局清算公告。因周转不验，难于继续经营，春潮书局只得停业清算，张友松同其他股东夏康农、林熙盛等委请上海会计公会会员朱通九、立达会计师事务所杨兆熊会计师代表办理清算所有一切人欠、欠人事宜。

7 月，张友松到达青岛，写信给鲁迅劝其到青岛疗养。①

是月，其译作《最后的残叶》由上海北新书局出版，内收《经纪先生的恋爱》《最后的残叶》。

8 月 20 日，《现代文学评论》第 2 卷第 1、第 2 期合刊刊登“现代中国文坛杂讯”，第 21 条为“张友松在北平”：“张友松氏自春潮书店倒闭后，即赴北平。现闻张氏不再译书，拟致力于教育，闻暑期后赴青岛某校教务云。”②

秋，张友松开始在青岛中学任英语教师，开启此后十年左右的中学教书生涯。他先后在青岛中学、青岛女中③、济南高中等校任教，后来又因华北局势危急，辗转流亡，曾在衡阳女中、长沙高中、长沙女中等校任教。长沙危急时，他到故乡醴陵教了半年书。他于 1940 年转移到重庆，在南开中学任教一年。④

从职业方面来看，张友松的教书生涯相当成功。他的学力在一般水平之上，服务精神也非一般的教书匠可比，加上他出版和翻译过一些著作，因此每到一处，颇受学生欢迎和敬爱，学校当局也比较器重他。他好几次获得去大学教书的邀请。这一切曾使他比较得意。他认为，一个理想的教师不单单是把功课教好，最要紧的是要在思想和生活上起示范作用。对于这两点，他自认为尽力太少。⑤1934 年 8 月 1 日，《社会日报》“作家素描”栏目刊登了江天的《张友松的译作》一文，非常生动地描述了他在青岛教书的情形。“张友松这名字，虽然在现在是比较沉寂点

①张友松，《鲁迅和春潮书局及其他》，见《鲁迅研究资料 第七辑》，天津：天津人民出版社，1980：106~107。

②佚名，《张友松在北平》，载《现代文学评论》，1931（1~2）：6~7。

③张友松在青岛女中任教时，其弟张友柏也在该校任英语教师。张友柏的译作目前只找到《初恨》（原作者契诃夫）一文，于 1933 年刊登于《平民杂志》第 3、第 4 合期。

④张友松，《我的翻译生涯》，见《文化史料丛刊 第 7 辑》，北京：文史资料出版社，1983：78。

⑤张友松，《我的回顾与前瞻》，载《人物杂志》，1949（2）：45。

了，然他从前在翻译界中的声名是已经有很多的人知道了。在中国的文坛上，的确他是应有一个相当的地位的。可是我们这位翻译大师，他却是一个绝顶的幸运儿，他自己承认他从来没有不幸的事件发生的，在他的生命史中是无失败的纪录的。当他以前在当教师的时候，因他很喜欢装饰，西装革履，十足摩登，所以一班女学生们，都喜欢听他讲课，甚至有一些在向他眼角传情，然而他却不受一点的感动，因他已有一个极漂亮的太太了。当他每在讲到他生平的快事时，他就滔滔不绝的说个不休。有一次学生请他介绍一些好的翻译书，他毫不迟疑的就拿粉笔在黑板上写起来，但是写出来的书名，都是他的译作，学生们看了都很可笑，但他还是毫不介意的向着学生说，那一本是有意义，那一本是有好技巧，那一本应该读二次，那一本应该加工研究。当下学生听了，都暗暗在好笑起来，不由得不说一声好。这是在青岛一个中学教书时的事，现在他已到济南去了。”[1]有些学生买来张友松的译作细读，“觉得内容还不错，敬仰之心乃油然而生”[2]。

10月，其译作《盗马贼》由上海北新书局出版。在序言中，张友松认为，契诃夫的这部作品用极其生动的笔法写成，正好与“灰色的人生”相对照。该书最让他神往的是描写乐伴舞、风和云、云和雪的场景。该书系英汉对照排版，因使用的底本和参照本都有错误，他对英文做了一番修改。

是月，其译作《希奇的事情》由上海北新书局出版，内收《希奇的事情》和《两种神色》(石民译)。在作者简介中，张友松认为，《希奇的事情》充分展现了原作者高尔斯华绥特有的那种轻飘的、沉着的笔法，以及由于他对世间一切愚蠢的鄙视与怜恤而发出的讥讽情调。

是年，旅居青岛时，张友松常去宋春舫的褐木庐藏书楼借书。[3]

1932年

7月，张友松受济南的山东省立高级中学校长宋还吾邀请，担任英语教师。他毅然离开青岛，系原学校校长更替、新校长对其无倚重之意。[4]山东省立高中的同事有顾绶昌、卞之琳、李俊民、缪蕴辉、王祝晨、李何

①江天，《张友松的译作》，载《社会日报》，1934-8-1。
②佚名，《张友松介绍好译本》，载《每周评论》，1934(129)：13。
③韦泱，《纸墨寿于金石》，上海：文汇出版社，2012：66。
④佚名，《张友松介绍好译本》，载《每周评论》，1934(129)：13。

林等，学生有季羡林、江风等。张友松的英文造诣很深、功底很厚，所教学生获益匪浅。江风回忆张友松："那时他才三十多岁，中上等身材，白皙的皮肤，面目清秀，夏天总穿着淡蓝色长衫，讲的话是带有湖南味的普通话。英语讲得非常流利清脆，文学造诣很深，翻成中文也非常顺畅通俗易懂，而又生动感人，有时又挺幽默并带有诗意，他讲的大都是外国名著，给我印象最深的是他讲的安徒生的《卖火柴的女儿》和莎士比亚的《威尼斯商人》。"[①]

是月，张友松同何公超选注的《俄国名家小说选》由神州国光社出版，被收入"神州国光社英文自修丛刊"。该书是《欧美小说选》的姊妹篇，但并非英汉对照读物，文后都有注释和练习题。

旅居济南时，他对济南印象极差，觉得济南是他曾经住过的许多地方当中最使他不痛快的地方。济南的生活干枯单调，让他非常难受。[②]租住的房屋夏热冬寒，屋外是垃圾场和粪坑，卫生条件极差，一到夏天，到处都是苍蝇。[③]

1933 年

1月，吴曙光主编的《翻译论》由光华书局出版，该书收录了16篇讨论翻译的名家名作，作者有林语堂、胡适、梁实秋、郭沫若、曾虚白、陈西滢、艾伟、夏衍、江绍原、张定璜、张申府、张友松。超过两篇的有三人，分别为胡适、林语堂、张友松。该书收录了张友松的《我的浪费——关于徐诗哲对于曼殊斐尔的小说之修改》和《并非"零星"其一 敬谢胡博士的告诫——致康农》。夹杂在这两篇文章之间的为胡适的《论翻译——寄梁实秋，评张友松先生〈评徐志摩的《曼殊斐儿小说集》〉》，由此可见当年张友松所属《春潮》与《新月》之间的翻译论战的余音。吴曙光在《编者小言》中澄清收集这些批评翻译的文字，并不曾存一点暴人之短的意思。

2月28日，其译文《婚曲》发表于《文艺茶话》第1卷第7期，署名"松子"。

3月11日，《申报》刊登光华书局广告，宣称《翻译论》集林语堂、郭沫若、胡适、张友松等诸名家的论文而成，对于翻译的要点有详细的指示；从事于文学或研究别项工作的人不能不懂翻译的方法。

---

①江风，《老当益壮——访老文学翻译家张友松》，未刊稿，1982-5-14。
②张友松，《由济南到青岛》，载《青年界》，1933（3）：57。
③同上：58~59。

6月15日,《申报》刊登神州国光社促销广告，列名著名译20种，最后一种为《俄国名家小说选》，署“屠介涅夫等著，张友松译”。

7月，暑假期间，济南太热，受友人之邀，张友松携家人和仆妇到青岛避暑。[①]他觉得在济南住了一年后，重回青岛，好像是从地狱来到了天堂。[②]

9月,《情敌》发表于《青年界》第4卷第2号。

10月6日,《西京日报》“文艺情报”专栏刊登老舍近况，述及张友松与老舍的交往。“老舍在济南齐鲁大学，任教多年，其著《二马》《老张的哲学》以及《赵子曰》都风行一时，近著《猫城记》亦颇得好评。现在除授课外，对创作极努力，每日与袁家骅、章铁民、张友松等来往，精神十足健旺。”[③]

10月,《由济南到青岛》发表于《青年界》第4卷第3号。

是月，其译文《二十六个男子和一个少女》被收入黄源编译的《高尔基代表作》一书，由前锋书店出版。

11月,《青年界》第4卷第4号扉页刊登“本刊撰稿人”照片八张，其中第二张即为张友松，其余为罗暟岚（山风大郎）、刘大杰、叶鼎洛、姜亮夫、陈子展、王鲁彦、汪馥泉、赵景深、胡云翼。

12月22日,《大同报》“文坛塑像”专栏刊登张友松与张友柏争风吃醋的逸闻，篇首提及张友松在翻译界的名气：“张友松先生，中国名翻译家也，其译注书籍颇多，无一不受读者赞仰。张先生之作品亦常散见于杂志刊物上，我们看了却觉得极平常，特点似乎找不出来。”[④]

1934年

1月,《不知自爱的东西》发表于《青年界》第5卷第1号。

3月,《今之塞翁鲁斯通》第一部分发表于《青年界》第5卷第3号，第二部分、第三部分分别发表于《青年界》第5卷第4号、第5号。同期，

①张友松,《由济南到青岛》，载《青年界》，1933（3）：58。
②同上：69。
③瀑,《文艺情报 二》，载《西京日报》，1933-10-6。
④之文,《张友松当教员时 对女生并不动心 但爱上弟弟情人 结果竟遭了白眼》，载《庸报》，1933-11-28。

艾芜发表短篇小说《山峡中》，张友松见了此篇，赞不绝口，认为其艺术上的技巧不下于高尔基。[①]

6月，《英文学习法》发表于《青年界》第6卷第1号。北新书局出版的《青年界》增设“英文栏”之类的栏目，刊发英语学习方面的文章，系听从张友松一年多之前的建议，主要撰稿人有钱歌川、张友松、石民、刘思训、慕萱等。是文中，张友松从三个角度对当时中学英文教学失败的原因进行分析。就中学生学英文应该养成的能力而言，他认为，读比作重要，听比说重要；此外，还需要养成翻译能力。他提出翻译是沟通文化的重要工具之一，是被中学生忽视的一种能力。练习翻译可以随时将中英文做比较研究，不但对学习英文的心得有莫大的帮助，同时还可以使中文词句因受英文的影响而进步。他从注重实际应用、不发空论出发，给学习英文的青年人提出八条切实的建议：要做熟读的功夫；选择适当的字典，养成有效的用字典的习惯；读书、文法和造句或作文要连贯起来；多记生字与成语，但不可死记；要养成正确的发音；造句作文应顾到自己的能力，不可妄求高深；课外读物和阅报是必要的；练习翻译（最好是用反复翻译法）。他在北新书局编译英汉对照读物和初中英语读本，在《青年界》刊文教授英文和翻译，在陪都书店出版英语工具书和英语教材，还在自办的晨光书局出版英汉对照读物和英语教材，这些足以证明他不仅仅是一名翻译家，同时也是一名英语教育专家。后辈流沙河去拜访他，行弟子礼，说自己当年读北新出的英语文法读本，就是张友松所著。[②]

同期，在《英文学习法》文后，北新书局刊登广告“张友松先生所编的英文书”，介绍六部书（《欧美小说选》《茵梦湖》《歌女》《诚实的贼》《希奇的事情》《盗马贼》）的基本信息，以示张友松确实有资格讨论翻译。

7月，《我的小说的译作的经验与理解》被收入郑振铎、傅东华编的《我与文学》一书，由上海生活书店出版。该文叙述了他从事写作和翻译是为了工作，为了维持生活；反对“天才论”，告诫青年朋友不要动辄以天才自居，也不要觉得自己不堪造就。

7月，《文艺的翻译》发表于《青年界》第6卷第2号。该文是张友

①赵景深，《文人剪影 文人印象》，太原：三晋出版社，2015：233。
②何永炎，《文人的贫困》，载《江淮日报》，2000-3-24。

松文学翻译思想的一次总结，涉及翻译与创作的关系、翻译的标准、翻译的最高目的、翻译的最高理想、翻译理论和方法、精译所必经的步骤、直译与意译、翻译技巧、译者的毛病、翻译的功用等。他认为，翻译的唯一标准是“忠实”。

8月，《浅易英文精读指南》发表于《青年界》第6卷第3号、第4号、第5号，第7卷第1号、第2号、第3号、第5号，第8卷第1号。解说材料为安徒生的《卖火柴的小女孩》英译本，后一期刊有前一期样文的汉译，共分8期刊登完。有5期文前重复刊登了张友松的5条学习建议：（1）先细读本文，注意加了线的地方，多多玩味；（2）对于最常见的字（即一般学生所认为容易的字），多多注意它们的用法；（3）注意词性和句子结构；（4）细心研究两种附加的句子，然后做练习，做好之后最好再请教师或其他可靠的人看一看；（5）全部读完时，便把英文译成中文，要细心，要尽量使译文与原文意思相符，不要增多，也不要减少，同时还要尽量使它成为可读的中文。[①]

9月1日，《申报》刊登《现代》月刊“现代美国文学专号”预告，张友松计划翻译爱迪斯·华顿的小说，题未定；正式出版时，改由赵景深翻译华顿的《畏缩》。

12月1日，其译文《魔力》发表于《世界文学》第1卷第2期。

是年，张友松同汪静之、章铁民、李白凤等人为《民报》编辑《青岛文艺》周刊。[②]

是年，学生杨志玖以第二名的成绩考入北京大学文学院，获张友松资助100元。杨志玖是张友松在济南高中时所教的学生，当时英语成绩最好，受到张友松、顾绶昌的赏识。张友松曾跟杨志玖说过：“学英文太空，不如学历史。”杨志玖主要靠张友松及其联系的顾绶昌、缪云辉资助才完成大学学业。[③]从教期间，张友松帮助过一些穷苦学生，支援过一些进步青年投奔延安，这些人后来都有相当的成就。[④]

①张友松，《浅易英文精读指南》，载《青年界》，1934（3）：107~108。

②鲁海，《老报故事》，青岛：青岛出版社，2010：73。

③杨志玖，《杨志玖自述》，见《世纪学人自述 第5卷》，北京：北京十月文艺出版社，2000：117~118。

④张友松，《我的翻译生涯》，见《文化史料丛刊 第7辑》，北京：文史资料出版社，1983：79。

1935 年

1 月，《一幕笑剧》《浅易英文精读指南》发表于《青年界》第 7 卷第 1 号。

4 月 20 日，其译文《未知的境界》发表于《世界文学》第 1 卷第 4 期。

6 月 15 日，其译文《晚祷》发表于《世界文学》第 1 卷第 5 期。

10 月，《日用英语之基本的研究》发表于《青年界》第 8 卷第 3 号。张友松认为，要想把英文学好，最要紧的就是要学会日常见到和用得着的字和短语的用法，时时注意习见句法的结构，学到能够自由运用的地步。

12 月，《日用英语之基本的研究（二）》发表于《青年界》第 8 卷第 5 号。重申之前的观点，并提出学习英语要有耐心，日久自见功效。

1936 年

1 月，《我最初的职业生活》发表于《青年界》第 9 卷第 1 号。

2 月 15 日，阿英编选的《中国新文学大系 第十集 史料 索引》由上海良友图书印刷公司出版，录张友松传略："译者。曾主编杂志《春潮》。译有屠格涅夫《春潮》、《薄命女》，契诃夫《决斗》及《婚后》等。"[①]

4 月，《英语习用法例解》发表于《青年界》第 9 卷第 4 号，第 10 卷第 2 号、第 4 号，第 12 卷第 1 号。张友松将最有用的几十种句法详加例解，陆续发表，每期附中文句子若干，作为翻译练习的材料。

6 月 15 日，张友松在青岛，为《初中英语读本》作序。该丛书共有六册，由上海北新书局出版，多册多次重版；1947 年，于重庆再次结集出版，至 1949 年 3 月出完。该丛书根据修正课程标准新编，由教育部审定。书前有《序言》与《致教师》。该丛书选材广泛，参考了英国、美国、法国、日本及国内的相关教材；编排合理，用词精当，符合学生兴趣和理解力；可供初中六个学期使用。

9 月 1 日，《申报》刊登北新书局《初中英语读本》第一册广告，宣称该书竭力避免了以前教本中的所有缺点；编者经验丰富，教学多年，故该书实为最理想的教本。

①阿英，《中国新文学大系 第十集 史料 索引》，上海：良友图书印刷公司，1936：219。

9 月，钱天起所编《学生国文学类书·中国现代作家事略》出版，仿照《中国新文学大系 第十集 史料 索引》录张友松传略：“译者。曾主编《春潮月刊》。译有屠格涅夫《春潮》、《薄命女》，契珂夫《决斗》及《婚后》。”[①]

秋，张友松在衡阳女中任教，得知鲁迅逝世的消息，极为悲痛。[②]

1937 年

1 月，《关于写作问题随便想到的几点》《翻译研究》发表于《青年界》第 11 卷第 1 号。《翻译研究》中的译例节选自英国李文斯顿所著的《非洲周毕河游记》。《翻译研究》系张友松在“英文栏”新开的园地，专门教授英译汉和汉译英，完全不讲高深的理论，只以具体译品用对照的形式排出，并在译文后加以讨论。他认为，对于翻译的困难不宜夸大，只要对所译的东西有充分的了解，对本国文字有运用的能力，再加上技巧的修养和忠实的态度，便不难产生满意的译品。他主张直译，他认为，凡是逐句翻译，完全保存原文的内容与笔调，无所增损，那便是直译。意译应是更为自由的一种译法，译者并不严格地逐句翻译，也并不求译文与原文的意思完全没有出入；译者依照自己的见解，对有些地方大胆地予以增删，以求整个译品合于译者自己的理想。意译者试图产生超越原著的译品，而直译者则不然；直译者的最高理想就是译品与原文完全相同。

3 月，《翻译研究》发表于《青年界》第 11 卷第 3 号，英译汉译例节选自李文斯顿所著的《非洲周毕河游记》，汉译英译例节选自《乡下人坐洋车的笑话》。张友松在开篇重申翻译可学的观点，并指出“中国的翻译界至今还很幼稚，有志者大可急起直追，以求于中国文化有所贡献”[③]。

5 月，《翻译研究》发表于《青年界》第 11 卷第 5 号，译例节选自莫泊桑所著的《一把伞的故事》英译本。

10 月 6 日，《申报》刊登北新书局《初中英语读本》全六册广告，强调这些书符合教育部审定修正课程标准。编者张友松对教学法有深切之研究，且富于教学经验。编辑本书时，他曾屡经试用，易稿数四，复参考

①钱天起，《学生国文学类书·中国现代作家事略》，上海：文学书房，1936：60。

②张友松，《鲁迅和春潮书局及其他》，见《鲁迅研究资料 第七辑》，天津：天津人民出版社，1980：108。

③张友松，《翻译研究》，载《青年界》，1937（3）：114。

欧美英语教本数十种，方始写定；生字及词句均合日常需要，且按照程度深浅选进；习题丰富，课文生动，不致使教育稍感沉闷；对于成语及常用字句之应用，尤为注意；插图精美绝伦，且每册均附有彩色图；至定价低廉，装帧坚实，犹其余事。

12月，听了徐特立关于长征和抗日战争的长篇演说之后，张友松和长沙高中的几个同事相约要去见徐老，请徐老设法让他们去延安。但因有人说徐老太忙，不如去找高语罕联系，他们就去找了高语罕。高语罕接见了他们，并说国共两党已经重新合作，在统一战线的指导下，要革命不一定要去延安。在高语罕的影响下，他们几个醴陵同乡，经过一番商议，决定回去办好桑梓教育事业。①

是年，张友松在长沙高中任教。

1938年

春，张友松回醴陵教书。因率先提出到醴陵办学的两个同乡一贯耽于牌赌，贪污公款，他不堪忍受，大失所望，非常气愤，只勉强干了半年就去了重庆。②

秋，张友松抵达重庆。为躲避日军空袭，他在南温泉租住农民临时搭建的简陋茅屋，好友白薇、杨骚分住左近。杨骚出走后，白薇曾寄居张友松家。③张友松入职南开中学教英语，学生中有符家钦，后交往较多。④他追求进步，一到重庆，就曾先后找邹韬奋和潘梓年，请他们介绍他去延安，但他们都说那边生活很艰苦，恐怕他不能适应，并劝说他留重庆也能干革命工作。⑤

1939年

4月2日，《"漫谈翻译"的反响》发表于《大公报》（重庆版）第一

①张友松，《我的翻译生涯》，见《文化史料丛刊 第7辑》，北京：文史资料出版社，1983：79。

②同上。

③张友松，《痛悼亡友白薇》，载《香港文学》，1989（58）：44。

④符家钦，《信是人间重晚晴——记张友松老师》，见《流年絮语》，香港：世界华人出版社，2003：101。

⑤张友松，《我的翻译生涯》，见《文化史料丛刊 第7辑》，北京：文史资料出版社，1983：80。

张第四版。该文是对谢贻徵《漫谈翻译》一文的回应，提倡全国有志于翻译事业的同仁组织一个或几个翻译学会。[①]5月13日，《大公报》(香港版)转载该文。

4月29日，中国翻译学会成立大会在重庆市上石板街留法比瑞同学会举行。张友松参与筹备，并当选为九人理事之一，其他理事有谢贻徵、张月超、刘法成、丁作韶、徐春霖、杨昌溪、王礼锡和许汝祉。[②]事后，他觉察学会成员复杂、组织机构犯了根本性错误，马上就打了退堂鼓。[③]

秋，他经朋友邀请到一个流氓出身的暴发户家担任家庭教师。[④]

1940年

12月8日，中国翻译学会举行第一届年会，张友松不再担任理事。[⑤]

1942年

1月，为了一家的生计，张友松在重庆市民生路181号创办松声阁印刷所，雇技工五人，学徒工两人，业务范围是印刷账册、簿籍、表格，有印刷机三台。[⑥]从此，他告别教书生涯，还聘赵伯英律师为常年法律顾问。

2月，他以张允坚的名字创办大江印务局，所在地为民生路181号，经营范围为印刷。[⑦]

1943年

9月28日，其译文《正在重庆公映的苏联名片〈钢铁是怎样炼成的〉》发表于《新华日报》，署名“松子”。

11月，其译作《野心客》由晨光书局出版，内收《野心客》《惹祸的心》，被收入“晨光英汉对照丛书(甲级)”。该套书为晨光书局主打出版的英汉对照丛书，书前有张友松所撰《致读者》一文。该丛书既可以为英语学习

---

①张友松，《“漫谈翻译”的反响》，载《大公报》(重庆版)，1939-4-2。
②佚名，《翻译学会成立》，载《大公报》(重庆版)，1939-4-30。
③张友松，《翻译工作者今后的任务》，载《大公报》(重庆版)，1949-12-25。
④张友松，《我的回顾与前瞻》，载《人物杂志》，1949(2)：46。
⑤佚名，《翻译学会》，载《大公报》(重庆版)，1940-12-9。
⑥《重庆出版志》编纂委员会，《重庆市志·出版志(1840—1987)》，重庆：重庆出版社，2007：390。
⑦同上：378。

者提供辅助读物，也可用于培养新的翻译工作者，在选材、译注、编辑、校对、印刷等方面费了很大的心血。至于如何使用该丛书，张友松提出了六条建议：先读英文，力求自行了解；自行摸索英文文法；如自信完全懂了，要把译文摘下，细心熟读英文；如练习翻译，最好是先自行试译；读过之后，过些时日，还要细读英文；试着将中文译文回译成英文。封底有广告，对该丛书的特点进行宣传："本丛书甲级均系欧美名家杰作，精译详注，极合课余业余自修之用。欣赏名著，研究英语，学习翻译，一举三得。出版以来，读者早已公认为对照书中最令人满意的读物。除下列各书外，另有多种，在排印中。"[①]

是月，其译作《二十六男和一女》由晨光书局出版。

是月，其译作《爱》由晨光书局出版，内收《爱》《凡卡》；于 1944 年 1 月再版。

是年，他在重庆创办晨光书局，所在地为民生路 181 号。[②]晨光书局出书较少，出版过一些英汉对照的小册子和《晨光歌选》《唱游教材》《晨光幼稚读本》《蚕儿苦斗记》《黑少年与白仙女》等。其本意是要汲取开办春潮书局的失败经验，但是依然犯了同样的毛病。他邀请各色人等当发起人和赞助人，出版方针只得迁就事实，苦干五年，只出了几种内容没有毒素，技术上相当认真的小册子。[③]

1945 年

2 月 21 日，其译文《论〈不朽的人民〉》发表于《新华日报》，署名"松子"。

5 月 17 日，其译文《关于苏联的战时文艺》发表于《新华日报》，署名"松子"。

抗日战争胜利后，张友松去红岩村和邓颖超联系，表示要带家眷同去延安。邓颖超表示一时有困难，延安生活艰苦，叫他等待机会。后来，党组织派了一位叫金涛的女同志来找他的翻译宣传材料。[④]

---

① 佚名，《封底》，见《野心客》，张友松译，重庆：晨光书局，1943。

②《重庆出版志》编纂委员会，《重庆市志 · 出版志（1840—1987）》，重庆：重庆出版社，2007：109。

③ 张友松，《我的回顾与前瞻》，载《人物杂志》，1949（2）：46。

④ 张友松，《我的翻译生涯》，见《文化史料丛刊 第 7 辑》，北京：文史资料出版社，1983：80。

11 月，其译作《活动产》由晨光书局出版。

1946 年

9 月 1 日，《苦学苦斗一生的张挹兰》发表于《人物杂志》第 1 年第 8 期。

是年，松声阁印刷所关张。①

是年，张友松获邀参与翻译《中国现代小说选》，由文协介绍到美国出版，未果；只有冯菊坡完成了分配任务。②

1947 年

3 月，张友松所注译作《美国三伟人传》由晨光书局出版，内收《华盛顿传》《富兰克林传》《林肯传》。

是月，国共再次决裂，中共驻重庆办事处转移到张家口，金涛通知张友松，可以让他全家乘飞机同去，但一两天内即须启程。张友松因事先毫无准备，有些事情来不及结束，没有迅速做出反应，没有实现投奔解放区的夙愿。③他认为，此事的犹豫不决充分表现了一个小资产阶级知识分子临到紧急关头时的软弱性和动摇性，辜负了党对他的重视和信任，后悔莫及。④

春，重庆三联书店的二线书店沪光书局联合未参加重庆书业联谊会的几家小出版社（包括晨光书局），在大同路成立了“八家联合发行所”，经售各自出版的书籍。⑤

9 月下旬，沪光书局经理陈昌华撤离重庆，张友松替他购买船票。⑥

10 月，三联书店被迫停业，张友松等重庆书业联谊会人士帮助处理

①张友松，《我的回顾与前瞻》，载《人物杂志》，1949（2）：46。
②张友松，《翻译工作者今后的任务》，载《大公报》（重庆版），1949-12-25。
③张友松，《我的翻译生涯》，见《文化史料丛刊 第 7 辑》，北京：文史资料出版社，1983：80。
④同上。
⑤陈昌华，《重庆沪光书局纪事》，见《生活·读书·新知三联书店文献史料集（上册）》，北京：生活·读书·新知三联书店，2004：633。
⑥同上：634。

大批图书存货和财产，安全转移三联工作人员等。①

是年，晨光书局倒闭。②张友松总结两次办书局的经验，共有四点：（1）必须本着一种前进的立场、坚定不移的出版方针，在可能范围内力求在思想方面起领导作用，借以产生推进时代的动力；（2）适应环境要有限度，固然要竭力图存，却不可违反基本立场，苟且图存；（3）必须要借助集体的力量，绝不可妄图由极少数人创造出什么奇迹来；（4）必须下定特别吃苦的决心，必须要有耐心，随时排除种种阻碍、克服种种困难，非到万不得已时不丢手。③

是年，晨光书局关张后，张友松参加《人物杂志》的编辑工作，后因与该刊创办人发生矛盾，合作告吹。④

1948 年

3 月，张友松编著的《中学英语精选》由重庆陪都书店再版，被列入“中学英语教本”；内收英语短文 61 篇，每篇附有句法例解和注释；书前有《编辑大意》。出版商将该书与张友松所著的《比较英文法》合题为“英语教材两大贡献”；宣称《中学英语精选》“可作中学教材，可供自修之用”；《比较英文法》能够“澈底解决英文教学上的苦难”。该书系张友松积 20 年教学与编著之经验编写而成，解说简明扼要、透彻生动，且对中英文法进行了比较。

5 月，他编订的《英文最常用四千字表》由重庆陪都书店出版。他认为，中华书局和华西书局的两个版本或无注释，或谬误极多，均不合用。该书系他依照华西书局的版本彻底校订而成。

6 月 4 日，他在《大公报》（重庆版）第一张第三版上刊登的《对美国积极助日复兴的抗议》上联署，向独占对日管制大权的美国提出严重抗议。⑤

9 月，他与陈启明合译的《英雄故事》由上海大东书局出版，内收《伯修士》《德修士》。

---

① 仲秋元，《忆重庆三联书店》，见《重庆出版纪实 第 1 辑》，重庆：重庆出版社，1988：311。
② 张友松，《张友松自传》，见《当代文学翻译百家谈》，北京：北京大学出版社，1989：441。
③ 张友松，《我的回顾与前瞻》，载《人物杂志》，1949（2）：46。
④ 张友松，《我的翻译生涯》，见《文化史料丛刊 第 7 辑》，北京：文史资料出版社，1983：81。
⑤ 佚名，《对美国积极助日复兴的抗议》，载《大公报》（上海版），1948-6-4。

1949 年

1 月 1 日，张友松撰《我的回顾与前瞻》，后发表于《人物杂志》第 4 年第 2 期“自我介绍与自我批判”栏目。是文中，他回顾、检讨自己的前半生，并确定今后应遵循的途径。他认为，自己的前半生代表了一个典型的纯良知识分子的行径，身上有着知识分子共同的弱点：软弱、因循、富于妥协性和苟安心理、缺乏战斗精神；今后需要克服这些弱点，重新做人，成为推动时代的力量。

4 月 1 日，《新春走访张默生先生一家人》发表于《人物杂志》第 3 年第 3、第 4 期。

9 月，他因坚持拥共反蒋立场，住宅被特务搜查，几乎被捕丧命。①

11 月 29 日，清晨，他和朋友们欣喜若狂地迎接重庆解放。②

11 月 30 日，重庆解放。他参与筹备重庆文联和西南文联工作，担任《大众文学》编委，以党外民主人士身份当选为重庆市人民代表会议代表。③

12 月 15 日，他参加重庆市军管会、中共重庆市委会和重庆市人民政府联合召开的文化教育座谈会，并在会上发言。他详细道出了文化界败类的丑态，希望大家不要空喊口号，要从实际检讨自己，并指出那些投机于解放前后的彷徨者必随蒋介石进入坟墓。④

12 月 18 日，艾芜的《解放军创造了新的文艺》发表于《大公报》(重庆版)，文中讲述了张友松买十滴水赠解放军的故事。“友人张友松看见一个解放军病了，坐在马路边上休息，脸色现得很是不好，他便买十滴水送去，要他吃下去，好救下急，以免病势加重。解放军却要张友松收下他的一张票面百元的人民币，否则，他就连药水也不吃，宁愿病着。最终无法可想，张友松只好收下，好让解放军安心吃下药水。张友松感动极了，逢人便很兴奋地讲述这个经历，还把那张人民币作为宝贝似的让人传视。”⑤

12 月 25 日，《翻译工作者今后的任务》发表于《大公报》(重庆版)，

①张友松，《我的翻译生涯》，见《文化史料丛刊 第 7 辑》，北京：文史资料出版社，1983：80。
②同上：81。
③同上。
④佚名，《文化教育座谈会》，载《大公晚报》，1949-12-17。
⑤艾芜，《解放军创造了新的文艺》，载《大公报》(重庆版)，1949-12-18。

号召翻译家确立一个有意义的共同目标，养成一种团结合作，为革命服务、为人民服务的优良作风，肩负革命伟业中的一部分任务。[①]张友松的此番表态契合中华人民共和国成立后翻译工作者“组织化”“计划化”的热潮，翻译工作者要从思想上重新认识翻译工作，翻译要接受党的领导，要为人民服务。

1950 年

春，张友松随渝蓉参观团访问东北、华北、华东等地，看到一派欣欣向荣的新气象，见到各地首长和知名人士，增长了见识。[②]

8 月 1 日，其译文《马克思与儿童》《苏联卓越艺人达克汉诺夫——扮演过八百个角色的老演员》发表于《人物杂志》第 5 年第 1、第 2 期合刊。

同日，通信节选发表于《翻译通报》第 1 卷第 2 期“翻译工作笔谈会”栏目，就翻译工作的意见和工作中的难题，张友松认为：“今后翻译工作者应该改变过去种种不良习气，大家都要不断地追求进步，善意地批评别人的译品，诚恳地帮助别人解决苦难，虚心地接受别人意见，对工作要认真负责。我希望在翻译局的领导之下，全国翻译工作者能在短期内全面地组织起来，共同担负起今后的重大任务。”[③]

秋初，回到重庆后，他想在工作之余从事翻译和写作，拒绝了几所大学的任教邀请[④]，以及出任一家出版社社长的安排。[⑤]

11 月 16 日—25 日，他代表西南文联参加新华书店西南总分店举行的第一次分支店会议。这次会议决定集中统一西南区新华书店，依照出版总署的决定，做出了关于出版、印刷、发行分工专业化的实施安排，新华书店实行企业化管理。[⑥]

① 张友松，《翻译工作者今后的任务》，载《大公报》（重庆版），1949-12-25。
② 张友松，《我的翻译生涯》，见《文化史料丛刊 第 7 辑》，北京：文史资料出版社，1983：81。
③ 张友松，《对翻译工作的意见和工作中的难题》，载《翻译通报》，1950（2）：37。
④ 张友松，《我的翻译生涯》，见《文化史料丛刊 第 7 辑》，北京：文史资料出版社，1983：81。
⑤ 黑马，《被埋没的翻译大家张友松》，见《悦读 MOOK 第 42 卷》，南昌：二十一世纪出版社，2015：41。
⑥ 唐维华，《书香巴蜀忆小平》，见《重庆渝中区文史资料 第 13 辑》，重庆：重庆市渝中区政协文史资料委员会，2003：64~65。

1951 年

1 月 17 日—3 月 6 日，重庆《新民报》晚刊连载刘盛亚的小说《再生记》。这是一篇替反革命分子辩护的小说，未登载完即遭重庆市文艺界批判。

3 月 15 日，张友松的《关于叶译“法斯脱给苏联作家的信”》《二届和大宣言（英汉对照）》发表于《翻译通报》第 2 卷第 3 期。《关于叶译“法斯脱给苏联作家的信”》回应了《翻译通报》第 1 卷第 5 期叶至美译文校对者、《翻译通报》编辑董秋斯的提议，以商讨的方式更具体地讨论翻译方法。张友松提出《翻译通报》增设汉外对照专栏与自己不谋而合，对于提高翻译水平和培养新翻译工作者很有帮助。该文对叶至美的译文和袁昌英提出的意见加以商讨，一共列举了 4 条翻译建议。张友松主张凡是遇到较为复杂的句子，翻译时都要大胆而细心地将全句各部分重新安排，力求译文顺畅，且对原意又不可有所增减；各部分之间的关系和它们在全句中所占分量的轻重比例，也应当尽可能地顾到。《二届和大宣言（英汉对照）》系 1950 年第二届世界保卫和平大会告全世界人民的宣言。该宣言有新华社的译本，因该译本有错误，张友松为求兼顾忠实和畅达，重译了该文。文后有附注 8 条，对翻译过程加以说明，并恳请译家推敲、批评，后引起热议，反响强烈，收到编辑部转交的 13 篇商讨文章。

5 月 4 日—8 日，重庆市第一届文学艺术工作者代表大会在重庆市礼堂召开，决定成立重庆市文学艺术界联合会。张友松当选常务委员，刘盛亚当选候补委员。[①]

6 月 15 日，《关于拙译“和大宣言”》发表于《翻译通报》第 2 卷第 6 期。该文回应了 13 位翻译家的来信，对 18 处译文进行了修订。这 13 位翻译家是高殿森、士曼、关其侗、高植、刘思训、袁昌英、祝贺、赵孟养、刘重德、薄冰、田廉、于树生、罗自强。张友松认为，自己追求忠实和畅达的初衷并没有达到，主要是因为自己的语文和文学修养太差，政治水平也不够。在文末，他提出译者应负责把译文仔细校对后再行投稿；翻译批评有助于翻译事业的进步；希望翻译界同志们尽量发挥团结互助的精神，在文化工作岗位上贡献出更大的集体力量。

6 月 17 日，在重庆市文联会议室，他参加“《再生记》讨论会”，批评重庆《新民报》晚刊编发的刘盛亚小说《再生记》。到会 23 人，几乎都

① 重庆市作家协会，《重庆市志 文学志》，重庆：西南师范大学出版社，2013：33。

是有行政名声或有文学地位的人物。就文学地位来说，多数与会者是在20世纪40年代就已经有了文学成就的人。[①]张友松在会上发言："作者在主观上的意图，也许是想写点有益于革命的东西，但结果却恰恰相反。为什么会是如此呢？主要是由于作者的文学修养差，政治水平差，以及创作态度太不严肃。事实上，作者完全是迎合了落后读者的低劣趣味。朱兰朱蕙被特务头子赏识，居然为大家所羡慕，这种情形是根本不可能有的。"[②]对《再生记》的批判极好地解释了时代变革后作家的矛盾处境，展现了意识形态对文学创作的影响。《再生记》是中华人民共和国成立后第一部受到公开批判的小说，这个事件从时间上来说要早于批判萧也牧及其《我们夫妇之间》，因而更具有史料价值，更能够展现文艺工作者思想上的转变。[③]

6月22日，依据讨论会意见，张友松率先撰《对刘盛亚的创作〈再生记〉的初步批评》，于7月20日发表在重庆《新华日报》。是文中，他"相信作者绝不是自觉地站在反人民的立场把它拿来发表。可是事实上这篇东西却在读者当中散布了毒素"[④]。他认为，作者站在了根本错误的立场，犯了一些严重的错误：（1）歪曲现实，歪曲革命，模糊了读者的认识；（2）人物和事象都写得毫不真实；（3）作者不自觉地充当了特务的代言人；（4）违反政策；（5）作者以色情的手法描写了特务们的腐烂生活，无形中掩盖了他们的罪恶，对读者起了一定程度的麻醉作用。张友松呼吁："每个文艺工作者都要由这次讨论和批评更加认清自己的工作方向，并提高政治水平，不仅要澈底扫除自己的思想意识上残存着的或多或少的不健康的成份，使自己的工作做得更好；而且应提高警惕，注意并积极地向对有损于人民利益，革命利益现象（作品）和倾向作斗争！"[⑤]进入新时代，张友松希望通过批评和自我批评，在整个文艺界加速新因素的成长和旧因素的死亡，紧跟时代潮流。

9月17日，西南局宣传部向中宣部报送《关于领导进行〈再生记〉批判工作的情况报告》，随后在《宣传通讯》上刊出，中宣部的按语非常

---

①龚明德，《旧日文事》，上海：上海辞书出版社，2015：153。

②林彦、野谷，《〈再生记〉讨论会纪要》，见《反对〈再生记〉》，重庆：重庆市文学艺术界联合会，1951：5。

③谢泳，《刘盛亚〈再生记〉事件》，见《现代文学的细节》，太原：北岳文艺出版社，2015：138~143。

④张友松，《对刘盛亚的创作〈再生记〉的初步批评》，见《反对〈再生记〉》，重庆：重庆市文学艺术界联合会，1951：13。

⑤同上：17。

严厉地批评了刘盛亚及《再生记》，对于文艺界出现公开、露骨地宣传反动思想的作品，没有及时受到批判表示不满；对于某些党的文艺干部表现出来的自由主义作风与无组织、无纪律现象，应当引起警惕并坚决加以纠正。此外，《宣传通讯》的编者认为，西南局宣传部对该作品的批判是完全必要的。①

9月，他移居北京，应邀参加宋庆龄创办的英文刊物《中国建设》编辑部工作，兼任通讯、组稿、审稿、翻译、编辑等事，忙得不亦乐乎。他虽积极投入这些繁杂的工作，但还是想在业余从事文学翻译，苦于未能如愿。②因编辑部有外国专家爱泼斯坦等，译稿常交由他们修改，并请教一些问题，提高了他的英语水平，这对后来的文学翻译工作大有益处。③

11月，亚洲及太平洋区域和平会议英文报道《和平使者在北京》发表于《中国建设》第1卷第6期。

1953年

7月，中国工会第七次全国代表大会英文报道《工人当家作主》发表于《中国建设》第2卷第4期。

12月，张友松由文化部出版局副局长金灿然推荐给人民文学出版社，从事文学专业翻译，负责与他接洽的是人民文学出版社副总编辑郑效洵。④自此，张友松与汝龙等人一起，成为中华人民共和国成立后的第一批专业翻译家，与人民文学出版社约定长期译书，每月预支稿酬300元，出书后结算。因待遇比较优厚，他在北京市中心的兵马司租一所别墅式宅院，安心译书。⑤

是月，他与人民文学出版社签订《马克·吐温短篇小说集》约稿合同。⑥他开始翻译马克·吐温作品是出于郑效洵的建议，底本是一套24卷

①谢泳，《刘盛亚〈再生记〉事件》，见《现代文学的细节》，太原：北岳文艺出版社，2015：144。
②张友松，《张友松自传》，见《当代文学翻译百家谈》，北京：北京大学出版社，1989：441。
③张友松，《文学翻译漫谈》，见《当代文学翻译百家谈》，北京：北京大学出版社，1989：432。
④朱正，《鲁迅交往中的右派分子（二）》，载《鲁迅研究月刊》，2010（2）：58。
⑤符家钦，《信是人间重晚晴——记张友松老师》，见《流年絮语》，香港：世界华人出版社，2003：101。
⑥人民文学出版社总编室，《关于张友松同志和我社业务往来的经过》，载《文艺报》，1957（13）：13。

本的马克·吐温作品全集。[①]此前，他从未译过这么难的作品，对马克·吐温也比较生疏。边学边干，翻译马克·吐温的著作成了他文学翻译生涯的新起点。[②]他译马克·吐温，相当于朱生豪译莎士比亚，傅雷译巴尔扎克，草婴译托尔斯泰，汝龙译契诃夫，张谷若译哈代，在读书界享有盛誉。他译马克·吐温作品，“译笔流畅，忠于原作风格。人物的外貌、语言、动作和表情，在他的译文中都能得到恰如其分的表现”[③]。

是年，长女张立莲考入北京师范大学中文系。读书期间，张立莲曾邀请同学王明居等小组成员到家中做客，倾听张友松分析马克·吐温作品之美。[④]

1954 年

8 月 1 日，其译文《竞选州长》《我怎样编辑农业报》《一百万镑的钞票》）发表于《译文》8 月号；同期刊登的还有张友松长子张由今的译文《马克·吐温论》。《竞选州长》曾由中央人民广播电台连续播出十多次，轰动一时；后入选中学课本，在我国广为人知。

8 月 11 日，张友松撰《马克·吐温短篇小说集》译后记，介绍译文出处，其附录《马克·吐温论》系张由今从俄译《马克·吐温选集》中译出。

8 月，其译作《美国黑人问题与南部农业经济》由中华书局出版。

11 月，其译作《马克·吐温短篇小说集》由人民文学出版社出版，内收短篇小说 21 篇，其中《高尔斯密士的朋友再度出洋》系马杏城据俄译本转译而成。该译文集出版后，获权威人士罗念生、萧乾等赏识。好友萧乾建议人民文学出版社让张友松翻译一套马克·吐温的小说名著选集，后获准。张友松译有马克·吐温著作 9 部，总计 400 余万字。另，与人合译的马克·吐温自传体小说《艰苦生涯》中，张友松译有上部，约 30 万字，因合译者质量不过关未能出版，殊为可惜。[⑤]此外，马克·吐温备受苏联人民和文艺界热爱、推崇，是一位卓越的现实主义作家，也是一位为和平、

---

①张友松，《我选译马克·吐温小说名著的历程》，载《中国比较文学》，1991（2）：193~194。

②张友松，《文学翻译漫谈》，见《当代文学翻译百家谈》，北京：北京大学出版社，1989：432。

③陈玉刚，《中国翻译文学史稿》，北京：中国对外翻译出版公司，1989：401。

④王明居，《王明居文集 第 6 卷 忞斋笔谭》，北京：文化艺术出版社，2015：403。

⑤张友松，《我选译马克·吐温小说名著的历程》，载《中国比较文学》，1991（2）：194~195。

民主而奋斗的杰出战士[①]，因而翻译他的作品比较符合当时占主导地位的文学观念。

12月16日，《光明日报》“新书介绍”栏目推荐其译作《马克·吐温短篇小说集》，特别介绍了《败坏赫德莱堡的人》《高尔斯密士的朋友再度出洋》《竞选州长》《田纳西新闻界》。[②]

是年，张友松提出同张振先合译小说，未获郑效洵准许。他与张振先在中国青年出版社出版了合译的《哈克贝利·费恩历险记》后，二人才获准合译《镀金时代》。[③]

1955年

7月9日，张友松从中国青年出版社预支《哈克贝利·费恩历险记》稿费1 251元；此前已经预支900元。稿酬标准千字9元，合计2 151元。[④]

7月，其译作《汤姆·索亚历险记》由人民文学出版社出版。

是年，他加入中国作家协会，兼任人民文学出版社和中国大百科全书出版社的社外工作。[⑤]

1956年

4月27日，张友松致信人民文学出版社，要求一次性付清已交稿《镀金时代》稿费，以摆脱经济困窘。[⑥]

4月，其译作《王子与贫儿》由人民文学出版社出版。

5月8日，他致信人民文学出版社，对预付稿酬1 605元表示感谢。[⑦]

6月，他与张振先合译的《哈克贝利·费恩历险记》由中国青年出版

---

①玛丽亚·波布洛娃，《马克·吐温评传》，张由今译，北京：作家出版社，1958：208。

②佚名，《新书介绍》，载《光明日报》，1954-12-16。

③张友松，《我昂起头、挺起胸来，投入战斗！——对人民文学出版社及其上级领导的批评》，载《文艺报》，1957（9）：14。

④参见1955年7月9日中国青年出版社稿费收据，No.002764。

⑤张友松，《张友松自传》，见《当代文学翻译百家谈》，北京：北京大学出版社，1989：441。

⑥人民文学出版社总编室，《关于张友松同志和我社业务往来的经过》，载《文艺报》，1957（13）：13。

⑦同上。

社出版（出版合同编号为540）。该书虽是合译，但是张友松表示张振先只译了全书百分之十二三[①]，且他本人对译文进行了彻底修改，全书没有合译的痕迹。[②]1959年9月，该书转由人民文学出版社出版，改署笔名“常健”。

是月，他与人民文学出版社签订合同，翻译美国作家德莱塞的《美国的悲剧》，预支稿费1 500元。[③]

7月23日，他收到中国青年出版社办公室财务科稿费核算信件，请其将稿费转交给张振先。[④]

7月24日，他拟《哈克贝利·费恩历险记》稿费分成协议。“此书壹至拾伍章由振先翻译，其余部分由友松翻译。友松所译部分计壹拾柒万六仟一百字。稿酬按字数比例分配，一切办法均以出版合同为根据。友松领得稿酬时，如数分给振先，每次由振先签字领款。”[⑤]

9月20日，他致信中国青年出版社办公室，对该社出版选题草案予以反馈。他建议出版一套作家传记和一些青少年喜欢的读物；愿意承接组稿出版译著，自译或者介绍他人翻译，包括后来他自己翻译的斯蒂文森著作《金银岛》。[⑥]他写信有一个给信件编号并用复写纸留底的习惯。[⑦]时年，他住在北京西城小将坊胡同丙4号，徐城北曾在此登门学英语，每周三次，不教会话，重在笔译，教材有通俗故事和《莎氏乐府》等。徐城北回忆说张友松脾气挺大，个性很强，虽有怪癖，却心地善良。[⑧]在讲课中，张友松强调最好的文字是尽量用流行和通用的词汇；作者的本事在于善于从这些词汇中显示出细致和独特。最好的翻译不要动辄就使用过多的词汇，而应该尽量用流行和通用的词汇，就能表达出最不流行和最不通用的意念。[⑨]

10月，他陪同应邀来华参加鲁迅逝世20周年纪念活动的外宾到上海

---

①此语不准确。依据张友松拟定的《哈克贝利·费恩历险记》分成协议，张振先翻译了第1至第15章，约占全书43章的1/3。张友松翻译余下部分，约17.61万字。

②张友松，《译后记》，见《哈克贝利·费恩历险记》，张友松、张振先译，南昌：江西人民出版社，1982：380。

③人民文学出版社总编室，《关于张友松同志和我社业务往来的经过》，载《文艺报》，1957（13）：13。

④未刊稿。

⑤未刊稿。

⑥未刊稿。

⑦李文俊，《五十周年琐忆》，载《世界文学》，2003（4）：24。

⑧徐城北，《奇人张友松》，见《生命秋天》，西安：陕西师范大学出版社，1998：53~55。

⑨徐城北，《赶上了》，北京：新世界出版社，2007：82。

虹口公园瞻仰鲁迅塑像，恨不得痛哭一场。[①]

11 月 12 日，其译文《竞选州长》发表于《文汇报·文艺》。

12 月 28 日，他致信人民文学出版社，因翻译进展不如意，半年仅译四五万字，请求改变翻译《美国的悲剧》的计划；后获准停译，改约翻译《密士失必河上》，商定分批交稿，稿酬千字 6 元。[②]

是年，他因稿酬问题，油印意见书一封，分寄各有关领导，结果适得其反，处境日益艰难。[③]

1957 年

3 月 6 日—13 日，张友松应邀参与中国共产党全国宣传工作会议。[④]出席会议的有中央和省、区、市党的宣传、文教部门负责人 280 多人，还吸收了党外科学、教育、文学、艺术、新闻、出版等文化人士约 160 人参加。会议首先听取了毛泽东《关于正确处理人民内部矛盾问题》的报告录音。会议期间，毛泽东分别和宣传、教育、文艺、新闻出版、高等学校、科学等方面的党内外代表举行了六次座谈，并于 3 月 12 日做了讲话，着重讲了知识分子问题、整风问题和加强思想工作问题。会后，张友松以实际行动参与整风运动。

5 月 3 日，他经山东师范学院友人庄维石介绍，与其同事戴天庆见面，获知戴天庆离婚案的冤情。[⑤]之后，他出钱出力，为之奔走。

5 月 13 日—7 月 5 日，他为戴天庆离婚案申冤，并在人民文学出版社预支稿费 1 500 元，作为戴案的经费。他前后寄出 40 多封信给山东师范学院的庄维石、戴天庆、张光文、李金声等人，结果这些信件成了他们被打成“右派”的证据。[⑥]

---

① 张友松，《鲁迅和春潮书局及其他》，见《鲁迅研究资料 第七辑》，天津：天津人民出版社，1980：108。

② 人民文学出版社总编室，《关于张友松同志和我社业务往来的经过》，载《文艺报》，1957（13）：13。

③ 张友松，《我昂起头、挺起胸来，投入战斗！——对人民文学出版社及其上级领导的批评》，载《文艺报》，1957（9）：15。

④ 张立莲，《怀念我的父亲张友松》，载《新文学史料》，1996（2）：142。

⑤ 袁木，《“离婚冤案”的真象——揭穿张友松右派集团的一个大阴谋》，载《人民日报》，1957-9-2。

⑥ 萧彦，《四十多封密信》，载《人民日报》，1957-7-28。

5月16、18日，他应邀参加文化部召开的文艺作家座谈会，在会上发言揭露“三害”（即宗派主义、主观主义和官僚主义）在人民文学出版社为害的一些情况：（1）反映稿费问题；（2）作家关系上（主要是稿件处理上）的宗派主义、主观主义和官僚主义；（3）关于文学翻译工作者的地位问题；（4）关于出版社的体制问题；（5）对领导上官僚主义的意见。很多文学翻译工作者都认为，当时的社会不重视翻译工作者，领导机关也不管翻译工作者。在提到文学翻译工作者的地位问题时，张友松无不痛心地说“翻译工作者，几年来成为文艺界的孤儿”“派出所把职业翻译工作者当作无业游民，当作可疑的人”，这问题他曾向周扬同志提过，但没有得到解决。①

5月19日，《人民日报》刊登《出书难 印数少 稿费低 作家对出版部门意见多》一文，报道文化部召开的文艺作家座谈会：“翻译家张友松认为目前出版社脱离群众，官僚主义很严重。许多工作，常常朝令夕改。如人民文学出版社原来是约他编译‘马克·吐温选集’，但当选集出来时却将‘选集’二字换成了‘著’，也不征求译者同意。人民文学出版社曾出去组稿，但编辑部却积压许多稿件没有处理。职业的翻译工作者，居住无宿舍，医疗要自费，布票、油票比干部少，索稿费也受人讥笑，在公安人员心目中则被认为是无业游民。社会不了解，出版社也不了解。书应再版即再版。”张友松认为，该报道非常简单，转述他的观点断章取义，精神与内容都与原文不相符。②

5月30日，他开始给毛主席写公开信，反映戴天庆离婚冤案。③之后，他将信分别寄给毛主席、周总理及中宣部各部长。

5月，他与张振先合译的《镀金时代》由人民文学出版社出版，仍署“张友松”。从与人民文学出版社约定翻译出版马克·吐温著作开始，3年半，他共出译作4部，字数约计97.8万，得稿费共11 744元。④

6月2日，《我昂起头、挺起胸来，投入战斗！——对人民文学出

①袁亮，《中华人民共和国出版史料（1957—1958年）》，北京：中国书籍出版社，2004：163~168。

②张友松，《我昂起头、挺起胸来，投入战斗！——对人民文学出版社及其上级领导的批评》，载《文艺报》，1957（9）：14。

③佚名，《5月30日给庄、李、戴的信》，见《张友松给山东师范学院教师庄维石、李金声、戴天庆等人的一批密信》，1957，未出版。

④人民文学出版社总编室，《关于张友松同志和我社业务往来的经过》，载《文艺报》，1957（13）：13。

版社及其上级领导的批评》发表于《文艺报》第9号。该文系响应“双百”方针，以党外人士参与整风运动，批评人民文学出版社的“三害”现象，一共有四点：(1)“老爷作风、特权思想”；(2)“全凭好恶、毫无是非”；(3)“终日瞎忙、劳而有罪”；(4)“表里不一、口是心非”。文后，张友松以一个党外人士的立场，提出三大呼吁：(1)党外人士响应号召，帮助共产党整风——我们要拿出决心和勇气来，在这一伟大运动中经受考验；(2)被批评者以冷静的头脑接受批评，分析问题，纠正错误，改进工作，千万不要替自己掩饰缺点和错误，也不要只在表面敷衍一下，骨子里却原封不动；(3)上级领导要重视“人文”问题，多方了解真实情况，彻底解决矛盾，今后还要加强对“人文”的领导。这种呼吁体现了一个普通“毒草”作者的胆识与稚气，更看出这一场各类型、整体性的运动特征。[①] 在文中，作为一个专业文学翻译工作者，张友松提及自己近些年的两个愿望：一是希望文学翻译工作者团结互助，提高水平，贡献出更大的力量；二是希望领导给予支持和帮助，使他能够彻底进行思想改造，做一个毛泽东时代的文化战士。但是，他的愿望都落空了，他成了文艺界的孤儿。因该文系时任《文艺报》副总编辑的萧乾组稿，日后萧乾被批判时，张友松在该杂志发表的文章总是被提及。

6月上旬，金灿然致信人民文学出版社，反映张友松身体欠佳，需要休养，希望能够再版一本书以支稿酬。人民文学出版社依议预支1 500元。[②]

6月16日，其《封嘴记》发表于《文艺报》第11号。该文系“鸣放”后，对人民文学出版社接受批评、解决相关问题的记述，语有讥讽。

6月30日，人民文学出版社总编室在《文艺报》第13号登载《关于张友松同志和我社业务往来的经过》，澄清业务上的往来经过，回应张友松的批评。

7月14日，《文艺报》第15号刊发《我们的自我批评》，意味着舆论转向，该阵地展开“反右派”斗争，张友松成为被批判的对象。

7月21日，石人在《文艺报》第16号上发表《张友松究竟是一股什么劲？》，批判张友松之前在该报第9期和第11期登载的两篇文章，称他“带有右派情绪”。

---

①谢波，《媒介与文艺形态〈文艺报〉研究1949—1966》，上海：复旦大学出版社，2013：155。
②人民文学出版社总编室，《关于张友松同志和我社业务往来的经过》，载《文艺报》，1957(13)：13。

7月28日，刘艾莲在《文艺报》第17号上发表《一篇歪曲事实的文章》，驳斥张友松对人民文学出版社的批评。同期，田间发表街头诗四首，第四首名为《有一种鸽子》（配插图），影射张友松等翻译家争取稿费一事。

同日，《人民日报》刊登该报记者萧彦的《四十多封密信》一文，抨击“右派分子张友松的反动集团”是一个极端仇恨社会主义的有组织、有纲领、有纪律、有经费的反动集团。

8月4日，《文艺报》第18号刊登《人民文学出版社在整风运动中改进工作 扩大新书印数 重版大量名著 改善稿酬办法》，张友松翻译的《马克·吐温短篇集》《汤姆·索亚历险记》被列入世界文学名著重版计划。

8月10日，《光明日报》在报道批判人民出版社副社长曾彦修时，预告下一周首都出版界座谈会将继续举行，批判张友松。

8月11日，济南市中级人民法院在山东师范学院举行公审，驳回戴天庆提出的离婚诉讼。①

8月14日、16日和21日，在首都出版界分三次召开的座谈会上，张友松被20多人揭发，被打成“右派分子”。②此后，一儿（次子早夭）三女因其“右派”身份遭受不公平待遇，升学、就业等均受到冲击。北京外国语学院研究生班毕业的长子张由今被分到石家庄任教；北京师范大学中文系毕业的长女张立莲被分配到牡丹江市任中学教师；次女毕业于北京农业大学，分配离京；小女成绩优异，但因出身无缘就读大学。③

8月24日，《人民日报》刊登新华社《四十多封密信的“主帅”张友松要和党作“持久战”》一文，称披着专业翻译家外衣的张友松原来是一条凶恶的中山狼。

8月27日，《人民日报》刊登曾田家《最毒右派心》一文，抨击张友松是比毒蛇还毒的“右派阴谋家”。

9月2日，《人民日报》刊登新华社记者袁木《“离婚冤案”的真象——揭穿张友松右派集团的一个大阴谋》一文，把张友松划为“右派集团”主帅。

---

①袁木，《“离婚冤案”的真象——揭穿张友松右派集团的一个大阴谋》，载《人民日报》，1957-9-2。

②佚名，《四十多封密信的“主帅”张友松要和党作“持久战”》，载《人民日报》，1957-8-24。

③张立莲，《怀念我的父亲张友松》，载《新文学史料》，1996（2）：141。

是年，因没有工作单位，被划为“右派”后，张友松归派出所和街道“监督改造”。[①]

1958 年

4 月，张由今翻译的《马克·吐温评传》由作家出版社出版。随着张友松所译马克·吐温著作的大量发行，该书有助于读者了解马克·吐温的生平和著作，同时给研究者提供新资料。[②]

9 月，其译作《密士失必河上》由人民文学出版社出版，署笔名“常健”。他虽可以继续从事翻译工作，但是稿酬和政治待遇大大降低了，译作也只能署笔名。[③]此前，人民文学出版社约张友松翻译“马克·吐温选集”，计划在马克·吐温逝世 50 周年（1960 年）出完[④]，这大概是张友松能够继续从事翻译的重要原因之一。之后，他署此笔名参与宋庆龄与爱泼斯坦、邱茉莉往来书信初译工作。[⑤]

12 月，其译作《败坏了赫德莱堡的人》由人民文学出版社出版，署笔名“常健”。

1959 年

3 月，张友松与李文俊合译的《加兰短篇小说选》由人民文学出版社出版，署笔名“常健”。

是月，其译作《世外桃源》由上海文艺出版社出版，署笔名“常健”，内收《客栈》《不幸的姑娘》《世外桃源》《雅科夫·巴辛可夫》《末末》《叶尔古诺夫上尉的故事》。

4 月，其译作《傻瓜威尔逊》由人民文学出版社出版，署笔名“常健”。

---

① 张立莲，《怀念我的父亲张友松》，载《新文学史料》，1996（2）：145。

② 张由今，《译后记》，见《马克·吐温评传》，张由今译，北京：作家出版社，1958：207。

③ 张友松，《我的翻译生涯》，见《文化史料丛刊 第 7 辑》，北京：文史资料出版社，1983：82。

④ 人民文学出版社总编室，《关于张友松同志和我社业务往来的经过》，载《文艺报》，1957（13）：13。

⑤ 何大章、陈红军，《挚友情深 宋庆龄与爱泼斯坦、邱茉莉往来书信 1941—1981》，北京：中央文献出版社，2012：387。

6 月 30 日，人民文学出版社欧美组（组长朱葆光签字确认）出具他所译《赤道环游记》“书稿质量单”：“书稿质量：译文基本上忠实流畅，个别章节加字较多，略嫌累赘。但一般说来，质量较前有所提高。”“编辑加工情况：一般均就中文通读，遇有疑问方查对原文，改动不大，注文及名辞统一工作做得较多。”[①] 该译作基本稿酬为每千字 4 元，属于当时翻译类稿件倒数第 2 档，合计 1 680 元。[②]

9 月，他校对的《愤怒的葡萄》由人民文学出版社出版，未署名。

1960 年

4 月，其译作《马克·吐温中短篇小说选》由人民文学出版社出版，署笔名“常健”。该书收入中短篇小说 22 篇，其中有 19 篇选自《马克·吐温短篇小说集》(1954)；《高尔斯密士的朋友再度出洋》译自英语，没有再用马杏城的译文（1954）。

是月，其译作《赤道环游记》由人民文学出版社出版，署笔名“常健”。

是年，他试译《董贝父子》第 1 至第 5 章，译文被上海文艺出版社退回。[③]

1961 年

是年，因表现好，派出所和街道干部决定给张友松摘掉“右派”的帽子，因人民文学出版社个别领导干涉，未果。[④]

1963 年

是年，为创造较好的工作环境，张友松将租住在西单小将坊胡同的平房和人对换，搬到朝阳区针织路一套三居室楼房。[⑤]

① 未刊稿。
② 未刊稿。
③ 未刊稿。
④ 张立莲，《怀念我的父亲张友松》，载《新文学史料》，1996（2）：149。
⑤ 同上：148。

1966 年

8 月，在红八月的“破四旧”运动中，张友松被打得头破血流，跑到人民文学出版社要求庇护，遭拒。[①]

其间，他没有工作，没有生活费，靠子女过活。之后，人民文学出版社约请他译美国现代作品《一脉相承》(未获出版)和《星期六晚上和星期日早晨》(1991 年出版)。[②]

1968 年

其右眼被打伤，因耽误治疗时机，导致眼球被摘除。日后从事翻译，因左眼视力不到 0.6，他需戴上老花镜，且要借助放大镜才能完成。[③]

1970 年

张友松被迫搬到朝阳区朝外水碓子 11 楼 4 单元 501 号一间阴面的 12 平米小间，与人合住一套两居室。[④]

1977 年

2 月 17 日，张友松致信荒芜，想借史蒂文森小说《金银岛》英文原版用于翻译。“我最近接受了翻译任务，拟从速动笔。书名拟译为《秘岛探宝记》。我原是有此书英文原本的，现已不知去向。您，或外文社，是否有此书？可否暂时借用一两个月？我已托人从香港买插图本，估计不会需时太久。拟请尽量设法，帮我暂借此书。”[⑤]

12 月 25 日，作自咏诗：

二十年来是与非，几经磨砺未成灰。

历尽沧桑终得道，严冬去尽绽春雷。

---

① 文洁若，《“臭妖婆”自述——我与萧乾》，见《百花洲百期佳作 第 2 卷 纪实文学》，1997：230。

② 张立莲，《怀念我的父亲张友松》，载《新文学史料》，1996 (2)：146。

③ 同上。

④ 同上：148。

⑤ 据荒芜后人信件。

诗后有注："首尾两句，套用陈毅同志 1936 年冬在赣南山区写的'赠同志'一诗。"[①]

是年末，他被平反，向人民文学出版社要求恢复工作[②]；住房问题未解决。[③]

之后，他将一部译稿寄交给友人陈羽纶，请提意见，获其认真答复。[④]

1978 年

春节，董衡巽为第 4 次印刷的《哈克贝利·费恩历险记》撰序。

5 月 13 日，张友松作自咏诗：

春光旭日照人环，阴风霾雨化晴岚。

东风浩荡驱妖孽，青松挺立眺征帆。[⑤]

是年，他每月从人民文学出版社得 80 元生活费，后增至 100 元，但是医疗需自费。后因马克·吐温译作版权转让问题，人民文学出版社终止发放生活费。[⑥]

1979 年

3 月 10 日，作悼念周恩来总理诗一首：

告慰英灵

——悼念敬爱的周总理

四化宏图展眼前，改天换地谱新篇。

追思总理辛劳日，千家万户泪涟涟。

悲伤化作无穷力，气壮山河勇争先。

长征路上英灵在，九泉遗恨变欢颜。[⑦]

① 据荒芜后人信件。
② 张立莲，《怀念我的父亲张友松》，载《新文学史料》，1996（2）：146。
③ 张友松，《我的翻译生涯》，见《文化史料丛刊 第 7 辑》，北京：文史资料出版社，1983：82。
④ 张立莲，《怀念我的父亲张友松》，载《新文学史料》，1996（2）：144。
⑤ 据荒芜后人信件。
⑥ 张立莲，《怀念我的父亲张友松》，载《新文学史料》，1996（2）：150。
⑦ 据荒芜后人信件。

夏初，人民文学出版社发放补助费近 3 000 元。[1]

5 月，《中国文学家辞典 现代 第 2 分册 征求意见稿》出版，录张友松主要事迹。

6 月 29 日，友人王余杞[2]到访，留诗《访张友松》：

人副其名号“友松”，骄霜傲雪斗寒风。

俯看脚下蓬蓬草，狗屎沉渣四害虫。[3]

6 月，其译作《竞选州长》由人民文学出版社出版，内收小说九篇，被列入“文学小丛书”。

10 月 30 日—11 月 16 日，张友松在北京参加第四次中华全国文学艺术工作者代表大会，见到了在济南高中时所教的学生江风。[4]江风时任北京文联秘书长、鲁迅艺术学院院长，后为他撰写材料，向中央反映情况。

12 月 7 日，他领到人民文学出版社生活费 100 元，当月物价补贴费 5 元，合计 105 元。[5]

是年，经好友叶君健推荐，他为中国少年儿童出版社翻译史蒂文森的《金银岛》，后定名为《荒岛探宝记》出版。

12 月 27 日，他撰《荒岛探宝记》的《译后记》。

1980 年

1 月 27 日，张友松赠华罗庚《竞选州长》（1979 年版）一册，上题“敬赠华罗庚同志，并请指正。译者 1980.1.27”。

3 月，其译作《扬布拉德一家》由外国文学出版社出版。

7 月，其译文《马克·吐温童年生活的片断》发表于《百花洲》第 3 期。该文系尚未出版的《马克·吐温传奇》译文片段。

8 月，《同李大钊一起牺牲的张挹兰烈士——记我姐姐的一生》发表于《时代的报告》第 3 期。

12 月，《鲁迅和春潮书局及其他》发表于《鲁迅研究资料 第 7 辑》。

---

①张立莲，《怀念我的父亲张友松》，载《新文学史料》，1996（2）：146。
②1929 年 7 月，王余杞曾在春潮书局出版过短篇小说集《惜分飞》。
③王余杞，《黄花草——王余杞诗选》，汕头：汕头群众艺术馆，1999：142。
④未刊稿。
⑤未刊稿。

1981 年

7月，其译作《茵梦湖》(新校本)由商务印书馆出版，被收入“英语世界文学注释丛书”。他对1930年的版本进行了修订，用词、句序有所修改，将书内诗歌改译成旧体诗。

是月，其译作《荒岛探宝记》(再版时改名为《金银岛》)由中国少年儿童出版社出版。

9月，其译文《关于微拉·凯瑟》发表于《美国文学丛刊》第2期。

1982 年

1月8日，张友松致信时任《人民日报》驻美记者的《中国建设》编辑张彦，请其帮忙购买用马克思主义观点评价马克·吐温的著作，拟请告知美国有哪些有关电视剧的刊物和专著，求证“Black Fourth of July”是何节日，请转致对爱泼斯坦的问候等。[①]

1月16日，他写成《文学翻译漫谈》《张友松自传》，后被收入王寿兰所编的《当代文学翻译百家谈》(1989，北京大学出版社)。在《文学翻译漫谈》中，他回顾近60年的文学翻译生涯，展现对文学翻译的理解，提出十大亟须解决的问题。他认为，文学翻译应是一种再创作，比其他翻译难度更大；翻译要忠于原著，尽量保存原文的神韵，要把直译和意译结合起来才能译出上品。十大亟须解决的问题涉及翻译人才调配和培养、加强领导对翻译的重视、出版机构盲目追求利润、滥译抢译现象、缺乏团队协作、编辑校对把关不严、缺乏翻译批评、缺少原著和工具书等，这体现了一位老翻译家恳切的意见和建议。

3月31日，《不要乱印粗劣谬误的书》发表于《人民日报》，怒斥《茵梦湖》出版乱象。

4月8日，其译文《马克·哈利斯访问记：改编〈败坏了赫德莱堡的人〉的体会》发表于《电视文艺》第4期。

4月，他与古耀华合译的《阿拉斯加的挑战》由中国少年儿童出版社出版。

---

①未刊稿。

5月14日，江风撰写关于张友松的材料，题为《老当益壮——访老文学翻译家张友松》。[①]

5月，其译文《野心客》发表于《百花洲》第3期。

7月，他校对的《愤怒的葡萄》由外国文学出版社出版，署“胡仲持译 张友松校”。

8月2日，新华社向政治局委员胡乔木呈送《著名老翻译家张友松工作条件需要改善》的内部材料，提及张友松翻译了许多世界名著，及大姐张挹兰与李大钊同时就义的事实；陈情张友松已年近80，子女均在外地，无人照料，居住在一间10平方米的小屋，条件艰苦，根本无法工作。[②]据时间和内容推测，该材料当属江风所撰《老当益壮——访老文学翻译家张友松》一文。

8月3日，胡乔木致信人民文学出版社副社长韦君宜，转交新华社材料，督请核实解决张友松的困难。[③]

11月，张友松校对的《肯纳尔沃思堡》（王培德译）由人民文学出版社出版。

1983年

2月2日，张友松收到《愤怒的葡萄》校订费832元。[④]

2月，胡玉萍访谈稿《文学翻译是艺术形象的再创造——访文学翻译家张友松》发表于《丑小鸭》第2期。此时，张友松样貌清瘦，仍住顶楼背阳的小屋。工作条件艰苦，书桌挤得只剩下一尺见方的地方。吊在头顶的灯泡离桌面只有一尺的距离。张友松介绍了自己的翻译经验，提出“从事文学创作和翻译，都需要运用形象思维。翻译工作者如果只有笔杆的活动，而没有心灵的活动，译文就不能传神”[⑤]。同期刊载的还有其译文《一件事情》，原载《晨报》副刊（1926年4月）。

①未刊稿。
②胡乔木，《胡乔木书信集》，北京：人民出版社，2002：462。
③同上：462~463。
④参见1983年2月2日人民文学出版社稿酬支付单收据，编号19。
⑤胡玉萍，《文学翻译是艺术形象的再创造——访文学翻译家张友松》，载《丑小鸭》，1983（2）：77。

是月，其译作《屠格涅夫中短篇小说选》由上海译文出版社出版，内收小说六篇。

3 月 12 日，北京市政协六届一次会议召开，他当选为委员。此前，经符家钦、陶大镛介绍，他加入中国民主同盟。他每月从北京市政协领生活费 120 元，后增至 190 元，并报销医疗费。[①]

5 月 20 日，上午，他在北京全国政协礼堂，参加中国翻译工作者协会第一届全国理事会第一次全体会议和北京市翻译工作者协会成立大会，增补为中国翻译工作者协会理事。[②]

7 月，《我的翻译生涯》发表于《文化史料丛刊 第 7 辑》。该文为回忆录，总结了其从事文化教育工作的体会和人生感想，详细介绍、说明了翻译八部马克·吐温著作的缘由和过程。他认为，翻译选材都要从党和人民的利益和需要出发，把自己的工作当作政治任务来完成，对待工作要认真负责。就翻译定义而言："翻译就不只是两种文字的转移，也不是绞脑汁的苦差，而是译者调动自己的思想感情的一种极为愉快的工作。通过实践，我才真正体会到文学翻译应是一种运用形象思维的再创作。译者应倾注饱满的热情，力求表达原作者的风格和神韵，使书中的人物有血有肉，有声有色，活现在纸上，与自然风光情景交融，叙事与对话都要译得恰如其分，尽可能使读者象读原著一样，又象读中文的创作一样，获得艺术的享受。"[③]

8 月底，他迁居至朝阳区金台里 20 楼 2 单元 302 号[④]，离京之前一直居住于此。这是一套二居室，有一间比较宽敞的屋子来进行文学翻译工作。[⑤]

9 月 23 日，《粗浅的体会》发表于《英语世界》第 5 期。

10 月，他与陈玮合译的《马克·吐温传奇》由中国青年出版社出版。

11 月，他主编的"马克·吐温选集"由江西人民出版社陆续出版，原计划出 12 卷本，最后只出了 10 卷，计有《王子与贫儿》（张友松译）、《哈克贝利·费恩历险记》（张友松、张振先译）、《镀金时代》（张友松、

①张立莲，《怀念我的父亲张友松》，载《新文学史料》，1996（2）：150。

②中国翻译协会，《中国翻译年鉴 2005—2006》，北京：外文出版社，2007：757。

③张友松，《我的翻译生涯》，见《文化史料丛刊 第 7 辑》，北京：文史资料出版社，1983：85~86。

④参见 1983 年 2 月 2 日人民文学出版社稿酬支付单收据，编号 19。

⑤胡玉萍，《文学翻译是艺术形象的再创造——访文学翻译家张友松》，载《丑小鸭》，1983（2）：78。

张振先译)、《傻瓜威尔逊》(张友松译)、《密西西比河上》(张友松译)、《汤姆·索亚历险记》(张友松译)、《百万英镑的钞票》(张友松译)、《赤道环游记》(张友松译)、《巾帼英雄贞德传》(张友松译)、《海外浪游记》(荒芜译)。1992年7月,在好友赵蔚青的帮助下,他细心修订,并加上插图,百花洲文艺出版社再次出版该选集。2016年7月,"马克·吐温文集"由人民文学出版社出版,共12卷,增加了《中短篇小说选》(叶冬心译)和《傻子出国记》(陈良廷、徐汝椿译);《哈克贝利·费恩历险记》和《镀金时代》改署张友松一人的名字。

1984年

1月8日,其译文《败坏了赫德莱堡的人》发表于《中国电视》第1期。

4月,张友松撰《马克·吐温插图修订版十二卷本选集序言》。该序文长达34页,从总体上评价了马克·吐温的作品,重点介绍了入选的这12卷。本选集原本出12卷,但《傻子国外旅行记》和《康州美国佬奇遇记》因故未能入集出版。[①]

6月5日,《略谈翻译工作和学习语文》发表于《语文教学之友》第6期。

10月21日,他从北京迁居至成都小女儿处,住草堂寺川煤地测队宿舍,没有工资,靠写作、译书为生。有位在苏门答腊时教过的学生去其成都家中拜访,见他一贫如洗,便送了他一笔钱。[②]

10月,《自学翻译点滴》发表于《自学》第10期。

11月12日,他致信荒芜:"我还要以有生之年,鼓足余勇,再做些译著工作,不枉此生。"[③]

12月29日,他以中直代表身份参加中国作家协会第四次会员代表大会。[④]

---

①张友松,《马克·吐温插图修订版十二卷本选集序言》,见《百万英镑的钞票》,南昌:江西人民出版社,1986:1~34。

②符家钦,《信是人间重晚晴——记张友松老师》,见《流年絮语》,香港:世界华人出版社,2003:103。

③李平、何三宁,《以译为业 译著等身——翻译家张友松研究》,载《江苏外语教学研究》,2015(4):73。

④中国作家协会,《中国作家协会第四次会员代表大会文集》,北京:作家出版社,1985:103。

1985 年

3 月 8 日，张友松致信荒芜：“我译的马克·吐温名著已出了八部，均收入新版十二卷本选集。”①

3 月，他自成都寄赠赵蔚青《汤姆·索亚历险记》，扉页上书“敬赠蔚青兄，纪念我们永恒的友情 友松 1985 年 3 月寄自成都”。

12 月 7 日，《幽默大师盛誉不衰——纪念马克·吐温诞生一百五十周年》发表于《群言》第 9 期。

是年，钱歌川收到他寄赠的马克·吐温译作五部，一口气把它们读完。②

1986 年

3 月，其译文《一个如幻如梦的夜晚》发表于《百花洲》第 2 期。

4 月 9 日，张友松致信荒芜：“我很希望能在香港出一套十二卷本的马克·吐温选集。”③

5 月 17 日，荒芜撰《海外浪游记》的《译后记》，该书为“马克·吐温选集”中的一部作品。在《译后记》中，荒芜表示，相信选集编者的心血会帮助马克·吐温这部作品赢得中国读者的喜爱。④

7 月，其译作《百万英镑的钞票》由江西人民出版社出版，内收小说 23 篇。

10 月，《中国作家笔名探源（第一册）》录张友松传记资料，考证张友松笔名“松子”“张鹤”“常健”。

12 月 28 日，他写致陶大镛信，请其向时任全国人民代表大会常务委员会委员长的彭真催询一下冤案处理情况，并请其做出明确的批示。⑤

是年，他自撰申诉材料，题为《含冤受屈 29 年，至今未得昭雪 渴望

①李平、何三宁，《以译为业 译著等身——翻译家张友松研究》，载《江苏外语教学研究》，2015（4）：73。

②钱歌川，《钱歌川文集 第 4 卷》，沈阳：辽宁大学出版社，1988：812。

③李平、何三宁，《以译为业 译著等身——翻译家张友松研究》，载《江苏外语教学研究》，2015（4）：73。

④荒芜，《译后记》，见《海外浪游记》，南昌：江西人民出版社，1989：310。

⑤未刊稿。

落实政策，摆脱困境》，署名“老年文艺工作者张友松”。[①]

是年，在河北师范大学外语系任俄语教师的长子张由今去世，年56岁。[②]

1987年

1月30日，张友松致信人民文学出版社外编一室编辑胡玫，同意人民文学出版社出版马克·吐温小说名著选集，但还须由社里与江西人民出版社协商转移的具体办法。[③]此前，他因不明白与人民文学出版社的约定关系，将本属于人民文学出版社版权的马克·吐温作品转到江西人民出版社，导致人民文学出版社停发他每月100元的生活费。[④]

5月，其译作《一个中国人在美国》由人民文学出版社出版，内收小说6篇。基本稿酬为每千字13元，印数稿酬为基本稿酬的17%，完税后获得稿酬1 121.27元。[⑤]

1988年

是年，张友松因对杨骚印象不佳，知晓他一些不光彩的事情，更因为敬佩好友白薇的才华和人格，拒绝一家出版社约撰杨骚小传的邀请。

1989年

6月，其译作《巾帼英雄贞德传》由江西人民出版社出版。该书原有朱复的译本《冉·达克》，因稿费没谈妥，张友松决定自己翻译。在反复阅读原文后，贞德的形象在他心中萦回，引起了他不断加深的激情。在翻译过程中，他多次不禁热泪盈眶。

8月，陈玉刚主编的《中国翻译文学史稿》出版，有专节介绍张友松的翻译成就和翻译思想，称张友松是“有丰富翻译经验的老翻译家”[⑥]“马

①未刊稿。
②张立莲，《怀念我的父亲张友松》，载《新文学史料》，1996（2）：141。
③未刊稿。
④黑马，《被埋没的大翻译家张友松》，载《书摘》，2015（10）：76。
⑤参见1987年7月14日人民文学出版社稿酬支付单存根，编号1198。
⑥陈玉刚，《中国翻译文学史稿》，北京：中国对外翻译出版公司，1989：372~373。

克·吐温作品的权威性翻译家”“我国著名的美国文学翻译家”“张友松译马克·吐温作品，译笔流畅，忠于原作风格。人物的外貌、语言、动作和表情，在他的译文中都能得到恰如其分的表现”[①]这个定位基本上被后来的张友松翻译研究者广泛引用。但限于篇幅和体例，该书未能展开。张友松早年的翻译未受关注，乃至介绍有误，如综述波兰作家显克微支的译作时，把张友松译的《地中海滨》(1928)归到了王鲁彦名下，实际上王鲁彦译的是《显克微支短篇小说集》(1928)。

10月5日，《痛悼亡友白薇》发表于《香港文学》第58期。该文回顾了白薇与杨骚之间的恩爱情仇，杨骚有负白薇深情。

12月5日，《斗室春秋》发表于《香港文学》第60期。该文描述了蜗居12年的境况和心路历程，其晚年生活没有虚度，老而弥坚，永不灰心丧气。据张友松统计：“从五四年开始从事文学专业翻译以来，总共译了三十多部书，约计四百余万字。”[②]经核查，1954年以后出版的译作约有22部，未出版（或未完稿）的约有4部（《美国的悲剧》《一脉相承》《艰苦生涯》《董贝父子》），其他未见书目。

12月28日，他写信致符家钦，述近况，言天天都锻炼身体，劳逸结合，平均每天可以工作三四个小时，并以此为乐。他虽仍未摆脱困境，但胸怀坦荡，永远保持着积极乐观的精神，坚持译著工作，对未来充满信心。他认为，无所作为地“安度晚年”不足取，永远要做一个生活中的强者。[③]

1990年

3月31日，张友松写信致符家钦，嘱其将所撰关于自己生平事迹的文章尽量在国内发表，更能引人注意。他还询问符家钦在四川大学有无熟人，想在该校出版社出一套英汉对照丛书。[④]

4月25日，《我对文学翻译的探索和经验体会》发表于《世界文学》第2期。该文总结了15条翻译经验、诀窍和观点，如“译文要忠于原著，而又不死板，使人读起来不觉枯燥乏味”[⑤]。

①陈玉刚，《中国翻译文学史稿》，北京：中国对外翻译出版公司，1989：401。
②张友松，《斗室春秋》，载《香港文学》，1989（60）：89。
③未刊稿。
④未刊稿。
⑤张友松，《我对文学翻译的探索和经验体会》，载《世界文学》，1990（2）：272。

1991 年

1 月，其译作《星期六晚上和星期日早晨》由外国文学出版社出版。

10 月 1 日，台北的林郁文化事业有限公司开始陆续出版张友松主编的“马克·吐温选集”，定名为“马克·吐温作品集”，同时将张友松和陈玮合译的《马克·吐温传奇》列入其中，全套书共有 13 册（《赤道环游记》和《镀金时代》各有上下册）。2007 年，新潮社再次出版该选集。

12 月，《我选译马克·吐温小说名著的历程》发表于《中国比较文学》第 2 期。该文回顾了他翻译马克·吐温小说的经历和心得，阐明了他的翻译原则和目的就是试图将自己的心灵融化在作者的意境中，要使读译本的人能够获得阅读原著的艺术享受。张友松提及曾翻译了马克·吐温的《艰苦生涯》一书，约 30 万字，因合译者的译文质量差，未获出版。在文末，他还袒露心声：“我从事文学翻译是以事业为重，有远大理想的。我的辛勤劳动取得了可观的成果，为中外文化交流做出了贡献，差堪自慰。我的绝大部分译著工作，都是在逆境中进行的。老伴徐鸿藻长期和我相依为命，在任何处境下，我们的共同生活中都充满了生机。几位颇有声望的同志给予我道义上的支持，这难道不是人生的最大幸福吗？”[①]

1994 年

2 月 24 日，元宵节，经车幅介绍，新加坡《联合早报》特约记者徐伏钢到访，专为当代文化人摄影而来。徐伏钢在《联合早报》（2008 年 2 月 11 日）发表的专题报道《张友松——藏在鲁迅日记里的翻译大家》中以非常悲伤的口吻，讲述了张友松晚年的悲惨境遇，后酌改，名为《藏在鲁迅日记里的翻译大家——张友松先生的悲剧人生》，被收入文集《荡起命运的双桨——徐伏钢新闻特写选》（2008）。此时，张友松视力很不好，听力也衰退了许多，行动起来非常困难。他的生活境遇尤其不好，居住和工作于一间阴暗、狭窄且杂乱的房间里，书桌像一座小山，堆满了各种报纸、样书、信件及大大小小的各色药瓶、衣物和其他杂物，很难开发出一尺见方的“净土”来。而他的大量译著，就是在这样的环境中完成的。[②]

同日，拍照、采访结束时已过午，徐伏钢扶张友松至小面馆就餐。看着张友松吃东西的馋相，徐伏钢不禁簌簌下泪。张友松多年来埋头著译，几乎不知人间事，并不知自己解放前后的译著还能再版畅销。经徐伏钢告

① 张友松，《我选译马克·吐温小说名著的历程》，载《中国比较文学》，1991（2）：199。
② 徐伏钢，《张友松——藏在鲁迅日记里的翻译大家》，载《联合早报》，2008-2-11。

知后，他对小女儿说会有许多稿费，够买两三间房。事实上，并无出版社支付分文稿酬。[①]

同日，他在徐伏钢的题词簿上留言：

> 劫后余生话沧桑。
>
> 生命不息，拼搏不知。
>
> 语赠伏钢同志
>
> 张友松
>
> 时年九十有一
>
> 1994 年，2，24[②]

是年，一个大雨天，他邀徐伏钢到访车幅处，不遇，转访四川省作家协会副主席高缨。高缨电话通知流沙河和吉狄马加前来探望。流沙河持弟子礼。吉狄马加托请徐伏钢准备一份张友松的详细材料，以备申请“韩素音文学翻译奖”（即“彩虹翻译奖”）。[③]

是年，他埋头写回忆录，要让后人懂得什么才是真正的人生、什么才是真正的生活。[④]

是年，他参评“韩素音文学翻译奖”，后致信徐伏钢，论及此事：“几十年来，我受尽诬陷和凌辱，却不但不以为苦，还认为这是一股强劲的动力，鞭策我继续顽强拼搏，不枉此一生。……我倘能因为你的推荐获得韩素音文学翻译奖，那可真是难得的殊荣啊！”[⑤]

1995 年

1 月 20 日，张友松在成都病逝，享年 92 岁。没有讣告，没有“单位”为他举办送行的告别仪式，没有树碑立传。符家钦在追忆时，特别景仰张友松遭逢不公正待遇后，仍能发愤写作、译书，称其为“经霜不凋的挺拔青松，屹立于群峰之上，给世人以极大的鼓舞”[⑥]。

---

①曾伯炎，《翻译家张友松穷死成都》，载《鲁迅研究月刊》，1998（6）：57。

②徐伏钢，《藏在鲁迅日记里的翻译大家——张友松先生的悲剧人生》，见《荡起命运的双桨——徐伏钢新闻特写选》，新加坡：八方文化创作室，2008：18。

③同上：19。

④同上：17。

⑤同上：19。

⑥符家钦，《信是人间重晚晴——记张友松老师》，见《流年絮语》，香港：世界华人出版社，2003：103。

后 记

时下，学术界流行跨界，翻译界也不例外，业师张旭教授即是其中的杰出代表。我曾追随张老师，身在外国语言文学学科，花了整整三年时间一头扎进历史文献学当中，整理出一部《沈葆桢年谱》(2020)，接受学界的考评，心中不免忐忑，至今仍然清晰地记得张老师指派任务的口吻:“你也写一个吧！”我就这样一无所知地进入一代名臣沈葆桢的人生当中。张老师常说编年谱一通百通，很多东西能够相互印证。他以身作则，已出版《林纾年谱长编》(2014)、《陈宝琛年谱》(2017)、《陈衍年谱》(2020)、《马君武年谱》(2020)，手头还有多部年谱书稿(辜鸿铭、林语堂、余光中、蔡锷等)，进展之快、用功之勤、考掘之深、篇幅之长远在我等之上。遥想当年，每次遇见，张老师常挂嘴边的话就是编了多少、进展如何，足见他对我盼之殷殷，嘱之切切。在这种有形的、无形的压力之下，《沈葆桢年谱》三年编著，三年编辑，历时六年才得以问世，其中艰苦，唯有自知。时至今日，我都在惊讶自己能够花那么长的时间来完成这件事。

我之所以讲述张老师命我等编写年谱的故事，皆因这是我所受学术训练的过程。由门外汉变成编撰者，治史的喜悦无法用语言来形容。经过编著年谱的训练，自是大有所得。触类旁通，借此途径反观自己的学科，对翻译史的观察也能更加深刻。翻译史研究天然具有跨学科性，结合中国近现代史，可以走文献学的路子。我对翻译史研究有一种隐隐的期待，那就是现阶段的翻译史研究方法还远未成熟，对历史学的借鉴还停留在相对肤浅的层面，这个领域大有可为。然而，史学意识的培养，若非科班出身，接受严格训练，只怕是难以养成。经过三年的文献搜索、整理、编撰，在这种自我训练中，我的历史研究能力得以提升。这种经历对我今后治翻译史大有裨益，或者可以说编著年谱是治史的进身之阶。在做历史、做文献的过程中，史学意识慢慢成为我研究翻译史的本能，这大概是我最大的收获。

私以为，翻译家研究首先要从外围做起，收集史料、整理史料，全方位熟知研究对象便是基础。为此，我在研究张友松的小说翻译之初编撰了《张友松年谱简编》。张友松早年创办刊物，经营出版社，在文化界、翻译界比较活跃，留下资料较多。因此，年谱编入张友松的早期事迹较多，也较为详尽。若编年谱，搜集原始资料最为重要。我拿到的第一笔稿费就用于购买张友松出版的第一部译作——《三年》。此书是孔夫子网上孤本，于1927年12月由北新书局出版。书前有张友松所撰《译者序言》，他提出契诃夫的作品就是人生本身，表现了人生的微妙处，因其“琐碎”“灰色”而伟大。我买这本书着实是为了找到这篇两页的译序。这对于研究张友松早年的翻译选材观念尤为重要。我在网上购入的资料很多，其中的孤本还有《反对〈再生记〉》（1951），记录了张友松参与重庆市文联批判刘盛亚小说的详情。此外，我还入手了出版社开具给张友松的稿费收据，票面上有稿酬标准、扣税比例、张友松钤印、住址等信息。编年谱比写论文、写书有意思多了，尤其是看到人民文学出版社的“书稿质量单”、张友松开书局收到的支票、张友松试译《董贝父子》前5章手稿、张友松与出版机构和友人的通信、张友松签名的赠书等。一时间，我言必称张友松。

进入本书写作，对《巾帼英雄贞德传》（1989）的版本研究让我从“狂迷”中清醒过来。这是张友松最晚出版的译作，至少耗费了他五年半的时间。可是经过版本对照，我发现他是在朱复译本《冉·达克——圣女贞德》（1958）的基础上进行了改译。当初，张友松受托主编“马克·吐温选集”，朱复家人为稿费事有争执，未能交给张友松订正编入选集，他这才决定翻译这部传记。但是，张友松并非另起炉灶，而是在朱复译本上进行了增删改译。他的言行之间存在不实之处，这一发现让我对这位翻译家保持了心理上的距离。

撰写本书使我养成了一种翻译史研究的写作倾向——言必有注。这是一种文献上的癖好：在写作中寻根究底，考证版本，尽量核对和使用译者同时代的文本，去重建彼时的时代语境。现阶段，我们做翻译史研究正处在一个前所未有的时代。在线数据库丰富、图书咨询高效、文献资料检索便捷，这就给考镜源流、查漏补缺、发现新知提供了极大的方便，有助于我们重新理出更为清晰的线索，慢慢还原历史真相。

本书的出版得到了广西壮族自治区一流学科建设支持计划和广西民族大学外国语言文学一级学科博士点支持计划的资助，谨表感谢。本书的出版还得到了广西民族大学外国语学院领导、同事，以及同门同好的支持，在此一并致谢。当然，没有家人的支持和包容，本书也难以成稿，她们的期盼是我走在科研道路上的不竭动力。

肖志兵

甲辰夏于广西民大相思湖畔

作者简介

肖志兵，文学博士，广西民族大学外国语学院讲师、硕士研究生导师、外国语学院院长助理，《翻译史论丛》编辑部副主任，中国英汉语比较研究会翻译史研究专业委员会副秘书长。主要研究方向为翻译史，已在学术刊物上公开发表学术论文20余篇，主持国家社科基金项目1项、省社科规划课题1项、教育厅课题4项、校级课题3项，参与各级课题多项。出版著作《沈葆桢年谱》（第一作者，2020）、《中华翻译家代表性译文库·伍光建卷》（第二作者，2020）、《方法论》（导读、注释，第二作者，2019）、《历史的观念》（导读、注释，第二作者，2019）。